JN330948

中國戲曲テキストの研究

土屋育子著

汲古書院

序

中國古典文學歷代の變遷を語る言葉として「漢文・唐詩・宋詞・元曲」という言い方がある。元代に生まれた韻文の一種である曲は、元一代の文學を代表するばかりでなく、それがこの時代に流行した演劇である雜劇の歌辭に用いられたことにより、以後、明清代にいたる戲曲、小說の隆盛を開く出發點となり、古典詩文から通俗文學への大きな轉換をもたらしたという意味で、文學史上重要な意味をもっている。ただしそのテキストは、唐詩、宋詞など、それ以前の韻文文學の成果を縱橫に利用しつつ、さらにそこに當時の口語を新たな要素として大量にもちこんだことにより、雅俗混淆の獨特の文體を形成し、中國文學のさまざまなジャンルの中でも最も難解なものであると言えよう。

おそらくそのためであろうか、元曲の研究は、近代における中國學研究の基礎をきづいた王國維に始まり、日本でも狩野直喜、青木正兒、吉川幸次郎、田中謙二、岩城秀夫など諸先學による輝かしい成果が蓄積され、中國古典文學研究の主要な一角を占めてきたにもかかわらず、近年ではその津を問う者は稀で、不振をかこつ古典研究の中でも、たとえば比較的多くの研究者を擁する小說研究などにくらべて、とりわけ冷門の嘆きを發せねばならない狀況にある。

本書の著者である土屋育子氏が元曲の研究を志されたのは、このような環境のもとにおいてであった。先師の遺業をついで、細々と研究をつづけてきた私などには、まことに有難くもたのもしい存在であったと言わねばならない。土屋氏は、富山大學において私の同業である小松謙氏の薫陶を受け、ついで京都大學大學院に進み、さらに研鑽を積まれた。またその間、北京大學に留學、『三國志演義』のテキストなど小説研究の大家として知られる周強教授の指導を受けられた。そして二〇〇五年、それまでの研究成果をまとめた『元明清における戲曲テキストの繼承について』によって、京都大學より文學博士の學位を授與されている。本書は、この博士論文に、その後今日にいたる研究成果をさらに加えた著者渾身の力作である。

一般的に言って、元曲をはじめとする中國戲曲作品を研究する方法は二つある。一つは、作品の內容、登場人物の性格などを分析して、その本事を明らかにし、さらに類似の內容の他の戲曲あるいは小說作品と比較し、變遷の跡をたどり、傍らその背景や作者に及ぶ方法である。これとても相應に面倒ではあるが、ただし作品の內容は臺詞を讀めば、比較的容易に把握することができる。戲曲の臺詞は、小說と同じく、現代語に通じる近世白話の知識があれば、およそは讀解できるからである。しかしこれでは眞の戲曲研究とは言いがたい。戲曲の精髓は、言うまでもなく、曲辭にある。曲辭はストーリーと不卽不離の關係にありながら、そこには時に本筋を離れた思わぬ仕掛けがあり、それを正確に讀み解くことができなければ、作品の眞の主題、作者の隱れた意圖、登場人物の性格の機微を察することは不可能となる。したがって戲曲研究のもう一つの方法は、この曲辭を正面にすえ、ストーリーの展開を斟酌しながら、その正確な理解を目指すもので、これこそが戲曲研究の王道と稱すべきであろう。

土屋氏が選ばれたのは、この王道であった。安易に就くことを避け、あえて困難な道に挑戰されたのであろう。曲辭研究のためには、まずテキストの校訂が必要となる。詩や詞と較べて、戲曲のテキストは異本の間に多くの異文があり、さらにそれが後世の模倣作に繼承され、一層複雑な様相を呈している。近年では、コンピュータによる各種の檢索が可能となっているが、この分野にはその便宜もなく、手作業による地道な努力によって進めるほかはない。しかもその解釋のためには、白話だけでなく、唐詩や宋詞など古典詩歌に對する幅廣い知識と深い洞察力が求められる。

土屋氏が、このいばらの道の中で長年にわたり奮闘を重ねて來られたことは、本書のおびただしい校勘表を見れば、察するに余りあろう。そこには人知れぬ苦勞と喜びがあったはずである。その成果は、もとより私をはじめとする本書の讀者を啓發し、ひいては學界全體に貢獻するものであろう。しかしそれによる最大の受益者は、ほかならぬ著者の土屋氏自身であると思える。なんとなれば、このような校勘作業というものは、單に結果を見るだけでは、なかなかその眞價を見極めがたい、眞價をもっともよく知りうるのは、實際に校勘を行った當人であるからである。いわゆる人の水を飲むが如く、冷暖自ら知る、であろう。土屋氏が、苦心の末に獲得されたこの貴重な知見をもとに、今後さらに努力を重ね、より大きな成果を擧げられることを、讀者の一人として期待したい。

最後に私事にわたるが、私は土屋氏の京都大學大學院在學當時の指導教官、そして博士論文の主査をつとめた。私は生來ものぐさな性質のうえ、學生といえども他人の研究にあまり干渉したくないという考えもあり、いわゆる指導に類することは、ほとんどしたことがない。ただし土屋氏に對しては、專門が同じであることもあり、私としてはかなり熱心に助言を行ったつもりである。したがって氏の研究內容については熟知しているはずであった。ところが今回、本書を讀んで、土屋氏が既成に甘んじず、この數年の間に研究の範圍をさらに廣げ、分析をさらに深められたことを知り、いささか刮目の思いを禁じえないでいる。齡六十を越え、ようやく遲暮を嘆く身の上にとって、氏の精進は大きな勵みとなった。これからも土屋氏とともに、この分野の研究を少しでも前進させるべく、微力を盡くしたいと改めて思いなおした次第である。

金　文京　識

二〇一三年一月

中國戲曲テキストの研究　目次

中國戲曲テキストの研究

序　章

本書が主として考察の對象とするのは、元代以降・明代を中心に刊行された戲曲のテキストである。明代は庶民の時代とも評されるが、それは言い換えれば、それまでの時代以上に廣い階層の人々の樣子を知ることができる時代であるとも言えよう。文學においては、高級知識人はもちろんであるが、それ以外の階層の人々の考え方・嗜好といったものが作品の中により多く反映されるようになるのである。このような中で、明代中期以降、通俗文學は出版業の勃興に伴い、出版數が增大して大いに流行し、明代を代表する文學ジャンルとなったことは周知の事實である。通俗文學の一ジャンルである戲曲は、傳統詩文との關係を保ちつつ、一方では白話小説などの他の通俗文學と相互に影響を與えながら發展してきた。さらには、上は知識人から下は庶民に至るまで、幅廣い受容層を獲得していた。中國戲曲の魅力には、ストーリーのおもしろさだけでなく、まさにこの幅廣い受容層に對應するための內容の豐富さと、他ジャンルとの廣汎で複雜な影響關係も與っているとも言える。

ところで、傳統演劇が發展しつつあった時代には、固定した脚本という拘束力はおそらくまだ強くなく、卽興で演じられる部分が多かったと思われる。本來、演劇は映畫やテレビドラマなどとは異なり、觀客層やその他の條件によって上演のたびに變化して全く同じということはなく、それこそが實際の舞臺の生命ともいうべきものであろう。それがひとたび文字化され、書き寫されたり、さらには出版物となったりすれば、それは少なくとも二つの可能性を持つことになる。一つは、實演用臺本として實演に供され、實演の中でさらに變化・發展していく可能性、もう一つは、出版物、讀み物として發展していく可能性である。こういった狀況が現出したのが、本書で研究對象として取り上げる中國戲曲テキストが刊行された時代である。

このような狀況下で成立・發展したテキストは、ある特定の個人が創作し發表した作品や傳統詩文などと同じように扱うには性質が異なっていると考えるべきであろう。上演あるいは出版のたびごとに、複數の人々の手を經て、變化・發展し、複數の異なるバージョンが現れるテキストの中から一種類のテキストだけを選んで考察したとしても、その作品の世界を正確にとらえたとするには不十分であろう。しかしながら、少し前までの戲曲研究といえば、ある特定の最も流布した通行本のみを取り上げて論じるものが主流であった。同じ題名を持つ複數の戲曲テキストを對象として、その繼承と展開を總合的に考察しようという研究は一部の動きにとどまり、あまり顧みられてこなかったのである。

戲曲テキストの成立背景をふまえ、演劇が變化していく流れを明らかにし、それぞれのテキストの繼承過程における位置を明らかにした上で、テキストの本文を再度檢討し直すという方法が試みられてもよいはずである。筆者の關心は、特定のテキストの特徴を明らかにするだけではなく、戲曲テキストが時代を追うごとに、どのような姿であらわれ、形を變えていったのかというところにある。そして、その意味するところまで考察することが出來ればと考えている。このような觀點から、戲曲テキストの繼承と展開をとらえてみようというのが本書の主眼である。

各章の構成と內容は次の通りである。

第一章「雜劇から南曲へ」では、元代の北方で生まれた元雜劇が、明代以降、南方の各地で發達してきた南曲戲文・南戲・傳奇などとも呼ばれるが、本書では便宜的に「南曲」に統一すると總稱される別系統の劇種が流行する中で、どのように受け繼がれたかを論じる。第一節「元雜劇テキストの明代以降における繼承」は、現在三十種のみが殘る元刋雜劇のうち、明代以降の傳本が存在する「追韓信」「東窗事犯」「單刀會」を取り上げ、明代以降の繼承の樣相を具體例を擧げつつ論じる。結論として、非常に興味深いことにこれら三種について、元刋雜劇の原本が破損した部分は明代以降のテキストには繼承されておらず、このことは取りも直さず實演からの繼承なのではなく、テキストによる繼承であることを示している、つまり、舞臺で上演される雜劇の演目としては後世に傳えられず、一旦途絶えてしまったことが推定され、現在傳わるものは、版本を介して繼承されたものであるということである。このことは、演劇の繼承・發展のルートとして一般的に予想されることとは、少なからず異なっていると言えよう。第二節「明刋雜劇テキストの南曲への繼承」では、明代に成立した雜劇テキスト「竇娥冤」「抱粧盒」の場合における繼承の樣相を明らかにすることを試みる。特に、明代後期以降、南曲の二大聲腔として現れる弋陽腔系諸腔と崑山腔（崑曲）とでは、テキストに異同が認められることから、それぞれの特徴についても論じる。

第二章「『西廂記』雜劇における繼承」では、中國戲曲を代表する作品の一つで、のちの中國文學にも大きな影響を與えた『西廂記』雜劇のテキスト問題を扱う。第一節「弘治本『西廂記』について」では、現存最古のテキストである弘治本を再評價する。從來の研究では、弘治本は刋行年代の古さにも關わらず、杜撰な體裁、不整合な本文を持つなどの理由から、低い評價しか與えられてこなかった。本節では、他のテキストとの丁寧な比較を通して、弘治本にのみ特徴的に見られる不可解な部分こそが、弘治本が讀曲用脚本として初期の段階にあることを示すことを述べ、弘治本の價値を再認識すべきであることを論じる。同時に、弘治本と『西廂記』の他のテキストとを精査することにより、戲曲テキストが讀み物として洗練されていく過程の一端を明らかにしたい。第二節「『董西廂』から『西廂記』への繼承」では、『西廂記』雜劇に先行する西廂記作品『董解元西廂記諸宮調（董西廂）』と『西廂記』雜劇を、曲辭および構造の各面から詳細に比較し、その結果、『西廂記』が『董西廂』を有効的に取り入れて構築された作品であることを分析する。

第三章「南曲テキストにおける繼承と展開」では、明代に入って各地の地方劇が興亡をくり返し、その中で多くの南曲の戯曲作品が繼承され發展していく様子を、具體的に作品を取り上げて見ていく。第一節「明清刊散齣集について」では、明代後期に出版された様々な劇種の演目を收錄した散齣集（散齣は長篇の脚本から一幕だけを抜き出したもの）の書誌及び收錄演目の特徵について論じる。第二節では『琵琶記』、第三節では『白兎記』、第四節では『玉簪記』をとりあげ、それぞれテキストを比較し考察する。

第四章「内容と役柄の變遷をめぐる問題」では、「『淨』考――役柄の變遷」として、中國傳統演劇の役柄の一つ「淨」が、現代の京劇では、顔に隈取りを施し、もっぱら荒々しい性格の役を擔當するのに對し、元雜劇では惡役であると同時に劇中での笑いを受け持つ道化役であること、さらに明代の後期には惡役の「惡」に對する認識が變化していたことを、具體例を擧げながら論じ、中國演劇における發展の一つの方向性を示す。

これらの論考を通して、中國戯曲研究における問題の一端を明らかにすることが出來れば幸いである。

使用テキスト一覧

Ⅰ　北曲テキスト

○雑劇

1　元刊雑劇三十種　……〔元〕

2　脈望館抄本　……〔脈〕

3　古名家本　萬曆十六・十七年（一五八八・一五八九）新安徐氏刊　……〔古〕

4　酹江集　『古今名劇合選』所收　崇禎六年（一六三三）の序　孟稱舜評點　……〔酹〕

・1～4は『古本戲曲叢刊』四集（または『全元雜劇』初編・二編・三編・外編（世界書局）に一部）所收

○曲選（散曲集）

5　『盛世新聲』　正德十二年（一五一七）刋　編者不明　北京圖書館藏　……〔盛〕

6　『詞林摘豔』　嘉靖四年（一五二五）劉楫序　張祿が『盛世新聲』をもとに編集　北京圖書館藏　……〔豔〕

7　『雍熙樂府』二十卷　嘉靖年間　郭勛選輯　北京大學圖書館藏　……〔雍〕

8　『詞謔』李開先（一五〇一～一六八）撰　嘉靖年間刻本　中國國家圖書館藏

『中國古典戲曲論著集成』（中國戲劇出版社）所收　……〔謔〕

○戯曲集

9 『風月錦嚢』徐文昭編　詹氏進賢堂重刊本　嘉靖三十二年（一五五三）スペイン・エスコリアル圖書館藏 ……〔風〕

10 『新刊分類出像陶眞選粹樂府紅珊』十六巻　秦淮墨客選輯　唐振吾刊
萬曆三十年（一六〇二）刊　大英圖書館藏 ……〔紅〕

11 『群音類選』胡文煥編　萬曆二十一～二十四年（一五九三～九六）の刊行か　巻一～巻五まで原缺
中國國家圖書館・南京圖書館藏 ……〔群〕

12 『新鐫樂府清音歌林拾翠』二巻　明・無名氏編　清・奎壁齋、寶聖樓、鄭元美等書林覆刻本 ……〔歌〕

○弋陽腔系諸腔

13 『新鍥梨園摘錦樂府菁華』四巻　豫章劉君錫輯　書林王會雲梓　萬曆二十八年（一六〇〇）
英國・オックスフォード大學ボドレアン圖書館藏 ……〔菁〕

14 『鼎刻時興滾調歌令玉谷新簧』目錄には全五巻とあるが實際は全六巻
「萬曆庚戌（三十八）年（一六一〇）」の刊記　國立公文書館內閣文庫藏 ……〔玉〕

15 『新刊徽板合像滾調樂府官腔摘錦奇音』六巻　龔正我編　書林敦睦堂張三懷刻本
萬曆三十九年（一六一一）刊　國立公文書館內閣文庫藏 ……〔摘〕

16 『新刻京板青陽時調詞林一枝』四巻　玄明黄文華選輯　瀛賓郄綉甫同纂　閩建書林葉志元綉梓

「萬曆新歳孟冬月葉志元綉梓」の刊記　國立公文書館内閣文庫藏 ……〔詞〕

17 『鼎雕崑池新調樂府八能奏錦』六卷　黄文華編　書林愛日堂蔡正河刻本
「皇明萬曆新歳愛日堂蔡正河梓行」の刊記あり ……〔八〕

18 『鼎鍥徽池雅調南北官腔樂府點板曲響大明春』六卷　扶搖程萬里選　冲懷朱鼎臣集　閩建書林金魁繡
刊刻年不明　前田育德會尊經閣文庫藏 ……〔大〕

19 『新鋟天下時尙南北徽池雅調』二卷　熊稔寰編　福建書林燕石居主人刻本　刊刻年不明 ……〔徽〕

20 『新鋟天下時尙南北新調堯天樂』上下二卷　豫章　饒安　殷啓聖彙輯　閩建書林　熊稔寰繡梓 ……〔堯〕

21 『新選南北樂府時調青崑』四卷　江湖黄儒卿彙選　書林四知館繡梓　清初刻本 ……〔時〕

22 『新鍥精選古今樂府滾調新詞玉樹英』五卷　黄文華選　書林余紹崖刻本　萬曆二十七年（一五九九）序
殘本（目錄、卷一、卷二第一葉のみ現存）デンマーク・コペンハーゲン王立圖書館藏 ……〔英〕

23 『梨園會選古今傳奇滾調新詞樂府萬象新』八卷　安成阮祥宇編　劉齡甫梓　刊刻年不明
殘本（目錄、前集卷一～前集卷四）デンマーク・コペンハーゲン王立圖書館藏 ……〔新〕

24 『新刻彙編新聲雅襍樂府大明天下春』卷四から卷八のみ現存　編者、刊刻年など不明
オーストリア・ウィーン國立圖書館藏 ……〔天〕

○崑山腔

25 『吳歈萃雅』四卷　周之標輯　梯月主人編　長州周氏刻本　萬曆四十四年（一六一六）刊
前半二卷は散曲套數、後半二卷（利集、貞集）に散齣を收錄 ……〔吳〕

26 『新刻出像點板增訂樂府珊珊集』四卷　周之標編　明末刊本（曲辭のみ） ……〔珊〕

27 『月露音』四巻　凌虚子編　萬暦年間刻本　曲辭のみ收錄

28 『詞林逸響』許宇編　萃錦堂刻本　天啓三年（一六二三）刋

四巻（前半二巻は散曲套數、後半二巻〔月巻、雪巻〕は元明の散齣を收錄）……〔逸〕

29 『新鐫出像點板怡春錦』六巻　冲和居士編　刋刻者不明　崇禎年間刋本

（巻四に收錄される演目の多くは『萬壑清音』と一致する）……〔怡〕

30 『樂府南音』二巻　洞庭簫士選輯　湖南主人校點　刋刻者不明　萬暦間刻本

（『珊珊集』と同じ版式。本文も一致する部分が多い）……〔南〕

31 『賽徵歌集』六巻　明無名氏編　萬暦間刻巾箱本……〔賽〕

32 『萬壑清音』八巻　止雲居士編輯　白雪山人校點　天啓四年（一六二四）刋本にもとづく抄本

京都大學人文科學研究所藏……〔清〕

33 『新鐫繡像評點玄雪譜』四巻　明・鋤蘭忍人選輯　媚花香史批評　明末刋本……〔玄〕

34 『南音三籟』四巻　凌濛初輯　明末原刋本に清・康煕年間增訂本を補う

35 『新刻出像點板時尚崑腔雜曲醉怡情』八巻　明・青溪菰蘆釣叟編　清初古吳致和堂刋本……〔醉〕

36 『綴白裘』清・玩花主人編選　鴻文堂梓行　乾隆四十二年校訂重鐫本……〔綴〕

37 『納書楹曲譜』清・葉堂編　納書楹原刻　乾隆五十七年（一七九二）刋本（曲辭のみ）……〔納〕

38 『審音鑑古錄』清・琴隱翁編　道光十四年（一八三四）東鄉王繼善補讐刋本

39 『六也曲譜』光緒三十四年（一九〇八）刋本（影印本・臺灣中華書局）……〔六〕

Ⅲ　京　劇

40　『戯考大全』（原名『戯考』全四〇冊　一九一五～二五年出版　上海書店一九九〇）……〔戯〕

第一章　雜劇から南曲へ

第一節　元雜劇テキストの明代以降における繼承

はじめに

元雜劇[1]は、中國古典演劇史において、具體的な姿をうかがうことの出來る最も早い劇種である。というのも、元雜劇の現存する最も早いテキストである「元刋雜劇三十種」（以下、元刋本と略稱）は、中國古典演劇の現存する最も早いテキストでもあるからである。ただ殘念なことに、この元刋本は主に曲辭を收錄し、臺詞やト書きは部分的にしか載せていないため、解釋にはしばしば困難が伴う。元刋本の用途については、「觀劇に便するための冊子」[2]であったという說もあるが、はっきりしたことは不明である。元代における雜劇のありように關してはいくつかの議論が存在するが、元代にはおそらく祭祀・商業いずれの場においても上演され、廣く民間で行われていたことは確かであろう。明代以降も雜劇は作られ續けているが、上演は宮廷や王府に限られるようになり、元代とは狀況が變化している點は注意すべきであろう。現存する雜劇テキストのうち最も大部なものである脈望館抄本は、その多くが宮廷と何らかの關係を持つと考えられ、また當時の記錄から、雜劇テキストが宮廷に多く集められていたことが指摘されている[3]。

明代の宮廷では主に雜劇が上演されていたのであるが、宮廷外の實演の場ではどのような演劇が行われていたのか。

それは、南曲と呼ばれる、雜劇とは異なる劇種であった。南曲と雜劇の相違點は、主として音樂と形態の兩面から擧げることができる。

雜劇は、北方の音樂である北曲を用い、一つの宮調（西洋音樂における調性に類似したもの）からなる組曲、すなわち套數を四つ連ねることにより構成されている。(4) また、中國の傳統演劇では歌唱を伴うのが一般的であるが、雜劇の場合には、唱い手が主役に扮する一人の役者に限られる點が特徴である。一方の南曲は、南方の音樂が使われ、二十から五十の部分からなる長篇であり、登場する役者の誰もが唱うことが出來る。

このように雜劇と南曲は異なる劇種ではあるが、演目の中には同じ題材を扱ったものがみられる。それでは、雜劇と南曲というこの兩者の關係は一體如何なるものなのか。

南曲のテキストを仔細に檢討すると、雜劇が南曲に取り込まれる現象が起きている。しかし、從來の研究では、雜劇テキスト間の繼承關係、また南曲相互間の比較について考察されるにとどまり、雜劇が南曲へどのように繼承されているのかという問題については、ほとんど明らかにされていない。この問題は中國古典演劇史において、重要な意味を持っているはずである。

本稿では雜劇と南曲の關係を明らかにし、明代以降、雜劇がどのように繼承されたかを考察することを主な目的としたい。サンプルとしては、元刋本が殘っており、かつ、南曲のテキストも存在するものがふさわしい。そこで、以上の條件を滿たす、「追韓信」・「東窗事犯」・「單刀會」の三種を取り上げることにする。それぞれの雜劇テキストから南曲テキストへ、どのように繼承されているだろうか。

一、テキスト

主に使用するテキストの一覽を次に掲げる(5)（各テキストの末尾は本稿で使用する略稱）。

Ⅰ　雑劇テキスト

①『元刊雑劇三十種』（元刊本）……もとはそれぞれ別々に刊行されたテキストであるが、現在ではまとめてこのように總稱する。元代に刊行された雑劇テキストとしては現存する唯一のものである。元雑劇本來の姿を留めていると思われるが、臺詞・卜書きをほとんど收錄していない。いずれも刊行年は不明。　……〔元〕

②脈望館抄本……趙琦美(6)が萬曆四十～四十五年（一六一二～一七）の間に抄寫した雑劇テキスト。多くは內府本・于小穀本（于小穀〔于小谷とも表記〕は本名于緯。于愼行の養子）が所持していた雑劇テキストと推定される）といった、明の宮廷での上演用臺本にもとづいている。元刊本と比べると、曲の數が減少している一方で、臺詞・卜書きが詳細に書き込まれている點が特徴として擧げられる(7)。　……〔脈〕

Ⅱ　南曲テキスト（③④については、⑤～⑳のような崑山腔・弋陽腔系に分類することが困難であるため、はじめに置く。⑤～⑳は散齣集〔一幕ものを集めたもの〕である）

③『風月錦囊』徐文昭編　詹氏進賢堂重刊本　嘉靖三十二年（一五五三）スペイン・エスコリアル圖書館藏。戲曲の節略集。出版年代が比較的早く、明代初期の演劇の樣相を知る上で重要なテキストである。　……〔風〕

④『新刊分類出像陶眞選粹樂府紅珊』十六卷　秦淮墨客（紀振倫）選輯　唐振吾刊　萬曆三十年（一六〇二）序嘉慶

五年（一八〇〇）積秀堂覆刻本　大英圖書館藏。本文は弋陽腔系に近い。……〔紅〕

（1）崑山腔

⑤『萬壑清音』八巻　止雲居士編輯　白雪山人校點　天啓四年（一六二四）序本にもとづく抄本。京都大學人文科學研究所藏　雜劇由來の演目の他、南曲の有名な段も收錄する……〔清〕

⑥『新鐫出像點板怡春錦』六巻　冲和居士編　刋刻者不明　崇禎年間刋本（巻四に收錄される演目のほとんどは『萬壑清音』に收錄されるものと一致するため校勘表からは省く）……〔怡〕

⑦『賽徵歌集』六巻。明無名氏編。萬曆間刻巾箱本……〔賽〕

⑧『群音類選』明胡文煥編　萬曆年間刋本　北曲なども收錄する……〔群〕

⑨『新鐫繡像評點玄雪譜』四巻　明鋤蘭忍人選輯　媚花香史批評　明末刋本……〔玄〕

⑩『新鐫樂府清音歌林拾翠』初集、二集　明無名氏編　清奎壁齋、寶聖樓、鄭元美等書林覆刻本……〔歌〕

⑪『新刻出像點板時尚崑腔雜曲醉怡情』八巻　明青溪菰蘆釣叟編　清初古吳致和堂刋本……〔醉〕

⑫『新刻出像點板增訂樂府珊珊集』四巻　周之標編　明末刋本　曲辭だけを收錄したテキスト……〔珊〕

⑬『綴白裘』玩花主人編選　鴻文堂梓行　乾隆四十二年校訂重鐫本……〔綴〕

⑭『納書楹曲譜』葉堂編　納書楹原刻　乾隆五十七年（一七九二）刋本　曲辭だけを收錄したテキスト……〔納〕

⑮『六也曲譜』光緒三十四年（一九〇八）刋本　崑曲の臺本集。曲辭に工尺（唱い方の記號）が付せられ、編集目的の一つが歌唱に供するためであることがうかがわれる……〔六〕

（2）弋陽腔系

⑯『新刊徽板合像滾調樂府官腔摘錦奇音』六卷　龔正我編　書林敦睦堂張三懷刻
萬曆三十九年（一六一一）刊本　國立公文書館內閣文庫藏 ……〔摘〕

⑰『新刻京板青陽時調詞林一枝』四卷　玄明黃文華選輯　瀛賓郄繡甫同纂　閩建書林葉志元繡梓
「萬曆新歲孟冬月葉志元繡梓」の刊記　國立公文書館內閣文庫藏 ……〔枝〕

⑱『鼎鍥徽池雅調南北官腔樂府點板曲響大明春』六卷　扶搖程萬里選　冲懷朱鼎臣集　閩建書林金魁繡
刊刻年不明　前田育德會尊經閣文庫藏 ……〔大〕

⑲『梨園會選古今傳奇滾調新詞樂府萬象新』八卷　殘本（目錄、前集卷一～前集卷四）安成阮祥宇編
劉齡甫梓　刊刻年不明　デンマーク・コペンハーゲン王立圖書館藏 ……〔新〕

⑳『新刻彙編新聲雅襍樂府大明天下春』卷四から卷八のみ現存　編者刊刻年不明
オーストリア・ウィーン國立圖書館藏 ……〔天〕

Ⅲ　曲　選[8]（北曲の曲辭のみ收錄したテキスト。編纂段階で書き換えられた箇所もあると思われ、もとの雜劇の曲辭を殘しているわけではない點は注意すべきであろう。なお、『雍熙樂府』は官版であることから、宮廷に集められていたであろう元刊本乃至は元刊本に非常に近いテキストを參照している可能性もある。）

㉑『盛世新聲』正德十二年（一五一七）刊　編者不明　中國國家圖書館藏 ……〔盛〕

㉒『詞林摘豔』[9] 嘉靖四年（一五二五）劉楫序　張祿が『盛世新聲』をもとに編集　中國國家圖書館藏 ……〔豔〕

㉓『雍熙樂府』二十卷　嘉靖年間　郭勛選輯　北京大學圖書館藏 ……〔雍〕

㉔『詞謔』李開先（一五〇二～六八）撰　嘉靖年間刻本　中國國家圖書館藏　……〔謔〕

Ⅳ　京　劇

㉕『戯考大全』（原名『戯考』全四〇冊　一九一五～二五年出版）上海書店　一九九〇　……〔戯〕

Ⅱに擧げた南曲には大きな二つの流れがあり、一覽では崑山腔と弋陽腔系というように示した。

崑山腔は、嘉靖年間、魏良輔がそれまでの演劇に改良を加えることにより成立したと言われ、受容層は主に上流階級とされる。一方弋陽腔は、崑山腔以外の劇種の中で最も勢力を持ったもので、江西弋陽を發祥の地とする。その上演においては打樂器を伴奏にして、非常に騒がしく粗野な感じのするものであったようである。したがって、受容層は主に崑山腔より下層の人々であった[(10)]。弋陽腔は當時大變な人氣を博しただけでなく、各地に傳播して更に變化を遂げ、地名を冠した様々な劇種を生んでいる。ここでは、それらを總稱して弋陽腔系とする[(11)]。弋陽腔系は、これ以後の中國傳統演劇に大きな影響を與えたと考えられており、その實態について今後さらに解明を進めていく必要があると思われる。

二、「追韓信」

まず、「追韓信」（元刊本題「蕭何月下追韓信」）の場合を見てみたい。雜劇テキスト第二折・第三折が、南曲テキストにも收錄されている。ここでは第二折を取り上げたい。第二折のあらすじは、劉邦の陣營を逃げ出した韓信を蕭何が追いかけて連れ戻すというものである。テキストの現存状況は次の通り。

北曲：雜　劇…元刊本

曲　選…『盛世新聲』『詞林摘豔』『雍熙樂府』『詞謔』

南曲：散齣集…明代　弋陽腔…『樂府紅珊』『萬象新』『摘錦奇音』『天下春』『詞林一枝』

明代　崑山腔…『萬壑清音』『怡春錦』『群音類選』『珊珊集』『醉怡情』『賽徵歌集』『歌林拾翠』(12)

清代　崑山腔…『六也曲譜』『納書楹曲譜』

完　本…富春堂刊『韓信千金記』第二十二折

汲古閣六十種曲『千金記』第二十二折

「追韓信」においては、雜劇のテキストは元刊本のみである。曲選というのは、北曲の曲辭だけを收錄したものである。完本というのは長篇南曲のことである。『千金記』には、複數のテキストが存在するが、筆者が目睹し得たのは、ここに擧げた富春堂本と汲古閣本の二種(13)のテキストである。長篇化した南曲である『千金記』の第二十二折に、もとは雜劇の一場面である「追韓信」が取り込まれており、南曲が長篇化する際の過程の一端を示しているようで大變興味深い。

元刊本「追韓信」は、正末が扮する韓信一人の唱だけで構成されているが、南曲テキストでは、南曲による蕭何の唱などがつけ加えられており、南曲らしい改變がなされている。しかし、南曲らしい改變がなされてはいるのだが、韓信の唱の歌詞には、元刊本と系統を同じくするとおぼしい曲辭が用いられているのである。【沈醉東風】を例に擧げて比べてみよう。（■は判讀不能。異體字は正字體に直す。臺詞の位置を*1・*2……で示し、曲辭の後にまとめて記す。以下同じ。『詞林摘艷』は『盛世新聲』と、『珊珊集』は『萬壑清音』とほぼ同文のため省略）

〔元〕不覺的皓首蒼顏。　　就月朗回頭　　把劍看。*1百忙里■不乾我　英雄　　淚眼。

〔盛〕不覺的皓首蒼顏。對着這月朗回頭　　把劍彈。百般的搵不住×　英雄　　泪眼。

〔雍〕不覺的皓首蒼顏。對着這月朗風清　　把劍彈。百忙里搵不住我這英雄　　泪眼。

〔謔〕不覺的赧色羞顏。對着這月朗星輝　　把劍彈。×××搵不住×　英雄　　淚眼。

〔紅〕不覺的皓首蒼顏。對着這月朗回頭　　把劍彈。*1百忙裏搵不住×　英雄　　淚恨。

〔天〕不覺的皓首蒼顏。對着這月朗回頭　　把劍彈。*1百忙裡搵不住×　英雄　　泪眼。

〔富〕不覺的皓首蒼顏。對着這月明回頭　　把劍彈。百忙裏搵不住×　英雄　　淚眼。

〔清〕不覺的皓首蒼顏。對着這月朗回頭　　把劍彈。×××搵不住×　英雄　　淚眼。
〔六〕不覺的皓首蒼顏。對着這月朗回頭只是把劍彈。百忙裡搵不住×　英雄和那泪眼。

*1〔元〕忽然傷感、默上心來。[14]
*1〔紅〕默然感上心來。
*1〔天〕默然傷感、不覺泪零。

〔元刊本譯：氣付かぬうちにすっかり年老いて、月明のもと振り返って劍を見る。〔せりふ：急にもの悲しさが心にこみ上げる〕とっさには我が英雄の涙をぬぐい盡くすことはできぬ。〕

このように多少の改變を生じてはいるが、元刊本の曲辭が清代のテキストにまで受け繼がれていることは、特に注目すべきであろう。曲選は南曲の諸テキストより早い時期に成立しているが、南曲テキストの曲辭に影響を與えておらず、また、元刊本に見えるせりふが、多少の改變はあるものの『樂府紅珊』や弋陽腔系テキストにも類似した形で見えていることから、曲選とは別の經路で南曲テキストに受け繼がれていった可能性が高いであろう。

このように南曲テキストの曲辭・せりふに元刊本の影響が濃厚に見られるのであるが、これこそ雜劇テキストの曲辭がそのまま南曲テキストに取り込まれてしまった姿なのである。雜劇の明代における繼承のパターンの一つは、雜劇をそのまま取り込んだ上に、南曲による唱を增補するという方法をとるものがあったのである。

三、「東窗事犯」

「東窗事犯」は「追韓信」とは異なるパターンの例として取り上げたい。「東窗事犯」は有名な岳飛に關する物語を扱った芝居で、元刊雜劇第二折は、秦檜が岳飛を謀殺した後、贖罪のために靈隱寺を訪れたところ、地藏王が姿を變えた風和尚という僧に責められるという內容である。「東窗事犯」劇に關しては、『南詞敍錄』の記述（「宋元舊篇」として「秦檜東窗事犯」という演目が見える）、また『永樂大典目錄』に「東窗事犯」という劇名が見えることから、宋元南戲に由來するとも言われているが、宋元南戲のテキストが現存しないためこの點についてはここで言及しない。現存するテキストは次の通りである。

北曲系…元刊「東窗事犯」第二折

『萬壑清音』・『綴白裘』・『納書楹曲譜』・『戲考大全』

南曲系…『風月錦囊』・『群音類選』

完本…富春堂『東窗記』第三十一折「秦檜遇風和尙」

汲古閣六十種曲『精忠記』第二十八齣「誅心」

この芝居には、元刋本の曲辭の系統を引く北曲系と、南曲による曲辭からなる南曲系の二種類のテキストが併存する。ただし、元刋本以外はいずれも南曲テキストであり、元刋本の曲辭の系統をひくテキストも、南曲として上演（あるいは繼承）されていた點には注意が必要である。北曲系のテキストの中で特に注目されるのは、京劇の脚本集である『戲考大全』(15)に收錄されていることである（京劇での題名は「瘋僧掃秦」）。つまり、元雜劇最古のテキストである元刋本の曲辭が、現代に行われている京劇にまで繼承されているのである。本來、京劇は曲辭の一句の長さがほぼ揃った齊言體のスタイルをとる詩讚系演劇であり、雜劇や南曲など長短句からなる樂曲系演劇とは形式面などで異なっている。しかし、崑曲（崑劇・崑山腔）の演目が京劇にそのまま取り入れられることも少なくない。「東窗事犯」劇の場合も、崑曲から京劇に取り入れられた例になるわけだが、元雜劇が崑曲を經由して現在の京劇の中に繼承されているというのは大變珍しい。

「東窗事犯」では、粗筋はほぼ共通するものの、北曲系と南曲系では、曲牌の配列、曲辭に違いが見られる。しかし兩者が全く無關係かというと、簡單に割り切ることが出來ない。北曲系・南曲系それぞれから本文を引いて見てみよう。

○北曲系：元刊「東窗事犯」第二折

【粉蝶兒】①休笑我垢面風癡。②恁參不透我本心主意。③子與世人愚不解禪機。④鬅鬙着短頭髮、⑤胯着个破執袋、⑥就裏敢包羅天地。⑦我將這吹火筒却離了香積。⑧我泄天機故臨凡世。

○南曲系：『風月錦囊』による

【園林好】你笑我風魔蠢（①）、我和你其中見識、參不透吾心主（②）。不解我這禪識（③）。試聽我端細。

曲牌・曲辭は異なっているが、同じ番號を付けた句が類似していることがわかる。また次に擧げる箇所もみてみよう。

北曲系【石榴花】第三～四句

〔元〕　　　當時不信　　大賢妻。他　曾苦苦地　　勸你。

〔清〕你可也悔當初不聽　你那大賢妻。他也曾屢屢的可便勸你。

〔綴〕您可也悔當初錯聽了恁那大賢妻。他也曾屢屢的　　誘你。

〔納〕恁可也悔當初錯聽　恁那大賢妻。他也曾屢屢的　便誘你。

〔戲〕恁可也悔當初錯聽　恁　大賢妻。　也曾屢屢的　便誘你。

南曲系【品令】第七～九句（富春堂『東窗記』は【三臺令】に作る。臺詞は省略。）

〔風〕我從到、　　你可便索索計。若信我言、昔日休聽不賢妻。

〔富〕我從頭至尾。你可須索縈記。若信我言、昔日休聽不賢妻。

〔汲〕×從頭至尾。你×須索牢記。若聽吾言、昔日休聽大賢妻。

いずれも風和尚が秦檜に向かって言っているところ。北曲系は、元刊本「そのかみ優れた賢妻の言うことを聞かず、彼女はしきりに（岳飛謀殺をやめるように）諫めていたのに」であり、『萬壑清音』もおおよそ同内容で、元刊本と『萬壑清音』では秦檜の妻は善人という設定である。『綴白裘』『納書楹曲譜』『戲考大全』は「おぬしはなんとまあそのかみかの大した賢妻の言うことをうっかり聞いてしまい、彼女もしきりと（岳飛を謀殺するように）おぬしを唆した」であり、こちらでは悪人という設定である。南曲系は「わしがはじめからおしまいまで話すから、おぬしはしかと心に留められよ。もしわしの言うことを信じるなら、そのかみ愚かな妻の言葉を聞くべきではなかった」であり、秦檜の妻は悪人である。汲古閣本では「大賢妻」となっているが、意味は同じである。一般的に秦檜の妻は、南曲系に見られるような岳飛謀殺を唆す悪人という設定が普通であり、元刊本と『萬壑清音』のように岳飛謀殺に反對する善人という設定となっているのは非常に珍しい。しかし、元刊本の曲辭の系統を引く北曲系の『綴白裘』『納書楹曲譜』『戲考大全』で秦檜の妻が悪人という設定になっているのは、南曲系のテキストの影響を受けたものと考えられる。このように、曲辭が異なるにもかかわらず、內容的に影響關係が見られる點も興味深い。

ここに擧げた箇所にとどまらず、北曲系と南曲系では曲辭・臺詞ともに類似した部分があり、兩者の間に影響關係があることがうかがえる。このことと版本の成立時期とを考慮に入れれば、「東窗事犯」の明代以降の繼承は次のように考えられる。明代には相互に影響關係にある北曲系と南曲系の二系統が併存するという状況が見られた。その後、清代以降には南曲系がすたれ、北曲系が主となって、それが現代の京劇にまで受け繼がれているということになるのであろう。

四、「單刀會」

「單刀會」の場合を見てみたい。「單刀會」は三國志物語の一場面を扱った芝居であるが、そのあらすじは、呉の魯肅が劉備に貸した荊州を取り戻そうとして、關羽を酒宴に招いて話を付けようとするが、關羽は逆に魯肅を脅して悠々と引き揚げていく、というものである。

「單刀會」劇各折の現存するテキストを擧げてみよう。

第一折　雜劇：元刊本・脈望館抄本
　　　　南曲：弋陽腔系…『天下春』『樂府菁華』『大明春』『樂府紅珊』
（『樂府紅珊』は弋陽腔系テキストに近いため、ここでは弋陽腔系に分類した。第三折も同じ）
第二折　元刊本・脈望館抄本（雜劇テキストのみ）
第三折　雜劇：元刊本・脈望館抄本
　　　　南曲：崑山腔…『綴白裘』『納書楹曲譜』『六也曲譜』（いずれも清刊本）
　　　　　　：弋陽腔系…『天下春』『萬象新』『大明春』『樂府紅珊』（いずれも明刊本）
第四折　雜劇：元刊本・脈望館抄本
　　　　南曲：明代『風月錦囊』『樂府紅珊』『萬壑清音』『怡春錦』『玄雪譜』『珊珊集』(16)
　　　　　　：清代『綴白裘』『納書楹曲譜』『六也曲譜』（いずれも崑山腔）

實は元刊「單刀會」の原本には缺損があるのである（圖版參照）。その範圍を曲牌で擧げると、第三折の末尾【柳青娘】【道和】【尾】、第四折【新水令】【駐馬聽】【風入松】【胡十八】【慶東原】【沈醉東風】【雁兒落】、合計十曲に及ぶ。特に缺損の度合いが甚だしいのは、【柳青娘】【道和】【尾】【風入松】の四曲である。そしてこのうち【尾】を除く三曲は、他のテキストに繼承されていない。たとえば【風入松】は次のようになっている。

文學德行與…（八字原缺）…國能謂不休說。一時多少豪傑。人生百年…（七字原缺）…不奢。

このように文意が不明確になっている部分が繼承されていない。これは何を意味するものであろうか。おそらく、缺損によって文意が不明確になったために、後代のテキストに繼承されなかったと考えられるであろう。つまり、「單刀會」における繼承は、缺損箇所を含むテキストをもとにしていると推測されるのである。第三折末尾の【尾】曲も缺損が多いが、この曲の場合、折の末尾に必要な曲であるため、例外的に補われたものであろう。先に擧げた三曲以外の曲はいずれも缺損が少なく、缺損部分が補われていると見なすことができよう。

それでは、缺損部分がどのように補われているか、【尾】を擧げて見てみよう。

第三折【尾】（抄本は【尾聲】、六・納本は【煞尾】に作る。弋陽腔系の『天下春』『樂府紅珊』は前曲【鮑老催】からの續き）（*1・*2の臺詞は省略）

〔元〕須……（七字原缺）……公。　又無那宴鴻門　楚霸王。　行下　滿筵人都…（八字原缺）…你前日上。

放心、小可如我萬軍中下馬刺……（以下原缺）

〔脈〕須無那臨潼會　秦穆公。　又無那×鴻門會楚霸王。　折麼他滿筵人×列着　先鋒將。　××××

××　小可如×萬軍×××刺顏良時　那一場攘。〔下〕*2

〔綴〕雖不比臨潼會上秦穆公。　那里有宴鴻門　楚霸王。　××　滿庭前折磨了　英雄將。　××××

××　小可的百萬軍中××斬顏良　那一場嚷。〔同下〕

〔納〕雖不比臨潼會上秦穆公。　那裏有宴鴻門　楚霸王。　××　滿眼前折沒了個英雄將。　××××

××　俺也曾百萬軍中××斬顏良　那一場嚷。

〔六〕雖不比臨潼會上秦穆公。　那裡有宴鴻門　楚霸王。　××　滿筵前折磨了　英雄將。　××××

××　俺也曾百萬軍中××斬顏良　那一場攘。

〔紅〕他沒有臨潼會×秦穆公志量。怎比得×鴻門宴楚霸王的行藏。*1好一似白馬坡前誅文丑。　××××

××　×××百萬軍中××刺顏良。　魯子敬呵教你一場空想。

〔天〕他沒有臨潼會×秦穆公志量。怎比得×鴻門宴楚霸王的行藏。*1好一似白馬坡前誅文醜。　××××

××　×××百萬軍中××刺顏良。　魯子敬×教你一場空想。〔重〕

（元刊本譯：〔臨潼會の秦穆〕公ではあるまいし、また鴻門會の楚霸王項羽でもあるまい。宴席中の者に下知して〔先鋒將を竝べたとて〕你前日上〔意味不明〕。安心せよ、一萬の軍中で馬を下り〔?〕〔顏良を?〕刺したこのわしにはかなうまい。）

（天下春譯：やつ〔魯肅〕は臨潼會の秦穆公ほどの器量なく、鴻門の宴での楚の霸王ほどの振る舞いにも及ばぬ。白馬坡で文醜を殺し、百萬の軍中で顏良を刺したようにしてやろう。魯子敬よ、あだな謀事であったな。）

元刊本【尾】には三箇所に缺損があるが、第一句の缺損は第二句の「楚霸王」からの類推で補ったと思われる。第三句の缺損部分には「列着先鋒將」が補われ、そのあとの「你前日上。放心」は、意味がわからなくなり削られたと考えられる。末句では、「刺顔良」という言い方が小說・戲曲でよく使われること、元刊本原本で「刺」字以下の缺けている字數分を埋めようとしたことから、「顔良時那一塲攘」の句が補われたと思われる。「下馬」の二字は、單に削られてしまったのであろう。

このように【尾】曲において、元刊本の缺損部分と脈望館抄本の異同を見てみると、現存する缺損がある元刊本にもとづいて脈望館抄本に見える曲辭が作られている可能性が考えられる。

別の例も擧げてみよう。

第四折【胡十八】關羽の唱（『風月錦囊』は【那吒令】に作る）

〔元〕恰一國興、早一朝滅。那……（八字原缺）……　二朝阻隔　六年　別。不付能見　也。　却又早　老……
（八字原缺）……　心兒　咲一夜。

〔脈〕想古今、　立動業。　那里也舜五人、漢三傑。　兩朝相隔　數年　別。不付能見　者。　却又早　老也。
開懷的飲數杯。　*5　盡心兒待醉一夜。*6

〔風〕想古今、　立動業。　那里有舜五人、漢三傑。　兩朝×隔　數年間別。不×能彀會也。　却又早　老也。
開懷暢飲、莫負懽悅。　××　×××

〔紅〕想古今、　立動業。*1　舜五人、漢三傑。*2兩朝相隔　數年　別。不復能見　也。*3却又早　老也。
*4且開懷暢飲、莫負懽悅。*5　開懷處飲數盃、莫放金杯歇。*6

〔清〕想古今、　立勳業。＊1那裏有舜五人、漢三傑。＊2兩朝相隔　數年　別。不×能×會也。　却又早　老也。
＊4　開懷×飲數盃。　不覺的盡心×　醉也。＊6
〔綴〕想古今、　立勳業。＊1那里有舜五人、漢三傑。　兩朝相隔只這數年　別。不獲能個會也。　恰又早這般老也。
＊4　開懷來飲數杯。　＊5　大夫某只待盡心兒可便醉也。＊6

（『珊珊集』『怡春錦』『玄雪譜』は『萬壑清音』に同じ。『六也曲譜』は『綴白裘』に同じ）

（元刊本譯：一國興るや、一朝滅ぶ。…〔原缺〕…二つの國が相隔たってより六年の別れ、ようやく會えたと思ったら、なんとはや年老いて…〔原缺〕…心ゆくまで一晩笑って過ごそうぞ。）

（脈望館抄本譯：古今勳業を立てしことに思いを馳せれば、舜の五人、漢の三傑などどこにいようか。兩國が相隔たってより數年の別れ、ようやく會えたと思ったら、なんとはや年老いてしまった。おおらかに杯重ね、心ゆくまで飲み明かそうぞ。）

元刊本第三句の缺損部分では、脈望館抄本やその他のテキストに「里也舜五人、漢三傑」という句を補っているが、元刊本第一句・第二句「恰一國興、早一朝滅」も他のテキストでは「想古今、立勳業」に改められているのは、缺損部分に「里也舜五人、漢三傑」という句を補ったためと考えられるであろう。元刊本の缺損部分に本來存在していた句は、脈望館抄本に見える曲辭とは異なったものであったのかもしれない。元刊本第七句「却又早老」以下の缺損については、末句「心兒咲一夜」から類推して、脈望館抄本では「(老)也。開懷的飲數杯。盡心兒待醉一夜」としていると思われる。その他の南曲テキストでは、様々な異同が見られるが、基本的には脈望館抄本に見える曲辭「也。開懷的飲數杯。盡」の影響を受けていると考えるのが妥當であろう。

以上の諸點を總合すると、脈望館抄本に見える曲辭は、今日傳存しているたった一册の缺損のある元刋本をもとにして、缺損部分を補って作られた可能性が非常に高いと考えられるであろう。明本では、元刋本より曲牌數が減少する例が多いが、「單刀會」の場合はおそらくそれとは異なるパターンであって、缺損によって曲牌が減少したと見るべきであろう。元刋雜劇三十種の中では他にも、「任風子」第二折【呆古朶】が缺損により明本に繼承されていないと思われる。なお、「單刀會」の脈望館抄本は、その體裁などから于小穀本と考えられ[17]、その本文は脈望館抄本の抄寫時期に先立つことになるので、于小穀本乃至はそれに非常に近いテキスト（以下話を單純化するため、單に于小穀本とする）が成立する段階で補われたものであろう。

次に『風月錦囊』をはじめとする南曲テキストへの繼承を見てみよう。南曲テキストのうち成立年代が早い『風月錦囊』（嘉靖三十二年〔一五五三〕の刋記）と『樂府紅珊』（萬曆三十年〔一六〇二〕序）は、脈望館抄本の抄寫（一六一二～一七）より早い時期に成立しており、脈望館抄本から直接影響を受けたとは考えにくい。したがってこれら二種の南曲テキストの成立については、于小穀本が何らかの經路で民間に流出し、南曲テキスト成立に影響を與えたと推測するのが妥當であろう。『風月錦囊』は、その成立を永樂年間とする說もあるが、現存する『風月錦囊』の「單刀會」の成立時期については、少なくとも于小穀本より後れると見てよいであろう。于小穀本の主要部分の成立を成化年間とする小松氏の推定[18]とも矛盾しない。

このように「單刀會」雜劇の場合においても、明代以降の「單刀會」の繼承は、元刋本を起點としているように見える。特に注目すべきは、元刋本「單刀會」原本に缺損が存在し、缺損部分に該當する明本の部分が後補されたものであると推測できることから、現存する元刋本「單刀會」が明本のもとになった可能性は非常に高いと思われる。

もしこのことが事實であれば、これは文字テキストを介した繼承ということになり、直接的に上演を介した繼承ではないということを示していることになる。とすれば、「單刀會」の實演の傳統が、この時點で途切れていた可能性も想定できるであろう。もしかりに別系統の「單刀會」劇が存在していたとしても、この「單刀會」が宮廷外へ流出し、主流になってしまったと考えられる。

上演を介した繼承ではなかったとしたら、元刋本は、明代以降どのように傳えられてきたのか。明代初期における元刋本の所在は明らかにされておらず、明代中期になってようやく手がかりとなる記述が現れる。岩城秀夫氏はその論文「元刋古今雜劇三十種の流傳」の中で、李開先『詞謔』に見える「追韓信」に關する記述などから、嘉靖年間の李開先がこの書を所藏していたことがあったと推定しておられる。李開先の後は、孫楷第『也是園古今雜劇考』によれば、清の何煌（字心反、號小山、長洲人）が實際に目睹し、所藏していた脈望館抄本と元刋本との校勘を行っており、その後、黃丕烈の手に渡ったということのようである。とはいえ、現時點では、明代中期李開先の所藏に歸す以前における元刋本の流傳について、明らかにされていない狀況である。

しかし、元刋「單刀會」が、明の內府を經由してきた雜劇テキスト（本稿では脈望館抄本を指す）のもとになったテキストであったのであれば、元刋「單刀會」は明の宮廷に集められていたテキストであったという可能性が考えられる。そもそも雜劇をめぐっては、元から明への繼承が如何なるものであったのかということは重要な問題である。もしも、實際に元刋本が明の宮廷を經由していたのであれば、それは雜劇の繼承過程において、明の宮廷が非常に大きな役割を果たしていたことを改めて示すことになるであろう。

五、「單刀會」における崑山腔と弋陽腔系

「單刀會」における崑山腔テキストと弋陽腔系テキストの異同狀況から、明代以降の雜劇繼承の一つのパターンを見ることが出來る。この點について述べてみたい。

先に擧げた第三折【尾】では、脈望館抄本に見える曲辭が崑山腔と弋陽腔に繼承されていた。崑山腔テキストは脈望館抄本に近く、弋陽腔系テキストは脈望館抄本と崑山腔テキストからかけ離れているように見える。しかし、「單刀會」第三折においては、テキスト一覽で示したように、弋陽腔系のテキストはいずれも明代に刋行されているのに對し、崑山腔テキストは清代の刋行であるので、現存するテキストの刋行年代を見る限り、崑山腔テキストが弋陽腔系テキストに影響を與えているとは考えにくい。このことを曲牌からも確認してみると、元刋本と脈望館抄本に見える【快活三】【鮑老兒】【剔銀燈】【蔓菁菜】（脈本は【蔓菁菜】の曲牌表示がなく、曲辭の一部だけが存在する）の四曲が、崑山腔テキストでは繼承されていない。一方、弋陽腔系テキストでは曲牌こそ異なっているものの、この三曲の言葉が異なる曲牌に使われている。

具體的な例として、元刋本・脈望館抄本・『天下春』（弋陽腔系テキスト）の三種を擧げてみよう（元刋本の本文を適宜かぎ括弧で區切って番號を振り、番號は脈望館抄本・『天下春』と對應している。異同箇所に傍線を付す）。

○元刋本

【剔銀燈】折末他「①雄糾糾軍排成殺場。威凛凛兵屯合虎帳。大將軍奇銳在孫吳上。」「②倚着馬如龍人似金剛。」「③不是我十分強。硬主仗。」「④題着厮殺去摩拳擦掌。」

【蔓菁菜】他便有快對不能征將。排戈戟列其倉（當作旗鎗）。「⑤對幛。三國英雄漢雲長。端的豪氣有三千丈。」

○脈望館抄本

【刖銀燈】折莫他「①雄糾糾排着戰場。威凛凛兵屯虎帳。大將軍智在孫吳上。」「②馬如龍人似金剛。」「③不是我十分強。硬主張。」「④但題起厮殺呵麼拳擦掌。」

【蔓菁菜】排戈甲列旗鎗。「⑤各分戰場。我是三國英雄漢雲長。端的是豪氣有三千丈。」

○『天下春』【鮑老催】の途中まで

【鮑老催】那怕他「②馬如龍人似金剛。」「①雄糾糾推乘出戰場。威凛凛兵戈賽虎狼。大丈夫志在孫吳上。」「※今日向單刀會裡、勝似鎖齊王。」「③非是我十分強。硬主張。」（他若提起那荊州呵。）「④准備着貫甲披袍、仗劍提刀、一個個磨拳擦掌。」「⑤各分戰場。端的是三分英勇漢雲長。怒開豪氣三千丈。」（※の句は元刊本・脈本【鮑老兒】曲中に見えるが、【鮑老兒】曲は省略した）

（元刊本譯：【刖銀燈】たとえやつが戰いの場に勇ましい軍をならべようとも、陣幕のまわりに威勢のいい兵を駐屯させようとも、この大將軍のすばらしさはあの孫吳の兵法〔吳のやつら〕の上だ。馬は龍のよう人は仁王のよう、それこそ賴り。わしはすごく強いと言って、無理に事を起こそうとするでもないが、いざ戰いというのならやる氣は十分じゃぞ。

【蔓菁菜】やつにたとえ手強い兵、戰になれた將がいようとも、矛や旗、槍をならべようとも、いざ手合わせとなれば、三國に名高い英雄漢の雲長、げにも豪氣は三千丈。）

（『天下春』譯：【鮑老催】たとえ彼が馬は龍のよう人は仁王のようであっても、戰いの場に勇ましく出てこようとも、威風堂々たる兵器が虎や狼にもまさるとも、立派な男たるわが心意氣は孫吳の兵法〔吳のやつら〕の上だ。只今單刀會にては、齊王を閉じこめるにもまさる〔?〕。わしはすごく強いと言って、無理に事を起こそうとするでもないが、〔せりふ：やつがもしも荊州のことを言い出したら〕、よろいや陣羽織を身につけ、劍や刀を用意して、一人一人やっつけてやるぞ。）

このように、『天下春』では、雑劇テキストの歌詞を用いながら、パズルのように順番を入れ替えている。それにもかかわらず、雑劇の話の流れに大きな變更を生じていないのは、雑劇テキストの【上小樓】から【尾聲】までを、だいたい前半と後半に分け、それぞれの中で入れ替えを行っているからであろう。『天下春』に見える、このような曲辭の入れ替えは、第一折の弋陽腔系テキストにも同様に見られる。

第一折・第三折において、『樂府紅珊』と『天下春』とは、ほぼ同文である。したがって、この部分からも、先に述べた「單刀會」の繼承過程と一致していると言えよう。すなわち、雑劇テキストあるいは于小穀本が民間に流出し、そして南曲に取り込まれて入れ替えが行われ、『樂府紅珊』や、『天下春』等の弋陽腔系テキストにも收錄されたということになるのであろう。

このように本文の異同狀況などから總合すると、崑山腔テキストから弋陽腔系テキストが作られたのではないことは明らかである。それでは、崑山腔テキストと弋陽腔系テキストの異同から、どのような狀況が考えられるであろうか。

六、明代後期における北曲の受容

弋陽腔系テキストは實演用臺本に近い姿を留めていると考えられる。同じ芝居でもテキストによってはかなり異同が生じている場合があり、その要因には、文字テキストを寫す際に生じた微細な違いばかりではなく、實演からの影響もあったと考えられるであろう。弋陽腔系テキストは散齣集、つまり一幕ものの寄せ集めという形態を取っているが、これも、折子戲（一幕ものの芝居）として行われることが多かったことを示しているのかもしれない。弋陽腔系テキストにおいて入れ替えのような改變が爲されたのは、雜劇そのままでは弋陽腔としては上演しにくかったという、實演を背景とした要因が考えられるであろう。これは、弋陽腔という劇種の性質として、もとの雜劇のスタイルを保持しようという意識が乏しいというよりは、次から次へと變化を遂げてゆく生命力の強さがあるということなのであろう。

一方、崑山腔のテキストは、元刊本や脈望館抄本の系統に近いものを繼承している。では、崑山腔が弋陽腔系テキストよりも雜劇テキストの本文に近い形を殘しているのは、何故なのだろうか。このことは、崑山腔の形式が雜劇を取り入れやすかった、ということのみ示しているのではないと思われる。むしろ崑山腔は北曲の形式などを生かす方向で、崑山腔に取り入れようとする姿勢があったと考えるべきなのかもしれない。明代中期以後、雜劇テキストの刊行が盛んに行われているが、その背景には所謂知識人の間で、雜劇が高尚で雅なる演劇として愛好されていたことを見逃すことは出來ないであろう。

當時の知識人の著作から、北曲愛好を示す例を擧げてみよう。明末の沈寵綏（字君徵、號適軒主人、萬暦江蘇呉江人）に、『絃索辨訛』[19]という著作がある。弦索（絃索に同じ）というのは、弦樂器（琵琶や三弦など）で伴奏をつけ、これに合わせて北曲を清唱するというものである。さてこの『絃索辨訛』には、弦索用に北曲の歌詞に唱い方の記號が付されており、「追韓信」劇の歌詞も收録されている。『絃索辨訛』の「追韓信」（『絃索辨訛』では『千金記』「追賢」に作る）は、元刋本の曲辭よりも南曲テキストの曲辭に近いものになっているのである。つまり、『紘索辨訛』はすでに南曲化した芝居、この場合には長篇南曲の『千金記』の中から北曲部分を取り出してきているのであり、それが著者にとっての「北曲」だったのである。知識人の北曲に對する意識が高まったとはいえ、彼らが「北曲」と認識していたものの中には、南曲の中の「北曲」もかなり含まれている可能性があることがうかがわれる。

こうした狀況には、雜劇が宮廷外では一般に芝居として行われなくなっていたことが要因の一つに考えられるであろう。明代のいつごろとはっきりと特定することは困難であるが、少なくとも明の後期には北曲が南曲として繼承されていた狀況があったことは、注意すべきことと思われる。

おわりに

元刋本が、明代以降どのように繼承されたのか、これまで述べてきたことをまとめておきたい。まず、「追韓信」においては、雜劇の曲辭をそのまま繼承し、南曲の唱を插入するパターンが見られた。「東窗事犯」では、北曲系と南曲系という互いに影響關係が認められる二つの系統があり、後に北曲系が京劇に繼承されている狀況が見られた。「單刀會」では、明代以降のテキストは、元刋本の缺損部分を補う形で繼承している可能性が高いと推定される。このことは、現存する元刋本が明の宮廷に由來するテキスト（脈望館抄本）のもとになったということだけでなく、この元刋本が明の宮廷と何らかの密接な關わりを持っていたこと、そして雜劇の繼承過程において、明の宮廷が果たした役割が非常に重要なものであったことをあらためて示していると思われる。

また、雜劇は明代以降、民間では上演されなくなっていたと言われるが、全く上演されなくなってしまったかというとそうではなく、崑山腔や弋陽腔の中の北曲として演じられ、あるいは長篇南曲の一部分として取り込まれ[20]、一部には現在に至るまで上演され續けているものも存在していたのである。しかも、その繼承のあり方は決して一様ではなく、崑山腔と弋陽腔とでは異なる展開を遂げていたのである。

注

(1) 本節では「元雜劇」を、元代に行われていた雜劇に限って使用することにする。

(2) 岩城秀夫「元刊古今雜劇三十種の流傳」(『中國戲曲演劇研究』〔創文社　一九七三〕)五四七頁。

(3) 孫楷第『也是園古今雜劇考』〔上雜出版社　一九五三〕に、李開先張小山小令後序稱「洪武初年親王之國、必以詞曲一千七百本賜之……人言憲廟好聽雜劇及散詞、搜羅海內詞本殆盡。武宗亦好之、有進者即蒙厚賞。……」と引く。

(4) この套數を雜劇では普通「折」と呼び、雜劇は四折から構成されると説明されることが多い。これについては、岩城秀夫「元雜劇の構成に關する基礎概念の再檢討」(『中國戲曲演劇研究』〔創文社　一九七三〕)四八六頁以下に詳しく述べられている。ただし、元刊本に見える折というのは「ひとしきり」という意味で、明本の折とは中身が異なっている。

(5) 各テキストの底本は次の通り。①と②は『古本戲曲叢刊四集』、③〜⑭・⑯〜⑱は『善本戲曲叢刊』〔學生書局〕、⑮は臺灣中華書局影印本、⑲⑳は『海外孤本晚明戲劇選集』〔上海古籍出版社　一九九三〕による。なお『怡春錦』『群音類選』『綴白裘』には崑山腔以外の劇種による演目も含まれていると思われるが、本稿で扱う「單刀會」は崑山腔のものと認めうるので、ここでは崑山腔に分類した。

(6) 孫楷第前掲書「一　收藏」に、趙琦美に關する詳しい考證がある。

(7) 脈望館抄本と于小穀については、小松謙『中國古典演劇研究』〔汲古書院　二〇〇一〕「Ⅱ　明代における元雜劇」「第三章『脈望館抄古今雜劇』考」參照。

(8) 王重民『中國善本書提要』〔上海古籍出版社　一九八三〕の分類による。

（9）注（7）小松前掲書Ⅱ「明代における元雜劇」第五章「『元曲選』『古今名劇合選』考」一七三頁參照。
（10）弋陽腔に關しては葉德均「明代南戲五大腔調及其支流」（『戲曲小說叢考』〔中華書局　一九七九〕上册所收）に詳しい。弋陽腔の特徵としては、「滾調」と呼ばれる特徵的な唱の插入が擧げられるが、本稿で扱った「單刀會」には「滾調」の插入は見られないため、この點は特に觸れない。
（11）弋陽腔系のテキストとしては、『善本戲曲叢刋』に九種、『海外孤本晚明戲劇選集』に三種收められている。
（12）このほか、『綴白裘合編』にも收錄されているようである。根ヶ山徹「明刻清康熙間重修本『綴白裘合編』初探――『綴白裘』の成書と轉變――」（『東方學』第九十三輯　一九九七）の『綴白裘合編』目錄一覽參照。
（13）富春堂本と汲古閣本とでは本文は非常に共通しているが、唯一、第二十六折「登拜」において異同が見られる。
（14）元刋本の「默」は意味的には「驀」（急に）である。『樂府紅珊』や『天下春』の「默然」は元刋本の「默」が影響しているのかもしれない。
（15）『戲考大全』〔上海書店　一九九〇〕（原名『戲考』全四〇册、一九一五～二五年出版）を使用。
（16）この他、『樂府南音』二卷（萬曆間刻、洞庭簫士選輯、湖南主人校點、刋刻者不明）があるが、『珊珊集』と同文（版式も全く同じ）のここでは省く。兩者には直接的な關係があると思われる。
（17）注（7）小松前掲書Ⅱ「明代における元雜劇」第三章「『脈望館抄古今雜劇』考」一四七頁。
（18）注（7）小松前掲書參照。
（19）底本には『中國古典戲曲論著集成』を使用。
（20）元刋本以外の雜劇テキストの場合も、南曲テキストへの影響を及ぼしている事例を見出すことが出來る。たとえば、『抱粧盒』（『元曲選』所收）・『竇娥冤』（古名家本など）は、南曲テキストである『金丸記』・『金鎖記』の中に一場面として取り入れられている。

第二節　明刊雜劇テキストの南曲への繼承

はじめに

第一節では、元刊本の雜劇が明代以降のテキストにどのように繼承されたかという問題を扱った。しかし、雜劇のテキストは明代に入ってからも實は非常に多く出版されている。現在殘っている雜劇のテキストの大部分は、明代に抄寫または刊行されたものである。それでは、明刊本の雜劇はその後南曲のテキストにどのように繼承されているのであろうか。本節では、この問題について見ていくことにしたい。

サンプルとして取り上げるのは、「竇娥冤」と「抱粧盒」である。この二つの話は、それぞれ『金鎖記』『金丸記』という長編の南曲に改編されている。それぞれ小節をもうけて述べることにしよう。

一、「竇娥冤」

「竇娥冤」は、元代を代表する雜劇作家、關漢卿の作と傳えられ、名作の一つに數えられている。この物語は現在でも、京劇（「六月雪」）や地方劇でもよく上演される人氣演目である。雜劇のあらすじは、次の通りである。

竇天章は科擧受驗の旅費を得るため、七歳になる娘竇瑞雲を預ける名目で楚州山陽の蔡婆婆に賣る。十三年後、竇瑞雲は竇娥と改名し、十七歳で結婚した蔡婆婆の息子とは死別、蔡婆婆の家業を手傳って暮らしていた。ある時、借金の取り立てに出掛けた蔡婆婆は賽盧醫に殺されかけて張老に救われるが、逆に結婚を迫られる。また、張老の息子驢兒は、竇娥を妻にしようとして拒否され、邪魔な蔡婆婆を毒殺するつもりが誤って父張老を殺してしまう。事件の發覺をおそれた驢兒は、竇娥を犯人と僞って訴える。竇娥は無實の罪で刑死するが、その死後役人になって赴任した父親によって彼女の無實が證明される。

この「竇娥冤」をもとに作られたと推定されるのが、南曲『金鎖記』である。南曲は長篇で「竇娥冤」には元來なかった場面が付加されているため、もとより同じ內容・展開ではない。「竇娥冤」と『金鎖記』との最大の相違點は、主人公竇娥がたどる運命である。雜劇「竇娥冤」では、竇娥は無實の罪で刑死してしまう。一方、南曲『金鎖記』では竇娥は刑死することなく、刑場で竇娥が首を切られるというそのときに、天變地異が起こり、刑執行取り消しの報がもたらされるという展開になっている。今日でも京劇などで廣く上演されている「六月雪」あるいは「法場」などと呼ばれる演目が、まさにこの場面である。また、竇娥の夫蔡昌宗については、雜劇では若くして亡くなったことが說明されるだけで、登場する場面はないが、南曲では成人して科擧を受驗しに行き、途中の黃河で溺れるものの河伯の娘婿になり、結末で竇娥ともども大團圓となる。

さて、竇娥冤の物語を收錄するテキストを確認しておこう（卷末の散齣集收錄演目一覽表も參照）。

北曲：古名家本「竇娥冤」……〔古〕

『元曲選』「竇娥冤」……〔臧〕

　　　『酹江集』「竇娥冤」……〔酹〕
南曲：完　本：『金鎖記』清初抄本（古本戲曲叢刊三集）……〔鎖〕
　　散齣集：『歌林拾翠』「賣耗鼠藥」「鞫問屈招」「婆婆探獄」「竇娥赴法」……〔歌〕
　　　『醉怡情』「誤傷」「冤鞫」「探獄」「赴市」
　　　『綴白裘』「送女」「探監」「法場」「私祭」「思飯」「羊肚」……〔綴〕
　　　『納書楹曲譜』「私娥」「斬竇」……〔納〕
　　　『六也曲譜』「說窮」「羊肚」「探監」「斬娥」……〔六〕

巻末の散齣集收錄演目一覽表で收錄狀況を確認してみると、「竇娥冤」に關連する演目は現存する弋陽腔系の散齣集には收錄されておらず、收錄しているのはいずれも崑山腔の散齣集である。「竇娥冤」は、主として崑山腔の演目として傳えられていたと考えられる。

南曲『金鎖記』は、雜劇「竇娥冤」と比べて長さはもちろんのこと、物語の展開、人物設定などさまざまな點で異なる部分が多いが、南曲『金鎖記』が雜劇「竇娥冤」に基づくことを示す形跡は隨所に認められる。

そのことが特に顯著に現れているのが、『金鎖記』第二十三齣「赴市」と雜劇「竇娥冤」第三折であり、雜劇テキストの曲辭が南曲テキストの中に曲ごとはめ込まれている。具體的な狀況について、例を擧げて示したい。

現存する「竇娥冤」の雜劇テキストは三種類、また南曲テキストで雜劇「竇娥冤」第三折に對應する部分を收錄しているのは、『金鎖記』『歌林拾翠』『綴白裘』『納書楹曲譜』『六也曲譜』である。

まず、曲牌の構成を見てみよう。

曲牌表：「竇娥冤」第三折

古名家本	元曲選	酹江集	金鎖記	歌林拾翠	綴白裘	納書楹曲譜	六也曲譜
（なし）	（なし）	（なし）	【引】	（なし）	【引】	（なし）	【引】
【端正好】	【端正好】	【端正好】	【端正好】	【端正好】	【端正好】	【端正好】	【端正好】
【滾綉毬】	【滾綉毬】	【滾綉毬】	【滾綉毬】	【滾綉毬】	【滾綉毬】	【滾綉毬】	【滾綉毬】
【倘秀才】	【倘秀才】	【倘秀才】	（なし）	【倘秀才】	（なし）	（なし）	（なし）
【叨叨令】	【叨叨令】	【叨叨令】	【叨叨令】	【叨叨令】	【叨叨令】	【叨叨令】	【叨叨令】
【快活三】	【快活三】	【快活三】	（なし）	（なし）	（なし）	（なし）	（なし）
【鮑老兒】	【鮑老兒】	【鮑老兒】	（なし）	（なし）	（なし）	（なし）	（なし）
（なし）	【耍孩兒】	【耍孩兒】	（なし）	（なし）	（なし）	（なし）	（なし）
（なし）	【二煞】	【二煞】	（なし）	（なし）	（なし）	（なし）	（なし）
（なし）	【一煞】	【一煞】	（なし）	（なし）	（なし）	（なし）	（なし）
【尾聲】	（なし）	（なし）	（なし）	（なし）	（なし）	（なし）	（なし）
（なし）	【煞尾】	【煞尾】	（なし）	（なし）	（なし）	（なし）	（なし）
（なし）	（なし）	（なし）	【脱布衫】	【脱布衫】	【脱布衫】	【脱布衫】	【脱布衫】
（なし）	（なし）	（なし）	【小梁州】	【小梁州】	【小梁州】	【小梁州】	【小梁州】
（なし）	（なし）	（なし）	【幺篇】	【幺篇】	【幺篇】	【幺篇】	【幺篇】
（なし）	（なし）	（なし）	【上小樓】	【上小樓】	【上小樓】	【上小樓】	【上小樓】
（なし）	（なし）	（なし）	【四邊靜】	【四邊靜】	【四邊靜】	【四邊靜】	【四邊靜】
（なし）	（なし）	（なし）	【煞尾】	【煞尾】	【煞尾】	【煞尾】	【煞尾】

雜劇と南曲とでは、曲牌の構成に明らかな違いが見られるが、前半部分は一致している。南曲系でも、『歌林拾翠』は【倘秀才】を削除しておらず、曲辭も雜劇に非常に近い。やはり、南曲系は雜劇に基づいて作られていることを示す一つの證據である。一方で、後半に大きな違いが見られるのは、雜劇では竇娥が刑死し、南曲では刑の執行が取り消されるという、展開の違いによるものである。

具體的に、曲辭ではどのような違いが見られるであろうか。冒頭の【正宮端正好】曲を比較してみよう。

例1：【正宮端正好】

〔古〕沒來由犯王法、葫蘆提遭刑憲。叫聲屈動地驚天。×××××××××× 我將天地×合埋怨。天也、你不與
　人爲方便。

〔臧〕沒來由犯王法、不隄防遭刑憲。叫聲屈動地驚天。頃刻間遊魂先赴森羅殿。怎不將天地也生埋怨。×× ×××
　××××

〔酹〕沒來由犯王法、葫蘆提遭刑憲。叫聲屈動地驚天。頃刻間遊魂先赴森羅殿。怎不將天地也生埋怨。×× ×××
　××××

〔鎖〕沒來由犯王法、葫蘆提遭刑讞。叫聲屈動地驚天。×××××××××× 我將天地×合埋冤。天嗄、不與
　人行方便。

〔歌〕沒來由犯王法、葫蘆提遭刑憲。叫聲屈動地驚天。×××××××××× 我將天地×合埋怨。天也呵、不與
　人行方便。

〔綴〕沒來由犯王法、葫蘆提遭刑憲。叫聲屈動地驚天。×××××××××× 我將天地×合埋怨。天吓、怎不與

人行方便。

南曲系のテキスト『金鎖記』『歌林拾翠』『綴白裘』はいずれも、古名家本の本文を継承していることがわかる。臧懋循『元曲選』は一六一五〜六年の刋行で、編纂の際に古名家本を主要な祖本の一つとしていることが、すでに先行研究で明らかにされている。(1)また『酹江集』は、基本的には『元曲選』に従いつつも、より古いものがある場合は校訂を加えるという方針で編纂された雑劇集であり、多くの箇所で『元曲選』と一致しながらも、一部異なる部分がある。したがって、『金鎖記』(現存のテキストは清初の抄本である)や『歌林拾翠』は、古名家本あるいは現存しない別の『元曲選』以前に成立した雑劇テキストを祖本とした、あるいは『元曲選』は全く參照しなかった、ということになるであろう。ところが、次の**例2【滾綉毬】**曲には次のような異同が見られる。

例2：【滾綉毬】（＊は臺詞・ト書きの挿入位置のみ示す。臺詞・ト書きの本文は一部省略。以下同じ）

〔古〕天也、　我今日負屈銜冤哀告天。　空敎我獨語獨言。
〔臧〕天也、　你錯勘賢愚枉做×天。哎、只落得兩淚漣漣。
〔酹〕天也、　你錯勘賢愚枉做×天。哎、只落得兩淚漣漣。
〔鎖〕天天、＊　你不辨賢愚枉做×天。　獨語獨言。
〔歌〕天也、　你不辨賢愚枉做×天。　獨語獨言。
〔綴〕阿呀天吓　×不辨賢愚枉做了天。＊　只怎不獨語無言。

例2では、後半部から見ると、『元曲選』が「只落得兩淚漣漣」とする一方で、『金鎖記』『歌林拾翠』などは「獨語獨言」と、古名家本の「空敎我獨語獨言」を繼承している。これは、例1で見たものと同樣のケースである。ところが、前半部では、古名家本以外のテキストがほぼ類似しており、南曲系の『金鎖記』『歌林拾翠』などの「你不辨賢愚枉做天」は、『元曲選』『酹江集』の「你錯勘賢愚枉做天」に非常に近い曲辭となっているのである。この部分は、『元曲選』が古名家本の「我今日負屈銜冤哀天」を改め、南曲系テキストがそれを繼承したということだろうか。これまでの研究においては、例えば邵曾祺『元明北雜劇總目考略』では「『金鎖記』「法場」一出、全用「竇娥冤」第三折、曲文與『古名家雜劇』本全同、與『元曲選』不同、可證明這是當時流行的舊本（『金鎖記』「法場」の一幕は、すべて「竇娥冤」第三折を用いており、曲辭は『古名家雜劇』本と全く同じであって、『元曲選』とは異なる。これは當時流行の舊本であることを示している）」とするが、必ずしもそうでないことになる。古名家本に近い本文を持つテキストにもとづきつつ、『元曲選』などを參照していたのではないだろうか。この劇の他の部分では、例1【端正好】曲で見たように、南曲テキストは古名家本の本文に非常に接近していた。曲辭だけでなく次のような臺詞を含む部分においてもそれは現れている。

例3：【叨叨令】

〔古〕〔旦〕前街裡去告×您看些〻顏面。　我往後街裡去呵不把哥哥×怨。

〔臧〕　則落的吞聲忍氣空嗟怨。＊　蚤已是十年多不覩爹爹面。

〔酹〕　則落的吞聲忍氣空嗟怨。＊　蚤已是十年多不覩爹爹面。

〔鎖〕〔旦〕前街裏去告與恁看些〻顏面。＊　我往後街裡去×不把哥哥們怨。

〔歌〕〔旦二〕前街裏去告×您看些〻顔面。　我往後街×去呵不把哥哥×怨。
〔綴〕〔旦二〕前街裡去告×恁看些〻顔面。＊　××後街裡去可不把哥×埋怨。
＊〔臧〕〔劊子云〕難道你爺娘家也沒的。〔正旦云〕止有箇爹爹、十三年前上朝取應去了、至今杳無音信。〔唱〕
＊〔酹〕〔劊子〕　難道你爺娘家也沒的。〔正旦〕　止有個爹爹、十三年前上朝取應去了、至今杳無音信。
＊〔鎖〕〔二劊子白〕後街裏去便怎麼。〔旦唱〕
＊〔綴〕〔末付〕我毎後街裡去罷。〔旦二〕

ここでも、『元曲選』『酹江集』が他のテキストと異なり、南曲テキストは古名家本とほぼ一致する傾向が見られる。次の**例4**の古名家本『元曲選』『酹江集』の雑劇テキストでは、【滾綉毬】曲の次にある【倘秀才】曲の第4句・第5句に「前街里～」「後街裡～」という句が使われており、これが**例3**【叨叨令】第1句・第2句と重複するために、『元曲選』では【叨叨令】の曲辭を改めたと考えられる。

例4：【倘秀才】第4句・第5句・第6句（＊の臺詞は省略）
〔古〕前街里去中有怨。後街裡去死無冤。非是我自專。＊
〔臧〕前街裏去心懐恨。後街裏去死無冤。休推辭路遠。＊
〔酹〕前街裏去心懐恨。後街裏去死無冤。休推辭路遠。＊
〔歌〕前街裏去中有怨。後街裏去死無冤。非是我自專。＊

例4においても、南曲系テキストが基本的に古名家本に見える曲辭を繼承していると考えられる。ただし、例2で見たように、古名家本そのものというよりは、古名家本の本文をやや改編したテキストを參照している可能性も認められることから、現存しないテキストの存在を想定することもできるであろう。

【叨叨令】曲以降、雜劇「竇娥冤」と南曲『金鎖記』とでは、物語の展開が大きく異なるため、それに合わせてそれぞれ曲の構成も變化しており、雜劇テキストの曲辭が直接的に南曲テキストに使われている事例を見いだすことは困難である。しかしながら、雜劇テキストを有效に利用しながら、南曲の流行に合わせて改編したことは、「竇娥冤」を案頭用のみの演目とせず、上演可能な演目として生まれかわらせたことでもあり、その後の「竇娥冤」關連の芝居が繼承されていったことと考え合わせると非常に深い。

二、「抱粧盒」

雜劇「抱粧盒」は、『元曲選』にのみ見える。この劇は北宋の仁宗の出生に關わる有名な話で、現代においても『狸猫換太子』や包拯劇などで親しまれている。

雜劇「抱粧盒」のあらすじは次の通りである。

眞宗が飛ばした金彈を拾った李夫人は、眞宗の寵愛を受け男子を出產する。しかし、劉皇后は激しく嫉妬し、宮女の寇承御に太子殺害を命じる。寇承御は赤子を殺すに忍びず、通りがかった宦官の陳琳に赤子の命を託す。陳琳は太子を粧盒に入れて宮中から運び出し、楚王（趙德芳）のもとに預ける。そのまま十年が經過し、楚王は成長した太子を眞宗と面會させようとするが、それと察した劉皇后に遮られる。劉皇后は寇承御を拷問にかけ、陳琳には嚴しく尋問するが、寇承御が自ら命を絶って祕密を守る。さらに十年後、太子が卽位して仁宗となる。陳琳から眞相を聞いた仁宗は、關係者に恩賞を與えた。

雜劇「抱粧盒」の物語にもとづく南曲作品としては、『金丸記』がつとに有名である。收錄するテキストは次の通りである。「抱粧盒」の場合では、雜劇として現存するのが『元曲選』に收錄されるテキストのみであり、南曲へどのように繼承されたか、ということが問題のひとつとなるであろう。

北曲：

雜　劇：『元曲選』「抱粧盒」第二折・第三折　……〔臧〕

散曲集：『雍熙樂府』卷十二【新水令】「陳林抱粧盒」　……〔雍〕

『盛世新聲』　……〔盛〕

『詞林摘豔』　……〔豔〕

南曲：

完　本：『金丸記』二卷　第二十齣・第二十二齣・第二十九齣

清康熙年間抄本（『古本戲曲叢刊』初集）　……〔丸〕

散齣集：

崑山腔：『萬壑清音』卷三「拷問承玉」　……〔清〕

弋陽腔系：『樂府菁華』「陳琳粧盒匿主」「劉后聞鞠問宮人」……〔菁〕
『玉谷新簧』「陳琳粧盒藏主」「劉后聞鞠問宮人」……〔玉〕
『詞林一枝』「寇承玉計□太子」（□は原缺）
『八能奏錦』「計安太子」（原缺）
『徽池雅調』「粧盒潛龍」「計救太子」
『堯天樂』「御園拾彈」
『玉樹英』「陳琳粧盒藏太子」（原缺）「劉皇后勘問宮人」（原缺）
『萬象新』「劉后拷鞠宮人」……〔新〕
『樂府紅珊』「李妃冷宮生太子」「劉娘娘搜求粧盒」「劉后勘寇承御」……〔紅〕
『賽徽歌集』「盒隱潛龍」「搜求粧盒」

巻末の收錄演目一覽表を見ると、「竇娥冤」の場合とは逆で、「抱粧盒」は弋陽腔の演目として行われていたものと推測される。

上に擧げたテキストのうち、『萬壑清音』は「凡例」において、『元曲選』との關わりを次のように述べている。

北曲吳興臧先生有元人百種之刻、已專美於前矣。茲所選者悉不敢蹈襲。然其中、若一巻「漁樵閒話」四折、則又大同而小異、若「拷問承玉」畧稍相同。……

（北曲には吳興臧先生（臧懋循）に元人百種（『元曲選』を指す）という出版物があるが、前の時代に評判の高かったものである。ここに選んだものは、〔『元曲選』を〕すべて踏襲していない。しかしそのうち、「漁樵閒話」四折は、大同小異であり、「拷問承玉」はほぼ同じである。……）

この文章から、『萬壑清音』が『元曲選』をある程度參照していることは確かであろう。「抱粧盒」の曲辭が取り入れられているのは、『金丸記』で言うと、第二十齣・第二十二齣・第二十九齣であり、それぞれ「抱粧盒」の楔子・第二折・第三折に對應する。ここでは、最も注目される第三折を中心に論じたい。

まずは曲牌の構成である。弋陽腔系テキストは、『萬象新』『樂府紅珊』の二種を代表として擧げた（以下の校勘表も同じ）。

曲牌表：「抱粧盒」第三折　【雙調】【新水令】

『元曲選』	雍熙樂府	盛世新聲	萬壑清音	金丸記	萬象新	樂府紅珊
（なし）	（なし）	（なし）	（なし）	【引】	（なし）	（なし）
【新水令】	【新水令】	【新水令】	【新水令】	【新水令】	【新水令】	【新水令】
【駐馬聽】	【駐馬聽】	【駐馬聽】	【駐馬聽】	（なし）	（なし）	（なし）
【沽美酒】	【沽美酒】	【沽美酒】	【沽美酒】			
【太平令】	【太平令】	（太平令）	（太平令）			
（なし）	（なし）	（なし）	（なし）	【歩歩嬌】	【歩歩嬌】	【歩歩嬌】
（なし）	（なし）	（なし）	（なし）	【折桂令】	【折桂令】	【折桂令】

（なし）	（なし）	（なし）	（なし）	【江兒水】	【江兒水】	【江兒水】
【雁兒落】	【雁兒落】	【雁兒落】	【雁兒落】	【雁兒落】	【雁兒落】	【雁兒落】
【得勝令】	【得勝令】	【得勝令】	（得勝令）	（得勝令）	（得勝令）	（得勝令）
（なし）	（なし）	（なし）	【沈醉東風】	（なし）	（なし）	（なし）
【川撥棹】	【川撥棹】	【川撥棹】	【川撥棹】	（なし）	（なし）	（なし）
【七弟兄】	【七弟兄】	【七弟兄】	【七弟兄】	（なし）	（なし）	（なし）
（なし）	（なし）	（なし）	（なし）	【僥僥令】	【僥僥令】	【僥僥令】
（なし）	（なし）	（なし）	（なし）	【收江南】	【收江南】	【收江南】
【梅花酒】	【梅花酒】	【梅花酒】	【菊花酒】	【園林好】	【園林好】	【園林好】
【收江南】	【喜江南】	【喜江南】	【收江南】	（なし）	（なし）	（なし）
				【沽美酒】	【沽美酒】	【沽美酒】
				（太平令）	（太平令）	（太平令）
【鴛鴦尾煞】	（なし）	（なし）	【煞尾】	【尾】	【餘文】	【餘文】

※曲牌名が（　）のものは、該當する曲辭は存在するが、曲牌標示がないことを示す。
※【收江南】は、雜劇と南曲では曲辭が全く異なる。
※雜劇の【梅花酒】と、南曲の【園林好】は曲辭が一部一致する。

曲牌の構成を見ても、テキストの書誌で分類したように、雜劇の曲牌をほぼそのまま繼承するグループと改編の見られる南曲テキストとに分けられる。

次に各テキストを校勘した結果を見てみることにしよう。弋陽腔系テキストからは、『萬象新』と『樂府紅珊』を代表として掲げる。

例5：【新水令】

〔臧〕則聽得閉宮門推勘這女嬌姿。多應是十年前那一場公事。赤緊的寇夫人先膽寒、
〔雍〕則聽的後宮中推勘×女嬌姿。莫不是十年前那×場公事。這其間寇夫人先膽寒、
〔盛〕則聽的後宮中推勘×女嬌姿。莫不是十年前那×場公事。這其間寇夫人先膽寒、
〔豔〕則聽的後宮中推勘×女嬌姿。莫不是十年前那×場公事。這其間寇夫人先膽寒、
〔清〕則聽得後宮中推勘×女嬌姿。多管是小儲君那×椿公事。×××寇夫人心膽寒、
〔丸〕則聽得後宮中勘問×女嬌姿。莫不是十年前那×庄公事。這其間寇宮人心膽寒、
〔新〕則聽得后宮中勘問×女嬌姿。莫不是十年前那×椿公事。這其間寇夫人心膽寒、
〔紅〕則聽得後宮中勘問×女嬌姿、莫不是十年前那×椿公事。這其間寇夫人心膽寒、

〔臧〕×××劉皇后你可也不心慈。不弱似呂太后×當時。恰便待鴆了如意彘了戚氏。
〔雍〕×××劉皇后×××不心慈。恰便似呂太后×當時。×××鴆了如意彘了戚氏。
〔盛〕×××劉皇后×××不心慈。恰便似呂太后的當時。×××鴆了如意彘了戚氏。
〔豔〕×××劉皇后×××不心慈。恰便似呂太后×當時。×××鴆了如意彘了戚氏。
〔清〕×××劉皇后×××不心慈。恰便是呂太后的當時。×××鴆了如意彘了戚氏。

〔丸〕那一個劉皇后他×也不心慈。恰便似呂太后×當時。＊直待要酖了如意毴了戚氏。
〔新〕那一個劉皇后××不心慈。恰便似呂太后的當時。直待要鴆了如意毴了戚氏。
〔稟娘娘、陳琳叩頭。〕〔貼：陳琳、我有事問你。〕
〔紅〕那一個劉皇后××不心慈。恰便似呂太后的當時。直待要鴆了如意毴了戚氏。
〔稟娘娘、陳琳叩頭。……〕

例5からは、諸本がほぼ同系統であることがうかがえるが、細かな字句では、『元曲選』が他と比べて異同が多い。臧晉叔が改作したものと考えられるであろう。

例6：【雁兒落】
〔臧〕我欲待輕打呵又恐怕違了懿旨。　我欲待重打呵又恐怕他吐出些瑕玼。
〔雍〕×××輕打呵×××違了懿旨。　×××重打呵××××言出×瑕玼。
〔盛〕×××輕打呵×××違×懿旨。　×××重打呵××××言出×瑕玼。
〔豔〕×××輕打呵×××違×懿旨。　×××重打呵××××言出×瑕玼。
〔清〕我待要輕打×××你違了懿旨。　我待要重打×你連累了我名字。
〔丸〕俺待要重打呵、恐××口中×出瑕疵。　俺待要輕打呵、又恐怕違了懿旨。＊
〔新〕我待要重打呵、恐怕你口中吐出瑕疵。　我待要輕打呵、又恐怕違了懿旨。
〔紅〕我待要重打呵、恐怕你××吐出瑕疵。　我待要輕打呵、又恐怕違了懿旨。

＊〔丸〕數着。〔丑〕四十、五十、六十。〔生唱〕

〔臧〕　不爭我×××打斷他×口內詞。只教他說不的心間事。
〔雍〕　不爭我×××打出你×口內詞。　怎說那×心間事。
〔盛〕　不爭我×××打出他×口內詞。　怎說那×心間事。
〔豔〕　不爭我×××打出他×口內詞。　怎說那×心間事。
〔清〕　××××××打斷你×口內詞。再不訴×我×心間事。
〔丸〕　我恨不得×××打斷你的口內詞。　訴不出俺×心間事。
〔新〕　×恨不得一棍兒打斷××口中詞。再不訴出我×心間事。
〔紅〕　×恨不得×××打斷××口中詞。再不訴出我×心間事。

例6では、『元曲選』『雍熙樂府』など北曲系のテキストと、『金丸記』や『萬象新』など南曲系テキストとの間には明らかな違いが認められる。『萬壑清音』は「再不訴×我心間事」という句ではむしろ南曲テキストと近いものになっている。

例7：【得勝令】（『金丸記』『萬象新』『樂府紅珊』は曲牌標示なし。【雁兒落】續き）

〔臧〕　呀、你正是閉口抹臙脂。　×得推辭×便推辭。＊
〔雍〕　　你休要畫眉抹胭脂。　×得推辭×且推辭。

〔盛〕呀、你休要畫眉抹胭脂。　×得推辭×且推辭。

〔豔〕呀、你休要畫眉抹胭脂。　×得推辭×且推辭。

〔清〕　你學晉氏、罵閼氏。　×得推辭×且推辭。

〔丸〕呀、你休得要隔靴揸癢、把話兒支。〔寇承御吓〕你得推辭×且推辭。＊

〔新〕　×休得要隔靴撓癢、×話兒施。寇承御、×得推辭處便推辭。＊

〔紅〕　×休得要隔靴撓癢、×話兒施。寇承御、×得推辭處便推辭。＊

＊〔臧〕〔承御云〕打了我這許多、不似這幾下的能重。待我掙起來、看是那箇。〔正末唱〕

＊〔丸〕當初盜太子有我陳琳、沒有我陳琳。你在娘娘面前就實話、你就實講吓。〔唱〕

＊〔新〕寇承御、當初盜太子有我陳琳沒有。〔小〕沒有。〔末〕

＊〔紅〕寇承御、當初盜太子有我陳琳沒有。〔小〕沒有。〔末〕

例8：例7の續き

〔臧〕　他眼瞪瞪瞅我有十餘次。我怎敢實丕丕湯着他一棍兒。＊

〔雍〕　×××××催到十餘次。誰曾敢×××湯着×一杖子。

〔盛〕　×××××催到十餘次。誰曾敢×××湯着×一杖子。

〔豔〕　×××××催到十餘次。誰曾敢×××湯着×一杖子。

〔清〕　那娘娘覷了我×十餘次。我怎敢××輕湯着你一棍兒、我這裡嗟咨。

〔丸〕　俺假意兒問他行有十余次。俺怎肯××輕湯着×一棍兒、俺這里嗟咨。＊

〔新〕我假意兒問你×有個餘疵。我怎肯××輕蕩着×一棍兒、俺這裡沓嗟。＊
〔紅〕我假意兒問你×有箇餘疵。我怎肯××輕蕩着×一棍兒、俺這裏嗟沓。＊
＊〔臧〕〔劉皇后云〕陳琳、你怎麼不打呀。〔正末唱〕
＊〔丸〕〔老〕陳琳。〔生〕有。〔老〕你怎麼不用刑。〔生〕奴婢着實在此用刑。〔老〕若是打輕了、決不饒你。〔生〕
吓、阿呀。俺本待要容情、〔唱〕
＊〔新〕〔貼〕陳琳、休要賣法。〔末〕
＊〔紅〕〔占〕陳琳、休得要賣法。〔末〕

『萬壑清音』は「那娘娘覷了我十餘次」、『元曲選』は「他眼瞪瞪瞅我有十餘次」となっており、關係が深いことをうかがわせるが、末尾の「我這裡嗟沓」は、『金丸記』『萬象新』『樂府紅珊』の「俺這里嗟沓」句にむしろ近い。もう一つ例を末尾の曲から擧げてみよう。ここではさらに興味深いことに、各テキストで曲牌名が異なっているにもかかわらず、曲辭には類似する箇所が相互に見られるのである。

例9：末尾の曲（『雍熙樂府』『盛世新聲』『詞林摘豔』にはこの部分は無い）
〔臧〕【鴛鴦尾煞】　劉娘娘不索把三尺青鋒賜。寇夫人他自揀一搭金堦死。
〔淸〕【煞尾】〔末〕劉娘娘×親把××白蓮賜。寇宮人×自撞××金堦死。
〔丸〕【尾】　〔占〕　今朝喜得明白死。　九族全除方免耳。＊
〔新〕【餘文】〔小〕　今朝喜得明白死。〔陳琳、我與你今日呵、〕九族全除方免耳。

〔紅〕【餘文】〔小旦〕今朝喜得明白死。〔陳琳、我與你今日呵、〕九族全除方免耳。

＊〔丸〕〔下〕〔丑〕寇承御撞死了。〔老〕這賤人死了麼。〔生〕阿呀、寇宮人吓。〔唱〕

〔臧〕枉了也審問根由、折證言詞。拷打千般、供招半紙。唱道女使了鬟煞強似男兒志。

端的箇忠直無私。堪圖寫在香馥馥汗青史。〔下〕

〔清〕雪上加霜節外生枝。　雖然是箇婦女人身體。到有那男兒漢的志氣。

不得凌烟閣上去標名字。只落得墓頂上褒封　××半張紙。〔下〕

〔丸〕　只落得墓頂×褒封、全憑半張紙。＊

〔新〕　只落得墓頂上褒封、××半張紙。＊

〔紅〕　只落得墓頂上褒封、××半張紙。＊

（＊臺詞・ト書きは省略）

前半は全く異なっているにもかかわらず、後半はむしろ一致する箇所が現れている。

この「抱粧盒」第三折は雙調という曲調が用いられているが、雙調は一般的に【尾聲】【煞】といった末尾の曲が置かれないことと多い。(2)『雍煕樂府』や『盛世新聲』『詞林摘豔』といった元曲の曲辭だけを集めた散曲集のような書物の場合、それがより守られる傾向にあるのであろう、『雍煕樂府』や『盛世新聲』『詞林摘豔』に末尾の曲が存在しないのはその現れであると考えられる。ここでの『元曲選』などのテキストで末尾の曲が存在するのは、逆に折の末尾には折を締めくくるべき曲を配すべきという觀點から、後から付け加えられたもの、あるいは改編されたものと考えることができるだろう。

さて、例8の『元曲選』「抱粧盒」に見られる曲辭は、南曲テキストとどのような關係を持っているのかみてみよう。はじめの「劉娘娘不索把三尺青鋒賜。寇夫人他自揀一搭金堦死」では、『元曲選』と『萬壑清音』は互いに似通った曲辭を持っている。ここに關しては、『萬壑清音』が『元曲選』を參照した可能性も否定はできないと思われる。ところが、末句「只落得墓頂上褒封半張紙」では、『萬壑清音』は弋陽腔系のテキストと一致し、『元曲選』は他のテキストと大きくかけ離れている。ここで『萬壑清音』について言えるのは、一つの演目の中に、北曲由來の曲辭と南曲の曲辭が融合する現象が起きているということである。これまでみてきたように、一般的には、雜劇から南曲への繼承が行われたと考えられる。しかし、時代がくだってくると、雜劇をもとにして南曲テキストが成立し、その後今度はその雜劇・南曲の兩方を取り込んだテキストが成立してくるというパターンも想定されるであろう。

まとめ

雜劇から南曲への繼承がどのように行われているか、明刊本の場合をみてみた。本節の明刊雜劇から南曲テキストへの繼承においては、實演を介した繼承のみならず、文字を介した繼承がおこなわれている可能性も想定できるであろう。このことは、前節の元刊本から明刊南曲テキストへの繼承における狀況に共通する點である。特に本來讀むための『元曲選』が、南曲テキストへも影響を與えていることは、實際の上演とは離れた場での受容を目的としていた『元曲選』が實演の場へも進出していったということにもなる。このような現象は、單に上演の場における必要性からだけではなく、當時の書坊における出版物の「製作」のあり方とも深い關わりを持つものと思われる。

このようなことから、長編の南曲をある特定の作者の作品として、現代における小説などと同じような視點から研究するという方法だけではなく、同一のモチーフを用いた複數のテキストの影響關係・發展についても研究を進めていく必要があるだろう。

注

（1）小松謙『中國古典演劇研究』（汲古書院　二〇〇一）「Ⅱ　明代における元雜劇」「第五章　『元曲選』『古今名劇合選』」を參照。

（2）注（1）小松前掲書「Ⅱ　明代における元雜劇」「第六章　明刊諸本考」二二〇頁以下に詳しく述べられている。

第二章　『西廂記』雜劇における繼承

第一節　弘治本『西廂記』について

はじめに

ここで取り上げる『西廂記』は、元雜劇を代表する傑作の一つである。北方の音樂北曲を用いる雜劇の芝居であることから『北西廂』、或いは作者が王實甫と言われていることから『王西廂』とも呼ばれている。現在見える形になったのは元末明初と考えられているが、成立當初のテキストの形態については議論が多い。その原因の一つは、『西廂記』成立當初の版本は殘っておらず、完全な形で現存する最も古い版本が、明代中期、弘治十一年に出版された所謂弘治本であるからであろう。また、『西廂記』のテキストは萬曆年間以降に大量に刋刻され、現存するテキストもかなりの數にのぼることから、各テキスト間の影響關係を明らかにすること自體が、きわめて難しい問題であることもあるであろう。

先行する『西廂記』版本研究について振り返ってみよう。

『西廂記』版本研究として初期に成されたのが、田中謙二博士の研究である[1]。博士は、現存最古の完全な『西廂記』版本である弘治本について、本文に誤りが多いことを指摘した上で、刋刻年代は最も古いとはいえその價値は低いとみておられる。(2) しかし、何故弘治本に誤りが多いのかという點については言及しておられない。

傳田章氏は、(3) 萬曆版西廂記の版本を、第一群（余瀘東本など）、第二群（三槐堂刻本など）、第三群（天章閣本など）に分け、第一群は場上系、第二、三群は案頭系とされる。弘治本は、第二群・第三群とともに坊刻通行本の流れに位置づけられる。第一群の場上系は、案頭系とは流れが異なるとした上で、「刋刻は弘治本よりはるかに後でも、むしろ古いものを傳えて」おり、弘治本より余瀘東本の方が古い形である可能性が高いとされる。

田仲一成博士の一連の版本研究では、(4)「明初以來の原本北西廂記が明中葉を挾んでいかなる流傳と分化を圖ったか」という點を明らかにしておられる。「最善のテキスト」探しにとらわれることなく、テキストの本文そのものを校勘・檢討し、膨大な數のテキストの系統づけを行ったという點で、非常に劃期的な研究である。博士は『西廂記』テキストの流傳を次のように說明される。Ⅰ群（碧筠齋本・余瀘東本）から、Ⅱ群閩本系（三槐堂本など）へと受け繼がれ、Ⅱ群からⅢ群京本系（天章閣本・容與堂本など）と、Ⅴ群（弋陽腔系散齣集など）の二方向に分化したとされる。弘治本についてはⅠ群とⅡ群の中間であるⅠ群の位置を與え、弘治本の價值を認めながらも、余瀘東本などのほうがより古い要素を殘し、重要であると考えておられるようである。(5)

このように、先行研究において、弘治本は現存最古のテキストであるにもかかわらずあまり重要視されることがなかった。しかし筆者は、弘治本がどのようなテキストであるのか、再度檢討を行う必要があるのではないかと考える。そのためには、詳細で廣範なテキストの校勘を行うことが必要となるが、『西廂記』の場合、曲辭・臺詞の增減だけで古い形態のテキストであることを見極めるのは難しい。また、テキストの眉批・校語に見える「古本」を現存するテキストと比較する方法も、當時の知識人たちが認識していた「古本」を明らかにすることはできるが、その「古本」ないしは「古本」に近いテキストが實際の古いテキストであったとは限らないであろう。本稿では、現存最古のテキストである弘治本を中心として、諸テキストと校勘を行い、『西廂記』の諸テキスト間の異同を明らかにするとともに、先行作品である『董解元西廂記諸宮調』（以下『董西廂』）との比較、そして、先行研究ではあまり意識されてこなかった弘治本における體裁の分析などを試みてみたい。

一、テキスト

校勘に使用した版本は次の通りである。

Ⅰ　『西廂記』テキスト(6)

①弘治本　『奇妙全相註釋西廂記』　全五巻（各巻四折、巻二のみ五折）　弘治戊午（十一年　一四九八年）金臺岳家重刊
刊記の欄外に「正陽門（筆者注：北京の前門）□大街東下小石□第一巷內岳家□移諸書書坊□是」とあり、
北京で刊行されたものである。……〔弘〕

②余瀘東本　『重刻元本題評音釋西廂記』二巻　余瀘東校　萬曆間　福建劉龍田刊本(7)　北京圖書館藏（古本戲曲叢刊二集）……〔余〕

③凌濛初本　『西廂記』五本　天啓刊　凌濛初批點朱墨套印本　京都大學文學部等藏……〔凌〕

④繼志齋本　『重刻北西廂記』五巻（『琵琶記』と合刊）　萬曆二十六年（一五九八）　秣陵繼志齋陳邦泰刊本　國立公文書館內閣文庫藏……〔繼〕

⑤三槐堂本　『重校北西廂記』二巻　萬曆間　三槐堂刊　天理圖書館藏（插繪は④繼志齋本と酷似しており、繼志齋本の

版木あるいは版面を利用して、後刷したものと考えられる）　……〔三〕

⑥容與堂本　『李卓吾先生批評北西廂記』二巻　李贄評　萬曆三十八年（一六一〇）款書　容與堂刊本[8]　……〔容〕

⑦王驥德本　『新校古本西廂記』五巻　王驥德校注　萬曆四十二年（一六一四）序　北京圖書館等藏　……〔王〕

⑧何璧校本　『北西廂記』二巻　何璧校　萬曆四十四年（一六一六）序　……〔何〕

⑨張深之本　『張深之先生正北西廂祕本』五巻　張深之校　崇禎十二年（一六三九）序　南京圖書館藏　……〔張〕

⑩天章閣本　『李卓吾先生批點西廂記眞本』二巻　李贄評　崇禎十三年（一六四〇）序　西陵天章閣刊本　京都大學文學部等藏　……〔天〕

⑪汲古閣六十種曲本　『六十種曲』所收「北西廂記」　崇禎間　汲古閣刊本　京都大學文學部等藏　……〔汲〕

⑫神田本　『北西廂記』[9]　刊刻年不明　神田喜一郎氏藏　……〔神〕

⑬風月錦囊　『新刊摘匯奇妙戲式全家錦囊北西廂』[10]　徐文昭編輯　嘉靖三十二年（一五五三）詹氏進賢堂重刊本。『西廂記』の節略本を收錄。スペイン・エスコリアル圖書館藏　……〔風〕

Ⅱ　改編版北西廂記

⑭槃薖碩人本　『詞壇清玩　槃薖碩人增改定本（西廂記）』二巻　明槃薖碩人[11]增改　天啓元年（一六二一）序刊本　北京圖書館藏

Ⅲ　『董西廂』テキスト

⑮『古本董解元西廂記』（『董解元西廂記諸宮調』[12]）八巻　明燕山松溪逸人校　嘉靖三十六年（一五五七）序刊本　上海圖書館藏

『西廂記』版本に關する先行研究においては、明代文人の見方が參考にされてきた。古本とされるテキストについては、王驥德（字伯良、號方諸生、會稽人）『新校注古本西廂記』（萬曆四十二年〔一六一四〕序。上記⑦）や凌濛初『西廂記五本』（天啓年間刋。上記③）及び⑭槃邁碩人本における記述が重視された。これらのテキストで「古本」または「筠本」と引用され、最も古形を傳えるテキストとして重視されているのが、碧筠齋本（嘉靖二十二年〔一五四三〕刋。王本の凡例による）である。碧筠齋本は、おそらく明代文人の間で『西廂記』の古本であると考えられ、知識人の關與が強いテキストには少なからぬ影響力を持っていたと思われる。碧筠齋本自體はすでに現存しないが、槃邁碩人本の眉欄に碧筠齋本の特徴を示す校語が記され、斷片的にではあるが碧筠齋本の本文をうかがい知ることが出來る。とはいえ、明代の認識が狀況を正しく捉えていたとは限らないであろう。やはり、西廂記テキストの中で現存最古である弘治本を再檢討する必要があると考える。

二、弘治本の體裁

現存最古の版本弘治本は、戰後になって發見されたテキストであるが、前述したように今日に至るまでその資料的價値に注目した研究は少ない。弘治本が輕視されるに至ったのは、諸本とは異なる「誤り」――不合理な折分け、役割名（脚色）の不統一、登退場を示すト書きの「上・下」を隨處に缺くこと――が欠陷として捉えられてきたからであった[13]。確かに別のテキスト、例えば、古い部分を殘すと言われている余瀘東本には、弘治本のような「誤り」は見えず、弘治本のみが特殊であるかのようである。では、弘治本のこのような「誤り」は、一體何を示しているのであろうか。

その前に、弘治本の外面的な性格をおさえておきたい。弘治本は比較的大判の本で、各葉の上半分に精緻な插繪が付けられている。このことは比較的上流の階層向けに作られた書物であることを推測させる。また、弘治本の刋語では、弘治本が營利目的の出版物であることが述べられており、弘治本が、明代後期に現れる王驥德本や槃薖碩人本といった、文人が意識的に文言に變更を加えるなどして成立したテキストと性格を異にする點は、確認しておくべきであろう。

（1）不合理な折分け

それでは、弘治本の形式を詳しく見ていくことにしよう。

『西廂記』は雜劇の代表作と言われながら、實は雜劇としては異例の形式をとっている。雜劇は一般的に四折構成をとるが、弘治本は異例の全五巻二十一折（巻二のみ五折）という體裁をとる。各巻が雜劇一つ分に相當し、五つの雜劇で一つの話を構成している。ところが、この構成について、弘治本の折分けは妥當性を缺くことがすでに先行研究で指摘されている。以下にその箇所を示してみよう（數字は巻—折を表す。以下同じ）。

2—2　諸本はここで折分けせず、弘治本第一折と第二折をひとつにまとめ、第一折とする。凌本は第一折最後の夫人の白から第二折にあたる部分を楔子とする。[14]

2—3　「夫人上云」から折を分ける（弘治本以外のテキストでは余瀘東本が同じ箇所で折分けをする。その他のテキストでは直後の「夫人云：今日安排下小酌」から折を分ける）。

2—4　諸本は第三折末尾「夫人排卓子上云」から折を分けるが、弘治本はその後の【雙調五供養】から第四折とする。實際は夫人の白から旦の唱にかけては連續しているので、諸本のように折分けをするのが妥當。

2―5　弘治本は紅の白から分ける。諸本はその後の張生の白から。
3―3　弘治本は旦が七言二句の韻文を唱えるところから。諸本は第二折末尾の紅の白で折を分ける。
5―4　弘治本は「生騎馬上云」から。凌濛初本、王驥德本はその前の夫人の白からとする。何璧校本には夫人の白がない。

さらに、弘治本の巻一第一折末尾、巻二第一折末尾に、本來、各巻頭か巻末に置かれるべきはずの題目正名が記され、未整理の段階のテキストであることをうかがわせる。

このような不合理な折分けのために、これを弘治本の杜撰な點として、その價値を下げる見方もある。(15) しかし、なぜこのようになっているのかを考えてみるべきであろう。なぜなら、弘治本がもとにしたテキストには、もともと折分けがなかったと思われる形跡があるからである。

それを示す痕跡の一つは、弘治本の本文に插入されている釋義（語句の意味を説明したもの）である。弘治本においては、釋義が既出或いは別の場所にある場合には、その該當箇所を記しているのだが、その記載方法に問題がある。例えば、巻三第一折九十四葉bには「偸香故事、詳見第一折【耍孩兒】【五煞】下」と記されているが、「偸香」についての釋義は、實際には巻一第二折【耍孩兒】【五煞】に見えている。つまり、釋義の「第一折」というのは、「巻二」を指していると思われる。「巻」にあたる各部分は「折」という名稱が付けられていたのであろう。また、巻二第五折の冒頭に見える釋義「刺股」「懸梁」は、巻二第四折末尾の七言二句に見える語句である。後折の中に前折の釋義が含まれていることは、折分けをした際に生じた混亂と考えられ、それぞれの「折」の中には折分けはなかったのであろう。

二つめには、弘治本の刊行に先立つテキストと弘治本の關係である。一九八〇年に北京中國書店藏『文獻通考』の紙背から四葉の西廂記殘本が發見された。この西廂記殘本は、版式、字體から成化年間に刊行されたものであるといわれている。[16]『中國大百科全書　戲曲曲藝』に、その書影がカラー寫眞で載せられている。弘治本で言えば、巻一第四折【得勝令】後の白から【鴛鴦煞】「玉人歸去得」までと巻二冒頭三行に該當する部分が殘存する。この殘本と弘治本とを校勘すると、兩者は非常に近い關係にあることがわかる。殘本の巻二冒頭部分には「新編校正西廂記巻之二」とのみあり、弘治本に見られる巻頭の四文字の題目と折分けがなく、釋義も付いていないようである。早い時期に成立した雜劇テキスト、例えば『元刊雜劇三十種』、『周憲王雜劇』、于小穀本などがそうであるように、本來雜劇において、折分けは必須のものではなかった。推測ではあるが、弘治本での折分けの不合理さは、殘本のような體裁のテキストを祖本として弘治本が成立する際、はじめて折分けが試みられた結果生じたものである可能性が非常に高いと思われる。[17]もしもこの通りであったならば、殘本以外に折分けをしていない『西廂記』テキストは現存するものの中には見られないものの、弘治本は古い形態のテキストの痕跡をとどめていると言えよう。

（2）脚色・ト書き用語の不統一

次に、語彙的な面から弘治本を見てみよう。弘治本においては、脚色（役柄）とト書きの用語の不統一が見られる。脚色名では、例えば、『西廂記』の冒頭では、主人公張生の脚色に「生」と「末」の兩方が使われている。これはもちろん、「生」「末」の脚色の二人の役者が張生を演じているということを示しているのではない。またト書きでは、白（臺詞）を導く際には「云」と「曰」が、韻文を導く際には「念」などが使われている。

弘治本に見える脚色と唱・臺詞を導く語の組み合わせのパターンを次に示そう（括弧内は登場人物の名）。

脚色：生・末（張生）、旦（鶯鶯）、紅（紅娘）、夫人、潔（長老）、淨（法聰）、惠・潔（惠明）

唱を導く：生唱　旦唱　紅唱　夫人唱　惠（惠明）唱
「云」で臺詞を導く：末云　生云　旦云　紅云　夫人云　潔云　淨云　外云など
「曰」で臺詞を導く：生曰　夫人曰　將軍曰　惠明曰　紅曰

このような用語の不統一は、他のテキストにおいては、明らかに誤字とわかる例以外ではほとんど見られない。ただし、先に紹介した西廂記殘本と弘治本とで比較をすると、殘本も弘治本と同じような誤りを含んでいることがわかるのである。主要なテキストとともに表にしてみよう。

表1

弘治本1―4	弘治本	殘本	余本	凌本	容本	王本
【折桂令】後	末云	末云	生云	末云	生云	生云
【錦上花】【幺】後	生曰	生曰	生云	末云	生云	生云
【碧玉簫】後	生云	生云	生云	末云	生云	生云

西廂記殘本の殘存箇所は、弘治本で言えば巻一第四折の末尾で、ちょうど「末云」「生曰」「生云」の３つの表記のパターンがあらわれる箇所である。このように、非常に驚くべきことに、殘本にも弘治本と同様に脚色表記の不統一が見られ、弘治本とすべて一致している。一方、諸テキストでは表記が統一されているのがわかる。このことからも、弘治本と殘本とが近い關係にあることがうかがえ、弘治本は古い形態を殘していると言えよう。

弘治本とその他のテキストについて、もう少し別の箇所で比べてみよう。弘治本２―２【收尾】曲後、惠明（普救寺の僧）が杜確將軍の陣營に着き、張生の手紙を渡す場面のト書きのみ抜き出して示してみよう。

〔弘〕〔惠明×曰〕〔將軍曰〕〔潔打問訊了〕〔潔云〕〔惠遞書與了〕〔將軍拆書念曰〕
〔余〕〔惠明×云〕〔將軍云〕〔惠打開訊了〕〔惠云〕〔惠投書×了〕〔將軍折書念曰〕
〔凌〕〔惠明×云〕〔將軍云〕〔惠打問訊了〕〔×云〕〔惠投書×了〕〔將軍折書念曰〕
〔容〕〔惠××云〕〔將軍云〕〔惠見將軍科〕〔惠云〕〔惠遞書××〕〔將軍××念科〕
〔繼〕〔惠明上云〕〔將軍云〕　×××××　〔惠云〕〔惠遞書××〕〔將軍念書×科〕
〔王〕〔惠××云〕〔將軍云〕〔惠打問訊了〕〔×云〕〔惠遞書×了〕〔將軍拆×念曰〕

弘治本では、惠明の脚色名として「惠」と「潔」が使われ、臺詞を導く語も「云」と「曰」が見え、その上やや不自然なト書き「惠遞書與了」もあり、かなり混亂している。そのほかのテキストでは、明らかな誤りを除いてはおおむね整理されているのと對照的である。「將軍拆書念曰」（將軍が手紙を開いて念じていうには）について、容與堂本を除く他のテキストでも多くが「曰」とするのは、通常の臺詞とは異なって、手紙を讀む樣子をそれらしく表したかったからなのかもしれない。

このような用語の不統一は、何を示しているのであろうか。例えば『元曲選』のようにある個人によって意圖的に整理されたテキストの場合であれば、臺詞を導く語のようなテクニカルタームは「云」にほぼ統一されている。また、周憲王の原本をもとにしたと標榜する凌濛初本でも、テクニカルタームはおおむね統一されている。つまり、用語の統一が見られるということは、後發のテキストである可能性が高いことを示しているのではないだろうか。凌濛初本はすでに「僞託の書」であるとされているが、[18] その凌濛初本では用語の使用が整理されている點は非常に示唆的であると言える。このように、弘治本は、知識人の意圖的な改變を受けたテキストと同列に見ることはできないと思われる。弘治本に見られる用語の不統一は、戲曲テキストの發展の過渡期に位置するテキストであるためと考えられるであろう。

なお、先に觸れた殘本に見える臺詞「天明了也。請夫人小姐回宅歇息去」の傍線部分は、弘治本には見えず、諸テキストの中では王驥德本だけに見えている。これは王驥德が古いテキストにも注意していた結果であると推測される。[19] ただし、王驥德本は他の箇所では殘本と一致しない場合もあることから、王驥德本については雜劇における『元曲選』のごとく、知識人による改訂版テキストと見なすのが妥當ではないかと思われる。

（3）ト書き用語の使用狀況

それでは、弘治本におけるト書きに使われる語の使用狀況を、詳しく見ていくことにしよう（表2）。

		曰の使用數			韻文		開場
外云	その他	生曰	夫人曰	その他	念（韻文）	その他（韻文）	開
小二哥1 琴童1				名曰普救寺		旦云7･2 末云7･2	外扮老夫人上開 末扮騎馬引來人上開 淨扮潔郎上開
長老1	聽云3			孟子曰 鶯…曰			
						末…詩曰7･2 念詩曰5･4 旦和詩曰5･4	正旦上開
		1					
	歡云1 和尚叫云了住1	4	3			旦詩曰7･2	淨扮孫飛虎上開
杜確1		6	4	飛虎曰 將軍曰12 惠明曰2		外…詩曰7･4 將軍…詩曰7･2 將軍望蒲關起發曰7･2	外扮杜將軍引卒子上開 引卒子上開
		17	6	夫人道 長老曰 紅曰2		長老…云5･2 生…又云…5･2 詩曰7･2	
		2	2		生念7･2 生念7･2		
				名曰 （曲名）		旦云5･2	
				末問	紅念7･2 生念7･2	末讀…詩曰5・8	
					生念7･4 生念5･4	末云5･4 末云6・4	
					旦念7･2 生念5･2		
					末念云7・8	紅云7･2	
		1			生念7･2 生念7･4		
	歡郎云1 俫云1				旦念7･2 旦念7･2		
	僧云				旦念7･2，5･4 末念5･4，5･2	僧（法本）云7･2	夫人長老上開
卒子2	小二哥上云1 僕云2				生念7･2，7･4	末…詩曰7･2	末引僕騎馬上開
	僕云10			紅問曰		旦念書科…詩曰7･2	生引僕人上開 旦引紅娘上開
	僕云3	1				生上云7･2 末讀書科…詩曰7･4	
			1	杜將軍上曰		淨云7･2	
杜確4	杜將軍上云1				生念7･2	淨云…7･4 詩曰7・8	
—	—	32	16	—	—	—	—

[表2]

	唱の總數				ト書き・臺詞の總數							云の使用數						
巻折	生唱	旦唱	紅唱	その他	末	生	旦	紅	淨	外	その他	末云	生云	旦云	紅云	夫人云	潔云	淨云
1-1	11	1		夫人唱	14	1	2	2	9	3		12(1)	1	2				法聽6
1-2	17	1	1		32	1	0	11	3	1		31			7		長老26	法聽1
1-3	15				9	0	11	7				9		9	7			
1-4	10	1			6	2	3	2				4	1	2	1	2	長老5	
2-1		13				6	7	6	1		長老1 和尚1		2	5	4		長老4	孫飛虎1
2-2				惠唱7		9			1		長老1 張生1 君瑞1		1				長老5 惠明3	孫飛虎1
2-3	3		13		2	23	3	10				2	3	3	6	2		
2-4	3	12	1		7	6	9	10			夫人6	5	1	4	8	4		
2-5	2	13			3	1	7	9				3	1	7	8			
3-1			14		16	1	12	31				6		7	14			
3-2		1	19		15	3	12	30				13		8	25			
3-3			13		13	4	9	18				12	1	6	17			
3-4	1		12		14	3	6	21	1	1		11	2	5	18	1	長老2	大醫1
4-1	17		1		12	3	1	9				9	1	8	8			
4-2			4			1	8	21			夫人16	1		3	17	13		
4-3	2	17	1		10		10	6			夫人2	6		4	3	4	長老1	
4-4	11	5			10	4	9		1	3		7	2	7				卒子1
5-1	1	11	1		1	1	20	18				1		13	13			
5-2	19				7	3						5	2(1)	1				
5-3			12			1		9	21				1		9	5	長老1	鄭恆20
5-4	11	3	3		11	5	7	6	4	4		9	4	3	6	8	長老1	鄭恆3
計	123	78	95	8	182	78	136	226	41	12	—	134	21	97	171	39	48	—

注1 潔・淨・外は場面によって演じる人物が異なるため、該當する人名を記す。
注2 「ト書き・臺詞の總數」には、「云の使用數」「日の使用數」「韻文」「開場」各項目の數を含む。
注3 韻文については、例えば、七言二句は7･2、五言四句は5･4と示す。

臺詞を導く語の「云」と「曰」とが特徵的な分布をしている。「云」がほぼ全編にわたってまんべんなく現れるのに對し、「曰」の現れ方には偏りが見られる。「生曰」（張生の臺詞）が現れる箇所とその數は、卷一第四折に1、卷二第一折に4、同第二折に6、同第三折に17、同第四折に2、卷四第一折と卷五第二折にそれぞれ1つずつである。夫人やそのほかの登場人物の場合でも、「曰」は卷二第一折から第三折にかけて特徵的に現れる。その他の箇所では、主に「詩曰」という形で韻文を導くときに「曰」が用いられている。一方、韻文を導く「念」は卷二第四折から卷四第四折に集中してみられる。以上の語彙の使用狀況から、『西廂記』はおおよそ三つの部分に分けられる。「曰」と「生」が頻出する部分、「念」が現れる部分、際だった特徵が見られない部分である。

「曰」が現れる卷二第一折から第三折には、他の部分と異なる特徵が見られる。全篇にわたって張生の脚色を示す「末」と「生」が混在しているが、この部分に限っては「生」を用いる例が壓倒的に多く、「末」はほとんど見られないのである。なお、他のテキストにおいては、表記の不揃いは誤りの結果として見られる程度で、弘治本のような使用數の偏りは見られない。

『西廂記』の眼目といえば張生と鶯鶯との戀物語であるが、「曰」が頻出する卷二の第一折から第三折は、やや趣の異なる荒々しい戰いの場面である。あらすじは、孫飛虎の反亂軍が普救寺を包圍する。張生が書いた白馬將軍杜確への救援要請の手紙を、普救寺の荒くれ法師惠明が使者となって屆け、杜確が驅けつけ孫飛虎を擊退する、というものである。ト書きには、戰鬪の仕草を行う旨が書き込まれている。

實はこの箇所には、『西廂記』と『董西廂』との違いも含まれている。この場面に登場する惠明という法師は、實は先行する西廂記の話には見えず、『西廂記』に至って突如登場した人物なのである。『董西廂』においては、杜確將軍に手紙を屆ける役割を果たすのは法聰という僧侶であって、惠明ではない。『董西廂』における法聰は、張生と鶯鶯を結びつける役割の一端も擔うなど、脇役ながら重要な役まわりを與えられている。一方、『西廂記』においても法聰は登場するが、その役割は「變化、かつ後退し」[20]ているとされる。つまり、『西廂記』は『董西廂』の內容を大體受け繼いでいるのだが、巻二の部分に限っては顯著な違いがみられるのである。このように、內容面において異質であることと、用語の使用における違いとが重なり合っている點は興味深い。

臺詞を導く場合に「曰」を用いるのは、諸宮調とも共通するスタイルである。諸宮調とは、宋金元代に流行した說唱文學の一種で、同一の調に屬する歌曲を連ねた組曲（套數）を宮調を變えながら積み重ね、その間に散文の說明を插入して一つの物語を語るものである。[21]現存する諸宮調のテキストには『董西廂』『劉知遠諸宮調』などがあるが、それらをみると、『劉知遠諸宮調』の場合は「曰」「道」「言」などが混在し、『董西廂』では「曰」を使う例が非常に多い。「曰」はまた、「詩曰」のように、韻文を導く場合に使われることも少なくない。例えば『董西廂』で韻文が插入される箇所においては、特に何も示さない場合と、「詩曰」を使う場合（8例）の二つのパターンが見られる。そもそも臺詞を導く語として「曰」を使用する戯曲テキスト自體、實はほかにあまり例を見ない。先の例で擧げたように、弘治本では「將軍曰」とあるのが、余瀘東本・淩本では「將軍云」になっているのは、おそらく不適當と見なされ、訂正されたのであろう。以上のことから、「曰」は本來、諸宮調のような藝能におけるテクニカルタームであったと推測される。なお、「詩曰」自體は、明代後期におびただしく出版された通俗小說において韻文を導く際に用いられているが、この場合には藝能の形態を踏襲しようという意識の表れであると考えられる。

韻文を導く語として使用される「念」がよく現れるようになるのは、明代に入ってからではないかと思われる。雜劇の元刋本では「念」の用例はわずかに1例のみ、[22]「詩曰」を使う例は、5例見られる。また『西廂記』の諸テキストの中では、余瀘東本で「念」が多く使われているが、余瀘東本以外のテキストでは「詩曰」や「念」などを何も明示しない場合も多い。弘治本の場合、巻三と巻四に集中的に「念」が使われている。はっきりとわからないが、この部分が同じ時期にまとめられた可能性も考えられるかもしれない。

明初に集められた『永樂大典戯文』[23]において臺詞を導く語に「云」のほか「白」を使う例が見られるように、早い時期のテキストには用語の不統一という現象が普遍的に見られる。こうしてみると、用語が統一されていない弘治本は、それ以前の體裁や内容を比較的多く殘していると思われる。

もしもこのことが確かであれば、ト書き用語・内容面で特徴の見られる弘治本の巻二第一折〜第三折は、書き換えが行われ、語りもの・唱いもののようなものから新たな内容が導入された箇所である可能性が高いと考えられるかもしれない。弘治本の巻二第一折〜第三折には「生」が特徴的に現れるが、脚色名を示すものではなく、『董西廂』と同様、張生の「生」を示していた可能性もあるだろう。

弘治本においては、張生が唱うことを示すト書きとして「生唱」はあっても「末唱」はないという點も注意すべきであろう。これは憶測になってしまうが、『西廂記』の曲辭には早い時期にすでに固定したテキストが存在し、そのテキストでは「生唱」となっていたのかもしれない。唱と白は同時期に成立したのではなく、曲辭については比較的早い時期にすでに固定していた可能性があるだろう。主に臺詞を導く語において表記の混亂が見られるのは、臺詞の固定化はおくれて進行したためと推測できるのではなかろうか。

（4）釋義など

先にも觸れたが、弘治本には語句の釋義が付けられている。他のテキストで同樣に釋義が見られるのは、徐士範本（萬暦八年序）・余瀘東本・神田本である。徐士範本の本文は長らく佚して傳わらず[24]、劉世珩『彙刻傳劇』（民國五年　一

九一六　淩本もあわせて翻刻。劉世珩の室名から、暖紅室本と呼ばれる）に翻刻される序文二篇、各齣の題目、そして釋義・字音の部分によってその一端をうかがい知ることができる。

徐士範本・余瀘東本・神田本の釋義と、弘治本の釋義とは、わずかな例外(25)を除いては、非常に似通ったものである。釋義の項目數も、弘治本の釋義は全部で二九一項目、徐士範本釋義は全部で二七〇項目、このうち弘治本と一致するのは二六九項目である。余瀘東本釋義は全部で二七四項目、そのうち弘治本と一致するのは二六六項目である。神田本釋義は全部で二五四項目、このうち弘治本と一致するのは二二六項目である。このように、釋義の多くが一致しており、何らかの繼承關係があるものと思われる。

具體的に釋義の例として、弘治本1―1【賞花時】【么】に附された「蕭寺」を擧げてみよう。

〔弘〕蕭寺　出翰墨全書。梁武帝姓蕭、好佛造佛寺、故云蕭寺。
〔徐〕蕭寺　×××××　梁武帝姓蕭、好佛造×寺、因名焉。
〔余〕蕭寺　×××××　梁武帝姓蕭、好佛造×寺、因名焉。
〔神〕蕭寺　×××××　梁武帝姓蕭、好佛造×寺、因名×。

弘治本では明記されている出典の書名が、徐士範本・余瀘東本・神田本では省略されている。このことから、弘治本の釋義が先行し、徐士範本・余瀘東本・神田本の釋義は弘治本あるいは弘治本系統の釋義をもとにしていると考えられるであろう。

次に、弘治本には付いておらず、徐士範本・余瀘東本・神田本には付けられている字音によって明らかになることについて見てみたい。弘治本1—1、老夫人が登場した際の臺詞を見てみよう。

〔弘〕況兼××法本長老、又是俺公、剃度的和尚。
〔余〕況兼××法本長老、又是俺相公剃度的和尚。
〔凌〕況兼××法本長老、又是俺相公剃度的和尚。
〔神〕況兼××法本長老、又是俺公公剃度的和尚。
〔繼〕況兼××法本長老、又是俺公〻剃度的和尚。
〔容〕況兼××法本長老、又是俺公公剃度的和尚。
〔王〕況兼本寺長老法本、又是俺公公剃度的和尚。

弘治本・神田本・容與堂本では、普救寺の住職法本は老夫人のしゅうとが出家させたことになっているが、余瀘東本・凌濛初本では、老夫人の夫が行ったとなっている。

次に、弘治本1—2に法本が登場するくだりを見てみよう。

〔弘〕此寺是則天皇后盖造的。貧僧乃相國崔珏的令尊剃度的。此寺年深崩損。
〔余〕此寺是則天皇后盖造的、×××××××××××××　××後來崩損。
〔凌〕此寺是則天皇后盖造的、×××××××××××××　××後來崩損。
〔神〕此寺是則天皇后盖造的。貧僧乃相國崔珏的令尊剃度的。此寺年深崩損。

〔繼〕此寺是則天皇后盖造的。貧僧乃相國崔珏的令尊剃度的。此寺年深崩損。
〔容〕此寺是則天皇后盖造的。貧僧乃相國崔珏的令尊剃度的。此寺年深崩損。
〔王〕××××××××× ××××××××××××× ××××××

この法本の自己紹介においても、弘治本・神田本・容與堂本では老夫人の臺詞と對應した内容になっているが、余瀘東本・淩濛初本では法本を出家させた人物を老夫人の夫としているためであろう「貧僧〜令尊剃度的」の部分がない。どちらがもとの形なのであろうか。このことを知るために、字音の有無が利用できるのである。

徐士範本・余瀘東本・神田本では、「貧僧乃相國崔珏的令尊剃度的」の「珏」「剃」に字音が付けられているが、余瀘東本には先に見たごとく字音に對應する文字は無い。同様の例はこのほか、徐士範本・余瀘東本・神田本の第十五齣の字音「諗」（弘治本4—3【上小樓】曲）が、余瀘東本の本文では「稔」になっている。第十五齣の字音「賡」（同【四邊靜】曲後）も、余瀘東本の本文には對應する文字が無い。こうしたことから、徐士範本・余瀘東本・神田本の字音は、弘治本系統の本文をもとにして付けられたものであり、そして余瀘東本の本文は、弘治本系統の本文をもとに書き換えが行われたものと考えることができる。

また、弘治本などに鶯鶯の父相國の名として見える崔珏というのは、崔府君の名と同じである。崔府君は元代において特に盛んに信仰された神として知られ、元雜劇の中にもしばしば登場している[26]。しかし、明代に入ってからはその信仰が衰えてしまったことから、明刊本である余瀘東本・淩濛初本・王驥德本では「崔珏」という名は不適當と見なされて削除が行われたものであろう。神田本・容與堂本などでは、特に改めることなくそのまま繼承したものと考えられる。逆に明代に入ってから「崔珏」の名が插入されたというのは考えにくい。

以上のことからも、余瀘東本は弘治本系統の本文をもとにして書き換えが行われたテキストであり、弘治本は他のテキストに先がけて登場したテキストであることになるだろう。

三、余瀘東本の插入詞

余瀘東本は、先行研究において、最も古い形態を殘すテキストの一つとして位置づけられているが[27]、どのようなテキストなのか。弘治本と余瀘東本とを比べた場合、最も顯著な違いは、余瀘東本には弘治本には見えない詞が插入されている點である。

余瀘東本に見える詞を一覽にして**表3**に示してみよう（括弧内のアラビア數字は弘治本に對應する卷―折を示す）。

表3

余本（弘治本）	詞句（第一句）	出典	花草粹編	花間集	草堂詩餘
第5齣（2-1）	「夢覺金屛依舊空」	韋莊「天仙子」之四	卷一	卷三	×
第5齣（2-1）	「惆悵良宵月下期」	韋莊「天仙子」之一	卷一	卷三	×
第9齣（3-1）	「紅滿枝、綠滿枝」	馮延巳「長相思」	卷一	×	×
第10齣（3-2）	「淚花落枕紅棉小」	周邦彥「蝶戀花」	卷七	×	卷二
第16齣（4-4）	「平林漠漠烟如織」	李白「菩薩蠻」	卷三	×	卷一
第16齣（4-4）	「玉慘客愁出鳳城」	聶勝瓊「鷓鴣天」	卷五	×	×

第16齣（4-4）	「綠楊芳草長亭路」	晏殊「玉樓春」	巻六	×	巻一
第16齣（4-4）	「坐對銀釭空嘆息」	韋莊「木蘭花」	巻六	巻三	×
第17齣（5-1）	「別來半歳音書絕」	韋莊「應天長」之二	巻四	巻一	×
第17齣（5-1）	「野花芳草」	韋莊「清平樂」之二	巻三	巻二	×
第17齣（5-1）	「春愁南陌」	韋莊「清平樂」之一	巻三	巻二	×
第18齣（5-2）	「桃溪不作從容住」	周邦彥「玉樓春」之四	巻六	×	巻一

余瀘東本にのみ見える詞は十三首にのぼる。またこれらの作品は、表から判明する通り、『花間集』『草堂詩餘』などの選集だけでは網羅することができない。これら十三首の詞すべてを收錄するのが、表に擧げた『花草粹編』十二巻である。陳耀文による『花草粹編』序（萬曆十一年）は、交友のあった藏書によってまず六巻本を編み、さらに增補して全十二巻として出版を考えたものの成らず、そのまま「二紀」が過ぎてしまった、としるしている。したがって萬曆十一年から「二紀」すなわち二十四年さかのぼった嘉靖三十八年ごろには『花草粹編』の原形が成立していたと推定される。

劉修業氏によれば、(28)『花草粹編』の原形は、現在上海圖書館に所藏されている吳承恩輯『花草新編』(29)であるという。以上のことから、萬曆二十年に刊刻された余瀘東本は、少なくとも插入された十三首の詞に限っていえば、嘉靖三十八年頃成立の『花草新編』或いは萬曆十一年序の『花草粹編』を種本にして增補した可能性が高いことになる。

ところで、傅田章氏の研究は、余瀘東本は徐士範本（萬曆八年序。本文は現存しておらず、釋義・字音のみ民國刊の暖紅室本に收錄される）とほぼ同一の本文であるとしている。(30)しかし傅田氏が根據としているのは、余瀘東本と徐士範本の釋義・字音の一致に過ぎない。弘治本と余瀘東本について既に檢討したとおり、釋義・字音が似通っていても本文に異なる部分が多い例は存在する。釋義・字音を根據に本文全體が同一であったとは斷定できないであろう。

以上の推定が正しければ、余瀘東本は弘治本より新しい要素を含むことになり、古い形態をそのまま傳えているテキストとはいえないことになるであろう。

余瀘東本の插入詞が『花草粹編』にもとづくことになれば、さらに次に述べるような可能性も生じてくる。改編版『西廂記』である槃薖碩人本にも、他のテキストにもとづいた旨が校語に明記された詞が四首見える。槃薖碩人本第十七折（余瀘東本第十齣、弘治本3—2）「淚花落枕紅棉小」詞の校語は「天欲曉數句（筆者注：「淚花落枕紅棉小」句のこと）、諸本俱無。惟徐文長本有之、今幷錄」、槃薖碩人本第二十七折（余瀘東本第十七齣、弘治本5—1）「別來半歲音書絶」詞の校語は「別來九句、閩本・俗本俱無。今徐文長本有之。今從之」とあることから、この二つの插入詞については徐文長本にも見え、余瀘東本は徐文長本と密接な關係を持つことがわかる。また槃薖碩人本第二十七折「野花芳草」・「春愁南陌」の兩詞の校語には、「野花十六句（筆者注：「野花芳草」・「春愁南陌」兩詞のこと）、閩本・俗本俱無。今依碧筠齋本用之」とある。「野花芳草」・「春愁南陌」の兩詞が碧筠齋本に由來するのであれば、兩詞を收錄する余瀘東本は、明人が古本と考える碧筠齋本とも密接な關係があることになる。しかし、余瀘東本が『花草粹編』にもとづく插入詞という新しい部分を含んでいるというのであれば、碧筠齋本についても余瀘東本と同樣に、新しい要素を含むテキストである可能性が高いことになるであろう。また、かりに槃薖碩人本の校語が誤りで、「野花芳草」「春愁南陌」の兩詞が碧筠齋本ではなく別のテキストにもとづくものであったとしても、その場合は余瀘東本と古本とされる碧筠齋本とを結びつける積極的な證據を缺くこととなる。このことから、余瀘東本は必ずしも古いテキストであるとは言い切れないことになろう。

おわりに

冒頭で述べたように、弘治本は刊刻年代が古いものの價値の低いテキストであるとされてきた。しかし、ここまで見てきたように、弘治本は、體裁や表記の不統一、『董西廂』との關係などから、意圖的な改編が加えられていない古い形態を殘しているテキストであるということになるであろう。ただ、筆者の目的は、古いテキスト探しをしようというのではない。最終的には、戯曲テキストの發展過程の一端を、『西廂記』をサンプルとして明らかにすることが目的である。例えば雜劇の場合、現存する最古のテキストは『元刊雜劇三十種』であり、これはト書き・臺詞が不完全な狀態で收錄されている。明代の雜劇テキストでは例えば『周憲王雜劇』が、全賓と銘打ってト書き・臺詞を收錄するようになり、さらに明代後期の『元曲選』になると知識人の手によって大幅な改編が加えられるという過程をたどっている。『西廂記』の場合でも、同樣の戯曲テキストの生成過程を經てきたと考えられるのである。弘治本のようなト書き・臺詞に不完全な部分を殘すテキストが諸テキストに先行し、徐々にト書き・臺詞が增補されたテキストが登場し、さらにそれが整理されていったと考えられるのではないだろうか。

注

（1）『田中謙二著作集』第一卷（汲古書院　二〇〇〇　初出（上）『ビブリア』一　一九四九、（下）『日本中國學會報』二　一九五一）

（2）田中前揭書所收「書評　影弘治刊本『西廂記』五卷／王季思校注『西廂記』／吳曉鈴校註『西廂記』／王季思『從鶯鶯傳到西廂記』」（『田中謙二著作集』第一卷六〇〇頁以下　初出『中國文學報』四　一九五六）

（3）傳田章「萬曆版西廂記の系統とその性格」（『東方學』第三十一冊　一九六五）

（4）田仲一成博士の『西廂記』版本研究の論文には、次の二つが重要である。『西廂記』版本の全面的な研究としては、「十五・六世紀を中心とする江南地方劇の變質について（五）」の「第四章ノ三　明代江南演劇における〝雅・俗〟分解の進行（下）——北劇脚本の分化——」（東洋文化研究所紀要　第七十二冊　一九七七）があり、また、西廂記原本に迫るものとして「明初以來、西廂記の流傳と分化——碧筠齋本を起點としての一考察——」（『伊藤漱平教授退官記念中國學論集』汲古書院　一九八六）がある。

（5）注（4）田仲前掲論文B參照。

（6）西廂記の版本については、傳田章『明刊元雜劇西廂記目錄』（東京大學東洋文化研究所附屬東洋學文獻センター　一九七〇）を參照した。この一覽以外に、曲辭のみ收錄したテキストで、『雍熙樂府』二十卷（郭勛選輯　嘉靖年間　北京大學圖書館藏）がある。

（7）傳田前掲書によれば、余瀘東本には、劉龍田刋本（北京圖書館藏）のほか熊峯堂刋本（萬曆二十年刋　國立公文書館內閣文庫藏）が存するが、「兩者の間にはちがいはほとんどな」く、徐士範本（現存せず　萬曆八年刋（彙刻傳劇西廂記考據に引く程巨源の序による））の改訂重刋本であるとされる。

（8）刋記がないため、刋行年は、卷下卷頭に附される插繪中の款書「庚戌夏日模于吳山　無瑕」による。注（6）前掲書によれば、「雜劇本文は同じ萬曆三十八年の刋である起鳳館刋本のそれと同じものである」とされる。なお、筆者は京都大學文學部閲覽室藏アメリカ國會圖館善本叢書を利用した。

（9）神田喜一郎監修『中國戲曲善本三種　北西廂記・斷髮記・竊符記』（思文閣出版　一九八二）を使用した。

（10）『風月錦囊』に收錄される『西廂記』（節錄）との關係については稿を改めて論じるつもりである。

（11）槃邁碩人については、徐奮鵬という人物であることが、注（6）前掲書六七頁、また、金文京「湯賓尹與晚明商業出版」（『世變與維新——晚明與晚淸的文學藝術』中央研究院中國文哲研究所籌備處　二〇〇一）において指摘されている。

（12）『董西廂』のテキストとしては、『『董解元西廂記諸宮調』研究』（汲古書院　一九九八）にもとづいて校勘を加えた。

（13）田中前揭論文。

（14）雜劇の折の概念に關しては、岩城秀夫「元雜劇の構成に關する基礎概念の再檢討」（『中國戲曲演劇研究』創文社　一九七二）を參照。

（15）田中前揭書參照。

（16）蔣星煜「新發現的最早的『西廂記』殘葉」（『明刊本西廂記研究』中國戲劇出版社　一九八二）

（17）弘治本の折分けに關して岩城前揭書では、「當時の折そのものに對する考え方が未定着であったことを示すとともに、折の標示が套數のみを中心としてなされ、白について十分な注意が拂われなかったことを示す」（五〇三頁）と論じられているが、弘治本の折分けが整合性を缺く點のみ話題にしておられる。本論は殘本との比較から、弘治本の原本に折分けがなかった可能性を指摘し、岩城博士の論を補強するものである。

（18）田中謙二「『西廂記』版本の研究（下）」（田中前揭書所收）

（19）田仲前揭論文において、王本が弘治以前の古本を見ていたことが指摘されている。

（20）前揭『『董解元西廂記諸宮調』研究』解說を參照。

（21）前揭『『董解元西廂記諸宮調』研究』解說を參照。

（22）元刋本「大都新刋關目的本東窗事犯」第二折冒頭のト書きに、「正末扮呆行者、拿火筒、上、念（この後に五、五、五、九の韻文らしき文を唱える）」がある。

（23）錢南揚校注『永樂大典戲文三種校注』（中華書局　一九七九）による。

（24）蔣星煜「論徐士範本『西廂記』」（『明刋本西廂記研究』中國戲劇出版社　一九八五　四十一頁）「直到最近、我對明刋本『西廂記』在國內外所藏狀況作較全面的了解時、在上海圖書館發現了此書（筆者注：徐士範本西廂記を指す）。」として、徐士範の序文と卷頭部分の書影をあげている。

（25）「救苦難觀世音」（弘治本3—4）と「太行山」（弘治本5—1）の釋義は、余瀘東本の釋義の本文と異なり、徐士範本の釋義にはない。

（26）高橋文治「崔府君をめぐって」（『田中謙二博士頌壽記念中國古典戲曲論集』〔汲古書院　一九九一〕所收）を參照。
（27）田仲前揭論文。
（28）劉修業「吳承恩著述考」（『古典小説戲曲叢考』作家出版社　一九五八　三三頁）
（29）『中國古籍善本書目』集部下（上海古籍出版社　一九九八）一九九八頁に「花草粹編五卷　明吳承恩輯　明抄本　存三卷　三至五」とある。また陳文燭なる人物が吳承恩輯『花草新編』のために記した序がある『二酉園續集』卷一（注（28）前揭書附錄三九〇頁）。
（30）傳田前揭書二八頁・五四頁。

第二節　『董西廂』から『西廂記』への繼承——曲辭と構成の側面から

はじめに

前節では、『西廂記』雜劇（以下『西廂記』と略す）のテキストにおける、弘治本の重要性を再確認した。そこで、次の問題として本節では、『西廂記』は先行作品をどのように受け繼いで作られているのかということについて考えてみたい。このことを考察するために、本節では、先行する『董解元諸宮調西廂記』（以下『董西廂』と略す）と『西廂記』を比較・調査を行った。

そもそも『西廂記』が『董西廂』の影響下に成立していることについては、明清時代の文人の著作や近年の研究においてすでに指摘のあるところであり(1)、本節で考察する內容は自明のこととのそしりはまぬがれないかもしれない。しかしながら、管見の及ぶ限りこれまでの研究では、兩者の類似箇所（主として曲辭）に關する指摘は部分的なものに留まり、部分的なある狀況を以て作品全體の傾向と見なしすぎている感も否めない。やはり、『西廂記』『董西廂』それぞれの作品全體を視野に入れつつ、各卷・各折ごとの異同狀況を踏まえて、兩作品の關係性を明らかにしていく必要があると考える。というのも、本節の結論の一部をやや先取りすれば、『西廂記』は『董西廂』をそっくりそのまま利用しているわけではなく、單に『董西廂』を劇化した作品なのではないのである。『西廂記』の作者または編纂者は、『董西廂』を十分に讀み込み、如何に『董西廂』を利用して雜劇として再構成するかを考え、『西廂記』を書いたと推測できるということである。こうしたことから、本節では、『西廂記』『董西廂』全體にわたる語句・表現の分布・使用狀況を明らかにした上で、『西廂記』における『董西廂』の影響を改めて考察することを主たる目的としたい。

利用したテキストは、次の通りである。『董西廂』は、『『董解元西廂記諸宮調』研究』（汲古書院、一九九八。以下『研究』と略す）を用い、引用時にはその通し番號に據った。例えば、「卷一、第一番目の套數、第1曲」は、一・一1とする。『西廂記』は、弘治本（適宜、他の版本との校勘も行う）を用い、引用時には弘治本の折分けに準じ、卷一第一折【賞花時】は、1-1【賞花時】とする。

類似箇所については、『董西廂』『西廂記』それぞれの電子データを用いて調査した。また、王驥德『新校注古本西廂記』（萬曆四十二年序。以下、王注と略す）の注も利用した。この王注は、各折ごとに附され、語句の解説のほか、他の作品における用例も示しているだけでなく、『西廂記』が基づく『董西廂』の曲辭に關する指摘も附されている。そこで、王注が指摘する『西廂記』と『董西廂』の類似箇所については、すべて表に擧げることとした（表3「曲辭對照表」では、王注によるものは全て行頭に＊を附す）。さらに、『研究』及び焦循『劇說』で言及されている箇所についても取りあげ、そのページを注記する。なお、對照表作成に當たっては、上記『研究』のほか、王季思校注『西廂記』（上海古籍出版社、一九七八）などの先行研究を參照させていただいた。

一、全般的な傾向

まず、『董西廂』と『西廂記』の內容面での違いについて、內容對照表（表1）に示す。傍線部は異なる箇所、二重傍線部はどちらか一方にのみ見えることを表す。

表1：『董西廂』『西廂記』内容對照表

通し番號	董西廂 巻數	董西廂 あらすじ	弘治本西廂記 巻折（括弧内は西廂記諸本の齣數）	弘治本西廂記 あらすじ
1	一・二6～一・一五	張生が登場。蒲州に立ち寄り、普救寺へ脚を伸ばす。普救寺に滞在する鶯鶯を見かけ、すっかり心を奪われる。崔家の者たちは故相國の棺を守って、都へ赴く途中であった。	1-1（1）	崔家の老夫人・鶯鶯らが登場。夫の棺を守って博陵に向かう途中、普救寺に滞在している。張生が登場。蒲州の普救寺を見て回っているとき、鶯鶯の姿を垣間見て、心を奪われる。
2	一・一六～一・二〇	張生は、普救寺の僧法本に、間借りしたいと依頼。	1-2（2）	張生は鶯鶯に近づくため、普救寺に宿を取ることに決める。
3	一・二一～一・三一	張生は鶯鶯の姿を見かけ、紅娘と言葉を交わす。張生の詩に、鶯鶯が和す。その後、張生は戀煩いで病に臥せる。	1-3（3）	鶯鶯が紅娘と共に庭で香を焚き、天に祈る。張生が二人の姿を見つけ、詩の應酬をする。
4	一・三二～一・三五	法事が行われ、鶯鶯の姿に魅了された張生や僧らは狂態をみせる。	1-4（4）	老夫人らが法事を行うが、美しい鶯鶯の姿に、張生も僧たちも我を忘れる。
5	二・一～二・二二	反亂軍は普救寺に立ち寄り、鶯鶯の事を知って、彼女を要求する。法聰が出撃して、反亂軍に對抗する。張生が反亂軍を追い拂う策を獻じる（法聰が杜将軍に手紙を届ける）。	2-1（5前）	反亂軍の孫飛虎が鶯鶯を要求してくる。軍を退ける策があると、張生が名乘り出る。
6	三・一～三・六	杜確將軍が驅けつけ、反亂軍は逃げていく。	2-2（5後）	張生が杜確將軍へ手紙をしたため、惠明が使者に立つ。杜確が救援に驅けつける。
7	三・七～三・一〇	老夫人が張生を招く。	2-3（6）	老夫人が紅娘に命じ、張生を宴に招く。張生は喜んで出かける。老夫人は謝意を述べる。
8	三・一一～三・二二	老夫人は、鶯鶯姉弟に、張生を兄とするように言う。約束が違うと氣色ばむ張生に、鶯鶯にはすでに鄭恆という許婚がいると説明する。	2-4（7）	鶯鶯も出て來て、張生は期待に胸を膨らませる。ところが、老夫人は二人に兄妹の契りを結ばせ、鶯鶯には鄭恆という許婚がいると説明する。張生はショックを受けて

				出て行く。
9	三・二三〜三・二七 四・二〜四・六	紅娘は、琴で鶯鶯の氣を引くようにと、張生に祕策を授ける。 夜中に出て來た鶯鶯と紅娘は、窓の外で張生の琴を聞く。 （後の四・七に續く）	2-5（8）	紅娘は、張生に琴で鶯鶯の氣を引くようにと祕策を授ける。（諸本はここまでが第七齣。次から第八齣）夜中、鶯鶯らが燒香に現れ、窓の外で張生の琴を聞くが、慌ただしく歸って行く。
10	四・一〇〜四・一三	鶯鶯が張生を想う樣子を見かねた紅娘は、張生のもとを訪れ、鶯鶯の本心を傳える。張生の手紙を持って、鶯鶯の元へ歸る。	3-1（9）	鶯鶯は張生が病に臥せったことを知り、紅娘に言いつけて張生を見舞わせる。張生は鶯鶯への手紙をしたため、紅娘に託す。
11	四・一三〜四・一六	張生からの手紙を讀んだ鶯鶯は、ひどく腹を立て、紅娘を叱責する。そして、手紙をしたためると、紅娘に張生の元へ持って行かせる。張生は、鶯鶯の詩をみて、今夜こそ鶯鶯との逢瀬が實現すると喜ぶ。	3-2（10）	紅娘が鶯鶯に張生の樣子を語り、手紙を渡す。鶯鶯は腹を立てるが、すぐに張生宛の手紙を書く。紅娘がまた張生を訪ねる。張生は、鶯鶯の詩をみて、今夜こそ鶯鶯との逢瀬が實現すると期待に胸を膨らます。
12	//四・七〜四・九// 四・一七〜四・二五	//（前の四・六から續く）張生は誤って紅娘に抱きつく。間違いに氣づいた張生は、空しく書齋に戻る。（前の四・一〇に續く）// 夜中、張生は鶯鶯に逢うために壁を乘り越えるが、鶯鶯は張生を嚴しく叱り付けて立ち去る。張生はがっかりして書齋に戻る。	3-3（11）	鶯鶯と紅娘が、夜、燒香に出てくる。紅娘が合圖の鳥の鳴きまねをすると、張生は誤って紅娘に抱き付く。紅娘が手引きして、張生は壁を乘り越える。ところが、鶯鶯は張生を嚴しく叱り付けて立ち去る。張生はがっかりして書齋に戻る。
13	五・一〜五・六	張生は、鶯鶯との逢瀬を夢に見る。 病に臥せる張生を、大師（普救寺の僧）や紅娘が見舞う。		なし
14	五・七〜五・一七	病氣の張生を、夫人と鶯鶯が見舞う。二人が歸った後、張生は自殺を圖るが、やってきた紅娘に止められる。 紅娘は、鶯鶯からの手紙を渡す。手紙には詩が書いてあった。張生は、鶯鶯が今夜逢引するつもりだと喜ぶ。	3-4（12）	張生が重病だと聞き、夫人は醫者を呼ぶ。鶯鶯も紅娘に言いつけて藥の處方箋を張生に届けさせる。張生は處方箋（實は今夜逢いに來るという內容の詩）を讀むやたちまち元氣になり、今宵こそ事が成就すると期待する。
15	五・一九〜五・二五、	紅娘を連れて鶯鶯が張生の元を訪れる。二人は思いを遂げる。次の晩も、鶯鶯は張生に逢いにやってきた。	4-1（13）	鶯鶯が紅娘を伴って、張生のもとを訪れ、二人はついに思いを遂げる。（『西廂記』では逢瀬は一回のみ）

	六・一1	二人は名殘を惜しみつつ別れる。		
16	六・一2～六・一二	半年後、奥方は鶯鶯の容姿の變化に氣がつき、張生との仲を疑う。老夫人は、紅娘を呼び出し問い詰める。逆に紅娘は、二人をかばい、老夫人を說得する。張生は紅娘のアドバイスで、法聰から借金をして作った結納金を老夫人に手渡す。また、自ら長安へ科擧を受けに行くことを宣言する。	4-2(14)	老夫人は、最近鶯鶯の樣子が變わったことに氣がつき、紅娘を呼び出して問い詰める。眞相が明らかとなり、さらに鶯鶯を呼び出し叱責する。老夫人は張生も呼び出し、科擧に合格しなければ娘を嫁がせないと條件を出す。
17	六・一三～六・一九	上京する張生を、皆で見送る。	4-3(15)	科擧に赴く張生を、皆で見送る。鶯鶯と張生は、將來を誓い合って別れる。
18	六・二〇～六・二七	旅の宿で、張生の夢に鶯鶯が現れる。追っ手がやってきたところで目が覺め、張生は愁いに沈む。一方の鶯鶯も、張生を想ってやつれ、悲しみを深める。	4-4(16)	旅の宿、張生の夢に鶯鶯が現れ、さらに追っ手がやってくる。夢から覺めた張生は、鶯鶯を懷かしむ。
19	六・二七 七・一～七・六	翌年、張生は三番で合格する。張生は鶯鶯へ科擧合格を知らせる。鶯鶯は病氣になっていたが、張生の合格を聞き、贈り物を用意して下僕に託して送り出す。張生は翰林學士の職を授けられるが、重い病に罹る。	5-1(17)	上京して半年、張生は科擧に一番で合格する。（但し、他のテキストや弘治本では、【醋葫蘆】後のせりふで探花郎〔三番〕で合格したと記す）鶯鶯のもとに、張生合格の知らせが届く。鶯鶯は品物を下僕に託して送り出す。
20	七・七～七・八	病に伏せる張生のもとに、鶯鶯からの贈り物が届き、張生は喜ぶ。	5-2(18)	張生は病に伏せっていたが、下僕の持ってきた鶯鶯からの贈り物を見て喜ぶ。
21	七・九～七・一一1	張生は病氣のわが身を歎く。鄭恆が登場。張生が大臣の娘を娶ったと、僞りの情報を傳える。老夫人は鄭恆に、鶯鶯との婚儀を許す。	5-3(19)	鄭恆が登場。紅娘は、やぼな鄭恆を忌み嫌う。鄭恆は老夫人に、張生が鶯鶯を裏切ったと僞りの情報を傳える。
22	七・一一2～八・一四（おわり）	そこへ、張生が現れる。鄭恆との婚禮が決まったと聞き、鶯鶯と張生は互いに視線を交わし、心を痛める。二人は首を吊ろうとするが、法聰が慌ててなだめる。太守となった杜確が、役所で鄭恆を尋問し、嘘が露顯し	5-4(20)	張生は華やかな行列を従えて戻ってくるが、老夫人から鶯鶯と鄭恆の婚約がすでに決まったと聞き愕然とする。杜將軍がやってきて、張生の潔白を證言する。鄭恆は嘘が露顯したことを知り、木に頭を打ち付けて自害する。

張生と鶯鶯はめでたく婚禮を擧げ、任地へ旅立つ。	た鄭恆は自害する。 張生と鶯鶯はめでたく婚禮を擧げ、任地へ旅立つ。

凡例：傍線部…『董西廂』『西廂記』雙方で異なる箇所
　　　二重傍線部…一方にしか見えない場面

　これを見ると、物語の流れは大筋でほぼ一致するが、明らかに異なっている部分が何箇所か存在していることがわかる。まず冒頭、通し番號1の『董西廂』では、鶯鶯一行は棺を守って都に赴く途中であるが、『西廂記』では、博陵に向かう途中で普救寺に滞在している。また、通し番號9から12に見える「張生が鶯鶯と間違えて紅娘に抱き付く」場面から「張生が壁を乗り越え鶯鶯に叱責される」場面にかけて順番が異なっている。『董西廂』巻四では別の日の出來事、つまり、9「鶯鶯と紅娘が張生の琴を聞く」→12前半「張生が間違って紅娘に抱き付く」→10「翌日紅娘が張生を訪ねる」→11「張生と鶯鶯が手紙のやりとりをする」→12後半「その夜、張生が壁を乗り越えて、鶯鶯に叱責される」という順であるのを、『西廂記』では、巻三第三折でひとつながりの場面に改變されているのである。これは、張生の二つの失敗を連ねて物語のクライマックスをこの場面に集中させることで、構成にメリハリをつけたと考えられる。また通し番號14では、『董西廂』では張生が自殺を圖って止められる場面があるが、『西廂記』ではこの場面は取り入れられていない。このほか、通し番號16の張生が科擧を受けに行く場面では、『董西廂』では張生自ら申し出ているのだが、『西廂記』では鶯鶯の母である老夫人が鶯鶯との結婚の條件として、科擧に及第し役人になることを提示している。この點は意外に見過ごされやすいが、老夫人の性格づけの違いが現れていると言えよう。すなわち、『董西廂』の老夫人は、故相國の遺言としてすでに鄭恆が許婚であるという道義上、張生・鶯鶯の結婚を拒否しているに過ぎず、だからこそ張生が自ら科擧受驗に赴くことを申し出ることになるのだが、『西廂記』の老夫人は、科擧及第という新たな條件を提示しており、むしろ二人の關係に積極的に關わる姿勢が見られると言えるのである。末尾の通し番號22には、『董西廂』では二人が絶望して自殺しようとする場面や戀敵の鄭恆を杜確が裁く場面があるが、『西廂記』では自殺未遂の場面は無く、杜確は單に證言をするだけとなっている。

次に、語彙・表現の面から、兩者を比較してみよう。本節末尾の曲辭對照表（表3）に、『西廂記』が『董西廂』の表現を踏まえていると考えられる箇所を對照して示した。無論、兩者はストーリー展開が共通しているのであるから、語彙・表現が似通う部分が多いのは當然ではあるが、ここではそのような類似箇所もあえて含め抽出することとした。表は左側から、『西廂記』の巻・折および曲牌、曲辭を擧げ、次に典據となった『董西廂』の句を示している。曲辭對照表に基づき、類似箇所の數を調べると次のようになる。

表2

巻・折	使用箇所の數	董西廂引用數
1-1	8	14
1-2	8	11
1-3	12	18
1-4	6	10
2-1	8	9
2-2	5	5
2-3	4	5
2-4	5	7
2-5	4	5
3-1	6	8
3-2	5	8
3-3	5	6
3-4	6	8
4-1	10	14
4-2	9	11
4-3	11	16
4-4	11	12
5-1	6	7
5-2	5	7
5-3	2	2
5-4	2	2
計	138	185

「使用箇所の數」は、『董西廂』の表現を用いている『西廂記』での數、「董西廂引用數」は『董西廂』の表現を引用している數だが、一つの曲で複數の引用がなされていることがあるため、このように分けて項目を立てた。この表を見ると、全體的な傾向として、『西廂記』巻一・巻四の各折では十箇所以上指摘できる一方で、巻二・巻三・巻五ではやや少なく、巻五第三折・第四折に至ってはそれぞれ二箇所程度にとどまっていることがわかる。なぜこのように巻・

折によってばらつきが見られるのであろうか。

考えられる要因として最も可能性が高いのは、展開の相違であろう。今度は逆に、『西廂記』における引用數を、『董西廂』の各巻ごとに直して擧げてみよう。

『董西廂』巻一：38　巻二：4　巻三：15　巻四：25
巻五：17　巻六：25　巻七：7　巻八：3

一見して明らかなのは、巻二・巻七・巻八からの引用數が、極端に少ないことである。これは、內容的に對應する折が、實際にどのようなストーリー展開なのかということと、少なからず關係があるように思われる。

まず、『董西廂』巻二からみてみよう。巻二は、反亂軍が普救寺に押し寄せ、張生が祕策を獻じる場面である。『西廂記』で內容的に對應するのは、巻二第一折（弘治本の場合。余瀘東本などでは第五齣の前半）だけである。さらに、異なる場面での引用も、巻二の場合はほとんどないため、結果として引用數が減るのもやむをえないのかもしれない。

次に『董西廂』巻七であるが、ここでは張生が科擧に合格したものの病氣にかかり、半年もの間驛亭で療養しており、そのすきに鄭恆（鶯鶯の從兄弟で、老夫人の甥）が老夫人（鶯鶯の母）に噓の注進をして鶯鶯との結婚を取り付ける場面である。『西廂記』で內容的に對應するのは、巻五第一折から第四折前半までである。まず、巻五第一折・第二折に見える『董西廂』に基づく曲辭は、異なる場面から持ってきたものであり、內容的に對應する巻七から直接取り入れている箇所は非常に少ない。第三折・第四折になると、『董西廂』から直接取り入れた曲辭は極端に少なくなる。これは、內容的に兩者に違いがあるからと考えられる。第三折は、鄭恆が自分こそ鶯鶯の許婚にふさわしいと盛んにアピールするのに對し、紅娘は野暮な鄭恆を嫌い、張生の色男ぶりを述べて言い返すという內容であるが、『董西廂』の該當箇所には、もともと紅娘が鄭恆とやりとりをするということはなく、語り手が鄭恆の野暮ぶりを語るのみである。また、第四折は、張生が普救寺に戻り、驅けつけた杜確が張生の潔白を證言したので、晴れて張生と鶯鶯は結婚するという内容である。『董西廂』では巻八が對應し、ここは僧侶の法聰が張生を慰め、さらには、杜確が先の賊軍追討の功で太守となり、役所で鄭恆の一件を裁くという話となっており、『西廂記』と比べると細かな設定で異なる點が多い。このように物語の展開が異なるために、『董西廂』巻八から『西廂記』に直接取り入れられた曲辭も自然と少なくなったと考えられる。

二、『西廂記』における『董西廂』の利用

全體にわたる曲辭の對照を行うことにより、『西廂記』が『董西廂』の曲辭を單に取り入れているのではなく、巻や折によって引用數に偏りがあり、しかもそれが內容と關係することが明らかとなった。では次に、『西廂記』における『董西廂』の利用には、どのような特徵があるのかについて考察してみよう。

表3「『西廂記』『董西廂』曲辭對照表」に、『西廂記』と『董西廂』の對應する箇所を竝べて示してみた。對應狀況のパターンは、便宜的に大きく次の①〜④のように分類する。

①ほぼ同様の場面での使用
②曲辭は似るが、場面・主體を變更
③表現に手を加え、場面・主體を變更
④定型表現・語句のみの使用

全てをここに擧げることはできないので、**表3**には、それぞれの對應狀況のパターンにあてはまるものを示してい

る。全體的な状況は、そちらを御覽いただきたい。ここでは、④の定型表現・語句のみの使用にとどまるものを除いて、①〜③について代表的な具體例をいくつか擧げ、それぞれについて分析を試みたい。引用例は、先に『西廂記』を擧げ、次に基づく『董西廂』の表現を擧げる。對應箇所には、傍線・波線などを附した。

①ほぼ同じ場面での使用

例1：

『西廂記』	『董西廂』
1-1【油葫蘆】［生唱］竹索纜浮橋、水上蒼龍偃。（［張生唱う］竹綱結ぶ浮橋は、水面に伏せる蒼い龍。）〔冒頭、張生が登場する場面〕	一・四2【尾】正是黃河津要。用寸金竹索纜着浮橋。（これぞ黃河の要津、鎖と竹の綱もて浮橋つなぐ。）〔冒頭、張生が登場する場面〕

張生の登場シーンでの風景描寫であるが、『董西廂』が語り手による地の文であるのに對し、『西廂記』では張生自身が唱う部分となっている。このようにしたのは、『董西廂』の風景描寫が、もともと張生の目を通したものであるため、張生自身が語るという形式に變更しても不自然とはならないからであろう。

例2：

3-1【后庭花】［紅唱］我則道拂花牋打稿兒、元來他染霜毫不勾思。先寫下幾句寒溫序、後題着五言八句詩。	四・一三【雙調】【御街行】……拂拭錦箋一紙。筆頭灑落相思淚、盡寫心間事。○也不打草不勾思。先序幾句

……

3-1【靑歌兒】〔紅唱〕顚倒寫鴛鴦鴛鴦兩字。……（〔紅娘唱う〕めでたき箋紙を拂い廣げ下書きを書くかと思いきや、霜なす筆を墨で染め構想を練りもせず。まずは時候のあいさつをつづり、あとには八句の五言詩を書き記す。……〔紅娘唱う〕逆さまに鴛鴦の二文字を書き付ける。）〔病に臥せった張生を、鶯鶯に言いつかった紅娘が見舞い、張生が鶯鶯への手紙をしたためる場面〕

俺傳示。一揮揮就一篇詩。筆翰與羲之無二。須臾和淚一齊封了上面、顚倒寫一對鴛鴦字。（錦箋の紙を拂い廣げる。筆先より滴り落ちるは戀の涙、心の中なる事どもをあますことなく書き記す。〇下書きもせず構想も練らず、まずはわが思いを訴えること數句。ひとたび筆を揮うごとに一篇の詩生まれ、筆使いは王羲之に異ならず。たちまちにして淚ともども封をして、上には鴛鴦の二文字をさかさまに記す。）〔様子を見にきた紅娘に鶯鶯への手紙を託そうと、張生が手紙を書く場面〕

この例では、『西廂記』『董西廂』ともにほぼ同じ場面であり、『西廂記』は『董西廂』の文言をほとんどそのまま踏襲している。異なるのは、これを語る人物である。『董西廂』は地の文であり、語り手（實演ならば諸宮調の藝人）が語ることになる。一方、『西廂記』では、紅娘が張生の様子を唱って描寫する形となっている。では、『西廂記』が紅娘に唱わせる形にしているのは、なぜなのだろうか。一つには、そもそもこの折（巻三第一折）は、紅娘が張生の元へ赴くところから始まり、紅娘が主たる唱い手であるからということが大きいかと思われる。しかし、もう一つの要因として、雜劇『西廂記』がもとづく『董西廂』が語りものであるということとも關係しているのではなかろうか。つまり、語りものの地の文は、語り手という第三者の視點から登場人物が描寫されることが多い。これを自然な形で雜劇に取りこもうとしたとき、鶯鶯・張生以外の第三者である紅娘の視點からの描寫にするのが、最も都合がよかったのではなかろうか。

例3：

『西廂記』	『董西廂』
4-3【端正好】［旦唱］碧雲天、黄花地。西風緊、北鴈南飛。曉來誰染霜林醉。總是離人涙。（［鶯鶯唱う］碧雲の天、黄花の地。西風きびしく吹きすさび、北の雁が南に飛ぶ。曉方に誰が染めたか霜おく林の醉いし色、すべてこれ別るる人の涙。） 4-3【耍孩兒】［旦唱］未飲心先醉。眼中流血、心内成灰。（［鶯鶯唱う］飲まぬさきから心は醉ったよう。眼には血の涙があふれ、心の中は灰と化す。）〔上京する張生を鶯鶯らが見送る場面〕	六・一四2【尾】莫道男兒心如鐵。君不見滿川紅葉。盡是離人眼中血。（男子の心は鐵の如しと言いたもうな。君見ずや一面の紅葉、ことごとく別れ行く人の眼中の血なるを。） 六・一七1【大石調】【驀山溪】廝覷者、總無言、未飲心先醉。（見つめ合うも言葉無く、飲むより先に心はや醉いしれる。）〔科擧受驗のため上京する張生を、鶯鶯らが見送る場面〕

いずれも、科擧の受驗のために上京する張生を、鶯鶯らが見送る場面である。

『董西廂』の「君不見滿川紅葉。盡是離人眼中血」は、蘇軾の【水龍吟】詞「細看來、不是楊花點點、是離人涙（細かに見れば、小さな一枚一枚の楊花〔水面に落ちた柳絮〕ではなく、別れる人の涙）」（なお、【水龍吟】末尾の句形には異説があり、「細看來不是楊花、點點是、離人涙」、「細看來不是、楊花點點、是離人涙」などが言われている）を踏まえると言われている。(2) これを『西廂記』では、【端正好】「總是離人涙（すべてこれ別るる人の涙）」としており、あたかも『董西廂』の表現が、典據である蘇軾の句に戻っているかのように見える。しかし、後の【耍孩兒】に「眼中流血」という句があり、ここで『董西廂』の「盡是離人眼中血」を利用している可能性が考えられるのである。

ところで、蘇軾の【水龍吟】詞には典據がある。南宋の人曾季貍の『艇齋詩話』(3)は、「東坡和章質夫「楊花」詞云……〝細看來不是楊花、點點是離人淚〟。卽唐人詩云〝時人有酒送張八、惟我無酒送張八。君有陌上梅花紅、盡是離人眼中血〟。皆奪胎換骨手」と指摘している。唐人の名は不明で、他に同樣の記事があるのかも不明だが、『艇齋詩話』の說が正しければ、典據となった詩詞と『董西廂』の句および『西廂記』の句の關係は、次のように考えることが出來る。すなわち、『董西廂』の「君不見滿川紅葉。盡是離人眼中血」は、蘇軾【水龍吟】詞を意識しつつ、唐人詩「君有陌上梅花紅、盡是離人眼中血」に基づくものであり、そして『西廂記』は、唐人詩を典據とする蘇軾詞に基づいて『董西廂』の句を「是離人淚」と改め、さらに後の【耍孩兒】で「眼中流血」の句を取り入れたのではなかろうか。なお、【耍孩兒】では、第一句「淋漓襟袖啼紅泪」とすでに「紅泪」が使われ、第八句「眼中流血」と類似する表現となっている。また、【耍孩兒】第八句・第九句「眼中流血、心內成灰」は、『煙花錄』を典故とする表現である(4)。このようなことから、【端正好】で「離人淚」と改められたのには、幾つかの要因が重なっていると考えられる。

『西廂記』が試みたこの方法が成功しているか否かはひとまずおくとして、唐人詩、蘇軾詞、『董西廂』の句を關連させつつ、あえて前半と後半に分けて配置した可能性は十分考えられるであろう。こうすることにより、觀客または讀者の意表を突こうとしたのかもしれない。

なお、【耍孩兒】は、張生が唱うとするものと、鶯鶯が唱うとするものの兩方のテキストがある。張生が唱うのであれば、先に鶯鶯が唱う「總是離人淚」を、後から張生が「眼中流血」と補う形になり、趣向としてはおもしろい。なお、弘治本では、張生が唱うことになっている。

以上擧げた例1～3のほか、同様の場面で同じ文句を使用している例としては、張生と鶯鶯がやりとりする詩句が擧げられる。ただし、詩の應酬は、物語の重要な要素であり、展開の鍵となっているので、手を加えたり使用する場所を變更することはしなかったということであろう。

②曲辭は似るが、場面・主體を變更

例4：

1-1【幺】〔旦唱〕門掩重關蕭寺中。花落水流紅。（〔鶯鶯唱う〕門が幾重にも閉ざす寺のうち、落花に水の流れはくれないに染む。）〔冒頭、鶯鶯の登場場面〕	一・一四2詩：門掩重關蕭寺中、芳草花時不曾出。（門が幾重にも閉ざす寺のうち、芳草花時かつて出でず。）〔張生が鶯鶯を垣間見た後、李紳「鶯鶯本傳歌」を引くところ〕

『董西廂』では詩中の表現であったものを、『西廂記』では、詩中で描寫されていた人物、つまり鶯鶯の唱としており、主體の變更がなされている例である。

例5：

2-1【油葫蘆】〔旦唱〕……這些時睡不安、坐又不寧、我欲待登臨不快、閑行又悶。毎日價情思睡昏昏。（〔鶯	一・二七4【尾】待登臨又不快閑行又悶。坐地又昏沈睡不穩。子倚着箇鮫綃枕頭兒盹。（高きに登ろうとしても

鶯唱う〕このとき私は寝ても覺めてもこころ休まらず、高きに登ろうともこころは晴れず、散歩しようにもうつうつとする。毎日物思いにうつらうつら。）
2-1【天下樂】〔旦唱〕紅娘呵。我則索搭伏定鮫綃枕頭兒上盹。……（〔鶯鶯唱う〕紅娘や、私はひとまず鮫綃の枕に居眠りするとしよう。）〔張生を見かけてから、鶯鶯が物思いに沈む場面〕

快からず、散歩しようとてもつらく、すわればクラクラ、眠りも安からず。ただ鮫綃の枕に居眠りするのみ）〔普救寺の僧から鶯鶯のことを聞き、張生がますます思いを慕らせる場面〕

表現はよく似通うが、『董西廂』では、張生が鶯鶯を戀しく思うあまり狂態を演じているのを描寫しているのに對して、『西廂記』では、鶯鶯が戀に目覺める樣子を描寫している。ここの『董西廂』は、本來女性の行爲に使う語彙や表現を、男性である張生を主體として使用しており、一種のパロディ的場面であるが[5]、『西廂記』は、場面を變えると同時に主體の變更も行い、鶯鶯の戸惑いや物憂さを描寫する。これは、演劇ではあまり度が過ぎるのは好ましくないと考えられたからかもしれないが、結果的にパロディ的要素は影を潛めた形となっている。

例6：

4-3【快活三】〔旦唱〕將來的酒共食。嘗着似土和泥。假若便是土和泥。也有些土氣息。泥滋味。（〔鶯鶯唱う〕せっかく運んださけさかなさえ、嘗める私は泥土かむ

三・一九1【商調】【玉抱肚】酒來後、滿盞家沒命飲、面磨羅地甚情緒。喫着下酒、沒滋味、似泥土。自心窨腹。鶯鶯指望同鴛侶。誰知道、打脊老嫗許不與。（酒が來れ

おもい。たとえこれが泥土であっても、土のかおり泥のにおいがあるものでしょう。）〔鶯鶯らが科擧受驗に旅立つ張生を見送る場面〕

ばぐいぐいむやみにあおり、かおこわばらせて何の風情もありはせぬ。肴を食べながらも、うま味もなく、砂を咬むよう。）〔鶯鶯との結婚を老夫人に拒否された張生を描寫する場面〕

この例でも、場面の變更とともに、主體の變更が行われている。『董西廂』では、張生は、反亂軍の擊退を條件に鶯鶯との結婚の約束をとりつけたはずが、後になって、老夫人から鶯鶯には従兄弟の鄭恆が許婚となっていることを理由に拒否され、自暴自棄氣味に酒を飲む場面である。一方の『西廂記』では、主體は鶯鶯に變わり、科擧受驗のため長安へ旅立つ張生を見送る鶯鶯の心情を描寫している。

例7：

5-2【醉春風】〔生唱〕……鶯鶯呵、你若是知我害相思。我甘心兒死。死。四海無家、一身客寄。半年將至。（〔張生唱う〕鶯鶯よ、もしもあなたがわが戀の病いを知ってくれたら、私は死んでも悔いはない。四海に家は無く、孤獨の身は旅にあり、ここにて早くも半年過ぎる。）〔科擧に合格したものの、鶯鶯を戀うあまり病氣になった張生の唱〕

五・二1【中呂調】【踏莎行】鶯鶯你還知道我相思。甘心爲你相思死。（鶯鶯よ、あなたが私の戀い焦がれる思いを知ってくれたなら、私はあなたのために焦がれ死にしても本望だ。）〔鶯鶯との逢瀬を夢に見て、眼が醒めたあとの張生のことば〕

一・二六1【雙調】【豆葉黃】病裏逢春、四海無家、一身客寄。（病中春にめぐりあい、四海に家無く、孤獨の

身旅路にあり。）〔初めて鶯鶯を垣間見て、戀い焦がれる張生のことば〕
五・五2【尾】沒親熟病染沈痾。可憐我四海無家獨自箇。怕得工夫肯略來看覷我麼。（友もなく重い病にかかり、あわれ四海に家無き孤獨の身。）〔鶯鶯との逢瀬を夢に見た後、病に伏せった張生のことば〕

ここに擧げた『西廂記』巻五第二折では、科擧に合格した後、張生は鶯鶯戀しさに病となり、鶯鶯の元へ歸ることが出來なくなっている。一方、『董西廂』で對應するのは巻七であり、展開は似通うが、病の原因は示されていない。『西廂記』が直接基づいたのは、『董西廂』巻七ではなく、巻五の張生が逢瀬を夢に見た後、鶯鶯に戀い焦がれて病に臥せる場面である。『西廂記』では、張生の科擧及第後、鶯鶯に戀い焦がれて病を發するというわけだが、病氣になるという點では共通することから『董西廂』巻五の文句が使われていることになる。したがって、『西廂記』はおそらく状況が似通う場面を設定した上で、基づく場面から詩句を求め、さらに五・五2にある「四海無家獨自箇」をヒントに、類句である一・二六1の「四海無家、一身客寄」を利用することを思いついたのではなかろうか。『董西廂』の對應箇所（巻七）も、病に苦しむ張生の心中が縷々述べられ、例えば「天遙地遠。萬水千山。故人何處（はるかに遠く、あまたの山川隔てた彼方に、なつかしき人はいずこ）」（七・七1【仙呂調】【剔銀燈】。『研究』〔三六六頁〕で、宋・徽宗【燕山亭】詞が出典であると指摘）などは、張生の強い悲壯感・孤獨感を表している點で「四海無家、一身客寄」に劣らない。とすれば、『西廂記』の作者は同様の状況を表現するにあたり、『董西廂』の表現に匹敵しうる詩句を比較的うまくあてはめていると言えるかもしれない。

例8：

2-5【綿搭絮】［旦唱］疎簾風細、幽室燈清。都則是一層兒紅紙、幾榥兒疎欞、兀的不是隔着雲山幾萬重。（［鶯鶯唱う］目の粗い御簾に風がそよぎ、薄暗い部屋に燈火は清らかにともる。わずか一重の紅紙と、あらきれんじの窗枠が、幾萬重にも重なる雲山に隔てられたるごとくに思われる。）〔鶯鶯が窗の外で張生の琴を聞き、張生の部屋の様子を描寫〕	四・三1【中呂調】【滿庭霜】幽室燈清、疎簾風細、獸爐香爇龍涎。抱琴拂拭、清興已飄然。（薄暗い部屋にともしび清らかな光を投げ、目の粗いすだれよりかすかに風は吹き込み、獸かたどる香爐に焚くは龍涎香。琴を抱いて拭えば、はや清興飄然としてわきおこる。）〔張生が琴を彈こうとする場面で、自分の部屋を描寫〕

老夫人に鶯鶯との結婚を拒否された後、紅娘のアドバイスに従い、張生が琴を彈く場面。夜外に出て來た鶯鶯と紅娘は、張生の部屋の窗の外で張生の琴を聞いている。『董西廂』では、張生が自分のいる部屋の様子を描寫するのに對し、『西廂記』では窗の外にいる鶯鶯が外からみた部屋の様子を描寫している。ここでは、主體を變更し視點の移動が行われている。なお、「幽室燈清」や「疎簾風細」は、多少表現の違いはあるが、定型表現の一種である。

例9：

3-2【普天樂】［紅唱］……拆開封皮孜孜看。顛來倒去	一・一五1【大石調】【驀山溪】……顛來倒去、全不害

不害心煩。〔旦怒叫〕紅娘。〔紅做意、云〕呀、決撤了也。〔唱〕俺厭的扢皺了黛眉。〔旦云〕小賤人。不來怎麽。〔唱〕忽的波低垂了粉頸、氳的呵改變了朱顏。（〔紅娘唱う〕封を開いてしげしげと見て、くり返し讀んでは飽きもせず。〔旦が怒って聲をあげる〕紅娘。〔紅娘思い入れ、いう〕ああ、臺無しだ。〔唱う〕ぎゅっと顰めた黒き眉。〔鶯鶯いう〕ろくでなし。なにをぐずぐずしているの。〔紅娘唱う〕しろきうなじをつっと伏せて、わかき顔をぽっと色なす。）〔鶯鶯が張生からの手紙に氣がつき、紅娘をなじる場面〕

心煩、（くり返し尋ねて、煩わしと思わず、）〔普救寺の僧に鶯鶯のことを尋ねたときの張生の様子〕

四・一四1【仙呂調】【賞花時】把箇兒拈來擡目視。是一幅花箋寫着三五行兒字。是一首斷腸詩。低頭了一餉、讀了又尋思。（手紙を取り上げ目をあげて見れば、一枚の模様入りの箋紙に記す數行の文字、中身は一首の斷腸の詩。頭を垂れることしばし、讀んでは考える。）

四・一五1【仙呂調】【繡帶兒】……低頭了一餉、把龐兒變了眉兒皺。（しばし頭を垂れた後、顔は一變、眉間にはしわ。）〔紅娘が持ってきた張生の手紙に氣がついた鶯鶯の様子〕

紅娘が張生からの手紙を託され、化粧臺の上に手紙を置いておく。すると、鶯鶯が手紙に氣がつき、封を開けて讀み始めるが、やがて怒りだし、紅娘をなじるという場面である。『西廂記』の「顚來倒去不害心煩」は、『董西廂』巻一の張生が普救寺の僧から鶯鶯のことをくり返し尋ねる場面の句を用いたものである。直前に「拆開封皮孜孜看（封を開いてしげしげと見る）」とじっくりと讀んでいることを示した上で、本來「何度も尋ねる」という意味であったこの句を、「何度も手紙を讀む」という意味として不自然にならない工夫をしている。もとづく『董西廂』の該當箇所にも、「讀了又尋思（讀んでまた考える）」という句があり、これも踏まえているであろう。

『董西廂』では、語り手が鶯鶯の變化する様子を生き生きと描寫する。一方、『西廂記』では鶯鶯本人ではなく、紅娘の視點からの描寫とすることで、鶯鶯の本心について觀客（または讀者）はもどかしい思いをしながら推測することになる。そこに、作者の狙い、この芝居のおもしろさがあるのではなかろうか。

③表現に手を加え、場所・主體を變更

例10：

4-1【煞尾】〔生唱〕春意透酥胸、春色横眉黛。……你是必破工夫明夜早些來。（春の心はしろき胸にひろがり、春の氣配は眉にただよう。……きみ必ずお時間を作って、明日の夜も早くいらしてください。）〔初めての逢瀬の後、張生が歸ろうとする鶯鶯の姿を描寫し、聲をかける場面〕	七・三3【美中美】春色裀花梢、春恨侵眉黛。（春の色は花の梢に裀せ、春の恨みは眉に忍び入る。）〔鶯鶯が、科擧受驗に旅立った張生を戀しく想う場面〕 五・一九1【仙呂調】【勝葫蘆】是必你叮嚀囑付、你那可人的姐姐。教今夜早來些。（ぜひともよくよく言い含め、お宅のあの素敵なお孃さまに、今夜少しでも早くお越しいただいてくれ。）〔張生が紅娘に鶯鶯との逢引を手助けするよう賴む場面〕 六・一1【仙呂調】【繼香衾】……我而今且去、明夜來呵。（今はともあれ行きますが、夜にはまたまいりましょう。）〔二度目の逢瀬の後、鶯鶯が張生にいうせりふ〕

『西廂記』巻四第一折は、鶯鶯と張生が初めて思いを遂げる場面である。【煞尾】はきぬぎぬの別れを張生が唱い、「春意透酥胸、春色横眉黛」は、『董西廂』巻七・三3【美中美】「春色褪花梢、春恨侵眉黛」に基づいている。しかし、ここでも主體に注目すると、『董西廂』では、鶯鶯が科擧受験のため旅立った張生に思いを馳せる場面で、鶯鶯の戀しい人に容易に逢えぬ恨みが表されているが、『西廂記』では、逢瀬の後、鶯鶯のえもいわれぬ美しさを張生が描寫する、という内容に表現が變更されているのである。つづく「明夜早些來」は、『西廂記』では、張生が鶯鶯に次の逢瀬を期待することを傳えている。これと對應するのは、『董西廂』巻六・一の「我而今且去、明夜來呵」であるが、より近い表現としては、『董西廂』巻五・一九1「教今夜早來些」であり、王驥徳の校注もこちらを指摘している。いずれにせよ、『董西廂』では、張生が鶯鶯との初めての逢瀬を期待する言葉であったものを、『西廂記』では、張生が次の逢瀬を期待する言葉に變えたのであろう。

例11：

5-1【逍遙樂】〔旦唱〕……看時節獨上粧樓、手捲珠簾上玉鈎、空目斷山明水秀。（いざ景色を眺めんと獨りで登る高樓の、手ずから眞珠のすだれを巻き上げて玉の鈎にとどめれば、視界の限りただむなしく淸らかに澄む山と川。）〔張生が旅立ったあと、獨り寂しく待つ鶯鶯の様子を描寫〕	一・二七1【正宮】【虞美人纏】……寂寥書舍掩重門。手捲珠簾。雙目送行雲。（寂しい書齋に門を堅く閉ざし、手にて珠の簾を巻き上げ、二つの目にて行く雲を送る。）〔鶯鶯に戀焦がれる張生を描寫する場面〕 七・一3【脱布衫】……有多少女孩兒。捲珠簾嬌奢。從頭着看來。都盡總不知他。（あまたの若き娘らが、玉のすだれを巻き上げて、なまめかしくも華やかな姿を

競うてはいるが、端から順によくよく見れば、いずれもあの人には及ぶべくもない。）（張生が都での試驗に合格し、鶯鶯を懐かしむ場面）

『董西廂』巻七【脱布衫】の「捲珠簾」は、後ろの「總不知」とともに、杜牧「贈別二首」之一「春風十里揚州路、捲上珠簾總不如」を典故としている。杜牧の詩は、愛する妓女との別れを詠み、「揚州の繁華街で次々にすだれをあげて見てみても、君にまさる女性はいない」と彼女の美しさやすばらしさを稱えるが、『董西廂』はその杜牧の詩を巧みに利用して、張生が科擧に合格したものの、鶯鶯が身近にいない味氣なさを述べる曲辭に變えているのである。一方、『西廂記』では、『董西廂』巻一の表現を借りつつ、さらに「捲珠簾」という表現から、李璟【浣溪沙】一「手捲眞珠上玉鈎、依前春恨鎖重樓（手ずから眞珠のすだれを巻き上げ玉の鈎にとどめれば、かつての日々と同じく春の恨みは重なるたかどのを鎖す）」という、杜牧の詩とは別の戀の愁いを詠んだ詞を用いている。この詞の文句は、まさにこの場面における鶯鶯の心情を代辯するものであろう。

このように、『西廂記』における表現および場面の變更は、先行作品としての『董西廂』を踏まえるだけでなく、別の典據を持ち込み物語の中に有機的につないでいく、というものでもあったのである。

小結

最後に、ここまで述べてきたことをまとめることにしたい。

雜劇『西廂記』において、『董西廂』に基づくことが明らかな箇所について、便宜的に三つのパターンに分け、具體例として11の例を取り上げて論じた。個々の事例について改めてくり返すことはしないが、いずれの場合でも、單純な引き寫しではないことは共通している。

では、『西廂記』の作者は、『董西廂』を下敷きにして雜劇の西廂記物語を作ろうと考えたとき、それをどのような方向で進めたのであろうか。この問題について以下の三點に分け、これまでの見てきた事例を振り返りながら考えてみたい。

まず一點目は、形式面の相違をどのように乘り越えたかである。『董西廂』は諸宮調という語りものの一種で、語り手が物語を語っていく形式を取っている。これに對して、『西廂記』は演劇であり、俳優が登場人物に扮して演じる形で行われる。演劇の場合、登場人物の行動・心情等を直接觀客（演劇脚本の場合は讀み手）に知らせるときには、登場人物の誰かが唱かせりふで行わなければならない。無論、四川省の地方劇である川劇や日本の能などのように、伴唱や地謠といった、登場人物の事柄を本人に代わり歌唱することで表現するしくみを持った演劇も存在する。實は雜劇でも、登場人物以外の人物が唱に類するものを歌唱していることがうかがえることが指摘されている。[6] しかし、『西廂記』の作者はそういった形式を取らず、別の方法での雜劇化を考えたのである。例えば、例2では、『董西廂』が語り手によって張生の行動を述べられるのに對し、『西廂記』は紅娘が張生の行動を唱で描寫し、例9では、『董西廂』が語り手によって鶯鶯の樣子を描寫されるのに對し、『西廂記』では紅娘が鶯鶯の樣子を唱で描寫している。これらの場面において、紅娘というのは第三者的な立場、つまり戀愛物語の主人公以外の人物であり、『董西廂』の語り手に近い位置にあると言える。語りものである『董西廂』を、雜劇という演劇スタイルに書き換えるという課題に取り組むにあたり、『西廂記』の作者は『董西廂』で語り手が描寫する箇所を、劇中人物である紅娘が唱で描寫する、つまり紅娘の視點を用いることで、克服しようとしたのではあるまいか。實際の行爲の主體が唱うことも一つの方法であり、實際そのような箇所もかなり見受けられるが、物語進行の第三者的存在である紅娘が主人公たちの樣子を描寫することにより、觀客や讀者が、紅娘の目を通して、主人公たちの心情を想像しながら享受することを考えたのではなかろうか。

二點目に、『董西廂』の曲辭を利用する際の工夫についてである。

先に擧げた例では、曲辭をそのまま同じ場面に當てはめるのではなく、場面や主體を變更している場合が多い。場面の變更では、登場人物が「思い惱む」場面であれば、異なる場面の同樣に思い惱む表現を持ってきて、表現を多少改めて取り入れるといった例が見られた（例5・6・7・11など）。また、同樣の場面で『董西廂』の表現を使う場合でも、主體を變えた上で使うという例もあった（例4・8など）。このほか、これまでの例では擧げていないが、場面・主體を變えずに、曲辭に手を入れて同内容の場面を構成するという部分もある。例えば、『西廂記』卷四第二折、紅娘が老夫人に鶯鶯と張生のことを辯明する場面は、『董西廂』卷六の該當箇所と非常に密接な關係を持っている。この場合は、西廂記の物語の中でも有名な場面であり（のちに「拷紅」として獨立して演じられるようになる）、見どころの一つであるために、多少の語句の變更は行われても、ストーリーの展開としては主體を變更する必要性はあまりないと考えられたのであろう。

三點目に、登場人物の性格や役割において、『董西廂』と『西廂記』では、違いが生じていることである。[7] 特に、鶯鶯の性格の變化や、紅娘の役割の擴大については、すでに指摘のあるところである。しかし、なぜこのような違いが生じることになったのであろうか。無論、作者の意圖によるものであるが、ここでは曲辭の比較によって得た事柄をヒントに假說を述べたい。

西廂記物語の原型である元稹作の唐代傳奇『鶯鶯傳』と比較すれば、『董西廂』に至って、紅娘の役割が大きく擴大されたことは明らかである。さらに『西廂記』においても、紅娘が歌唱する折は、主人公である張生や鶯鶯のそれよりはるかに多くなっており、紅娘の比重が高くなっていることがうかがえる。本書第二章第一節に掲げた表3を見れば、巻二第三折、巻三全體、巻五第三折に紅娘の唱が集中しており、これは、作者が紅娘の役割を重視した結果とも言え、また、指摘のあるように、道化の男女による掛け合いの笑劇の影響も考えられるであろう。(8)

もう一つ考えられる理由として、元にした『董西廂』が語りものの作品であったことが關係しているのではないだろうか。先に述べたように、作者は、『董西廂』の地の文にあたる部分を、『西廂記』では紅娘の唱として構成し直した可能性があると思われる。語りものを雜劇に作り直すとき、語り物の語り手の役目を引き繼ぐ者として紅娘の役割・位置が非常に利用しやすかったのではなかろうか。また、『西廂記』における鶯鶯の性格は、『董西廂』のそれより奔放でなくなっている、つまりはおとなしくなっていると言えるが、これは紅娘の役割を擴大したことに伴って、紅娘と鶯鶯との性格の違いを際立たせる必要性が生じたからではなかろうか。『董西廂』の鶯鶯のように奔放な性質を持ったままでは、紅娘との性格の違いが曖昧になり、展開も平板なものになりかねない。また、鶯鶯の良家の娘としてふさわしい振る舞いや性格が重要視されたとも考えられる。

以上のように、『董西廂』と『西廂記』を比較し、『西廂記』における『董西廂』の影響を考えてきた。一般に、『西廂記』は『董西廂』に及ばないという評價がなされているが、『西廂記』は『董西廂』を利用するに際し、單純に引き寫すのではなく主體や場面を變えるなど工夫を凝らし、觀客・讀者の意表を突こうとすることも考えていた。これは、『西廂記』が如何に『董西廂』を利用して雜劇作品として再構成するかということを十分に考慮して作られた作品であり、受容者が『董西廂』を熟知していることが前提となっていることを示している。

本節では『董西廂』との影響關係の一端を明らかにしたが、『西廂記』本文に對する檢討は、まだ不十分な狀態に留まっている。『西廂記』に盛り込まれた意圖をさらに明らかにするためにも、『西廂記』の本文を檢討しなおし、『董西廂』以外の典據についても、詳しく調査する必要があるだろう。これについては、今後の課題としたい。

注

（1）王驥德『新校注古本西廂記』（萬曆四十二年序）、焦循『易餘籥錄』（『劇說』にもほぼ同文あり）、『田中謙二著作集』第一卷（汲古書院　二〇〇〇）、『『董解元西廂記諸宮調』研究』（汲古書院　一九九八）の解說等。

（2）注1前揭書『『董解元西廂記諸宮調』研究』「解說　五　表現の特色」二六頁、および金文京「『董解元西廂記諸宮調』の構成と言語表現について」（『東方學報　京都』第八五册　二〇一〇）。

（3）丁福保輯『歷代詩話續編』（中華書局　一九八三）に收錄。

（4）弘治本など釋義を附す版本に指摘がある。「出『烟花錄』。昔有一商質極萃（粹？）美、駕舟載貨灣西河下。忽見岸高樓中有一美女。兩情相契、目視月餘、弗果所願。旣而商人貨盡歸去。其女以思商之故、得疾而亡。其父焚之、獨心中一物如鐵。磨出見舟樓相對隱隱如有人形。其父收藏以爲可貨。得商復來訪女。得其由、獻金求觀、旣而不覺淚下、而其心已成灰矣。（『烟花錄』を典據とする。むかし美しい商人がおり、舟に商品を積んで西河のほとりに停泊した。ふと岸邊のたかどのにいる一人の美女に目を止めた。兩人は引かれ合い、一ヵ月あまりお互いを見つめ續けたが、思いを果たせなかった。商人は商品を賣り盡したので歸っていった。その美女は商人を戀しく思う余り、病氣になって亡くなった。父親が火葬すると、心臟のあたりに鐵のようなものがあった。磨いてみると、舟とたかどのが向かい合い、かすかに人の形のようなものがあった。父親は大切にしまっておいた。商人が再び女を訪ねてきた。その顚末を知って、金を獻じて見せてもらうと、思わず淚がこぼれ、その心臟は灰となってしまった。）」なおこれは、明・彭大翼『山堂肆考』卷九八「情契」にも見える（若干の文字の異同が見える）。

（5）小松謙『「現實」の浮上』「第六章　白話文學の確立」（汲古書院　二〇〇七）一四九頁に、『董西廂』について「大の男に對して、閨怨詞において楚々たる美女を形容する言葉を用いるということは、パロディ的な效果を持つのではなかろうか」と指摘されており、例6などもこれに當てはまると言えよう。

（6）小松謙『中國古典演劇研究』「Ⅲ　演劇と他の藝能の關わり」「第四章　詩讃系演劇考」（汲古書院　二〇〇一、初出『富山大學教養部紀要』第二十二巻一號〔人文・社會科學篇〕一九八九）では、長短句で構成される雜劇の中に、句の長さが七言や十言からなる齊言體（説唱詞話などと同系統）の部分が導入されていることが指摘されている。

（7）田中謙二「雜劇『西廂記』における人物性格の強調」（『田中謙二著作集』第一巻　汲古書院　二〇〇〇）。

（8）『研究』「解説　二　內容およびその文學的特性」一四～一五頁、及び注（5）小松前掲書。

表2：『西廂記』『董西廂』曲辭對照表

巻折	弘治本曲牌	『西廂記』曲辭	『董西廂』對應箇所
1-1 (1)	せりふ		
	【賞花時】		
	【幺】	[旦唱] 門掩重關蕭寺中。花落水流紅。	◎一・一四2詩 黄姑上天阿母在。寂寞霜姿素蓮質。門掩重關蕭寺中、芳草花時不曾出。①
	せりふ		
	【點絳唇】		
	【混江龍】		
	【油葫蘆】	[生唱] 九曲風濤何處顯。則除是此地偏。……竹索纜浮橋、水上蒼龍偃。	＊一・四1【仙呂調】【賞花時】黄流滾滾、時復起風濤。③ ＊一・四2【尾】正是黄河津要。用寸（王本作「千」）金、竹索纜着浮橋。①
	【天下樂】	[生唱] 也曾泛浮槎到日月邊。	＊一・三2【尾】傍有江湖競相接。上連霄漢泛浮槎。①
	せりふ		
	【節節高】王本では【村里迓鼓】	[生唱] 隨喜了上方佛殿。早來到下方僧院。……［末做見科］呀、正撞着五百年風流業冤。	＊一・一〇1【雙調】【文如錦】「隨喜塔位。轉過廻廊、見箇竹簾兒（王注「兒」字無）掛起。到經藏北。法堂西（王注、この三字無）。廚房南面、鐘樓東裏。」③ ＊一・一〇2【尾】白：「與那五百年疾憎的冤家、正打箇照面。」① ◎一・九1【商調】【玉抱肚】普天下佛寺、無過普救。有三簷經閣、七層寶塔、百尺鐘樓。③
	【元和令】	[生唱] 顛不刺的見了萬千。……只將花笑撚。	＊一・二6【尾】窮綴作、腌對付。怕曲兒捻到風流處。教普天下顛不刺的浪兒每許。④ ＊一・一一3【醉奚婆】儘人顧盼。手把花枝撚。③④
	【上馬嬌】		
	【勝葫蘆】	[生唱] 則見他宮様眉兒新月偃。	＊一・一一2【風吹荷葉】生得於中堪羨。露着龎兒一半。宮様

			眉兒山勢遠。③④
	【幺】		
	【后庭花】	[生唱] 投至到龍門兒前面。剛那了一步遠。剛剛的打箇照面。	＊一・二七4……生從見了如花、煩惱處治不下。本待欲睡、忽聽得櫳門兒低啞。（王注作「啞地開」）① ◎一・一〇2【尾】白：「與那五百年疾憎的冤家、正打箇照面。」①
	【柳葉兒】		＊三・一七1【黃鍾宮】【出隊子】「天天悶得人來殼。」（王注は自說の根據に引くか）
	【寄生草】	[生唱] 你道是河中開府相公家、我道是海南水月觀音現。	＊一・一四2【尾】我甚恰纔見水月觀音現。①
	【賺煞】		
1-2（2）	せりふ		
	【粉蝶兒】	[生唱] 與我那可憎才居止處門兒相向。雖不能勾竊玉偸香。且將這盼行雲眼睛兒打當。	＊一・一一4【尾】這一雙鶻鴿眼。須看了可憎底千萬。兀底般媚臉兒不曾見。④ ◎一・二七1【正宮】【虞美人纏】手捲珠簾。雙目送行雲。③
	【醉春風】		
	【迎仙客】	[生唱] 頭直上只少圓光。却便似捏塑來的僧伽像。	＊一・三二2【鬭鵪鶉】只少箇圓光。便似聖僧模樣。『研究』p108 ②
	せりふ		
	【石榴花】	[生唱] 大師一一問行藏。小生仔細訴衷腸。	◎一・一五1【大石調】【驀山溪】法聰頻勸、道先輩休胡想。一一話行藏。不是貧僧說謊。適來佳麗是崔相國的女孩兒、十六七小字喚鶯鶯。白甚觀音像。①④ ◎【中呂調】【古輪臺】那紅娘對生一一話行藏。④
	【鬭鵪鶉】		
	せりふ	[末云] 遥稟。有白銀一兩、……但充講下一茶耳。	◎一・一八2【吳音子】後の生のせりふ「有白金五十星。聊充講下一茶之費。」①
	【上小樓】		

1-3		
【幺】		
せりふ		
【脱布衫】		
【小梁州】	[生唱] 可喜娘的龐兒淺淡粧。穿一套縞素衣裳。胡伶六老不尋常。偸睛望。眼挫裏抹張郎。	＊一・三3【青山口】着一套兒白衣（王作「穿一套兒白衣裳」）、直許多韻相。② ＊一・二1【中呂調】【香風合纏令】那鶻鴒淥老兒、難道不清雅。④
【幺】		
せりふ		
【快活三】	[生唱] 莫不是演撒你箇老潔郎。既不沙却怎睃趁着你頭上放毫光。打扮的特來晃。	＊一・三4【雪裏梅】諸僧與看人驚晃。瞥見一齊都望。③②
【朝天子】		
せりふ		
【四邊静】		
せりふ	[紅怒云] 俺老夫人治家嚴肅、有氷霜之操。	◎一・二九【尾】の後「……紅娘曰：夫人治家嚴肅、朝野知名。……」③
【哨遍】	[生唱] 把一天愁都撮在眉尖上。	＊三・二四1【中呂調】【棹孤舟纏令】百千般悶和愁、盡總撮在眉尖上。②④
【耍孩兒】		
【五煞】		
【四煞】		
【三煞】		
【二煞】		
【尾】		
せりふ	[詩曰] 閑尋丈室高僧語、悶對西廂皓月吟。	◎一・一九2【尾】「……閑尋丈室高僧語。悶對西廂皓月吟。」

(3)

		①
【鬪鵪鶉】	[生唱] 玉宇無塵、銀河瀉影。	*五・一九2【尾】の後「是夜玉宇無塵、銀河瀉露。……人間良夜靜復靜、天上美人來不來。」②→4-1【端正好】後に後半
【紫花兒序】	[生唱] 一更之後、萬籟無聲。直至鶯庭。	*一・二〇1【中呂調】【鶻打兔】對碧天晴。淸夜月如懸鏡。張生徐步、漸至鶯庭。③④
【金蕉葉】	[生唱] 猛聽得角門兒呀的一聲。風過處花香細生。跕着脚尖兒仔細定睛。比我那初見時龐兒越整。	*一・二〇1【中呂調】【鶻打兔】……聽得啞地門開、襲襲香至、瞥見鶯鶯。①④ ◎一・二七4【尾】の後：生從見了如花。煩惱處治不下。本待欲睡。忽聽得櫳門兒低啞。 *四・八2【尾】朱扉半開啞地響。風過處惟聞蘭麝香。雲雨無緣空斷腸。 *一・二二1【仙呂調】【繡帶兒】映花陰、靠小欄。照人無奈、月色十分滿。眼睛兒不轉。仔細把鶯鶯偸看。
せりふ		
【調笑令】	[生唱] 我這里甫能。見娉婷。比着那月殿嫦娥也不恁般撑。遮遮掩掩穿芳徑。粉應來小脚兒難行。可喜娘的臉兒百媚生。兀的不引了人魂靈。	*一・二一2【尾】遮遮掩掩衫兒窄。④ *一・二〇2【尾】臉兒稔色百媚生。出得門兒來慢慢地行。便是月殿裏嫦娥也沒恁地撑。①④
せりふ		
【小桃紅】	[生唱] 剔團圞明月如懸鏡。	*一・二〇1【中呂調】【鶻打兔】對碧天晴。淸夜月如懸鏡。①④ *一・二一2【尾】覰着剔團圓的明月伽伽地拜。①④
せりふ＋詩	[(末)念詩曰] 月色溶溶夜、花陰寂寂春。如何臨皓魄、不見月中人。	◎一・一九2【尾】 閑尋丈室高僧語。悶對西廂皓月吟。是夜月色如晝。生至鶯庭側近。口占二十字小詩一絕。其詩曰。 月色溶溶夜、花陰寂寂春。如何臨皓魄、不見月中人。 詩罷。遶庭徐歩。『研究』p83 ①
せりふ＋詩	[旦和詩曰] 闌(蘭)閨久寂寞、無事度芳春。料得行吟者、應憐長嘆人。	◎一・二一2【尾】遮遮掩掩衫兒窄。那些孃孃婷婷體態。覰着剔團圓的明月伽伽地拜。

折	曲牌	曲辭	對應
			不知心事在誰邊。整頓衣裳拜明月。佳人對月。依君瑞韻亦口占一絶。其詩曰。 蘭閨久寂寞、無事度芳春。料得行吟者、應憐長嘆人。 生聞之驚喜。『研究』p87 ①
	【禿厮兒】		
	【聖藥王】	［生唱］小名兒不枉了喚做鶯鶯。	＊一・二六2［攪箏琶］那堪更小字兒得愜人意。蟲蟻兒裏。多情的鶯兒第一。偏稱縷金衣。
	【麻郎兒】		
	【幺】		
	【絡絲娘】	［生唱］白日凄涼枉耽病。今夜把相思再整。	＊一・三〇2【尾】儻或明日見他時分。把可憎的媚臉兒飽看了一頓。便做受了這悽惶也正本。
	【東原樂】		
	【綿搭絮】		
	【拙魯速】	［生唱］窗兒外淅零零的風兒透疎櫺。忒楞楞的紙條兒鳴。枕頭兒上孤另。被窩兒里寂靜。你便是鐵石人、鐵石人也動情。	＊三・二四4【尾】淅零零的夜雨兒擊破窗。窗兒破處風吹着忒飄飄的響。不許愁人不斷腸。　早是夢魂成不得、濕風吹雨入疎櫺。『研究』p209 ①
	【幺】	［生唱］有一日柳遮花映。霧障雲屏。夜闌人靜。海誓山盟。	◎四・一2【雙調】【尾】休道你姐姐遮莫是石頭人也心動。① ◎四・四1【中呂調】【粉蝶兒】何處調琴、悝悝地把醉魂呼醒。正僧庭夜涼人靜。羽衣輕。羅襪薄、春寒猶嫩。夜闌時、徘徊月移花影。『研究』p222 ④
	【尾】		
1-4（4）	せりふ		
	【新水令】		
	【駐馬聽】		
	【沈醉東風】	［生唱］爲曾祖父先靈、禮佛法僧三寶。焚名香暗中禱告。則願得紅娘休劣、夫人休焦、犬兒休惡。	◎一・三四1【般涉調】【哨遍纏令】……衆僧早躬身合掌、稽首

		皈依佛法僧三寶。『研究』p112 ① ◎四・一八1【中呂調】【碧牡丹】……怕的是月兒明、夫人劣、狗兒惡。①
【鴈兒落】		
【得勝令】		
【喬牌兒】	〔生唱〕大師年紀老。法座上也凝眺。擧名的班首癡呆傍。	＊一・三二4【雪裏梅】諸僧與看人驚晃。暫見一齊都望。住了念經、罷了隨喜、忘了上香。③
【甜水令】	〔生唱〕老的小的、村的俏的、沒顛沒倒。勝似鬧元宵。	＊一・三二4【雪裏梅】…選甚士農工商。一地裏鬧攘攘。折莫老的小的、俏的村的、滿壇裏熱荒。①
【折桂令】	〔生唱〕着小生迷留沒亂、心癢雜撓。……添香的行者心焦。燭影風搖。香靄雲飄。貪看鶯鶯、燭滅香消。	＊三・一九1【商調】【玉抱肚】沒留沒亂、不言不語。儘夫人問當、夫人說話、不應一句。酒來後滿盞家沒命飲、面磨羅地甚情緒。喫着下酒、沒滋味、似泥土。自心窨腹。鶯鶯指望同鴛侶。誰知道打脊老嫗許不與。『研究』p199 ④ ＊一・三二5【尾】添香侍者似風狂。執磬的頭陀呆了半餉。作法的闍黎神魂蕩颺。不顧那本師和尚。聒起那法堂。怎遮當。貪看鶯鶯鬧了道場。『研究』p108 ③ ◎七・一〇3【轉青山】鶯鶯儘勸、全不領略。迷留悶亂沒處着。『研究』p375 ④
【錦上花】		
【幺】	〔紅唱〕到晩來向書幃里比及睡着。千萬聲長吁捱不到曉。	＊一・三四2【急曲子】比及結絕了道場、惱得諸人煩惱。智深着言苦勸、解元休心頭怒惡。譬如這裏鬧鑊鐸、把似書房裏睡取一覺。『研究』p113 ①
【碧玉簫】		
せりふ		
【鴛鴦煞】	〔生唱〕酩子里各歸家、葫蘆提鬧到曉。	＊一・三四3【尾】道着倸也不倸、焦也不焦。眼睖地佯呆着。一夜葫蘆提鬧到曉。①④

		詩
【絡絲娘煞尾】弘治本には無い	只爲你閉月羞花相貌。	◎一・一二3【尾】你道是、可憎麼。被你直羞落庭前無數花。『研究』p72 ③④
2-1（5前）		
せりふ	[孫飛虎] 彪鎮守河橋、統着五千人馬、劫擄良民財物。（傍線部、余本・凌本などには無い）	◎二・二1【正宮】【文序子纏】劫財物、奪妻女、不能掙揣。
【八聲甘州】	[旦唱] 羅衣寬褪。能消幾箇黃昏。風裊篆烟不捲簾、雨打梨花深閉門。無語憑闌干、目斷行雲。	＊一・二七1【正宮】【虞美人纏】霎時雨過琴絲潤。銀葉龍香燼。此時風物正愁人。怕到黃昏。忽地又黃昏。花憔月悴羅衣褪、生怕旁人問。寂寥書舍掩重門。手捲珠簾。雙目送行雲。③
【混江龍】	[旦唱] 落花成陣。風飄萬點正救人。	＊七・三【大聖樂】花憔月悴。蘭消玉瘦。不似舊時標格。閑愁似海。況是暮春天色。落紅萬點。風兒細細。雨兒微飾。這些光景。與人粧點愁懷。『研究』p356 ④③
【油葫蘆】	[旦唱] ……這些時睡又不安、坐又不寧、我欲待登臨不快、閑行又悶。每日價情思睡昏昏。	＊一・二七4【尾】待登臨又不快閑行又悶。坐地又昏沈睡不穩。子倚着箇鮫綃枕頭兒盹。②
【天下樂】	[旦唱] 紅娘呵、我則索搭伏定鮫綃枕頭兒上盹。	◎一・二七4【尾】待登臨又不快閑行又悶。坐地又昏沈睡不穩。子倚着箇鮫綃枕頭兒盹。②
【那吒令】		
【鵲踏枝】		
【寄生草】		
【六幺序】	[旦唱] 聽說罷魂離殼、見放着禍滅身。……孤孀子母無投奔。赤緊的先亡過了有福之人。耳邊廂金鼓連天振。征雲冉冉、土雨紛紛。	＊二・一八1【道宮】【解紅】驀聞人道。森森地諕得魂離殼。全……孤孀子母、沒處投告。①① ＊二・一1【仙呂調】【剔銀燈】塵蔽了青天、旗遮了紅日、滿空紛紛土雨。鳴金擊鼓。①
【幺】	[旦唱] 更將那天宮般蓋造焚燒盡。	＊二・一七3【尾】寺墻兒便是純鋼裹。更一箇時辰打不破。屯着山門便點火。③

	せりふ		
	【后庭花】	[旦唱] 第一來兒摧殘老太君。第二來兒堂殿作灰塵。第三來諸僧無事得安存。第四來先君靈柩穩。第五來歡郎雖是未成人。	＊二・一八2【道宮】【解紅】……若惜奴一箇、有大禍三條。【尾】第一我母親難再保。第二諸僧都索命夭。第三把兜率般的伽藍枉火內燒。③
	【柳葉兒】		
	【青哥兒】		
	せりふ		
	【賺煞】		
	せりふ		
2-2（5後）	せりふ		
	【正宮端正好】	[惠唱] 不念法華經、不禮梁皇懺。	＊二・四1【仙呂調】【繡帶兒】不會看經、不會禮懺。不清不淨、只有天來大膽。③
	【滾繡毬】		
	【叨叨令】	[惠唱] 我將這五千人做一頓饅頭餡。	＊二・四2【尾】開門但助我一聲喊。戒刀舉把群賊來斬。送齋時做一頓饅頭餡。①
	【倘秀才】		
	【滾繡毬】		
	【白鶴子】	[惠唱] 着幾箇小沙彌把幢幡寶蓋擎、壯行者將桿棒鑊叉擔。	＊二・五1【雙調】【文如錦】細端詳。見法聰生得搊搜相。……或拿着切菜刀、幹麵杖。把法鼓擂得鳴、打得齋鐘響。着綾幡做甲、把鉢盂做頭盔戴着頂上。③
	【二】		
	【三】		
	【四】		
	【五】		
	【收尾】	[惠唱] 仗佛力納一聲喊。	＊二・四2【尾】開門但助我一聲喊。④

段	曲牌	西廂記	諸宮調
	【賞花時】		
	【幺】		
	せりふ	[將軍望蒲關起發日] 馬離普救敲金鐙、人望蒲關唱凱歌。	◎三・五1　馬離普救搖金勒、人望蒲關和凱歌。①
2-3（6）	せりふ		
	【中呂粉蝶兒】		
	【醉春風】		
	【脫布衫】		
	【小梁州】	[紅唱] 則見他叉手忙將禮數迎。我這里萬福先生。	＊三・一〇1【仙呂調】【賞花時】恰正張生悶轉加。驀見紅娘歡喜煞。叉手奉迎他。連忙陪笑、道姐坐來麼。③
	【幺】		
	【上小樓】	[紅唱] 恰便似聽將軍嚴令。和我那五臟神願隨鞭鐙。	＊三・一二1【雙調】【惜奴嬌】再見紅娘、五臟神兒都歡喜。請來後何曾推避。④
	【幺】		
	【滿庭芳】	[紅唱] 光油油耀花人眼睛。酸溜溜螫得人牙疼。……茶飯已安排定。淘下陳倉米數升。煠下七八碗軟蔓菁。	＊三・八1【仙呂調】【戀香衾】梳裹箱兒裏取明鏡。把臉兒掙得光瑩。③ ＊三・七1【高平調】【木蘭花】……我見春了幾升陳米。煮下半甕黃虀。③
	【快活三】		
	【朝天子】	[紅唱] 才子多情。佳人薄倖。兀的不擔閣了人性命。	◎四・九1【中呂調】【碧牡丹】君瑞哥哥、爲我吃擔閣。『研究』p230 ③④
	【四邊靜】		
	【要孩兒】		
	【四煞】		
	【三煞】		

	曲牌	西廂記	董西廂
	【二煞】		
	【收尾】		
	せりふ		
2-4（7）	【雙調五供養】	[旦唱] 篆煙微、花香細、散滿東風簾幙。	＊四・一八1【中呂調】【碧牡丹】夜深更漏悄。張生赴鶯期約。落花熏砌、香滿東風簾幕。①
	【新水令】	[旦唱] 恰纔碧紗窗下畫了雙蛾、拂拭了羅衣上粉香浮汚。將指尖兒來輕輕的貼了鈿窩。若不是驚覺人呵。猶壓着繡衾臥。	＊三・一七1【黄鍾宮】【出隊子】滴滴風流。做爲嬌更柔。見人無語但回眸。料得娘行不自由。眉上新愁壓舊愁。天天悶得人來彀。把深恩都變做仇。比及相面待追依、見了依前還又休。是背面相思對面羞。
	【幺】		
	【喬木查】		
	【攪箏琶】		
	【慶宣和】		
	【鴈兒落】		
	【得勝令】	[生唱] 誰承望這即即世世老婆婆。着鶯鶯做妹妹拜哥哥。……急攘攘因何。扢搭地把雙眉鎖納合。	＊三・一八2【三煞】是俺失所算、謾摧挫。被這箇積世的老虔婆瞞過我。③ ＊四・二四2【柘枝令】頓不開眉尖上的悶鎖。解不開心頭愁結。③④
	【甜水令】	[旦唱] 我這里粉頚低垂、蛾眉頻蹙、芳心無那。俺可甚相見話偏多。星眼朦朧、檀口嗟咨、攧窨不過。這席面兒暢好是鳴合。	＊七・一四1【仙呂調】【點絳唇纏令】百媚鶯鶯、……攧損金蓮、搓損葱枝手。 ＊四・七1【雙調】【芰荷香】夜凉天。冷冷十指、心事都傳。短歌纔罷、滿庭春恨寥然。鶯鶯感此。閣不定粉淚漣漣。呑聲窨氣埋冤。張生聽此、不託氷絃。③
	【折桂令】		
	【月上海棠】		
	【幺】	[旦唱] 不堪醉顏酡。可早嫌玻璃盞大。	＊三・一八2【三煞】……酒人愁腸醉顏酡。料自家沒分消他。③

			③想昨來枉了身心、初間喚做得爲夫婦、誰知今日却喚俺做哥哥。
	【喬牌兒】		
	【江兒水】		
	【殿前歡】		
	【離亭宴帶歇拍煞】		
2-5（8）	せりふ		
	【鬪鵪鶉】		
	【紫花兒序】		
	【小桃紅】		
	【天淨沙】		
	【調笑令】		
	【禿廝兒】		
	【聖藥王】	［旦唱］嬌鸞雛鳳失雌雄。	＊五・二三1【大石調】【洞仙歌】恰似嬌鸞配雛鳳。④ ＊五・二三1【中呂調】【千秋節】雛鸞嬌鳳乍相見。④
	張生の琴の歌	有美人兮、見之不忘。一日不見兮、思之如狂。鳳飛翶翔兮、四海求凰。無奈佳人兮、不在東墻。張琴代語兮、聊寫微腸。何時見許兮、慰我彷徨。願言配德兮、攜手相將。不得于飛兮、使我淪亡。	◎四・六2【尾】有美人兮見之不忘。一日不見兮思之如狂。鳳飛翺翺兮四海求凰。無奈佳人兮不在東墻。張絃代語兮聊寫微茫。何時見許兮慰我彷徨。願言配德兮攜手相將。不得于飛兮使我淪亡。①
	【麻郎兒】	［生唱］知音者芳心自懂、感懷者斷腸悲痛。	＊四・一1【雙調】【文如錦】敎知音的暗許、感懷者自痛。④
	【幺】		
	【絡絲娘】		
	【東原樂】		
	【綿搭絮】	［旦唱］疎簾風細、幽室燈清。都則是一層兒紅紙、幾榥兒疎櫺、兀的不是隔着雲山幾萬重。	＊四・三1【中呂調】【滿庭霜】幽室燈清、疎簾風細、獸爐香爇龍涎。抱琴拂拭、清興已飄然。③

【拙魯速】		
【尾】		
【絡絲娘煞尾】		
3-1（9）		
せりふ		
【賞花時】		
せりふ		
【點絳唇】		
【混江龍】		
【油葫蘆】		
【天下樂】		
【村里迓鼓】	［紅唱］我將這紙窗兒濕破、悄聲兒窺視。	＊四・一〇2【雙聲疊韻】把窗兒紙、微潤破。見君瑞披衣坐。①④ ◎八・三1【大石調】【玉翼蟬】把窗間紙、微潤開、君瑞偸睛覷。①④
【元和令】	［紅唱］金釵敲門扇兒。［末問］是誰。（［紅唱］）我是箇散相思五瘟使。俺小姐想着風清月朗夜深時。使紅娘來探爾。［末云］既然小娘子來、必定有言語。［唱］俺小姐至今胭粉未曾施。念到有一千番張殿試。	＊四・一一1【仙呂調】【勝葫蘆】手取金釵把門打。君瑞問是誰家。是紅娘囉待與先生相見咱。① ＊四・一四1【仙呂調】【賞花時】過雨櫻桃血滿枝。弄色奇花紅間紫。清曉雨晴時。起來梳裹、脂粉未曾施。①
【上馬嬌】		
【勝葫蘆】		
【么】		
せりふ＋詩（張生書簡）	［詩曰］相思恨轉添、謾把瑤琴弄。樂事又逢春、芳心爾亦動。此情不可違、虛譽何須奉。莫負月華明、且憐花影重。	◎四・一四2相思恨轉深。謾托鳴琴弄。樂事又逢春。花心應已動。幽情不可違。虛譽何須奉。莫惡月華明。且憐花影重。①
【后庭花】	［紅唱］我則道拂花牋打稿兒。元來他染霜毫不勾思。先寫下幾	＊四・一三【雙調】【御街行】……拂拭錦箋一紙。筆頭灑落相思

		句寒溫序、後題着五言八句詩。不移時把花牋錦字。……	涙、盡寫心間事。也不打草不勾思。先序幾句俺傳示。一揮揮就一篇詩。筆翰與羲之無二。……『研究』p237 ①
	【青歌兒】	[紅唱] 顚倒寫鴛鴦鴛鴦兩字。	＊四・一三【雙調】【御街行】……須臾和涙一齊封了上面、顚倒寫一對鴛鴦字。『研究』p237 ①
	【寄生草】		
	【煞尾】	[紅唱] 沈約病多般、宋玉愁無二。	＊五・二【中呂調】【踏莎行】……沈約一般。潘郎無二。算來都爲相思事。鶯鶯你還知道我相思。甘心爲你相思死。③④
	せりふ		
3-2 (10)	せりふ		
	【粉蝶兒】		
	【醉春風】		
	【普天樂】	[紅唱] 顚來倒去不害心煩。……俺厭的扢皺了黛眉。……忽的波低垂了粉頸、氳的呵改變了朱顏。	◎一・一五1【大石調】【驀山溪】……顚來倒去、全不害心煩、④ ＊四・一四1：【仙呂調】【賞花時】把簡兒拈來擡目視。是一幅花箋寫着三五行兒字。是一首斷腸詩。低頭了一餉、讀了又尋思。③ ◎四・一五1：【仙呂調】【繡帶兒】……低頭了一餉、把龐兒變了眉兒皺。③
	【快活三】		
	【朝天子】		
	【四邊靜】		
	【脫布衫】		
	【小梁州】		
	【幺】		
	せりふ		

	【石榴花】		
	【鬪鵪鶉】		
	【上小樓】	［紅唱］……若不是覷面顏、厮顧盼。擔饒輕慢。	＊四・二〇1【雙調】【攪箏琶】紅娘曰。君瑞好乖劣。半夜三更、來人家院舍。明日告州衙、教賢分別。官人每更做擔饒你、須監守得你幾夜。④
	【幺】		
	【滿庭芳】	［紅唱］直待我拄着拐幇閑鑽懶、縫合唇送暖偸寒。	◎四・一五2【尾】如還沒事書房裏走。更着閑言把我挑鬪。我打折你大腿縫合你口。④ ＊四・一六2【尾】紅娘聞語道休針喇。放二四不識娘羞。待要打折我大腿縫合我口。④
	せりふ＋詩	［末云］……我今夜花園里來、和他哩、也波哩、也囉哩。…… ［末云］是四句詩。待月西廂下、迎風戶半開。隔墻花影動、疑是玉人來。	◎五・一七2の七言八句。【喬合笙】休將閑事苦縈懷。和。哩哩囉哩哩囉哩哩來也。② ◎四・一六2「待月西廂下、迎風戶半開。隔墻花影動、疑是玉人來。」①
	【耍孩兒】		
	【四煞】		
	【三煞】		
	【二煞】		
	【收尾】		
	せりふ		
3-3（11）	せりふ		
	【新水令】		
	【駐馬聽】		
	【喬牌兒】	［紅唱］自從那日初時想月華。捱一刻似一夏。柳稍斜日遲遲下、好教賢聖打。	＊四・一七2【尾】一刻兒沒巴避抵一夏。不當道你箇日光菩薩。沒轉移好教賢聖打。②
	【攪箏琶】	［紅唱］打扮的身子兒詐。	＊一・二九1【般涉調】【墻頭花】不苦詐打扮、不甚豔梳掠。衣

			服盡素縞。稔色行爲定有孝。見張生欲語低頭、見和尚佯看又笑。④（內容は關わらず）
	せりふ		
	【沉醉東風】	［末云］小姐、你來也。［摟住紅科］［紅云］禽獸。是我。……	＊四・七2【尾】女孩兒誂得來一團兒顫。低聲道解元聽分辯。你更做摟荒敢不開眼。抱住的是誰。是誰。張生拜覷。①
	【喬牌兒】		
	【甜水令】		
	【折桂令】	［紅唱］則你那夾被兒時當奮發。指頭兒告了消乏。	＊四・五1【仙呂調】【惜黃花】清河君瑞。不勝其喜。寶獸添香、稽首頂禮。十箇指頭兒。自來不孤你。這一回看你把戲。孤眠了一世。不閑了一日。今夜裏彈琴、不同恁地。還彈到斷腸聲、得姐姐學連理。指頭兒。我也有福囉你也須得替。③
	【清江引】		
	せりふ		
	【雁兒落】		
	【得勝令】		
	せりふ		
	【離亭宴帶歇拍煞】	［紅唱］淫詞兒早則休、簡帖兒從今罷。尙古自參不透風流詞法。	＊四・二四3【墻頭花】情詩兒自今休吟、簡帖兒從今莫寫。① ＊三・一八1【南呂宮】【瑤臺月】尙古子不曾梳裹。④
3-4（12）	せりふ		
	【鬬鵪鶉】	［紅說旦］折倒得鬢似愁潘、腰如病沈。	◎五・二1【中呂調】【踏莎行】……沈約一般。潘郎無二。算來都爲相思事。鶯鶯你還知道我相思。甘心爲你相思死。③④
	【紫花兒序】	［紅說旦］把似你休倚着籠門兒待月、	＊五・二〇1【仙呂調】【賞花時】倚定門兒手托腮。悶答孩地愁滿懷。④
	せりふ	［末云］……小娘子、閻王殿前、少不得你做箇干連人。	◎五・六1【南呂調】【一枝花】……我見得十分難做人。待死後通些靈聖。閻王問你甚死。我說實情。從始末根由。說得須教信。少後三二日。多不過十朝。須要您鶯鶯償命。①

		◎五・六2【尾】待閻王道俺無憑准。抵死謾生斷不定。也不共他爭。我専指着伊家做照證。①
【天淨沙】		
【調笑令】	[生對紅說] 我這里自審。這病爲邪淫。屍骨岩岩鬼病侵。	◎五・一五1【木蘭花】……讀罷稿幾回喝采。十分來的鬼病。九分來痊差。紅娘勸道。且寧耐。有何喜事恁大驚小怪。『研究』p280 ④
【小桃紅】		
【鬼三臺】		
せりふ	[末念云] 休將閑事苦縈懷、取次摧殘天賦才。不意當時完妾行、豈防今日作君災。仰徒厚德難從禮、謹奉新詩可當媒。寄語高堂(唐)休詠賦、今宵端的雨雲來。	◎五・一七2【喬合笙】休將閑事苦縈懷。和。哩哩囉哩哩囉哩哩來也。取次摧殘天賦才。和。不意當初完妾命。和。豈防今日作君災。和。仰酬厚德難從禮。和。謹奉新詩可當媒。和。寄語高唐休詠賦。和。今宵端的雨雲來。和。①
【禿斯兒】		
【聖藥王】		
【東原樂】		
【綿搭絮】	[紅說旦] 他眉黛遠山鋪翠、眼横秋水無塵、體若凝酥、腰如嫩柳。	＊一・一一4【尾】這一雙鶻鴒眼。須看了可憎底千萬。兀底般媚臉兒不曾見。手撚粉香春睡足。倚門立地怨東風。髻綰雙鬟。釵簪金鳳。眉彎遠山不翠。眼横秋水無光。體若凝酥。腰如弱柳。指猶春筍纖長。脚似金蓮穩小。②
【么】		
【收尾】		
【絡絲娘煞尾】		
せりふ		
(13) 4-1		
【端正好】		

せりふ+詩	[生念] 人間良夜靜復靜、天上美人來不來。	◎五・一九2【尾】後「是夜玉宇無塵、銀河瀉露。……人間良夜靜復靜、天上美人來不來。」（↓1-3【鬪鵪鶉】に前半）
【點絳唇】		
【混江龍】	[生唱] 月移花影、疑是玉人來。意懸懸業眼。急穰穰情懷。身心一片、無處安排。則索呆答孩倚定門兒待。越越的青鸞信杳、黃犬音乖。	◎四・四1【中呂調】【粉蝶兒】徘徊月移花影。① ＊六・二七2【石榴花】爭奈按不下九曲回腸、合不定一雙業眼。 ＊七・三1【道宮】【憑欄人纏令】……勞勞攘攘。身心一片。沒處安排。 ＊五・二〇1【仙呂調】【賞花時】倚定門兒手托腮。悶答孩地愁滿懷。不免入書齋。
【油葫蘆】		
【天下樂】	[生唱] 我則索倚定門兒手托腮。	＊五・二〇1【仙呂調】【賞花時】倚定門兒手托腮。①
【那吒令】		
【鵲踏枝】		
【寄生草】	[生唱] 端的是太平車約有十餘載。	＊七・三1【道宮】【憑欄人纏令】……欲問俺心頭悶答孩。太平車兒難載。④
【村里迓鼓】	[生唱] 着小姐這般用心、不才張珙、合當跪拜。小生無宋玉般容、潘安般貌、子建般才。	＊五・二八3【甘草子】聽說破。聽說破。張生低告道、姐姐言語錯。休恁廝埋怨、休恁廝奚落。張珙殊無潘沈才、輒把梅犀點污。負心的神天放不過。休麼奴哥。③
【元和令】	[生唱] 繡鞋兒剛半拆。柳腰兒勾一搦、	＊一・二一1【仙呂調】【整花冠】穿對兒曲彎彎的半拆來大弓鞋。③
【上馬嬌】	我將這鈕釦兒鬆、縷帶兒解。蘭麝散幽齋。不良會把人禁害。咍、怎不肯回過臉兒來。	＊六・四1【中呂調】【牧羊關】好教我禁不過、這不良的下賤人。④
【勝葫蘆】		
【幺】	[生唱] 但蘸着些兒麻上來。魚水得和諧。嫩蕊嬌香蝶恣採。半推半就、又驚又愛。檀口搵香腮。	＊五・二八4【尾】鶯鶯色膽些來大、不慣與張生做快活、那孩兒怕子箇、怯子箇、閃子箇。③
【後庭花】		

【青哥兒】	[生唱] 成就了今宵今宵歡愛。魂飛在九霄九霄雲外。……只疑是昨夜夢中來。愁無奈。	＊五・二五1【羽調】【混江龍】①起來搔首。數竿紅日上簾櫳。猶疑慮。實曾相見。是夢裏相逢。却有印臂的殘紅香馥馥。偎人的粉汗尚融融。鴛衾底。尚有三點。兩點兒紅。③
【寄生草】		
【煞尾】	[生唱] 春意透酥胸、春色横眉黛。……你是必破工夫明夜早些來。	＊七・三3【美中美】春色褪花梢、春恨侵眉黛。 ＊五・一九1【仙呂調】【勝葫蘆】「是必你叮嚀囑付。你那可人的姐姐。教今夜早來些。」王注：俗本作「明夜」非。（諸本のほとんどが「明夜」に作る。）①
4-2 (14)		
せりふ		
【越調 鬪鵪鶉】	[紅唱] 老夫人心敎多、情性㑇。	＊三・一四1【黃鍾調】【侍香金童】不隄防夫人情性㑇。①
【紫花兒序】	[紅唱] 俺小姐這些時春山低翠、秋水凝眸。別樣的都休。試把你裙帶兒拴、紐門兒扣。比着你舊時肥瘦。出落得精神、別樣的風流。	＊六・二一1【雙調】【倬倬戚】陡恁地精神偏出跳、轉添嬌、渾不似舊時了。舊日做下的衣服件件小、眼謾眉低胸乳高。①
【金蕉葉】	[紅唱] 誰着你迤逗的胡行亂走。若問着此一節呵如何訴休。	＊六・四1【中呂調】【牧羊關】迤逗得鶯鶯去、推採張生病。④ ◎四・一五1【仙呂調】【繡帶兒】孩兒多應沒訴休。④『研究』p238
【調笑令】	[紅唱] 你繡幃裏效綢繆。倒鳳顛鸞百事有。	＊四・一二1【中呂調】【古輪臺】琴感其心、見得十分能勾。教俺得來、痛惜輕憐、繡幃深處效綢繆。
【鬼三臺】		
【禿廝兒】	[紅唱] 他兩箇經今月餘只是一處宿。何須你一一問緣由。	＊六・五1【仙呂調】【六幺令】……一對兒佳人才子、年紀又敵頭。經今半載、雙雙每夜書幃裏宿、已恁地出乖弄醜、潑水再難收。夫人休出口、怕旁人知道、到頭贏得自家羞。
【聖藥王】	[紅唱] 他每不識憂。不識愁。一雙心意兩相投。夫人得好休。便好休。這其間何必苦追求。常言道女大不中留。	＊六・五2【尾】一雙兒心意兩相投、夫人白甚閑疙皺、休疙皺、常言道女大不中留。
せりふ		

	【麻郎兒】	[紅唱] 秀才是文章魁首。姐姐是仕女班頭。	＊六・五1【仙呂調】【六幺令】夫人息怒、聽妾話踪由、不須堂上、高聲揮喝罵無休。君瑞又多才多藝、咱姐姐又風流。
	【幺】		
	【絡絲娘】	[紅唱] 便是與崔相國出乖弄醜。	＊六・五1【仙呂調】【六幺令】……夫人休出口、怕旁人知道、到頭贏得自家羞。王注はここを擧げるが、あまり一致せず。◎六・五1【仙呂調】【六幺令】……便是與崔相國出乖弄醜。①
	せりふ		
	【小桃紅】		
	せりふ		
	【小桃紅】	[紅說旦] 你休愁。何須約定通媒媾。	＊三・一四1【黃鍾調】【侍香金童】不須把定、不在通媒媾。（王本作「不用通媒媾」）③ 風光好二折【牧羊關】も擧げる。
	【東原樂】		
	【收尾】		
4-3（15）	せりふ	[旦念] 悲歡聚散一杯酒、南北東西萬里程。	＊六・一三1末尾「悲歡離合一尊酒、南北東西十里程。」
	【端正好】	[旦唱] 碧雲天、黃花地。西風緊、北鴈南飛。曉來誰染霜林醉。總是離人淚。	＊六・一四2【尾】莫道男兒心如鐵。君不見滿川紅葉。盡是離人眼中血。焦循『劇說』
	【滾繡毬】		
	【叨叨令】	[旦唱] 從今後衫兒袖兒。搵濕做重重疊疊淚。	＊六・一四1【大石調】【玉翼蟬】衫袖上盈盈、搵淚不絕。『研究』p328 古本元作「索與他」他字、明指張生、今本訛作我、不足憑也。
	せりふ		
	【脫布衫】		
	【小梁州】	[旦唱] 我見他閣淚汪汪不敢垂。恐怕人知。	＊六・一五1【越調】【上平西纏令】且休上馬、苦無多淚與君垂。此際情緒你爭知。焦循『劇說』
	【幺】		

【上小樓】		
【幺】		
【滿庭芳】		
【幺】		
【快活三】	[旦唱] 將來的酒共食。嘗着似土和泥。假若便是土和泥。也有些土氣息泥滋味。	＊三・一九1【商調】【玉抱肚】沒留沒亂、不言不語。儘夫人問當、夫人說話、不應一句。酒來後、滿盞家沒命飲、面磨羅地甚情緒。喫着下酒、沒滋味、似泥土。自心窨腹。鶯鶯指望同鴛侶。誰知道、打脊老嫗許不與。
【朝天子】	[旦唱] 煖熔溶玉盃。白冷冷似水、多半是相思淚。眼面前茶飯、怕不待要喫。恨塞滿愁腸胃。蝸角虛名、蠅頭微利。拆鴛鴦在兩下里。一箇這壁。一箇那壁。一遞一聲長吁氣。	◎六・一六1【仙呂調】【戀香衾】君瑞啼痕汚了衫袖、鶯鶯粉淚盈腮。一箇止不定長吁、一箇頓不開眉黛。（焦循『劇說』）①④ ＊六・一七2【尾】滿斟離杯長出口兒氣。比及道得箇我兒將息。一盞酒裏白冷冷的滴彀半盞來淚。『研究』p334 ①
せりふ		
【四邊靜】	[生唱（旦とするテキストもあり）] 霎時間杯盤狼籍。車兒投東、馬兒向西。兩意徘徊。落日山橫翠。知他今宵宿在那里。有夢也難尋覓。	＊六・一七1【大石調】【驀山溪】離筵已散、再留戀應無計。煩惱的是鶯鶯、受苦的是淸河君瑞。頭西下控着馬、東向馭坐車兒。辭了法聰、別了夫人、把樽俎收拾起。『研究』p333 ③④ ＊六・一八2【尾】馬兒登程、坐車兒歸舍、馬兒往西行坐車兒往東拽。『研究』p335、焦循『劇說』③④
せりふ＋詩×2		
【要孩兒】	[生唱（旦とするテキストもあり）] 怕勞東去燕西飛。未登程先問歸期。……未飲心先醉。眼中流血、心內成灰。	＊六・一五4【錯煞】我郎休怪強牽衣、問你西行幾日歸。③ ＊六・一七1【大石調】【驀山溪】……臨上馬、還把征鞍倚。低語使紅娘、更告一盞以爲別禮。鶯鶯君瑞、彼此不勝愁、廝覷者、總無言、未飲心先醉。①
【五煞】	[旦囑生] 荒村雨露宜眠早、野店風霜要起遲。	＊六・一五4【錯煞】我郎休怪強牽衣、問你西行幾日歸。着路裏小心呵、且須在意。省可裏晚眠早起、冷茶飯莫吃、好將息、

		我倚着門兒專望你。『研究』p331、焦循『劇説』③④
【四煞】		
【三煞】	〔旦唱〕留戀你別無意。見據鞍上馬、閣不住泪眼愁眉。	＊六・一七1【大石調】【驀山溪】離筵已散、再留戀應無計。煩惱的是鶯鶯、受苦的是清河君瑞。③
【二煞】	〔旦唱〕你休憂文齊福不齊。我則怕你停妻再娶妻。你休要一春魚鴈無消息。……	＊六・一五2【鬪鵪鶉】囑付情郎。若到帝里、帝里酒釅花穠、萬般景媚、休取次共別人、便學連理。少飲酒、省遊戲、記取奴言語、必登高弟。（焦循『劇説』）③
【一煞】		
【收尾】	〔旦唱〕四圍山色中、一鞭殘照裏。遍人間煩惱塡胸臆。量這些大小車兒如何載得起。	◎六・一九4【尾】驢鞭半褭、吟肩雙聳。休問離愁輕重。向箇馬兒上馳也馳不動。（焦循『劇説』） ＊六・二六1【黄鍾宮】【侍香金童纏令】大小身心、時下打疊不過。④ ＊一・三〇1【中呂調】【牧羊關】你尋思大小大鬱悶。④
4-4（16）せりふ		
【新水令】	〔生唱〕望蒲東蕭寺暮雲遮。慘離情半林黄葉。馬遲人意懶、風急雁行斜。離恨重疊。破題兒第一夜。	＊六・二一2【蠻牌兒】……料得我兒今夜裏、那一和煩惱唓嗻。不恨咱夫妻今日別。動是經年、少是半載、恰第一夜。③
【步步嬌】		
【落梅風】		
【喬木査】		
【攪箏琶】	〔旦唱〕想着他臨上馬痛傷嗟。哭得我也似癡呆。不是我心邪。自別離已後、到日初斜。愁得來陡峻、瘦得來唓嗻。	＊六・二一1【越調】【廳前柳纏令】……倚定箇枕頭兒越越的哭、哭得悄似癡呆。① ＊六・二一2【蠻牌兒】……料得我兒今夜裏、那一和煩惱唓嗻。③
【錦上花】	〔旦唱〕有限姻緣、方纔寧貼。無奈功名、使人離缺。	＊六・二一2【蠻牌兒】活得正美滿、被功名使人離缺。①
【清江引】	〔旦唱〕呆答孩店房兒里沒話說、悶對如年夜。暮雨催寒蛩、曉風吹殘月。今宵酒醒何處也。	＊四・二四1【般涉調】【蘇幕遮】那張生心不悅。過得墻來、悶歸書舍。壁上銀釭半明滅。牀上無眠、愁對如年夜。③

曲牌	西廂記	董西廂
【慶宣和】	[生唱] 是人呵疾忙快分說、是鬼呵合速滅。……聽說罷將香羅袖兒拽。却元來是姐姐。	＊六・二三1【雙調】【慶宣和】是人後疾忙快分說。是鬼後應速滅。入門來取劍取不迭。兩箇來的近也。近也。……回嗔作喜唱一聲喏。却是姐姐。那姐姐。
【喬牌兒】	[生恰旦] 你是爲人須爲徹。將衣袂不藉。繡鞋兒被露水泥沾惹。脚心兒管踏破也。	＊四・二四3【墻頭花】當初指望、風也不敎洩。事到而今已不藉。④ ＊七・八5【脫布衫】幾番待撇了不藉。可證。④
【甜水令】	[生說旦] 想着你廢寢忘餐、香消玉減、花開花謝。猶自覺爭些。	◎六・二六1【黃鍾宮】【侍香金童纏令】香消玉痩、天天都爲他、眼底閑愁沒處着。『研究』p348 ④
【折桂令】		
【水仙子】		
せりふ		
【鴈兒落】	[生唱] 疎剌剌林梢落葉風、昏慘慘雲際穿窗月。	＊六・二一4【尾】兀的不煩惱煞人也。燈兒一點甫能吹滅。雨兒歇。閃出昏慘慘的半窗月。③
【得勝令】	[生唱] 絮叨叨促織兒無休歇。韻悠悠砧聲兒不斷絕。	＊六・二一3【山麻皆】淅零零地雨打芭蕉葉。急煎煎的促織兒聲相接。③
【鴛鴦煞】		
【絡絲娘】		
題目＋正名		
5-1 (17)		
せりふ		
【賞花時】		
せりふ		
【商調集賢賓】	[旦唱] ……不付能離了心上、又早眉頭。忘了依然還又。惡思量無了無休。……。新愁近來接着舊愁。厮混了難分新舊。	◎三・一七1【黃鍾宮】【出隊子】滴滴風流。做爲嬌更柔。見人無語但回眸。料得娘行不自由。眉上新愁壓舊愁。(『研究』p196) ……比及相面待追依、見了依前還又休。是背面相思對面羞。 ③

5-2

【逍遙樂】	[旦唱] ……手捲珠簾上玉鉤。空目斷山明水秀。	◎一・二七1【正宮】【虞美人纏】……手捲珠簾。雙目送行雲。③ ◎七・一3【脫布衫】……有多少女孩兒。捲珠簾騁嬌奢。從頭着看來。都盡總不知他。④
【掛金索】		
せりふ		
【金菊香】	[旦唱] 說來的話兒不應口。無語低頭。書在手泪凝眸。	◎六・二二1【南呂宮】【應天長】無語悶答孩地。慢兩淚盈腮。（張生の樣子をいう）③
【醋葫蘆】	[旦唱] 我這里開時和泪開、他那里修時和泪修。	◎四・一三1【雙調】【御街行】須臾和淚一齊封了。 『研究』p236 ④
せりふ（張生書簡）	玉京仙府探花郎。寄語蒲東窈窕娘。指日拜恩衣晝錦、定須休作倚門粧。 旦喜不自勝。探花郎是第三名。	◎七・五1【仙呂調】【滿江紅】僕以書呈夫人。紅娘取而奉鶯。鶯發書視之。止詩一絕。詩曰。玉京仙府探花郎。寄語蒲東窈窕娘。指日拜恩衣晝錦。是須休作倚門粧。鶯解詩旨曰。探花郎。第三也。指日拜恩衣晝錦。待除授而歸也。……①
【幺】		
せりふ	[旦云] 書却寫了、無可表意、只有汗衫一領、裹肚一條、襪兒一雙、瑤琴一張、玉簪一枚、斑管一枝。	◎七・五1【仙呂調】【滿江紅】自是至秋。杳無一耗。鶯修書密遣僕寄生。隨書贈衣一襲。瑤琴一張。玉簪一枚。斑管一枚。①
【梧桐兒】		
【后庭花】		
【青哥兒】		
【醋葫蘆】		
【金菊香】		
【浪里來煞】		
せりふ		

(18)

【粉蝶兒】	[生唱] 從到京師。思量心旦夕如是。向心頭橫倘者俺那鶯兒。請良醫。看診罷。一星星說是。	＊五・一一1【黃鍾宮】【黃鶯兒】張生低道。我心頭橫着這鶯鶯。② ＊五・五1【牧羊關】……鍼灸沒靈驗。醫療難痊可。見恁姐姐與夫人後。一星星說與呵。④
【醉春風】	[生唱] ……鶯鶯呵、你若是知我害相思。我甘心兒死。死。四海無家、一身客寄。半年將至。	＊五・二1【中呂調】【踏莎行】鶯鶯你還知道我相思。甘心爲你相思死。② ＊一・二六1【雙調】【豆葉黃】四海無家、一身客寄。『研究』p26、p96 ④ ◎五・五2【尾】沒親熟病染沈痾。可憐我四海無家獨自箇。怕得工夫肯略來看覷我麼。
【迎仙客】		
せりふ（鶯鶯書簡）	薄命妾崔氏拜覆敬奉……闌干倚遍盼才郎、莫戀宸京黃四娘。病裏得書知中甲、窗前覽鏡試新粧。	
【上小樓】		
【幺】	[生唱] 這上面若簽箇押字。使箇令史。差箇勾使。則是一張忙不及印赴期的咨示。	＊五・一六1【仙呂調】【滿江紅】……若使顆硃砂印。便是偸期帖兒。私期會子。③
【滿庭芳】		
【白鶴子】		
【二煞】		
【三煞】	[生唱] 這斑管、霜枝曾棲鳳凰時。因甚泪點漬胭脂。當時舜帝慟娥皇、今日敎淑女思君子。	＊七・六1【疊字三臺】……紫毫管未嘗有、是九嶷山下蒼竹。當日湘妃別姚虞。眼兒裏淚珠。淚珠如秋雨。點點都畫成斑。比我別離來苦。③
【四煞】		
【五煞】		
【快活三】		
【朝天子】		

場	曲牌	本文	備考
	【賀聖朝】		
	【要孩兒】		
	【二煞】		
	【三煞】		
	【四煞】		
	【尾】		
5-3 (19)	せりふ		
	【鬪鵪鶉】		
	【紫花兒序】		
	【天淨紗】		
	せりふ		
	【小桃紅】		
	せりふ		
	【金蕉葉】		
	【調笑令】	[紅唱] 君瑞是箇肖字、這壁着箇立人。你是箇寸木馬戸尸巾。	＊八・五1【黃鐘調】【黃鶯兒】「誂得紅娘忙扯着道。休廝合造。您兩箇死後不爭、怎結末這禿屌。」③
	【禿廝兒】		
	【聖藥王】		
	【麻郎兒】		
	【幺】		
	【絡絲娘】	[紅唱] 喬嘴臉、腌軀老、死身分。少不得有家難奔。	＊五・一八1【中呂調】【碧牡丹】……煞憹憹地、做些腌軀老。④
	せりふ		
	【收尾】		

せりふ		
5-4 (20)		
せりふ		
【新水令】		
【駐馬聽】		
【喬牌兒】		
せりふ		
【鴈兒落】		
【得勝令】		
せりふ		
【慶東原】		
【喬木查】		
【攪箏琶】		
せりふ		
【沉醉東風】	[旦唱] 不見時准備着千言萬語。得相逢都變做短嘆長吁。……及至相逢一句也無。則道箇先生萬福。	＊八・三2【尾】比及夫妻每重別離。各自準備下萬言千語。及至相逢沒一句。①
【落梅風】		
せりふ		
【甜水令】		
【折桂令】		
せりふ		
【鴈兒落】	[旦唱] 他曾笑孫龐眞下愚。若是論賈馬非英物。	＊三・一3【尾】文章賈馬豈是大儒。智略孫龐是眞下愚。英武笑韓彭不丈夫。②
【得勝令】		
せりふ		

【落梅風】		
せりふ		
【沽美酒】		
【太平令】		
【錦上花】		
【清江引】		
【隨尾】		
詩		

『董西廂』凡例：＊…王驥德『新校注古本西廂記』の注で指摘されているもの
◎…王驥德が指摘するもの以外（『研究』・焦循『劇說』が指摘するもの、および筆者によるもの）

①：ほぼ同じ場面に使用
②：曲辭は似るが、場面・主體を變更
③：表現に手を變え、場面・主體を變更
④：定型表現・語句のみの使用

第三章　南曲テキストにおける繼承と展開

第一節　明清刋散齣集について

はじめに

本節で取り上げる散齣集とは、一幕ものの演目を集めた戯曲集である。「散齣集」の「散齣」とは一幕からなる芝居のことを指し、「齣」とは、「幕」にあたる意味の言葉である。現代の京劇で「折子戯」と呼ばれる一幕ものの演目がちょうどそれに當たる。歌舞伎や淨瑠璃などでいえば、「見取狂言」でのそれぞれの演目が相當するであろう。散齣集の現存するテキストは、いずれも明代中期以降に刋行されたものである。明代には演劇は多く長篇化し、すべてを上演するのに、數日を要したという記録も殘されているが[1]、その一方で、簡便にハイライトの一段を上演することも行われていたのであろう。確認できるだけで數十種類にのぼる散齣集が現存するが、これは當時における一幕ものの芝居の盛行と、散齣集の需要の高さを示していると言える。

明代は庶民文學が流行したともいわれるように、明代中期以降の出版業の勃興とともに小説・戯曲の書籍も數多く出版されるようになった。散齣集の刋行もまさにこの時期以降のことであり、現在數十種類が殘されていることから推測すると、實際にはそれを上回る點數が出版されていたであろう。ただしこれは、それまでずっと小説・戯曲などの白話文學が低調だったというのではなく、出版物の登場によって目に見える形となって現れるようになってきたのである。言うまでもなく、中國文學において記錄として殘っているのは、知識人の目から見た記錄に値するものであって、そうでないものは記錄されないか、記錄されたものでも非常に稀なケースとして殘ったという場合が多いからである。もとより民間では通俗文學は綿々と受け繼がれているが、狀況が大きく變化したことにより、一氣に花開いたという印象を與えている。散齣集は、このような時代の流れの中で登場してきたのである。

散齣集が生まれる背景となった明代における演劇の狀況を概觀しておきたい。元代の雜劇に變わって、明代には「南戲」、「南曲」、「傳奇」などと呼ばれる南方由來の演劇が表舞臺に登場してきた。元代に大きな進展と流行を見た雜劇は、明代には主として宮廷などの限定的な場でのみ上演されるようになり、あたかも日本の江戶時代に幕府の式樂となった能樂（猿樂）のような地位を與えられることとなった。しかしながら、これによって雜劇の影響力が全く失われたかというとそうではなく、本書前章で述べてきたように、雜劇の曲辭は南曲の中に受け繼がれていくことになったのである。

中國には地方劇が數多く存在するが、これは中國の傳統演劇が基本的に歌劇であり、方言や音樂の地域差が、地域ごとの劇種を成立させる要因の一つとなったからと言えよう。そして、〝四大聲腔〟と稱される弋陽腔、海鹽腔、餘姚腔、崑山腔が有名で、明代後半に廣範な流行を見、淸代以降の演劇にも影響を與え、中國演劇史において重要な役割を果たした劇種として認識されているが、特に弋陽腔と崑山腔が竝び立って勢力を二分した。このような豊富な劇種が存在する背景には、受容層の違いもあり、高級知識層とそれ以外の階層の人々とでは、おのずと好まれる芝居も異なるのである。

弋陽腔は、今の江西省弋陽で生まれ、その形成は元末明初と傳えられるが、特に明代中期以降、南方を中心に廣く流行したとされる。しかし、弋陽腔の流行に關してしばしば問題とされてきたのが、明代の戲曲家湯顯祖（一五五〇～一六一六）「宜黃縣戲神清源神廟記」に見える「至嘉靖而弋陽之調絕、變爲樂平、爲徽青陽」という記述である。青木正兒博士が『支那近世戲曲史』において、弋陽腔が廢れ、崑山腔が盛行したと述べておられるのは、この記述に負うところが大きいと思われるが、その後複數の研究者によって明らかにされているように、弋陽腔は自在に變化しうる形態を持っていたために、各地に傳播していく中でその土地の狀況に合わせて變容を遂げ、もとの弋陽腔の姿ではなくなったことを述べていると考えるのが妥當であろう。各地に廣まった弋陽腔は、樂平で樂平腔となり、徽州で徽州調となり、池州青陽で青陽腔（池州腔ともいう）となるなどしていったのである。また、清代には高腔と呼ばれるようになり、各地の劇種と結びついて盛んに行われ、今日の京劇が成立する際の母體の一つともなっている。(2)(3)

弋陽腔がこのような廣範圍の傳播を可能にした原因の一つとして擧げられるのが、その特徴的な形態である。崑山腔とは異なり、弋陽腔は笛や弦樂器といった伴奏樂器を用いず、太鼓や銅鑼を用いてリズムを取るという形態で、大變騷がしい上演であったという。また、滾調、滾唱といった、一句の長さが齊しい齊言體の唱を取り入れていたことでも知られる。

「今至弋陽、太平之滾唱、而謂之流水板、此又拍板之一大厄也（昨今弋陽腔、太平腔の滾唱ときたら、これを流水板と言っていて、これまた拍板の一大災厄である）」（王驥德『曲律』巻二「論板眼」）(4)

『曲律』は、萬曆三十八年（一六一〇）の自序があることから、その年代には滾調が弋陽腔に取りこまれるようになったと推定されている。この記述からもわかるように、滾調は知識人に必ずしも歡迎されておらず、知識人向けのもの(5)

ではなかったのである。

滾調の例を、『玉谷新簧』に收錄される『琵琶記』の一場面で、主人公の一人趙五娘が夫の蔡伯喈が科擧受驗のため上京するのを見送る「五娘長亭送別」から擧げてみよう。

［旦］（滾調）解元、自古男兒志四方、何須妻子碎肝腸。今歲今日郎別妾、來歲今日妾迎郎。

（譯：［旦（趙五娘）］（滾調にて）解元、昔から男兒は四方を志すと申します。妻のために心を痛めることはありません。今年の今日はあなたは私と別れて出發し、來年の今日はあなたのお歸りをお迎えしましょう。）

このように、一句の長さが齊しく、原則偶數句からなるが、句數に決まりはない。この滾調の前後には長短句の曲辭が竝び、しかも曲辭ごとに滾調が插入されている。この滾調は、陸貽典本や六十種曲本などの完本のテキストには見えず、弋陽腔系散齣集にのみ見えている。

一方、崑山腔は、元末明初にはすでにその原型が成立していたと言われる。一般的な中國戲曲史では、明代中期、崑山腔の改良者として魏良輔の名が擧げられてきた。しかし、近年の研究で魏良補以前、十四世紀の顧堅という人物が崑山腔の成立に深く闗わっていたことが明らかにされている。これは、まさに崑山腔の改良者とされる魏良輔が自身の著作『南詞引正』（『曲律』ともいう）において、先驅者として顧堅に言及しているためである。(6) したがって、崑山腔の改良は顧堅から始まり、魏良輔がそのあとを繼ぎ、さらに梁辰魚が『浣紗記』の改作を行い、それが高く評價されたことにより一つの到達を見たと言えるであろう。そして、高雅な演劇として、知識人を中心に愛好されることになるのである。

中國の口承文藝は、曲辭のスタイル、句作りによって詩讚系と樂曲系の二種類に分けられる。詩讚系とは、一句が二―三の五字句、四―三または二―二―三の七字句、三―三―四の十字句（これを攢十字という）となっており、一定の長さの歌詞を連ねる原始的で單純な構造のものをいう。詩讚系のスタイルを持つものとしては、ここに擧げた弋陽腔系諸腔が取り入れた滾調や、貴州で行われている儺戲と呼ばれる祭祀演劇、俗曲などが擧げられる。實は、京劇の曲辭も一句の長さが揃っていることから詩讚系演劇に分類される。一方の樂曲系は、一句の長さが不揃いの長短句からなり、メロディに合わせて歌詞を當てはめるようにして作られ、比較的複雜な構造を持っている。このため、より高級な知識人向けの劇種といえる。樂曲系演劇としては、元雜劇、南曲の諸腔――弋陽腔、崑山腔など――が擧げられる。但し、弋陽腔系諸腔の場合は、曲辭そのものは樂曲系の系統に連なるが、詩讚系のものである滾調を取りこんでいるのである。弋陽腔系諸腔はより俗な演劇という位置づけがなされ、受容層も崑山腔のそれより下層の人々であるとされる。

一、散齣集の書誌

では、現存する散齣集を、弋陽腔系諸腔、戲曲集（弋陽腔系、崑山腔兩種を收録）、崑山腔の順に配列し、それぞれについて書誌を記す[7]。

弋陽腔系諸腔

①『樂府菁華』豫章劉君錫輯、書林三槐堂王會雲刻本。萬曆二十八年（一六〇〇）刋。書名『新鍥梨園摘錦樂府菁華』、

四卷、版面は上下二層。明代に三槐堂という名稱を使用しているのは、『重校北西廂記』二卷の王敬喬、『新刻名公神斷明鏡公案』七卷の王崑源などである。[(8)] このうち王敬喬は福建建陽の書坊であることがわかっている。『樂府菁華』の刊刻元もこの王敬喬と同じく、當時の出版センターであった建陽と深い關わりを持つと思われる。英國・オックスフォード大學ボドレアン圖書館藏。

②『玉谷新簧』吉州景居士編、書林劉次泉刻本。萬曆三十八年（一六一〇）刊。書名『鼎刻時興滾調歌令玉谷新簧』、首卷・上卷・中卷・下卷・一卷・二卷の六卷（但し、一覧表では目録に合わせ、首卷と上卷を1、中卷を2、下卷を3、一卷を4、二卷を5と記す）、版面は上中下三層。目録では全五卷とあるが、實際は首卷・上卷・中卷・下卷・壹卷・貳卷という變則的な六卷構成。各卷で異なる人名を編纂者と刊刻者として擧げている。首卷卷頭では、編纂者「八景□□□選輯」、刊刻者「書林□□□繡梓」というように削り取られている。上卷には吉州景居士彙選・書林劉次泉繡梓（劉次泉の3字は埋め木によるものか）、壹卷には吉州景居士選輯・書林廷禮繡梓とある。また書名もまちまちである。首卷は先に掲げたとおり。上卷・中卷・下卷・貳卷は「鼎鐫精選增補滾調時興歌令玉谷調簧」、壹卷は「鼎鐫精選增補滾調時興歌令玉谷新簧」となっている。上卷・中卷・下卷の〝谷調簧〟の3字は他の字と比べると埋め木がなされているように見え、もともとは別の書名であった可能性がある。中卷の卷末には「玉振金聲　中卷終」とあり、このため傅芸子氏はこの本の元來の書名を「玉振金聲」と推定されている。[(9)] 首卷は中層の文字が他の卷の中層と明らかに字體を異にしている。表紙には「玉谷調簧」「書林廷禮梓行」とある。以上のことを總合すると、『玉谷新簧』は書林廷禮以外の書坊で出版された首卷と上中下卷に、書林廷禮が壹卷・貳卷を付けて一つにした可能性が考えられる。實際の成立は刊記の「萬曆庚戌（三十八）年（一六一〇）」よりもさかのぼるのかもしれない。なお、上卷卷頭に見える書林劉次泉（？一五九〇～一六四四）は、刻工の產地として知られる徽州歙縣（新安）の人。繼志齋本『西廂

記[10]』や『琵琶記』の萬曆劉次泉刻湯海若評本にも、刻工としてその名が見える。なお、③『摘錦奇音』の編纂者龔正我も同じ出身地である。國立公文書館内閣文庫藏。

③『摘錦奇音』龔（原本は襲に作る）正我編、書林敦睦堂張三懷刻本。萬曆三十九年（一六一一）刊。書名『新刊徽板合像滾調樂府官腔摘錦奇音』、六卷、版面は上下二層。編者として龔正我・張三懷のほかに、卷五・卷六の卷頭には莒潭張德鄉校正とある。莒潭は福建の地名であるので、敦睦堂は福建と關係のある書坊と思われる。『中國古籍版刻辭典』（齊魯書社、一九九九）「敦睦堂」項は「張斐的書坊名」と記すが、「張斐」と「張三懷」が同一人物であるか不明である。國立公文書館内閣文庫藏。

④『詞林一枝』黄文華選輯、福建書林葉志元刻本。「萬曆新歲孟冬月葉志元繡梓」の刊記。書名『新刻京板青陽時調詞林一枝』、四卷、版面は上中下三層。なお、黄文華の名は⑤『八能奏錦』・⑩『玉樹英』にも見える。國立公文書館内閣文庫藏。

⑤『八能奏錦』汝川黄文華編、書林愛日堂蔡正河刻本。「皇明萬曆新歲愛日堂蔡正河梓行」の刊記（「萬曆新歲」が何年を指すかは不明）。書名『鼎雕崑池新調樂府八能奏錦』、上中下、一二三の全六卷（中卷・下卷・一卷原缺）。版面は上中下三層。黄文華の本貫と思われる汝川は江西臨汝のことである。[11]出版者の愛日堂については、『全漢志傳』「東漢」の卷頭に「愛日堂繼葵劉世忠」と見え、本來劉氏の書坊であると思われる。『全漢志傳』卷二に「克勤齋文臺余世騰」とあることから、『全漢志傳』ははじめ余氏の書坊で刊刻された後、劉氏がその版木を用いて後印したものと推定されている。[12]『八能奏錦』の愛日堂も蔡正河の書坊ではなく、劉氏によって刊刻された版木を、蔡正河が用いて再版した可能性が考えられるかもしれない。國立公文書館内閣文庫藏。

⑥『大明春』扶搖程萬里選、福建書林金魁[13]刻本。刊刻年不明。書名『鼎鍥徽池雅調南北官腔樂府點板曲響大明春』、全

六卷、版面は上中下三層。卷二以降の各卷頭は『新鍥徽池雅調官腔海鹽青陽點板萬曲明春』（卷により細かな異同あり）となっており、海鹽腔と靑陽腔の演目を收錄することを謳っている。朱鼎臣は、『鼎鍥全像唐三藏西遊傳』十卷（萬曆刊）、『新刻音釋旁訓評林演義三國志史傳』に編纂者としてその名が見える。前田育德會尊經閣文庫藏。…〔大〕

⑦『徽池雅調』閩建書林熊稔寰編、潭水燕石居主人刻本。刊刻年不明。書名『新鋟天下時尙南北徽池雅調』、二卷、版面は上中下三層。熊稔寰については、明王穉登撰、屠隆評釋『屠先生評釋謀野集』四卷に〝萬曆四十四年建陽書林熊稔寰燕石居刊〟とあるので、(14)『徽池雅調』では同一人物の本名と號（あるいは書坊名）を竝記していると思われる。

⑧『堯天樂』豫章饒安殷啓聖編、閩建書林熊稔寰刻本。刊刻年不明。書名『新鋟天下時尙南北新調堯天樂』、全二卷、版面は上中下三層（版式は『徽池雅調』とほぼ同じ）。(15)

⑨『時調靑崑』江湖黃儒卿選、書林四知館刻本。明末淸初の刊刻。(16)書名『新選南北樂府時調靑崑』、四卷、版面は上中下三層。刊刻元の四知館は、嘉靖年間の人楊金（字麗泉）の福建の書坊として有名。上層に崑山腔、下層に靑陽腔の散齣を收錄する。

⑩『玉樹英』黃文華選、書林余紹崖刻本。萬曆二十七年（一五九九）序。書名『新鍥精選古今樂府滾調新詞玉樹英』、五卷、版面は上中下三層。但し殘本（目錄、卷一、卷二第一葉のみ現存）。余紹崖は、福建建陽の代表する書坊余氏の一族である。(17)デンマーク・コペンハーゲン王立圖書館藏。

⑪『萬象新』安成阮祥宇編、書林劉齡甫刋行、刋刻年不明。書名『梨園會選古今傳奇滾調新詞樂府萬象新』、八卷（前集四卷　後集四卷）、版面は上中下三層。但し殘本（目錄〔第一葉を缺く〕、前集卷一～前集卷四のみ）。阮祥宇の本貫安成は江西の古い地名である。(18)デンマーク・コペンハーゲン王立圖書館藏。

⑫『天下春』編者、刋刻書坊、刋刻年など不明。書名『新刻彙編書名新聲雅褋樂府大明天下春』、版面は上中下三層。

全八巻（巻四から巻八のみ現存）。オーストリア・ウィーン國立圖書館藏。

⑬『樂府紅珊』秦淮墨客（紀振倫）選輯、唐振吾刻。萬曆三十年（一六〇二）の刋だが、原刻本は失われ、現存するのは嘉慶五年（一八〇〇）積秀堂覆刻本である。書名『新刋分類出像陶眞選粹樂府紅珊』、十六巻。

戲曲集（弋陽腔系、崑山腔兩種を收錄）

⑭『群音類選』胡文煥編。萬曆二十一～二十四年（一五九三～九六）ごろの刋行か。曲辭のみの收錄だが、比較的大部な戲曲集。「官腔」「諸腔」「北腔」「清腔」の四部に分けられる。「官腔」は崑山腔を指し、二十六巻（但し巻一～巻五は缺）。「諸腔」は弋陽腔系諸腔を指し、四巻。「北腔」は雜劇と北曲の散曲套數を指し、六巻。「清腔」は素謠のようなもので、八巻。その後ろに『群音□選』（ママ）二巻が付き、合わせて四十六巻である。南京圖書館等藏。

⑮『歌林拾翠』明・無名氏編、清・奎壁齋、寶聖樓、鄭元美等書林覆刻本。書名『新鐫樂府清音歌林拾翠』、初集と二集の二巻。

崑山腔

⑯『吳歈萃雅』周之標輯、梯月主人編。長州周氏刻本。萬曆四十四年（一六一六）刋。四巻。前半二巻は散曲套數、後半二巻（利集、貞集）に散齣を收錄。

⑰『珊珊集』周之標編、明末刋本。曲辭のみ收錄。書名『新刻出像點板增訂樂府珊珊集』四巻。

⑱『月露音』凌虚子編、萬曆年間刻本。曲辭のみ收錄。四巻。

⑲『詞林逸響』許宇編、萃錦堂刻本、天啓三年（一六二三）刋。四巻（前半二巻は散曲套數、後半二巻（月巻、雪巻）は元明

の散齣を收錄）。

⑳『怡春錦』冲和居士編、刋刻者不明。崇禎年間刋本。書名『新鐫出像點板怡春錦』六卷（卷四に收錄される演目の多くは『萬壑清音』と一致する）。

㉑『樂府南音』洞庭簫士選輯、湖南主人校點、萬曆年間刻本。書名『新刻點板樂府南音』、二卷（『珊珊集』と同じ版式で、本文も一致する部分が多い）。

㉒『賽徵歌集』明・無名氏編、萬曆年間刻巾箱本。六卷。大きさは掌に收まる程度（巾箱本）。完本から有名な段を拔き出した戲曲集。

㉓『萬壑清音』止雲居士編輯、白雪山人校點、天啓四年（一六二四）刋本にもとづく抄本。八卷。

㉔『玄雪譜』鋤蘭忍人選輯、媚花香史批評、明末刋本。書名『新鐫繡像評點玄雪譜』、四卷。

㉕『南音三籟』凌濛初輯、明末原刋本、清・康熙年間增訂本等、計四部が現存するという[19]。四卷。前半二卷は散曲、後半二卷は散齣、いずれの卷も曲辭のみを收錄する。

㉖『醉怡情』明・青溪菰蘆釣叟編、清初・古吳致和堂刋本。書名『新刻出像點板時尚崑腔雜曲醉怡情』八卷。

㉗『綴白裘』清・玩花主人編選、錢德蒼續選、鴻文堂梓行、乾隆四十二年（一七七七）校訂重鐫本。十二集四十八卷（崑山腔の演目を多く收錄するが、一部弋陽腔系の演目を含む[20]）。

㉘『納書楹曲譜』清・葉堂編、納書楹原刻、乾隆五十七〜五十九年（一七九二〜九四）刋本（曲辭のみ收錄）。正集四卷、續集四卷、外集二卷、補遺四卷。

㉙『審音鑑古錄』清・琴隱翁編・道光十四年（一八三四）東鄉王繼善補讐刋本。

㉚『六也曲譜』光緒三十四年（一九〇八）刋本（臺灣中華書局影印本）。

二、弋陽腔系散齣集の系統分け

ここでは、弋陽腔系散齣集について、異同状況を検討してみることにしたい。

弋陽腔系散齣集は、大きく二つのグループに分類できる。初めのグループ（假に1群と名付ける）は、①『樂府菁華』・⑩『玉樹英』・⑪『萬象新』・⑫『天下春』・⑥『大明春』・⑤『八能奏錦』であり、二つめのグループ（2群とする）は、②『玉谷新簧』・③『摘錦奇音』・④『詞林一枝』・⑦『徽池雅調』・⑧『堯天樂』・⑨『時調靑崑』である。

このうち、1群の①『樂府菁華』と⑩『玉樹英』の二種は特に關係が深いと思われる。『玉樹英』は殘本であるが（目錄と巻一第二八葉までと巻二第一葉が現存するにすぎない）、現存する部分と『樂府菁華』とを比較すると、ほぼ同文で非常に近い關係にあることがわかる。さらに、兩者で共通する收錄演目も、『玉樹英』（收錄劇數一〇一）と『樂府菁華』（同七二）では、兩者に共通するのは五六にのぼる。別のグループでは、1群『玉樹英』と2群『玉谷新簧』（同六三）では共通するのは二九、2群では『玉谷新簧』と『摘錦奇音』（同五八）で一一である。1群の散齣集間では收錄する演目が重なるものが多く、また本文も異同が少ないことから、1群は比較的同質であることがわかる。1群のテキストの前後關係は、『樂府菁華』と『玉樹英』とが刊刻年が明らかである以外は判然としないが、『萬象新』については次のような例がある。

例1：『西廂記』「鶯鶯月夜聽琴」【聖藥王】

〔菁〕他那里思不窮。我這裡意已通。嬌鸞雛鳳失雌雄。他曲未終。我意轉濃。

〔新〕他那里思不窮。我這裡意××　×××××××　××××　××轉濃。

これは『萬象新』の版下書きの際に、二つの「意」の字を見間違えて、その間の十五字を飛ばしてしまったものであろう。したがって『萬象新』は、『玉樹英』『樂府菁華』などよりは遲れて出版されたテキストであると考えられよう。

その他のテキストについては、以下具體的に例を擧げながらみてみよう。なおその演目を收錄するテキストは全て擧げることとし、擧げていないテキストは收錄していないことを示す。テキストの略號の前の數字は1群・2群の別を表す。曲辭は太字、せりふはそのままの字體、滾調の部分は小字で示す。『玉樹英』或いは『樂府菁華』との異同箇所には傍線を付す（以下同じ）。

例2：『琵琶記』「長亭分別」【本序】【前腔】

1〔英〕〔旦〕**誰替你冬溫夏凊。**〔生〕**思量起如何割捨得眼睜睜。**

1〔菁〕〔旦〕**誰替你冬溫夏凊。**〔生〕**思量起如何割捨得眼睜睜。**

1〔大〕〔旦〕**誰替你冬溫夏凊。**〔生〕**思量起如何割捨得眼睜睜。**

2〔玉〕〔旦〕**誰替你冬溫夏凊。**〔生〕〈滾調〉樂莫樂兮新相見、悲莫悲兮生別離。**思量起如何割捨得眼睜睜。**

2〔摘〕〔旦〕　**我冬溫夏凊。**樂莫樂兮新相見、悲莫悲兮生別離。我和你夫妻纔兩月、一旦成拋別。纔得鳳凰交、折散同心結。**教人思量起如何割捨得眼睜睜。**

2〔時〕〔旦〕**誰替你冬溫夏凊。**正是、兩月夫妻苦分張、千里相思痛斷腸。目斷白雲天際外、長亭分手好悽惶。〔生・旦〕正是、樂莫樂兮心相見、悲莫悲兮生別離。越教人家思量起如何樣割捨夫妻眼睜睜。

1群・2群ともに曲辭はほぼ同じであるが異なる點も見られる。1群の『樂府菁華』『玉樹英』『大明春』は同じ系統に屬することが明らかである。2群の『玉谷新簧』『摘錦奇音』『時調青崑』には、曲辭以外にそれぞれ臺詞や滾調が見える。時代がくだるにつれて、曲辭以外の部分が多く盛り込まれる傾向が見て取れる。

次の例は、1群と、2群の『詞林一枝』とを比較したものである。

例3：『琵琶記』「詰問幽情」【江頭金桂】【前腔】（［重］［又］は前曲の一部を繰返す意）

1〔英〕［生］下官起程、與爹娘慶了分旬之壽如來。我雙親老景。［重］他那裡存亡未審。

1〔大〕［生］下官起程、與爹娘慶了八旬之壽而來。我雙親老景。［又］他那裡存忘未審。

2〔詞〕［生］下官起程之際、與爹娘慶了八旬而來。他那里消鶴髮、槁槁枯容。嘆雙親老景。［又］這幾年白髮滿華星遭遇、這飢荒歲老爹娘。你那里存亡未審。

この例では、『詞林一枝』に滾調が追加されている。更に次のような例もある。

例4：『琵琶記』「中秋賞月」【古輪臺】

1〔英〕［淨］峭寒生、鴛鴦瓦冷玉壺氷。欄杆露濕人猶凭。貪看玉鏡。

1〔菁〕［淨］峭寒生、鴛鴦瓦冷玉壺氷。欄杆露濕人猶凭。貪看玉鏡。

2〔摘〕［淨丑］**峭寒生、鴛鴦瓦冷玉壺氷。**［丑］惜春姐、蒙相公夫人賞賜俺和你的酒、不免拿在欄杆上去吃到好。甚麼人在欄杆撒尿。［淨］啐丫頭。不是撒尿、乃是秋來天氣下了露水。**欄杆露濕人猶凭。**［丑］惜春姐、甚麼子在酒盃中溜將過去。［淨］愛春、那就是一輪月影了。［滾］從來不識月、錯疑白玉盤。臨空懸寶鏡、飛入五雲端。**貪看玉鏡。**

2〔詞〕　**峭寒生、鴛鴦瓦冷玉壺氷。**［丑］惜春姐、適纔蒙相公夫人賞賜我和你的酒、爲何酒傾在石欄杆上。濕喇喇的。［淨］愛春、那不是酒、夜深了天時下露。［丑］這是奴家粧村了。［淨］**欄杆露濕人猶凭。貪看玉鏡。**

2〔堯〕［淨］**峭寒生、鴛鴦瓦冷玉壺氷。**愛春、你怎麼把酒傾在石欄杆上。［丑］是了。那石是酒、那欄杆上露濕人猶凭。小時不識月、錯疑白玉盤。身在瑤臺境、虚遶五雲端。**爲只爲貪看玉鏡。**

2〔時〕［淨］**峭寒生、鴛鴦瓦冷玉壺氷。**愛春、你怎麼把酒傾在石欄杆上。［丑］是了。那石是酒、那欄杆上露濕人猶凭。小時不識月、錯疑白玉盤。身在瑤臺境、虚遶五雲端。**爲只爲貪看玉鏡。**

この例でも1群『玉樹英』『樂府菁華』は曲辭が一致する。2群では、『摘錦奇音』『堯天樂』『時調青崑』に滾調が見られる。『堯天樂』と『時調青崑』とは一致する箇所が見られ、比較的近い關係にあると思われる。また、『摘錦奇音』『詞林一枝』では、道化役の淨と丑との會話を收錄している。このような會話は本來實演の場でアドリブ的に行われているものと考えられる。演劇テキストの中に文字化されるというのは、讀み物としての演劇テキストへ發展してきていることを示すものであろう。

ここでは本文を擧げられなかったが、2群に分類した『徽池雅調』は、2群の中でもやや傾向を異にしている。それは、例えば完本の『琵琶記』や『和戎記』には見えず、他の散齣集にも收錄されていない新作と思われる散齣を複數收錄している點である。『徽池雅調』は2群の中でも遲れて登場してきたテキストであると考えられるであろう。

三、散齣集の收錄演目

次に、散齣集收錄演目について、卷末の一覽表とともに見ていくことにしよう。

表の左端から、「作品名（書名）」（ピンイン順）、『風月錦囊』、『六十種曲』、「その他の版本」（代表的な版本のみ擧げる）と竝べ、その次から各散齣集を『善本戲曲叢刊』に收錄される順序で列擧している。おおむね表の前半が弋陽腔系の演目を收錄する戲曲集、後半が主に崑山腔の演目を收錄する戲曲集である。

表の始めに擧げている『風月錦囊』『六十種曲』は、散齣集ではないが、いずれも演劇史において重要な戲曲集である。簡單な書誌を以下に記しておく。

『風月錦囊』は、徐文昭編、詹氏進賢堂重刊本（嘉靖三十二年（一五五三））で、現在スペインのエスコリアル圖書館に藏されている。前半に小唄の類、後半に節略本ではあるが二十種類にのぼる戲曲が收錄されている。戲曲部分の版面は上圖下文で、典型的な建陽本のスタイルとなっている。成立年代が嘉靖年間の半ばというのは、この種のものとしては比較的早い。

『六十種曲』は、明末、常熟の毛晉（一五九九～一六五九）の汲古閣が刊行した戲曲作品集で、六十種類の戲曲が集められている。この中には、中國戲曲の代表作である『西廂記』『琵琶記』を始め、南戲四大名作〝荊・劉・拜・殺〟、當時一流の戲曲家湯顯祖（一五五〇～一六一六）の作品『紫簫記』と、「玉茗堂四夢」と總稱される『紫釵記』『還魂記』『南柯記』『邯鄲記』もすべて收錄されているばかりでなく、『六十種曲』にのみ收錄されている作品もあり、中國戲曲を研究する上で欠かせない資料の一つとなっている。明末に出された原刻本は『繡刻演劇十種』という書名で、六回に分けて刊行された。『六十種曲』の名は清朝になってからの重刻本による。收録されている作品は、そのほとんどが崑山腔である可能性が高いと考えられる。

作品によって、弋陽腔系散齣集と崑山腔散齣集での收錄狀況が異なるが、3つのグループに大別できる。（1）弋陽腔系散齣集に多く收錄されるもの、（2）崑山腔散齣集に多く收錄されるもの、（3）弋陽腔系・崑山腔のいずれの散齣集にも收錄されるもの、である。以下、代表的な作品を取り上げ、それぞれの收錄狀況の特徵について述べることにする。

（1）弋陽腔系散齣集に收錄される作品

これには、『斷髮記』『三元記』『目連記』『十義記』などが擧げられる。これらは、崑山腔散齣集には全く收錄されておらず、主として弋陽腔系諸腔で上演された演目である。その後、清代の『綴白裘』などに收錄されていないため、あたかもその後消滅したかのような印象を受けるが、實際は必ずしもそうではない。

例えば、『目連記』「尼姑下山」は、『風月錦囊』にも收錄されている（『新刋耀目冠場擢奇風月錦囊正雜兩科全集卷之一』）。『目連記』は『目連救母』ともいい、周知のごとく、目犍連が餓鬼道に落ちた母を救うために地獄めぐりをした、という盂蘭盆會のもとになった話を劇化した作品である。目連救母の故事は、古くは『佛說盂蘭盆經』を始めとして、唐代には變文の『目連緣起』、『大目犍連冥間救母』、元末明初には雜劇の「行孝道目連救母」（『錄鬼簿續編』に題目のみ著錄）などの作品が知られる。ただし、この「尼姑下山」は「目連救母」の脇筋であり、のちにほぼ獨立した形で行われるようになったものである。現在では、昆曲の傳統演目として上演されており、弋陽腔系の演目が崑山腔に流入した例といえる。

今ひとつ、『三元記』を例に擧げてみよう。『三元記』は『商輅三元記』といい、別名『斷機記』ともいう。あらすじは次の通りである。

> 浙西淳安の人商霖は、家が裕福で讀書を好み、もと府尹秦徹の娘雪梅と結婚することになっていた。ある時、秦徹を見舞った商霖は、雪梅を一目見て心を奪われ、仲人を立てて結婚を申し込んだが、秦家からは科擧に合格するまではと斷られてしまう。見かねた商霖の兩親が下女の愛玉を妾に入れるが、商霖は戀煩いのあまりついに亡くなる。雪梅は秦家を出て商家に入り、愛玉が生んだ商輅を立派に育てることを誓い、勉強を怠るときには機織りの絲を切って教え諭す。やがて成人した商輅は、科擧の３つの試驗を首席で合格し、雪梅と愛玉はそれぞれ天子から讃えられる。

弋陽腔系散齣集には、「雪梅観畫有感」「秦氏斷機教子」などが收錄されているが、清代に關しては、岩田和子氏の研究[21]により、唱本や寶卷などに數多くのテキストが殘されていることが報告されている。これら唱本や寶卷といったジャンルは多く詩讃系に屬し、より俗な下層ものと見なされているため、文字化されても、書籍としてではなく、小冊子のような形態で流布していたのである。近年、こういったジャンルに對する關心が高まり、目錄なども多く作成されるようになり、徐々にその様相が明らかにされつつある。このように、通俗文學の發展を明らかにする上でも、弋陽腔系散齣集に收錄される演目が重要な位置を占めていると言えるであろう。

（2）崑山腔散齣集に多く收錄される作品

これには、『明珠記』、『牧羊記』、『還魂記』などが擧げられる。これらはもともと崑山腔の作品である上、弋陽腔に改編されて上演されることがほとんど無かったことが考えられる。このうち『牧羊記』は、漢の蘇武が匈奴に使節として赴いて捕らわれ、匈奴に仕官することを拒否したため、北海のほとりに十九年間幽閉されたが、のち、漢の昭帝の時、歸國を果たしたという『漢書』にある話に基づく作品である。完本としては、清の咸豐八年（一八五八）寶善堂抄本が現存する。「蘇武牧羊」が特に好評を得て、現在も昆曲などで上演されている。

『還魂記』は『牡丹亭還魂記』ともいい、先に述べた湯顯祖の作である。實は、彼は崑山腔の芝居を書いたのではなく、江西省撫州宜黄縣の地方劇である宜黄腔に合わせて作品を作ったのである。宜黄腔は、海鹽腔の影響を強く受けて成立し、また當地の弋陽腔系の影響も見られると言われている。[22] 湯顯祖はこの宜黄腔の信奉者であったので、『還魂記』が崑山腔で演じられたと聞いて激怒したという話が傳わっている。[23] このような湯顯祖の考え方も關わっている可能性も否定できないが、劇種が變われば音樂面での調整が必要となるので、容易に弋陽腔に流入しなかったこと、また内容的に弋陽腔系諸腔を愛好する人々に受け入れられなかったことなどが考えられるであろう。

（3）弋陽腔系、崑山腔ともに收錄される作品

これは、『白兔記』、『拜月亭記（幽閨記）』、『浣紗記』、『金印記』、『荊釵記』、『琵琶記』、『破窰記（彩樓記）』、『千金記』、『西廂記』、『玉簪記』などである。このうち、『西廂記』『琵琶記』『荊釵記』『白兔記（劉知遠）』『拜月亭記（幽閨記）』は、宋元代からの古い由來を持っていることから、比較的早い時期から廣く傳播し、各地に定着したことが推測される。但し、問題となるのは各テキスト間の異同である。作品によって狀況は異なるが、共通して見られる傾向として、崑

山腔テキスト間の異同に比べると、弋陽腔系テキストでは變化の巾が大きいことが擧げられる。具體例は後に述べる。

このほか、收錄數は少ないものの、現在では失われた演目が保存されている點も忘れてはならない。『詞林一枝』『八能奏錦』に收錄される『琱弓記』「李巡打扇」は、すでに完本は現存せず、弋陽腔系散齣集にのみ收錄されている。また、『詞林一枝』『堯天樂』などに收錄される『玉簪記』「陳妙常空門思母」「陳妙常月夜焚香」は、現存する『玉簪記』の完本、汲古閣『六十種曲』本、繼志齋本などには見えず、弋陽腔系諸腔で獨自に發展した話であると考えられる（『玉簪記』については、本章第四節および巻末の附表を參照）。

四、弋陽腔系と崑山腔の異同

收錄演目數が多い『琵琶記』を取り上げて、弋陽腔系と崑山腔との異同狀況を見てみよう。『琵琶記』のあらすじは次の通りである。

陳留縣の蔡伯喈と趙五娘の夫婦は、新婚二箇月で夫伯喈が科擧受驗のために上京する。伯喈は見事及第するが、牛大臣からの婿入りの誘いを斷り切れず承諾する。留守を守る五娘は、折からの飢饉で塗炭の苦しみをなめ、夫の両親も相繼いで亡くなる。夫を捜しに上京するが、夫が大臣家に婿入りしたことを知る。大臣の娘牛氏のはからいで五娘は夫伯喈と再會し、最後は五娘と牛氏の二人を夫人として迎え團圓となる。

次に擧げるのは、牛家に婿入りした蔡伯喈が、妻の牛氏とともに中秋の名月を愛でる場面で、牛氏が名月の美しさを述べる。崑山腔から完本の汲古閣六十種曲本、弋陽腔系から『詞林一枝』と『摘錦奇音』をそれぞれ擧げる。太字部分は曲辭、斜體は滾調あるいはそれに類する部分であることを示す。

例5：

汲古閣本第二十八齣「中秋賞月」

【念奴嬌序】［貼］**長空萬里、見嬋娟可愛、全無一點纖凝。十二欄杆光滿處、涼浸珠箔銀屏。偏稱、身在瑤臺、笑斟玉斝、人生幾見此佳景。**［合］**惟願取年年此夜、人月雙清。**

（譯：［貼（牛氏）］廣々とした空にかかる名月はいとおしく、一點の曇りもありません。十二の欄干には月の光が滿ち、玉の簾や銀の屏風にはひんやりとした空氣が入ってきます。この樓臺で玉の杯で飲み交わすことを喜びましょう。人生に幾たびこのようなよい時があるものでしょうか。［合わせて唱う］ただ願うは毎年この夜に、人も月もいずれも淸らかならんことを。）

『詞林一枝』卷三「蔡伯喈中秋賞月」

【念奴嬌序】**長空萬里、見嬋娟可愛、**［生］夫人、可愛甚的兒來。［貼］可愛秋風情。秋月明。落葉聚還散、寒鴉棲復驚。**全無半點纖凝。**正是月明銀漢三千戶、人醉金風十二樓。**十二欄杆光滿處、涼浸珠箔銀屏。偏稱、身在瑤臺、笑斟玉斝、**相公、月白風清、如此良夜、怎不開懷暢飲。正是西風吹散碧雲天。近水樓臺得月先。塵世難逢開口咲、良宵莫負遂心年。**人生幾見此佳景。**［合］**惟願取年年此夜、人月雙清。喜得人月雙清。**

（曲辭部分の譯は省略……［生（伯喈）］妻や、なにをいとおしいというんだい。［貼（牛氏）］秋の風情、秋の月明かりをいとおしく思います。落ち葉は集まってまた散らばって、からすがじっとしているかと思えば驚いて飛び立ちます。……まさに月明かりと天の川が三千戸の家を照らし、人は十二の樓閣に吹きわたる秋風に酔い癡れるというもの。……あなた、月は明るく風は淸らか、このような素晴らしい夜に、なにゆえゆったりとお酒を飲まれないのですか。まさに秋風が青雲を吹き散らし、水際の樓閣には先に月明かりが降り注ぐ。俗世にのびやかに暮らすことは難しくとも、良き夜に心のままになることに背いてくれますな。……）

『摘錦奇音』巻一「伯喈牛府賞秋」

【念奴嬌序】〔貼〕**長空萬里、見嬋娟可愛、**〔滾〕遇此良宵思悄然。月光如水水如天。凭欄翫賞須行樂、風景依稀似去年。**全無半點纖凝。十二欄杆光滿處、**〔滾〕秋到今朝三五奇。金風颯颯透庭幃。天街夜色涼如許、正好追歡遣興時。**涼浸珠箔銀屛。**〔生〕夫人、心下要追歡遣興、爭奈下官、心中不悅、無意玩賞。〔貼〕相公不必恁憂心。且展眉頭醉玉瓶。月明池舘眞如畫、勝似瑤臺浪（閬）苑人。**偏稱、身在瑤臺、咲斟玉斝、**相公啊。自古道青春易過、美景難逢。人民鬧賞、天下相同。**人生幾見此佳景。**〔合〕**惟願取年年此夜、歲歲今宵、人月雙淸。喜得人月雙淸。**

（譯：〔貼（牛氏）〕……〔滾〕この良き夜にあっても思いは晴れず、月光は水のごとく水は天のごとし。おばしまに凭りかかり景色を愛で樂しみを盡くすべき、景色はなお去年には似れども。……〔滾〕秋が今日十五夜に至り、秋風がさっと部屋の中に入ってくる。街角の夜も冷ややかに、まさに樂しみを盡くすとき。……〔生（伯喈）〕妻や、樂しむべきとは思うが、私は心が晴れず、樂しむ氣になれないのだよ。〔貼〕旦那さま憂いを氣になさらず、しばしのびやかにお酒をいただきましょう。月明かりに池の畔のやかたはまこと畫のごとく。神仙の住むという樓臺閬苑の人にもまさる樂しみ。……旦那さま。古來若き日は移ろいやすく、素晴らしい景色にも逢いがたし。人々が樂しむときは、天下も樂しむものと申します。……）

一見して明らかなように、汲古閣本が曲辭だけであるのに對し、弋陽腔系のテキストでは、セリフや韻文、または滾調が句ごとに插入され、もとの曲辭の分量をはるかに上回っている。滾調の部分は特に修辭を凝らしたものではなく、單にセリフの延長のようにも見え、崑山腔を愛好する知識人からみればこういったセリフや滾調が入ることは、曲のメロディを臺無しにしているとうつったであろうと想像される。

ただ、このような增句がなされることは、當時において弋陽腔系の演劇が常に新しい物を生み出す生命力を持っていたことを如實に物語っており、それだけ廣く受容されていたということである。

小　結

明代中期から清代にかけて刊行された散齣集は、弋陽腔系諸腔と崑山腔とが流行する中で生まれてきたものであった。特に弋陽腔系散齣集は、明代以前と清代以降の演劇史をつなぐ變容の過程を保存しており、清代以降の唱本などに弋陽腔系散齣集に類似する演目が見られるところから、各地の地方劇に與えた影響も無視することはできない。また、明代中期以降の出版業の勃興に關わる動きとの關係も見逃すことはできない。弋陽腔系散齣集に收録される演目が、金陵（南京）の書坊富春堂で出版された完本に近い關係にあることは、研究者の指摘のあるところでもあり[24]、また筆者もかつて論じたことがある[25]。富春堂の主唐富春は江西の人とされ[26]、まさに弋陽腔のお膝元の出身者ということになる。弋陽腔系散齣集と富春堂刊行の完本とは、さらに研究が進められるべき問題であろう。

今後の通俗文學研究では、書物として出版されたテキストのみを對象とするだけでなく、このようにあたかも地下水脈のように表に現れない形で傳承されてきたものについても視野に入れる必要があるであろう。近年、唱本や寶卷、評彈などの目録も多く作成され、また『俗文學叢刊』という大部な總集も出版され、研究環境はかなり充實してきたと言える。物語の發展、變容を明らかにするためには、小説のみならず戲曲・唱本などの民間芸能も含めた總合的な檢討を行う必要があると思われるが、そのうえで散齣集の持つ資料的價値は大きいと言えよう。

注

（1）例えば、明・張岱『陶庵夢憶』巻六には、目蓮劇を三日三晩通して上演したことが記されている。原文：「余蘊叔演武場一大臺、選徽州旌陽戲子、剽輕精悍、能相撲跌打者三四十人、搬演目蓮、凡三日三夜。」

（2）青木正兒『支那近世戲曲史』（『青木正兒全集』第三巻　春秋社　一九七二〈初出一九三〇〉）。

（3）葉德均「明代南戲五大腔調及其支流」（『戲曲小説叢考』中華書局　一九七九）、金文京「詩讚系文學試論」（『中國――社會と文化』七　一九八二）、小松謙「詩讚系演劇考」（『富山大學敎養部紀要』第二十二巻一號〈人文・社會科學篇〉一九八九）。

（4）『中國戲曲論著集成』第四冊（中國戲劇出版社　一九五九）一一九頁。

（5）注（2）葉前掲書三十五頁。

（6）胡忌・劉致中『昆劇發展史』（中國戲劇出版社　一九八九）、及び赤松紀彦・小松謙・山崎福之『能樂と崑曲』（汲古書院　二〇〇九）。『南詞引正』「惟昆山爲正聲、乃唐玄宗時黃旛綽所傳。元朝有顧堅者、雖離昆山三十里、居千墩、精于南辭、善作古賦。擴廓帖木兒聞其善唱、屢招不屈。與楊鐵笛・顧阿瑛・倪元鎭爲友、自號風月散人、其著有陶眞野集十卷、風月散人樂府八卷、行于世、善發南曲之奧、故國初有昆山腔之稱。」

（7）『善本戲曲叢刊』（臺灣學生書局　一九八四）「出版説明」（王秋桂執筆）、『海外孤本晚明戲劇選集三種』（上海古籍出版社　一九九三）、傅惜華『明代傳奇全目』（人民文學出版社　一九五九）、莊一拂『古典戲曲存目彙考』（上海古籍出版社　一九八二）、李修生『古本戲曲劇目提要』（文化藝術出版社　一九九七）を參照。

（8）傳田章氏『明刊元雜劇西廂記目錄』（東京大學東洋文化研究所附屬東洋學文獻センター　一九七〇）五八頁に、三槐堂の名を冠する書坊として、王愃初、王崑源、王敬喬が擧げられている。

（9）傅芸子「東京觀書記」（『白川集』文求堂書店　一九四三）、田仲一成「十五・六世紀を中心とする江南地方劇の變質について（五）」（東洋文化研究所紀要　第七十二册）など注（4）傅芸子前掲書。

（10）注（8）傳田前掲書。

（11）注（7）『海外孤本晚明散齣集三種』李平氏の序言による。

（12）『全漢志傳』の書誌については、小松謙「兩漢をめぐる講史小說の系統について」（『中國歷史小說研究』〔汲古書院　二〇〇一〕第二章「『全漢志傳』『兩漢開國中興傳誌』の西漢部分と『西漢演義』」）參照。

（13）杜信孚『明代版刻綜錄』には『大明春』の出版元として、巻三に金魁、巻四に唐金魁を擧げるが、『大明春』の巻首には「書林拱唐金魁繡」、また封面には「書林金拱塘梓」とあり、拱唐は字か號であるから、金魁とするのが妥當であろう。

（14）注（13）杜信孚前掲書、巻七による。

（15）なお、『徽池雅調』と『堯天樂』は日中戰爭後中國書店から『秋夜月』という書名で同時に復刻された。趙景深氏は、兩者が萬曆以前の作品だけを收錄し、萬曆間の劇作家――湯顯祖（海鹽腔（または宜黃腔））や〝吳江派（沈璟とその門下のことで、崑山腔の戲曲の創作活動を行った）〟の作品を含んでいないとして刊行年代を萬曆初期とする（趙景深「秋夜月」〔『元明南戲攷略』人民文學出版社　一九五八〕）が、贊同しがたい。海鹽腔や崑山腔はもとよりは弋陽腔系とは系統を異にする劇種であり、弋陽腔系テキストの『徽池雅調』に崑山腔の演目が無いのはむしろ當然である。

（16）王重民『中國善本書提要』に、首巻二十二から二十三葉の中層の歌の中に「泰昌一月崩了駕、天啓七載不週全、崇禎高低登龍位、一旦江山屬淸朝。」というくだりがあることを指摘している。

（17）肖東發「建陽余氏刻書考略」（上）（中）（下）（『文獻』第二十一〜二十三輯　一九八五〜六）。

（18）注（11）に同じ。

(19) 葉德均「康熙刻本南音三籟」(『戲曲小説叢考』中華書局　一九七九) 參照。

(20) 『綴白裘』は、崑山腔のほか、弋陽腔の系統を引く梆子腔の演目も收録するが、量的に崑山腔の演目が多いため、ひとまずここに分類しておく。なお、『綴白裘』にはいくつかの異なる版本の存在が知られている。詳しくは、根ヶ山徹氏の一連の研究を參照。根ヶ山徹「乾隆三十六年版『綴白裘』七編、八編の上梓とその改訂」(『東方學』第九十八輯　一九九九)。

(21) 岩田和子「秦雪梅故事唱本流通考――湖南における唱本の流通――」(『早稻田大學大學院文學研究科紀要』第2分册　二〇一〇)。

(22) 注 (2) 葉前揭書五十四～五十七頁。

(23) 王驥德『曲律』卷四「雜論第三十九下」、及び湯顯祖の尺牘「答凌初成」による。『還魂記』の改作をめぐっては、岩城秀夫「沈璟と湯顯祖――『還魂記』の改作をめぐって――」(『中國古典劇の研究』創文社　一九八六)、また『還魂記』の版本については、根ヶ山徹「『還魂記』版本試探」(『日本中國學會報』第四十九集　一九九七) に詳しい。

(24) 馬華祥『明代弋陽腔傳奇考』(中國社會科學出版社　二〇〇九)。

(25) 拙稿「戲曲テキストの讀み物化に關する一考察――汲古閣本『白兎記』を中心として」(『日本中國學會報』第五十八集　二〇〇六)、本書第三章第三節。

(26) 注 (24) 馬前揭書七十二頁。

第二節　『琵琶記』テキストの明代における變遷——弋陽腔系テキストを中心に——

はじめに

明代には、様々な通俗文學が多様な發展を遂げたが、それは演劇のジャンルでも例外ではなかった。その中で、本節で取り上げる『琵琶記』は、この時期における最も代表的な戯曲作品の一つである。『琵琶記』が流行した要因の一つとして、明の太祖朱元璋が愛好したことがよく知られている(1)。

もちろん、權力者のお墨付きをもらったことだけが、『琵琶記』が流行した原因ではないであろう。そのストーリーに、人びとを引きつける何かがあったからに違いない。例えば、新婚まもない夫婦の離別、殘された妻が舅姑に孝養を盡くして貧しい暮らしに耐える姿、科擧に合格し大臣の娘と結婚を餘儀なくされる夫の心情など、みどころの多い作品である。『琵琶記』は元末の高明（?～一三五九）によって書かれたとされるが、物語の原型は宋代ごろにすでに出來上がっていたといわれている。元の陶宗儀『南村輟耕錄』「院本名目（院本（金代に行われた笑劇）のリスト）」には、「蔡伯喈」という外題が擧げられている。また、明・徐渭『南詞敍錄』「宋元舊篇」には、「趙貞女蔡二郎」という外題が見え、さらに「蔡伯喈が妻を捨てたために、雷に打たれて死ぬ」という内容であったことが記されている(2)。蔡伯喈とは、後漢のころの學者蔡邕のことであるが、『南詞敍錄』の段階では「蔡二郎」という別の名前であるように、本來は蔡邕とは關係がなかったものが、物語が傳えられるうちに蔡邕の話になったのではないかといわれている(3)。

『琵琶記』のあらすじは次の通りである。

主人公は、蔡伯喈と趙五娘という、結婚してまだ二箇月の若夫婦である。夫蔡伯喈は兩親に科擧の受驗を勸められ、妻と兩親を故鄉に殘して上京、首尾良く合格する。ところが、伯喈は、彼を見込んだ牛丞相から、娘を娶るよう強要される。伯喈は初めは斷っていたが、天子の敕命がくだり、結婚を承知してしまう。

一方、故鄉に殘された妻五娘には、苦難がふりかかる。夫はなかなか戻ってこない上に、折から饑饉が發生し、五娘は舅姑を養うため、自分は糠を食べて堪え忍ぶ。舅姑は五娘が自分一人だけ美味いものを食べていると勘違いするが、事實を知ると、嫁を疑ったことを後悔するあまり亡くなってしまう。五娘は自分の髮を賣って葬式を濟ませ、その後夫を搜しに都へ向かう。

蔡伯喈は、中秋の夜、名月を愛でて故鄉を想う。妻の牛氏は夫の樣子を不審に思い、問いただすと、蔡伯喈はすべてを打ち明ける。牛氏は父丞相を說得し、蔡伯喈の家族を搜すために使者を送る。

上京した五娘は、牛氏の計らいで夫蔡伯喈と再會を果たす。皇帝の使者が到着し、蔡伯喈には中郎將が授けられ、五娘は陳留郡夫人、牛氏は河南郡夫人にそれぞれ封ぜられた。

では『琵琶記』の版本に關する先行研究について、確認をしておこう。まず、田仲一成博士が、一連の戲曲版本研究において、非常に優れた成果を上げておられる[4]。特に、博士の揭げられる演劇の發展モデルは、戲曲テキスト研究を行う上で、必ず參照しなければならないものである。次に黃仕忠氏の『『琵琶記』研究』[5]は、「作者篇」、「人物篇」などのほかに「版本篇」を設け、代表的な完本の版本について考察を加えておられる。また、韓國人研究者の金英淑氏『『琵琶記』版本流變研究』[6]は、『琵琶記』の版本について完本から散齣集（金氏は「選曲集」とする）までを考察對象としておられる。ただし、筆者と見解を異にする部分もある。

本節では、『琵琶記』の弋陽腔系テキストを中心に調査・考察することを通して、明代における戯曲テキストの變遷を探ることを目的としたい。

一、テキスト

『琵琶記』のテキストについて、完本と散齣集の主だったものを以下に舉げる。完本については、すでに指摘のあるように3系統に分け[7]、代表的なもので筆者が目睹し得たものを舉げるに留める。①～⑧までが完本、⑨～⑲までが弋陽腔系テキストである。なお、書名の末尾は本節での略稱であるが、完本系ではそれぞれ初めのテキストを代表させて舉げることにする。

（1）完本

A．陸貽典本系統（古本系統）（①～③、⑧については、『古本琵琶記匯編』（中華書局　二〇〇七）所收本を參照した。）

①『新刊元本蔡伯喈琵琶記』（陸貽典本）二卷　清・陸貽典抄本　中國國家圖書館藏　……〔陸〕

②『新刊巾箱蔡伯喈琵琶記』（巾箱本）二卷　明代刊　民國・武進董氏誦芬堂影印本

③『凌刻臞仙本琵琶記』（凌刻本）四卷、明末・凌濛初刻朱墨本、北京師範大學など藏　……〔凌〕

B．汲古閣本系統（通行本系統）

④『琵琶記』（汲古閣本）二卷　明末・毛晉汲古閣刻本　『汲古閣六十種曲』所收本　……〔汲〕

⑤『李卓吾先生評琵琶記』（李卓吾本）二卷　萬曆年間容與堂刻本　『古本戯曲叢刊』初集所收本

⑥『陳眉公批評琵琶記』二巻　明・陳繼儒評　清末・暖紅室刊

C．節略本（簡略化したテキストだが、ここでは假に完本に含む。）

⑦『新刊摘匯奇妙戲式全家錦囊伯喈』（風月錦囊）一巻……〔風〕

⑧『蔡伯皆』殘本二冊　抄本　一九五八年廣東潮州出土　廣東省博物館藏

（2）弋陽腔系散齣集

⑨～⑲までの弋陽腔系散齣集に關する詳しい書誌は、前節ですでに述べたとおりである。各テキストに收錄される演目については、末尾の「弋陽腔系テキストにおける『琵琶記』收錄演目一覽」を參照されたい。

1群

⑨『樂府菁華』四巻　正名『新鍥梨園摘錦樂府菁華』……〔菁〕

⑩『樂府玉樹英』五巻（殘本）正名『新鍥精選古今樂府滾調新詞玉樹英』……〔英〕

⑪『樂府萬象新』前集四巻、後集四巻（殘本）正名『梨園會選古今傳奇滾調新詞樂府萬象新』……〔新〕

⑫『大明春』（萬曲明春）六巻　正名『鼎鍥徽池雅調南北官腔樂府點板曲響大明春』……〔大〕

2群

⑬『玉谷新簧』五巻（實際は六巻）正名『鼎刻時興滾調歌令玉谷新簧』……〔玉〕

⑭『摘錦奇音』六巻　正名『新刊徽板合像滾調樂府官腔摘錦奇音』……〔摘〕

⑮『詞林一枝』四巻　正名『新刻京板青陽時調詞林一枝』……〔枝〕

⑯『八能奏錦』六巻　正名『鼎雕崑池新調樂府八能奏錦』……〔八〕

⑰『徽池雅調』二巻　正名『新鋟天下時尚南北徽池雅調』……〔徽〕
⑱『堯天樂』二巻　正名『新鋟天下時尚南北新調堯天樂』……〔堯〕
⑲『時調青崑』四巻　正名『新選南北樂府時調青崑』……〔時〕

二、完本系『琵琶記』テキストの系統について

『琵琶記』の場合、完本が比較的早い時期に成立していることから、弋陽腔系テキストの曲辭は基本的に完本系の曲辭を繼承している。そこで、まず完本『琵琶記』の書誌について、詳しく見ておくことにしたい。

先に紹介したように、完本『琵琶記』テキストは、3つの系統に分けることができる。一つは清代の藏書家陸貽典の鈔本『元本蔡伯喈琵琶記』（陸貽典本）を代表とする陸貽典本系統と、明末に刊行された『汲古閣六十種曲』收錄の『琵琶記』（汲古閣本）を代表とする汲古閣本系統、そして、『風月錦囊』及び廣東出土の『蔡伯皆琵琶記』からなる節略本系統である。

陸貽典本系統と汲古閣本系統とは、本文に細かな文字レベルの違いはあるものの互いに校勘が可能であり、またストーリー展開に大きな差異はないことから、ある段階で枝分かれして系統分化した關係と言える。兩者を明確に分ける違いとして3點ほど擧げることができる。一つめは、汲古閣本には第八齣「文場選士」（試驗場で文士を選ぶ）の場面が插入されており、このため第八齣以降、陸貽典本系統と汲古閣本系統とでは一齣ずつずれが生じていること、二つめは、陸貽典本系統第二十八齣、汲古閣本系統第二十九齣の臺詞の位置が異なる（陸貽典本系統では【憶多嬌】の前、汲古閣本系統では【鬪黑麻】【前腔】の後）こと、三つめは、末尾において汲古閣本には省略された曲辭がある（陸本第四十齣（凌

刻本第四十一齣）の【玉山供】、陸本第四十一齣（凌刻本四十二齣）【劉袞】、陸本第四十二齣（凌刻本第四十四齣）【六麼哥】が汲古閣本系統には無い）ことである。

まず、陸貽典本の書誌から見ていくことにしよう。

陸貽典本の正名に見える「元本」が、元刻本ではなく原本を意味することは、諸氏の指摘するとおりであろう。(8) 陸貽典による康熙十三年（一六七四）の跋には、順治十五年（一六五八）に錢曾より借り受けたと記され、あわせて錢氏藏の『琵琶記』の書誌が詳しく述べられている。陸貽典の跋は、戊戌（順治十五年）三月五日付の「舊題校本琵琶記後」と甲寅（康熙十三年）仲冬廿七日付の「手錄元本琵琶記題後」とがあり、この二文を總合すると次のような事情が明らかとなる。以下におおよその內容を記してみよう。

錢曾はもともと元本と郡刻本の二種類の刋本を所藏していた（のち、この二本は太興の鹽業で財をなした季寓庸の子で順治四年（一六四七）の進士である季振宜、字は洗兮、號は滄葦の手に渡り、そのまま行方が分からなくなったという）。元本は、嘉靖戊申（一五四八）の刋行とあり、初めの一葉と後ろの二葉が脱落、每葉二十八行三十字、上下二卷、折數・篇目は設けない。更に陸氏はこれと郡刻本とを校勘したところ、脫落部分は郡刻本ではきちんと埋まっており、あとはすべて異同はない。ただ、元本では末尾から三葉目に半分が「橫裂」し、ここではじめて兩者に異同が生じるところから、郡刻本は紛れもなく元本の翻刻本である。

元本上卷の卷末には、四人の刻工名「元本、王充・仇壽・以忠・以才刋（元本は王充、仇壽、以忠、以才が刋刻した）」、刋刻年月日「嘉靖戊申（嘉靖二十七年、一五四八）七月四日重裝　三橋彭記」、刋刻者「翻本、李澤・李潮・高成・黃金

賢刊（翻刻本は、李澤、李潮、高成、黄金賢が刊刻した）」「蘇州府閶門内中街路書／舗依舊本命工重刊印行（蘇州府閶門内中街路書舗が、舊本に基づき刻工に命じて重刊として印刷した）」が記されている。「三橋彭」とは、文彭、明・嘉靖年間（一五二二～六六）の長洲の人で、字は壽承、號は三橋または漁陽子といい、當時の著名な文人、文徵明（一四七〇～一五五九、名は壁。徵明は字）の長子である。このほか陸貽典は、元本の紙面の様子や、また抄寫に際しての方針についても詳しく書き記しているため、陸貽典鈔本と他のテキストとを校勘する場合には、その點を考慮に入れる必要がある。

陸貽典本の形式面の特徴としては、折（齣）數・篇目を設けないことが擧げられる。曲牌の標記については、陸氏の敍によれば「元本曲名倶白文（原本の曲牌名は陰刻）」であったという。これらの點は、元刊の雜劇（「元刊雜劇三十種」）なども同じで、元代から明代前期に刊行されたテキストに共通してみられる特徴である。陸貽典が見た「元本」も、このような原初的な形態を持ったテキストであったと推測される。なお、本節で陸貽典本の齣數を擧げるときは、『元本琵琶記校注』（錢南揚校注　上海古籍出版社一九八〇）に據るものとする。

陸貽典本の系統に分類されるのは、巾箱本（『新刊巾箱蔡伯喈琵琶記』）、凌刻本などである。ただし、これらはすべて折（齣）數を設けており、本文についても陸貽典本と異同がある。さらに齣數も、巾箱本は全四十三齣、凌刻本は全四十四齣と違いがある。この違いが生じた原因は、兩者で齣を分ける位置が異なる（巾箱本で第三十九齣に該當する齣を、凌刻本は二つに分ける）ためである。なお、末尾部分の各本の違いについては、本節末に對照表を示した。

巾箱本は全體的に見て、陸貽典本と一致している。しかし、細部を検討すると、陸貽典本より汲古閣本に一致している點も見いだすことができる。具體的には、巾箱本第十八齣【尾聲】は陸貽典本には見えないが、汲本第五齣の末尾【餘文】に一致し、巾箱本第十四齣末尾の五言四句の詩は陸貽典本にはなく、汲古閣本と一致する。こうしたことから、巾箱本は部分的には陸貽典本と汲古閣本の中間的な性格を持つテキストということができる。版面を見ると、すべての版心に「忠孝傳」と刻されている。また、部分的に缺葉があり、巻上四十九、五十葉と巻下二十三、二十四、五十裏、五十一葉は、版木を彫り直して補われたものである。しかも、これらの補缺部分を詳細にみると、巻下二十三葉のみ他の補缺葉と異なっていることが分かる。この葉は字體が異なっているだけではなく、曲牌と脚色名が陰刻となっているが、他の補缺葉ではすべて陽刻である。さらには、臺詞を示す箇所で「旦白（旦（趙五娘）の臺詞）」というように「白」を使っているが、他の補缺葉では「旦云」のように「云」を使っている。巾箱本全體では「白」が使われ巻下二十三葉と一致するので、結論として、巻下二十三葉が古く、他の補缺部分はそれより新しいということになるだろう。補缺部分はおおむね巻の末尾に集中しているが、本の末尾というのは字數の調整を自由に行うことが可能な場所でもあるので、本來の巾箱本の本文と、現在ある補缺部分が果たして一致しているのかは疑問である。巻の途中にある巻下二十四葉の場合、裏の左から4行目から5行目にかけて7文字分を小文字で2行にしているのは、字餘りを調整するためではないかとも疑われる。(9)

凌刻本は、明代末期の書坊として有名な凌濛初が刊行したテキストである。凌氏の書坊は、套印本をはじめとする多色刷の高級な書籍や、また短編白話小説集『拍案驚奇』を刊行したことで知られている。(10)この凌刻本『琵琶記』は「臞仙本」と冠するが、この「臞仙」とは明の太祖朱元璋の第十七子で、芝居に詳しかった寧獻王朱權の號である。つまり、その彼がかつて藏していた由緒正しい本という宣傳文句であろう。版面については、上部に批評、所謂眉批が附されている。この眉批では「俗本」「時本」などという呼び方を用いて、他のテキストの異同を誤りとして退ける記載が目立つ。これは「古本琵琶記」原本の『琵琶記』に近づけ、さらにその復元をしようとし、自らの編纂した『琵琶記』こそが最善のテキストであることを強調しようとする意圖を端的に示していると言えよう。

凌刻本第五齣【尾犯序】の眉批に、次のような記述が見られる。

諸本「思省」下、逐句増生問語、極似弋陽醜態。
（諸本では「思省」の下に一句ごとに生（蔡伯喈）の問いかけのせりふを増やしているが、弋陽腔の醜態にきわめてよく似ている。）

この箇所は、凌刻本を含む陸貽典本系統のテキストでは曲辭のみであり、句の間にせりふが插入されていない。つまり、ここで凌氏が非難する「逐句増生問語」とするのは、汲古閣本系統のテキストに當てはまることなのである。(11)凌氏の言う「弋陽」とは、弋陽腔だけでなく崑山腔以外の劇種を總稱していると思われ、弋陽腔系の芝居を蔑んでいることが看取できる。この眉批は、當時出版されていた完本系『琵琶記』テキストの中には、弋陽腔系の影響を少なからず受けているものがあったことを示しているだろう。

次に、汲古閣本系統についてであるが、このグループには『汲古閣六十種曲』所收本、容與堂刊『李卓吾先生評琵琶記』（容與堂本）、『陳眉公批評琵琶記』等が含まれる。本節では、汲古閣本をこの系統の代表として比較の對照とするが、それは汲古閣本が完本テキストの中では最後發であること、そして通行本となったことから、『琵琶記』現存テキストの終着點の一つと考えることができるからである。

以上の2系統のほかに、もう一つ忘れてはならないのが、『風月錦囊』所收「新刋摘匯奇妙戲式全家錦囊伯皆」（風月本）を代表とする風月本系統である。風月本は、巻頭に「汝水　雲崖　徐文昭　編輯」「書林　詹氏　進賢堂　梓行」とある。編纂者の徐文昭（天順八年、一四六四〜嘉靖三十二年、一五五三）は、出身地を「汝水」とするが、これはおそらく「汝川」のことであろうから、おそらく江西の人である。詹氏進賢堂は建陽の書坊である。嘉靖年間の刋記があるが、實際は明の洪武年間か永樂年間に初刻され、成化年間と嘉靖三十二年に、それぞれ重刻されたと考えられている。(12)なお、この風月本の『琵琶記』は簡略本であり、完本『琵琶記』を多少省略した構成となっている。卜書き・臺詞も、完本に比べると非常に少なく、曲辭を主として收錄している。しかし、曲辭は完本系と弋陽腔系の中間的な形態を殘し、變化の過程を示す貴重なテキストである。

三、弋陽腔系テキストの系統と問題

弋陽腔については前節で述べたところであるので、ここでは簡單な紹介にとどめることにする。

明代中期、南方を中心に〝四大聲腔〟（四つの代表的な地方劇）と呼ばれる崑山腔（崑曲）、海鹽腔、弋陽腔、餘姚腔が興った。このうち、特に後世に影響を與えたのが、崑山腔と弋陽腔である。

崑山腔は、特に比較的上流階級の人々によって受容された高雅な演劇であり、現在に至るまで續いている。一方の弋陽腔は、上流階級以外の階層に廣く受け入れられていた地方劇であった。「滾調」と呼ばれる獨特の節回しを伴った歌詞の插入をはじめ、打樂器を用いたにぎやかな伴奏と、卑俗な言葉遣いなどが、弋陽腔の特徵として當時の記錄に殘されている。明代末期には、各地に傳播した弋陽腔はその地で變化を遂げ、新たな地方劇を生むに至り、後世の傳統演劇に大きな影響を與えることとなった。現代の京劇も弋陽腔の末裔であるとも言われている。(13)

以上のことから、本節では、中國演劇史において重要な位置を占める弋陽腔系テキストに收錄される、中國演劇の代表作品『琵琶記』を取り上げることにより、中國演劇の發展過程を考察することとしたい。

それでは、例を擧げながら、各散齣集の系統分類を試みたい。例に擧げる際は、演目名は弋陽腔系テキストにより、該當する汲古閣本の齣數・曲牌を附記する。曲辭の部分はゴシック體、滾調の部分は小文字、臺詞はそのまま字體で示す（以下同じ）。また、特徴的な異同部分には、傍線・波線等を附して示す。各テキストの略稱の上に付けた「完」は完本系、「1」は弋陽腔系1群、「2」は弋陽腔系2群を示す。

最初に取り上げる「長亭分別」は、科擧受驗のため都へ旅立つ伯喈と、それを見送る妻五娘の別れの場面である。收錄するテキストは、完本三種のほか、弋陽腔系では『樂府菁華』『玉樹英』『大明春』『玉谷新簧』『摘錦奇音』『時調青崑』の六種である。

例1：「長亭分別」**【犯尾序】**第一支**【前腔】**（汲本第五齣）

完（陸）**我×年老爹娘。×××望伊家　×××××××××看承。**
完（汲）**××年老爹娘。×××望伊家　×××××××××看承。**
完（風）**我×年老爹娘。×××望伊家　×××××××××看承。**
1（英）**我有年老爹娘。沒奈何望賢妻、×××須索要爲我好看承。**
1（菁）**我有年老爹娘。沒奈何望賢妻、×××須索×與我好看承。**
1（大）**我有年老爹娘。沒奈何望賢妻、××××××與我好看承。**
2（玉）**我有年老爺娘。沒奈何望賢妻、×××須索要與我好看承。**
2（摘）**我有年老爹娘。沒奈何望賢妻、**早晩間須索×**與我好看承。**
2（時）**我有年老爹娘。沒奈何望賢妻、**×須索須索×**與我好看承。**

（汲古閣本譯：老いたる二親を、よくよく面倒みておくれ。）

（『玉樹英』譯：われに老いたる二親あり。妻よりほかに頼る者なし。わがためによくよく面倒みておくれ）

例2：「長亭分別」【犯尾序】第三支【前腔】（汲本第五齣）

完〔陸〕〔生唱〕寬心須待等。我肯戀花柳、甘爲萍梗。

完〔汲〕〔生〕娘子、你寬心須待等。我肯戀花柳、甘爲萍梗。

完〔風〕〔生〕寬心須待等。肯戀花柳、甘爲萍梗。

1〔英〕〔生〕寬心須待等。妻。我、常輕黃允之作事、素慕宋弘之爲人。說甚麼、紅樓偏有意。那知我、翠館實無情。我豈肯戀花柳、甘爲萍梗。〔旦〕解元、若得成名、須早寄一封音書回報。〔生〕五娘、此時狼烟烽起、只愁音書阻隔。

1〔菁〕〔生〕寬心雖待等。妻。我、常輕黃允之作事、素慕宋弘之爲人。說甚麼、紅樓偏有意。那知我、翠館實無情。我豈肯戀花柳、甘爲萍梗。〔旦〕解元、若得成名、須早寄一封音書回報。〔生〕五娘、此時狼烟烽起、只愁音書阻隔。

1〔大〕〔生〕寬心須待等。妻。×　××××××　××××××　說甚麼、紅樓偏有意。那知我、翠館實無情。我豈肯戀花酒、甘爲萍梗。〔旦〕解元、若得成名、×早寄一封音書回來。我的夫。〔生〕五娘、此時狼烟蜂起、只愁音書阻隔。

2〔玉〕〔生〕寬心須待等。妻。我常輕黃允之作事、素慕宋弘之爲人。〈滾〉說甚麼、紅樓偏有意。那知我、翠館本無情。××肯戀花柳、甘爲萍梗。〔旦〕解元、若得成名、須早寄一封音書回報。〔生〕〈滾調〉五娘妻、夫婦恩情豈忍離、只因催促赴春闈。天涯海角情難盡、只愁關山阻隔時。

2〔摘〕〔生〕寬心須待等。妻。你丈夫雖無宋弘之高義、決不學王允之無情。說甚麼、紅樓偏有意。那知我、翠館實無情。我豈肯戀花柳、甘爲萍梗。〔旦〕解元、若得成名、須早寄一封音書回來。〔生〕此時狼烟烽起、只怕音書阻隔。

2〔時〕〔生〕寬心須待等。妻。你爲何有興而來、沒興而回。你丈夫雖無宋弘之高義、決不學王允之無情。勿得這等炮燥。妻。寬心須待等。說甚麼、紅樓偏有意。那知我、翠館實無情。××肯戀花柳、甘爲萍梗。〔旦〕解元、若得成名、須早寄一封音書回來。〔生〕五娘、此時狼烟烽起、只怕音書阻隔。

（譯：『玉樹英』：〔伯喈が唱う〕安心して歸りを待つように。〔せりふ〕妻や、私は黃允の行爲を輕んじているし、宋弘の人となりを慕っているぞ。〔唱う〕紅樓（妓樓）には興味が無いし、翠館（紅樓に同じ）にはもとより思いはないぞ。花や柳を戀い慕って、根無しの浮き草となることはせぬ。〔五娘がいう〕あなた、もし名を成したら、すぐにお手紙を下さいね。〔伯喈がいう〕五娘、その時いくさが起こり、音信不通とならねばよいが。）

例1・2いずれにおいても、完本系に比べ、弋陽腔系テキストが大幅な增補を行っていることが一見して明らかである。**例1**は、完本系が簡潔な表現であるのに對し、弋陽腔系テキストは同じ內容をわかりやすく述べる表現となっている。**例2**の場合は、弋陽腔系は曲辭の間に臺詞や滾調を插入し、倍以上の長さになっている。增補した內容から、先に述べたように二つのグループに分けることができる。1群に分類したテキストについては、『樂府菁華』と『玉樹英』の兩者がほぼ同じ本文を持つこと、『大明春』は「我、常輕黃允之作事、素慕宋弘之爲人」の部分を缺き、誤刻と思われる異同も散見するものの、『樂府菁華』『玉樹英』と基本的に一致するところが多いことから、同一系統としてよいであろう。

2群はそれぞれのテキストで異同が多い。『玉谷新簧』は1群とかなり一致する部分が多いが、「夫婦恩情」〜「情難盡」（波線部）の部分は他のテキストと明らかに異なる。『摘錦奇音』『時調靑崑』は、「寬心須待等」のあとの臺詞が「你丈夫雖無宋弘之高義、決不學王允之無情」と改變されている。1群の「常輕黃允之作事、素慕宋弘之爲人」は、直前の曲辭「寬心須待等（安心して待つょうに）」を受けて、なぜなら「私は黃允の行爲を輕蔑しているし、ふだんから宋弘の人となりを慕っている」からだと理由を付け加えていることになるが、完本系の曲辭からはやや逸脫している感がある。なお、黃允と宋弘はどちらも後漢の人、宋弘は光武帝から湖陽公主を娶るよう命じられたが從わず、糟糠の妻を大事にしたという人物、黃允は桓帝期の人で、司徒袁隗が姪を妻に與えようとすると、黃允は元の妻を離緣し袁氏を娶ったという。「黃允」は音通の關係で「王允」に作ることもよく見られるようだが、「宋弘」と「黃允」の二人はセットで決まり文句のようになっていたようである。(14) さらに、汲古閣本第三十七齣「書館悲逢」、牛氏が蔡伯喈に趙五娘と再會するよう說得する場面で、(15)「宋弘・黃允」を引き合いに出していることから、弋陽腔系テキストが例2の箇所で「宋弘・黃允」を持ち出すのは、全く根據がないとは言えないのである。ただ、『樂府菁華』の表現はまだまだ曖昧であると考えられたのか、『摘錦奇音』では、よりストレートに「わたしは宋弘ほどの高義はないけれども、決して王允のような無情なことはまねしないぞ」としたのではなかろうか。この臺詞は、後に伯喈が科擧に及第して丞相の娘牛氏と結婚することを知っている讀者（または觀客）にとっては、なかなか興味深いところである。それは、別れ際に「決して裏切ることはしない」とわざわざ約束することで、のちの裏切りを鮮やかに印象づける效果的な改變と思われるからである。「絕對に裏切らない」と言う人間に限って、大抵裏切るものである。

次の**例3**「上表辭官」は、科擧に及第した伯喈が牛丞相の娘を娶らされそうになり、それを逃れるべく親孝行のために官を辭し歸鄉したいと、天子に願い出る場面からである。

例3：「上表辭官」第二支【神仗兒】（汲本第十六齣）

完〔陸〕〔生〕**揚塵舞踏。揚塵舞踏。見祥雲縹渺。**

完〔汲〕〔生〕揚塵舞踏。揚塵舞踏。見祥雲縹渺。

完〔風〕〔生〕揚塵舞踏。揚塵舞踏。見祥雲縹緲。

1〔英〕〔生〕彤庭隱耀。〔重〕下官擧目一看、忽然見那一朶祥雲、就相似我家鄕一般。見祥雲縹渺。

1〔菁〕〔生〕彤庭隱耀。〔又〕下官擧目一看、忽然見那祥雲一朶、就相似我家鄕一般。見祥雲縹渺。

1〔大〕〔生〕彤庭隱耀。〔又〕下官擧目一看、忽然見那一朶祥雲、就×似我家鄕一般。見祥雲縹渺。

2〔玉〕〔生〕彤庭隱耀。〔又〕下官擧目一看、忽然見那×朶祥雲、就相似我家鄕一般。見祥雲縹渺。

2〔摘〕〔生〕彤庭隱耀。昔有古人仁傑望雲思親、今日伯喈要見爹娘、看那朶祥雲之下、想就是我家鄕了。見祥雲縹渺。


（汲古閣本譯：〔伯喈が唱う〕塵を揚げて拜禮す、塵を揚げて拜禮す。見れば祥雲はるかに、……）

（『玉樹英』譯：〔伯喈が唱う〕朱塗りの宮殿が見え隠れする。〔くり返して唱う〕（せりふ）目を擧げて見れば、わが故鄕にあるごとし。〔唱う〕見れば瑞雲はるかに、……）

（『摘錦奇音』譯：〔伯喈が唱う〕朱塗りの宮殿が見え隠れする。むかし狄仁傑が雲を望んで親を懷かしんだとか、今日は私も兩親に會いたいと思う。見ればあの瑞雲の下が、わが故鄕に違いない。見れば瑞雲はるかに、……）

この例では、完本三系統と弋陽腔系とで曲辭が異なり、さらに弋陽腔系のテキスト間でも、『玉樹英』などと『摘錦奇音』との間で、臺詞の長さと內容に違いが見られる。臺詞について、『玉樹英』では「望斷白雲」の故事を踏まえた表現となっているが、『摘錦奇音』はさらに故事の元となった狄仁傑の名を擧げて說明をしている形となっている。そもそも曲辭では、拜禮をする乃至は壯麗な宮殿の描寫する、そして上空にめでたい雲がたなびくのが見える、というだけのはずなのだが、弋陽腔系は「親孝行のための致仕」という場面設定と、「祥雲縹渺」の句から「解釋」して、「望斷白雲」という典故を引っ張ってきたものと推測される。ここの『摘錦奇音』も例2と同じく、より具體的に說明しようとする傾向が見て取れる。

2群とした『詞林一枝』『堯天樂』『時調青崑』についても考察を加えたい。三者を含む「中秋賞月」を例に擧げる。ここは、牛丞相の娘牛氏と結婚した蔡伯喈が中秋の夜、故郷の家族を思い沈んだ氣持ちでいるところ、牛氏に促されて名月を愛でる段で、牛氏と侍女のやりとりである。

例4：「中秋賞月」【念奴嬌序】第二支【前腔】貼（牛氏）の唱（汲本第二十八齣）

完〔陸〕光瑩。我欲吹斷玉簫、驂鸞歸去、不知風露冷瑤京。環珮濕、似月下歸來飛瓊。那更、香鬢雲鬟、清輝玉臂、
廣寒仙子也堪竝。

完〔汲〕光瑩。我欲吹斷玉簫、乘鸞歸去、不知風露冷瑤京。環珮濕、似月下歸來飛瓊。那更、香霧雲鬟、清輝玉臂、
廣寒仙子也堪竝。

完〔風〕光瑩。我欲吹斷玉簫、乘鸞歸去、不知風露冷瑤京。環珮×、似月下歸來飛瓊。那更、香霧雲鬟、清輝玉臂、
廣寒仙干（子）也堪竝。

1〔英〕光瑩。我欲吹斷玉簫、乘鸞歸去、不知風露冷瑤京。〔丑〕夜深了、好重露水。〔貼〕環珮濕、似月下歸來飛瓊。
正是香霧雲鬟濕、清輝玉臂寒。那更、香霧雲鬟、清輝玉臂、廣寒仙子也堪竝。

1〔菁〕光瑩。我欲吹斷玉簫、乘鸞歸去、不知風露冷瑤京。〔丑〕夜深了、好重露水。〔貼〕環珮濕、似月下歸來飛瓊。
正是香霧雲鬟濕、清虛玉臂寒。那更、香霧雲鬟、清輝玉臂、廣寒仙子也堪竝。

2〔詞〕光瑩。昔有秦穆公一女、名曰弄玉、配與蕭史爲妻、夫婦二人吹簫于臺上、有一日鳳自天而下。曾有詩曰、鳳

凰臺上鳳凰遊、鳳去臺空江自流。我欲吹斷玉簫、乘鸞歸去、不知風露冷瑤京。夜深了、好重露水。環珮濕、似月下歸來飛瓊。正是香霧雲鬟濕、清輝玉臂寒。那更、香霧雲鬟、清輝玉臂、廣寒仙子也堪竝。

2〔摘〕光瑩。昔有秦穆公一女、名喚弄玉、後來配與蕭史爲妻、夫婦二人吹簫于臺上、×一日鳳凰自天而下。夫婦乘鸞而去、遺下一臺、名曰鳳凰臺。有詩爲證。鳳凰臺上鳳凰遊、鳳去臺空江自流。我欲吹斷玉簫、乘鸞而去、不知風露冷瑤京。夜深了、好重露水。環珮濕、似月下歸來飛瓊。那更、香霧雲環、清輝玉臂、〔淨〕適纔狀元把小姐比佐嫦娥、今晚看他在瑤臺之上、明月之下、眞個生得標致得緊。〈滾〉正是香霧雲鬟冷、清輝玉臂寒。臨期雙樂普、對月兩嬋娟。就是廣寒仙子也堪竝。

2〔堯〕光瑩。我欲吹斷玉簫、昔秦穆公生一女、名曰弄玉、配與簫史爲妻、夫婦二人善能吹簫、起一臺名曰鳳臺、二人吹簫其上、后來乘鸞而去。曾有詩云、鳳凰臺上鳳凰遊、鳳去臺空江自流。我欲吹斷玉簫、乘鸞而去、不知風露冷瑤京。×××　××××　環珮濕、似月下歸來飛瓊。那更、香霧雲鬟、清輝玉臂、〔丑〕惜春、適纔狀元爺、把我小姐比作月里姮娥、今晚在此、坐在瑤臺之上、明月之下、眞正生得標致。正是香霧雲鬟濕、清輝玉臂寒。臨溪雙合浦、對月兩嬋娟。就是廣寒仙子俺小姐也堪竝。

2〔時〕光瑩吹斷玉簫。昔秦穆公生一女、名曰弄玉、配與蕭史爲妻、夫婦二人善能吹簫、起一臺名曰鳳凰臺、夫婦二人吹簫其上、后來乘鸞而去。曾有詩云、鳳凰臺上鳳凰遊、鳳去臺空江自流。我欲吹斷玉簫、乘鸞而去、不知風露冷瑤京。×××　××××　環珮濕、似月下歸來飛瓊。那更、香霧雲鬟、清輝玉臂、〔丑〕惜春、適纔狀元爺、把我小姐比作月里姮娥、今晚看他、坐在瑤臺之上、明月之下、眞正生得標致。正是香霧雲鬟濕、清輝玉臂寒。臨溪雙洛浦、對月兩嬋娟。就是廣寒仙子也堪竝。

（「蕭史」は原文ママ）

（『玉樹英』譯：月の輝けるに、玉簫を吹くのをやめて、鸞に跨り歸らんとすれば、風吹き露降りて月の都は冷ややか。［侍女がいう］夜が更けて、露がたくさん降りております。［牛氏が唱う］腰の玉佩を露に濡らし、月下に戻る仙女の美しさにもまさる。まさにこれぞ「香霧雲鬟濕い、淸輝玉臂寒からん」。香しき雲なすまげ、淸らかに輝く玉なるかいな、廣寒仙子（嫦娥）にまごうほど。）

この例においても、弋陽腔系テキストは臺詞を大幅に增やしているが、1群と2群には違いが見られる。1群と2群を分けるのは、冒頭部分にある「昔有秦穆公」から始まるせりふの有無である。その後の曲辭「香霧雲鬟、淸輝玉臂」は、もともと杜甫の「月夜」「香霧雲鬟濕、淸輝玉臂寒」を典故とする。弋陽腔系テキストでは、さらに「香霧雲鬟濕、淸輝玉臂寒」の句を插入するが、插入位置は、1群の『樂府菁華』『玉樹英』と2群の『詞林一枝』では「那更、香霧雲鬟、淸輝玉臂」の前、2群の『摘錦奇音』『堯天樂』『時調靑崑』では「那更、香霧雲鬟、淸輝玉臂」の後になっている。こうしたことから、『詞林一枝』は、兩者の中間的性格を持つことがわかる。

では、ここで『詞林一枝』は弋陽腔系テキストのどこに位置づけられるだろうか。『詞林一枝』は、刋記に「萬曆新歲孟冬月葉志元繡梓」とあることから、萬曆初年（一五七三年）の刋行と考えられている[16]。もしも假にそうなると、『詞林一枝』（同じく「萬曆新歲」の刋記を持つ『八能奏錦』も）は、弋陽腔系テキストの中で、最も刋行が早いテキストということになる。しかし、この例のように、『詞林一枝』が1群と2群の中間的性格を持っていることを考えると、一六〇〇年刋『樂府菁華』や、一六一一年刋『摘錦奇音』に先行すると考えるのはやや不自然であるかもしれない。1群の本文を持つテキストと2群のようなテキストの兩者を折衷したテキストと考えるほうが、無理がないように思われる。

增補されている部分の內容は、簫史と弄玉の有名な故事である。完本系テキストでは、この話は曲辭でのみ唱われているが、おそらくそれで十分分かるということなのであろう。弋陽腔系テキストでは、曲辭の後のせりふの中で故事の內容が語られており、こういったところに受容層の違いが現れていると考えられるだろう。

　次に舉げる例5では、「書館相逢」を例に舉げ、臺詞に注目して異同狀況を見てみることにしよう。牛氏の仲立ちによって、蔡伯喈と趙五娘とが再會する段である。收錄する弋陽腔系テキストは、『樂府菁華』『玉樹英』『萬象新』『摘錦奇音』『時調青崑』である（『玉樹英』は『樂府菁華』とほぼ同文であるため、『時調青崑』は【太師引】を含む前半部分を缺くため、それぞれこの表では省く）。

例5：「書館相逢」【太師引】【前腔】　生（伯喈）の唱（汲本第三十七齣）

完〔陸〕〔生〕**丹青匠由他主張。須知漢毛延壽悞×王嬙。**〔白〕且謾着。若是箇神佛、背面必有標題。〔見詩介〕呀。這詩不是它在先有的。墨跡兀自不曾乾、敢是却纔題的。〔猜介〕什麼人入我書坊里做怎麼。

完〔汲〕〔生〕**丹青匠由他主張。須知道毛延壽誤了王嬙。**若是個神圖佛像、背面必有標題。××××待我轉過來看。呀。元來有一首詩在上面。〔讀詩介〕這廝好無禮、句句道着下官。等閑的怎敢到此。想必夫人知道、待我問×便知分曉。夫人那裡。

完〔風〕〔生〕**丹青匠由他自主張。須知漢毛延壽悞了王牆**（嬙）。

1〔菁〕〔生〕**丹青匠由他主張。須知道毛延壽悞了王嬙。**伯皆一時好癡呆、旣是甚麼故事、自有標題待我轉過來看。呀、原來有一首詩在上面。這廝好無禮、句ヒ道着下官。等閑的怎敢到此。想必夫人知道、待我問他便知分曉。

1〔新〕〔生〕**丹青匠由他主張。須知道毛延壽悞了王嬙。**伯皆一時好癡呆、旣是甚麼故事、自有標題待我轉過來看。呀、原來有一首詩在上面。這廝好無禮、句ヒ道着下官。等閑的怎敢到此。想必夫人知道、待×問×便知了。

2〔摘〕〔生〕**丹青匠由他主張。須知道毛延壽悞寫王嬙。**〔又〕叫院子。〔丑〕有。〔生〕這軸小畫兒緣何掛在這裡收下來。原來上面有標題。［讀詩介］你掛時有詩沒有。［丑］掛時沒有。［生］這墨迹尙然未乾、諒題詩的去也未遠。快請夫人出來。［丑］夫人有請。

（陸貽典本譯：［伯喈が唱う］繪師は好き放題やりおる。漢の毛延壽が王昭君の運命を誤らせたことを知るべきぞ。［せりふ］神や佛の圖であれば、裏に題が記してあろう。［詩を見るしぐさ］おや、これは以前から書かれていたものではないぞ。墨のあとがまだ乾いていない、きっと最前書かれたものだ。［考えるしぐさ］何者がわが書齋に入り込んで何をしたのだろう。）

（汲古閣本譯：［伯喈が唱う］繪師は好き勝手にやりおる。漢の毛延壽が王昭君の運命を誤らせたことを知るべきぞ。［せりふ］神圖佛像であれば、裏側に題が記してあるだろう。裏に回ってみてみよう。おや、なんと詩が一首書かれている。こやつなんと無禮な。句ごとに私のことを言っている。身元の怪しい者がここに入ってくるはずがない。きっと夫人が知っているはず、問いただしてみよう。夫人はどこじゃ。）

この例でも、曲辭については完本系・弋陽腔系ともに大きな異同はなく、臺詞部分にそれぞれの特徴が現れている。弋陽腔系テキストでは、1群とした『樂府菁華』『萬象新』の兩者にはわずかな異同が見えるが、ほぼ同文と言えるであろう。なお、『樂府菁華』『萬象新』は、「剪髮葬親」（趙五娘が亡くなった舅の墓を作ろうとし、その資金を得るために自分の髪を剪って賣る段。汲本第二十五齣）においても、同樣の傾向が認められる。

この例で注目すべきは、完本系と弋陽腔系との關係である。波線を附した部分については、弋陽腔系1群が汲古閣本と一致し、傍線を附した部分は弋陽腔系2群『摘錦奇音』が陸貽典本と一致する。『摘錦奇音』は、別の演目でも、陸貽典本に一致する箇所があり（『摘錦奇音』卷一「伯喈高堂慶壽」【寶鼎兒】後の臺詞）、『摘錦奇音』に收錄される『琵琶記』テキストは同様の傾向を持っていると言えそうである。このように、同じ弋陽腔系でも、テキストによって基づく系統が異なっていることになる。

事實、弋陽腔系がどの系統のテキストと一致するかは、作品によって異なるようである。本章第三節・第四節で取り上げる『白兔記』『玉簪記』では、『琵琶記』とはやや異なる結果となっている。これについては、後の各節で述べることとしたい。

四、『風月錦囊』と弋陽腔系テキストとの關わり

前項で弋陽腔系テキストと完本系統の關係を見てきたが、ここでは、『風月錦囊』（風月本）を加えて、弋陽腔系テキスト及び他の完本系統との關係について考察したい。

例6に引くのは「臨粧感嘆」の末尾で、『風月錦囊』と『摘錦奇音』のみ共通する曲辭である。「臨粧感嘆」は、伯喈が出發した後、五娘が一人化粧臺の前に座り、夫に思いを馳せる場面である。

例6：「臨粧感嘆」**【尾聲】**旦（趙五娘）の唱（汲本第九齣）（□は原缺）

〔風〕**他從□後知甚所、我勸把雙親來侍奉、專等兒夫返故□。**

〔摘〕**從他去後知甚所、奴×把雙親勤侍奉、專望兒夫衣錦歸。**

（『摘錦奇音』譯：彼が去りてのち何れの處にいるかを知らず、私は二親にお仕えし、ひたすら夫が故郷に錦を飾る日を待ち望む。）

この部分は、陸貽典本系統、汲古閣本系統いずれにも見えないことから、風月本と弋陽腔系の密接な關係をうかがうことができる。

さらに顯著な例として、「描畫眞容」（汲本第二十九齣）から例を擧げ、弋陽腔系からは『玉樹英』を代表させて、『風月錦囊』と對照させてみよう。この段は、趙五娘が亡くなった義父母の繪姿を自ら描き、それを持って都にいるはずの夫伯喈を訪ねていこうと決意する場面である。ところで、「描畫眞容」の場面は、もともと系統間で異同の幅が大きい段である。先に述べたように、完本系統を分ける顯著な異同（臺詞の位置の違い）が存在する齣でもある。完本と弋陽腔系では曲牌の配列が異なり、完本は【鴣搗練】【三仙橋】【憶多嬌】（陸貽典本は【意多嬌】に作る）【鬪黑麻】の順だが、弋陽腔系テキストでは【鴣搗練】【新水令】【駐馬聽】【雁兒落】【疊字錦】【三仙橋】【淸江引】〔琵琶詞〕【憶多嬌1】【前腔】【鬪黑麻】【憶多嬌2】（『玉樹英』による）となっており、傍線を附した曲辭が增補されていることになる。

さらには、風月本で對應する箇所を見ると、【新增】と記されて原型のような曲辭が收錄されているのである。

例7：『風月錦囊』「描畫眞容」【新增】と『玉樹英』「五娘描畫眞容」【新水令】（汲本第二十九齣：但しこの曲なし）

〔風〕【新增】想眞容未寫淚先流。要相逢不能得勾。除非夢裡有。全憑一管筆、描不出兩般愁。

〔英〕【新水令】想眞容未寫淚先流。要相逢又不能勾。泪眼描來易、愁容寫出難。全憑着這枝筆、描不成畫不就萬般愁。親喪荒坵要相逢、除非是魂夢中有。公婆、你自從孩兒去後、不曾得半載觀悅、我只記得。

（『風月錦囊』譯：繪姿を描くより先に涙が流れ、會おうとてもかなえ難し。夢でなければ會えはせぬ。この筆一本に賴っても、二つの愁いを描き出すことはできませせぬ。）

（『玉樹英』譯：繪姿を描くより先に涙が流れ、會おうとてもかなえ難し。（せりふ）涙に濡れる眼は描きやすくと

曲牌表「描畫眞容」

汲本29	陸本	風月	玉樹英	堯天樂
【鴣搗練】	【鴣搗練】	【鴣搗練】	【鴣搗練】	×
【三仙橋1】	【三仙橋1】	【三仙橋1】	×	×
【前腔1】	【前腔1】	×	×	×
×	×	×	せりふ	せりふ
		【新增】（≒【新水令】【駐馬聽】【雁兒落】【疊字錦】【三仙橋2】）	【新水令】	【新水令】
			【駐馬聽】	【駐馬聽】
			【雁兒落】	【雁兒落】
			【疊字錦】	【疊字錦】
【前腔2】	【前腔2】		【三仙橋2】	【三仙橋2】
×	×	×	【清江引】	
〔鷓鴣天〕	〔鷓鴣天〕	〔鷓鴣天〕	〔鷓鴣天〕	
×	×	×	〔琵琶詞〕	
×	せりふ＊	せりふ＊	せりふ＊	
【憶多嬌1】	【憶多嬌1】	【憶多嬌1】	【憶多嬌1】	
【前腔】	【前腔】	（前腔）	【前腔】	
【鬪黑麻】	【鬪黑麻】	【鬪黑麻】	【鬪黑麻】	
【前腔】	【前腔】	（前腔）	【前腔】	
せりふ＊	×	×	×	
×	×	×	【憶多嬌2】	
×	×	×	【前腔】	
七言四句	七言四句 ≠汲本	七言四句 ＝陸本	七言四句 ＝陸本	

も、愁いのかんばせは描きがたし。（唱）この筆一本に頼っても、萬の愁いは描き出せぬ。親は荒れた墓に葬られ會わんとすれども夢の中のみ。（せりふ）義父さん義母さん、あなたが私の元を去ってから、半年の間樂しみとてありません。ただ覺えているのは……）

風月本の【新增】が、『玉樹英』と酷似していることが分かる。例に擧げた部分に續く『玉樹英』の【駐馬聽】【雁兒落】【疊字錦】も、同じように兩者は對應している。兩者はぴったり一致するところは少ないものの、風月本の曲辭は『玉樹英』をはじめとする他の弋陽腔系テキストの原型にも見える。こうしたことから、風月本は弋陽腔系の前段階の姿を殘すテキストと言えそうである。

ところが、ほかの箇所を見ると、逆の事例も見いだすことが出來るのである。「五娘請糧」（汲本第十七齣）、飢饉で食糧の調達に苦勞する五娘を描く場面から例を擧げてみよう。

例8：「五娘請糧」**【鎖南枝】**第八支**【前腔】**張太公の唱（汲本第十七齣）

〔陸〕不豐歲、荒歉年。生死離別眞可憐。縱有八口人家、飢餓應難免。子忍飢、妻忍寒。痛哭聲、恁哀怨。

〔汲〕不豐歲、荒歉年。官司把粮來給散。見一個年老的公公在那裏頻嗟嘆。待向前仔細看。

〔風〕不豐歲、飢歉年。生離死別眞可憐。縱然有八口人家、飢餓應難免。子忍飢、妻忍寒。痛哭聲、恁哀怨。

〔大〕不豐歲、荒歉年。官司把粮來給散。見一個年老的公婆在那裡頻嗟嘆。待向前仔細看。

（陸本譯：不作の歲、飢饉の年。生死の別れとはまこと憐れじゃ。たとえ八人の大家族でも、飢饉は逃れること出來ぬ。子が飢えを忍べば、妻は寒さを忍ぶ。痛苦の泣き聲、あわれなものじゃ。）

（汲本譯：不作の歲、飢饉の年。役所は施し持ってやってくる。年寄りがあちらで嘆いている樣子。行ってよくよく見てみよう。）

この場面は、陸貽典本が飢饉に遭った人々の哀れな姿を描寫するのみであるのに對して、汲古閣本は次に趙五娘と五娘の舅が登場する導入としている點が異なる。汲古閣本は、實際の上演での流れを重視していると考えられる。先に擧げた**例5**でも、汲古閣本はせりふの末尾で次に登場する人物を導く言葉「夫人那裡（妻はどこじゃ）」が附されており、この言葉は陸貽典本に近いせりふが認められる『摘錦奇音』にも付けられているのである。非常に些細な事柄ではあるが、こういったせりふは、俳優が登場する際の合圖の意味も兼ねていたであろうから、極めて實演を反映しているものと言えるであろう。

曲辭を比較すると、弋陽腔系の『大明春』は汲古閣本と一致しており、陸貽典本・風月本とは一致していない。これは弋陽腔系テキストが基づいた完本の系統の違いによるところもあるだろうが、むしろ、完本が陸貽典本系統から汲古閣本系統へ變化しつつある過程を示していると考えた方がよいのかもしれない。つまり、冒頭の完本の系統問題でも述べたように、陸貽典本系統に分類できるテキストの中にも、汲古閣本系統と部分的に一致するものが存在しており、これは『琵琶記』テキストが常にマイナーチェンジを繰り返しながら、多くの版本が生み出されていたことを示していると言えよう。さらに、ここには汲古閣本の成立問題も關わっている可能性を考えるべきであろう。すなわち、汲古閣本は既存のテキストをそのまま刋刻したのではなく、既存のテキストを改變、または再編集して刋刻されたと考えれば、弋陽腔系テキストとモザイク的に一致する狀況は、一應說明ができるであろう。このような流れの中で弋陽腔系テキストも成立してきたという、一連の變化の過程をここに見ることが出來るのである。

小　結

最後にここまで述べてきたことをまとめることにしたい。

『琵琶記』の完本系統は3系統に分けられるが、完本の發展としては、陸貽典本系統から汲古閣本系統へというのが大筋の流れであると考えてよいだろう。そして風月本系統は簡略本であるので、陸・汲兩系統の中間的、過渡的な本文を殘していると言える。風月本はさらに例7で見たように、弋陽腔系に繫がる原型と思われる曲辭も含んでいる。

弋陽腔系テキストは、風月本に見えるような動きを直接的ではないが繼承しつつ、完本系統の變化の影響を示すテキストである。テキストによって陸本系統・汲本系統との距離感が異なるのは、完本の兩系統の中間的なテキストの影響を受けたためであろう。したがって、弋陽腔系テキストが實演用脚本と近い關係性を持ちつつ、先行する出版物からの影響關係も持っていることになる。また、弋陽腔テキストが出版物である以上は讀み物であり、ということは、テキストの變化が實演との關わりだけでなく、出版物そのものの變化、書坊間の競爭によって引き起こされていることも考慮すべきであろう。つまり、テキストの變化は、必ずしもすべて實演と關係があるとは言い切れず、むしろ、出版者側による追求の結果とも言える。戲曲テキストは實演が元になっているとはいえ、ひとたび出版物として生まれ變われば、出版物としての變化を遂げていくものであろう。このような視點は、田仲博士の分化モデルを補足することになると考える。

本節では、『琵琶記』を取り上げ、弋陽腔系テキストの性格や、繼承・發展の方向が如何なるものかを考察してきた。『琵琶記』で得られた結論が、別の戲曲作品のケースにも當てはまるのかどうか、檢證していく必要があるだろう。

注

（1）明・徐渭『南詞敍錄』に載せる次の記述による。原文：「時有以『琵琶記』進呈者。高皇笑曰、五經、四書、布錦、菽粟也、家家皆有。高明『琵琶記』、如山珍味海錯、貴富家不可也。」

（2）注1前掲書。原文：「趙貞女蔡二郎　卽舊伯喈棄親背婦、爲暴雷震死。里俗妄作也。實爲戲文之首。」

（3）『中國大百科全書　戲曲・曲芸』（中國大百科全書出版社　一九八三）「高明」項。

（4）田仲一成「十五・六世紀を中心とする江南地方劇の變質について（五）」（『東京大學東洋文化研究所紀要』第七十二冊、一九七七）、同『中國祭祀演劇研究』「第二篇　祭祀演劇の展開」「第三章　祭祀演劇における戲曲脚本の階層分化」（東京大學出版會、一九八一、三九七頁以下）、同「浙東調腔古戲『琵琶記』について」（『東方學會創立五十周年記念　東方學論集』一九九七）。田仲論文では『琵琶記』の版本を、Ⅰ群：古本系（陸貽典本、巾箱本、凌刻本、『風月錦囊』など）、Ⅱ群：閩本系（余會泉刊『三訂琵琶記』など）、Ⅱ'群：京本系（李卓吾評本、汲古閣本など）、Ⅲ群：徽本系（『詞林一枝』、『八能奏錦』、『樂府菁華』、『玉谷新簧』、『摘錦奇音』、『大明春』）、Ⅲ'群：弋陽腔系（『樂府紅珊』、『堯天樂』、『徽池雅調』、『時調青崑』など）に分類しておられる（明末刊、槃邁碩人校定『詞壇清玩琵琶記』の眉欄校語に見える各テキストの地域的特徴を示す注記によって分類）。この流傳と分化モデルによれば、まず「社祭演劇脚本」Ⅰ群：古本系が成立し、これが「城居地主型の家演演劇に改編する過渡的な段階」を示すⅡ群：閩本系へ繼承される。そしてⅡ群をもとにして、南京に流布したと思われるⅡ'群：京本系、「市場地演劇用」の脚本と思われるⅢ群：徽本系などへと階層分化が生じ、Ⅲ群をさらに通俗化したⅢ'群：弋陽腔系へと展開していくと結論づけておられる。

（5）黄仕忠『『琵琶記』研究』（廣東高等教育出版社、一九九六）。

（6）金英淑『『琵琶記』版本流變研究』（中華書局、二〇〇三）。

（7）注4田仲前掲論文、及び黄文實（黄仕忠氏の筆名）「〝元譜〟與『琵琶記』的關係」（初出『文學遺產』一九八五年第二期、のち注5前掲書『『琵琶記』研究』に收錄）、同「『琵琶記』版本小考」（『文學遺產』一九八七年第一期）は、2系統に分類する。『風月錦囊箋校』（中華書局　二〇〇〇、一八七頁）は、『風月錦囊』や廣東出土『蔡伯皆』を簡略本として第3の系統としている。

（8）例えば注5黄仕忠前掲書一七一頁、「『新刊元本蔡伯喈琵琶記』考」など。

（9）注6金英淑前掲書三三～三四頁には、汲古閣本第二十一齣【雁過沙】（陸貽典本系統では第二十齣）について、陸貽典本・汲古閣本・巾箱本・凌刻本を比較し、その結果、陸貽典本と汲古閣本とが一致し、巾箱本と凌刻本とが一致しているところから、「陸貽典本は明らかに時本（本節でいう汲古閣本系統）の影響を受けている。しかし陸貽典本は後世の改變を受けているとはいえ、その改變の程度は大きくない」と述べておられる。結論については異論はないが、巾箱本のこの部分は補缺された部分（巻上四十九葉）であり、比較を行うには適當な箇所ではない。

（10）凌氏の書坊については、表野和江「明末呉興凌氏刻書活動考」（『日本中國學會報』第五十集　一九九八）に詳しい。

（11）眉批が指摘する部分は、汲古閣本『琵琶記』第五齣を例に擧げると次のようである。

【犯尾序】［旦］無限別離情。兩月夫妻一旦孤另。官人。你此去經年望迢迢玉京思省。［生］娘子。莫不是慮着山遙水遠麼。［旦］奴不慮山遙水遠、［生］莫不是慮着衾寒枕冷麼。［旦］奴不慮衾寒枕冷、奴只慮公婆沒主一旦冷清清。

（12）上田望「明代における三國故事の通俗文藝について」（『東方學』第八十四輯）の註に引かれる彭飛・朱建明論文による。

（13）葉德均「明代南戲五大腔調及其支流」（『戲曲小説叢考』上册、中華書局　一九七九）、小松謙『中國古典演劇研究』（汲古書院　二〇〇一）、張庚・郭漢城主編『中國戲曲通史』中巻（中國戲劇出版社　二〇〇六重印）參照。

（14）『醒世恆言』卷十九「白玉娘忍苦成夫」の冒頭にも「如宋弘不棄糟糠、羅敷不從使君、……又如王允欲娶高門、……」とあり、黃允を王允と表記されることが廣く行われていたことがわかる。なお、二人の事跡は『後漢書』に見える。

（15）原文：汲古閣本第三十七齣【夜游湖】後の白「宋弘是光武時人、光武試把姐姐湖陽公主嫁他、宋弘不從、對道貧賤之交不可忘、糟糠之妻不下堂。黃允是桓帝時人、司徒袁隗要把侄女嫁他、他就休了前妻、娶了袁氏。」（陸貽典本、弋陽腔系テキストの該當部分もほぼ同文）

（16）『海外孤本晚明戲劇選集三種』李平氏の序言による。

『琵琶記』末尾部分對照表

汲本	陸本（折分けなし）	巾箱本	凌本
40李旺回話	（39）	39	39
【柳穿魚】	【柳穿魚】	【柳穿魚】	【菊花新】
【翫仙燈】	【翫仙燈】	【翫仙燈】	【朝元令】【前腔】 【前腔】【前腔】
			40
（なし）	（なし）	（なし）	【普賢歌】【前腔】
【風帖兒】【前腔】	【風帖兒】（【前腔】）	【風帖兒】（【前腔】）	【風帖兒】
詩：七言四句	七言二句 （巾本の3・4句）	詩：七言四句	詩：七言四句
41風木餘恨	（40）	40	41
【梅花引】（【玉樓春】）	【梅花引】	【梅花引】	【梅花引】
【玉雁兒】【前腔】 【前腔】【前腔】	【玉雁子】【前腔】 【前腔】【前腔】	【玉雁子】（【前腔】 【前腔】【前腔】）	【玉雁子】【前腔】 【前腔】【前腔】
詩：七言四句	（なし）	（なし）	（なし）
（なし）	【玉山供】【前腔】 【前腔】（【前腔】）	【玉山供】（【前腔】 【前腔】【前腔】）	【玉山供】【前腔】 【前腔】【前腔】
（なし）	詩：七言四句	詩：七言四句	詩：七言四句
	（41）	41	42
（なし）	【劉袞】（【前腔】）	【劉袞】（【前腔】）	【劉袞】【前腔】
（なし）	（なし）	（なし）	【賞宮花】【前腔】
（なし）	詩：七言四句	詩：七言四句	詩：七言四句
42一門旌獎	（42）	42	43
【逍遙樂】	【逍遙樂】	【逍遙樂】	【逍遙樂】
【六幺令】【前腔】 【前腔】【前腔】 【前腔】	【六幺令】（【前腔】 【前腔】【前腔】） 【前腔】	【六幺令】（【前腔】 【前腔】【前腔】） 【前腔】	【六幺令】【前腔】 【前腔】【前腔】 【前腔】
（なし）	七言二句 （巾本の3・4句）	詩：七言四句	詩：七言四句
	（43）	43	44
（なし）	【六幺哥】【前腔】	【六幺歌】（【前腔】）	【六幺令】【前腔】
【一封書】【前腔】 【前腔】【前腔】	【一封書】【前腔】 【前腔】【前腔】	【一封書】【前腔】 【前腔】【前腔】	【一封書】【前腔】 【前腔】【前腔】
【永團圓】（【尾聲】） （＝巾本）	【永團圓】（【尾聲】）	【永團圓】（【尾聲】）	【永團圓】【尾聲】 （＝巾本）
七言四句（巾本の３～６句目なし）	七言四句（巾本の３～６句目なし）	七言八句	七言四句（巾本の３～６句目なし）

注：（　）を付けた曲牌は、曲牌表示がない、または別の曲に分かれていないことを示す。

玉谷新簧	摘錦奇音	詞林一枝	八能奏錦	徽池雅調	堯天樂	時調青崑
	伯皆高堂慶壽 1下		伯皆華堂祝壽 5下			
	蔡邕辭親赴選 1下（滾）					
五娘長亭分別 1下［滾］	五娘長亭送別 1下［滾］		長亭分別×			長亭分別 1下
	五娘臨妝感嘆 1下［滾］	趙五娘臨粧感嘆3下（滾）	五娘臨粧感嘆 5下			臨粧感嘆 4上
				噌鬧飢荒 2上		
伯皆上表辭官 5下［滾］	伯喈待漏隨朝 1下					
伯皆牛府成親 4下［滾］	牛府強就鸞鳳 1下［滾］					
伯皆彈琴 4中△						
伯皆書館思親 1下［滾］						伯皆思親 1下
	伯喈中秋賞月 1下［滾］	蔡伯喈中秋賞月3下			伯皆賞月 1下（滾）	中秋賞月 3下（滾）
琵琶詞 5中△		趙五娘描畫眞容3下			描畫眞容 1下（滾）	描畫眞容 1下（滾）
		牛氏詰問幽情 3下（滾）				
	五娘途中自嘆 1下［滾］		途中自嘆×		五娘往京 1下	
			丞相聽女迎親 5下			
		趙五娘書館題詩3下（滾）	書館題詩×			
	伯喈書館相逢 1下					書館相逢 3下（滾）
			太公掃墓遇使 5下			
伯皆父母托夢 1下				爹娘托夢 2上≠		

×は目錄にはあるが本文原缺、≠は他のテキストと內容が異なることをそれぞれ示す。

弋陽腔系テキストにおける『琵琶記』收錄演目一覽（演目名は弋陽腔系テキストによる）

№.	演目名	汲本	風月	樂府菁華	玉樹英	萬象新	大明春
1	高堂慶壽	2	2				
2	辭親赴選	5前	5前				
3	長亭分別	5後	5後	五娘分別長亭1上	長亭分別1下	長亭分別×	伯皆長亭分別4下（滾）
4	臨粧感嘆	9	8				
5	噌鬧飢荒	11	9				
6	上表辭官	16	12	伯皆上表辭官1上	上表辭官1下	上表辭官×	伯皆金門待漏4下
7	五娘請糧	17	13				五娘請糧（李正搶糧）4上（滾）
8	牛府成親	19	15				
9	荷亭滌悶	22	18			伯喈荷亭滌悶2下	
10	侍奉湯藥	23	19			五娘侍奉湯藥2下	
11	書館思親	24	20		書館思親1下	書館思親×	伯皆書館思親4下（滾）
12	剪髮送終	25	21	五娘剪髮送親1上	剪髮送親1下	五娘剪髮送終2下	
13	中秋賞月	28	24	伯皆中秋賞月1上	中秋賞月1下		
14	描畫眞容	29	25		描畫眞容1下	描畫眞容×	五娘描容（五娘祭畫・五娘辭墓）4上（滾）
15	詰問幽情	30	26		詰問憂情1下［滾］		牛氏詰問幽情（牛氏爲夫排悶）4下（滾）
16	拒父問答	31	27		辭父問答1下［滾］	拒父問答×	
17	途中自嘆	32	なし				
18	聽女迎親	33	28				
19	書館題詩	36	31				
20	書館相逢	37	32	伯皆書館相逢1上	夫婦相會（書館相逢）1下	夫婦書館相逢2下	
21	太公掃墓	38	33				
22	書館托夢	なし	なし		書館托夢1下		

注：［滾］や（滾）は滾調または滾調と思われる部分を含む、△は一部分を載せる、風月本の折分けは『風月錦囊箋校』（中華書局2000）に據った。

第三節　『白兎記』テキストの繼承――戲曲テキストの讀み物化に關して――

はじめに

文字による出版物というものが、様々な形態のものがあるとはいえ、基本的に讀まれることを前提として作られているということは、ほとんど自明のことといってよいだろう。しかし、過去はもちろん現在に至るまで、讀書が勉強をすることと同義であることもあって、讀んで樂しむための出版物、娯樂書は遅れて登場することになった。これは中國に限らず世界的に見ても、多少時代的に前後するところはあるものの、同様の經過をたどって發展したと言えるであろう。では、いつ頃の、どのような段階のものから娯樂書と言いうるかについては意見が分かれるところであろうが、本節では出版文化が花開いた明代中期以降の、特に戲曲のテキストを取り上げ、それが讀み物として洗練されていく過程を考察することとしたい。[1]

戲曲のテキストは、舞臺上の藝術、つまり、本來視覺・聽覺で鑑賞するものを、文字に起こして讀む形にしたものである。したがって、そこで當然予想されるのは、古い時代においては、讀み物としては初期的段階にあるはずであり、時代が下るにつれて、徐々に體裁や表記などが整えられていくであろう、ということである。それでは、いったいどのような動きが見られるのであろうか。

明代の南曲における異なるテキストの成立については、田仲一成博士による重要な研究[2]がある。博士のテキスト分化のモデルによれば、明代においては、郷村演劇から、宗族演劇、市場地演劇への階層分化が進み、戲曲テキストに郷村演劇用、宗族演劇用、市場地演劇用という三種の分化を生み出すことになったとされる。これは實演における變化が、テキスト分化に重大な影響を及ぼしたという指摘である。この指摘は、中國演劇史全體の流れを視野に入れたものである。しかしながら、戯曲テキストには手書きの抄本もあるが、出版されたものも數多くあり、出版物の成立には出版者側の要因も考慮に入れる必要があるのではなかろうか。この點について、さらに論じるべき餘地があると考える。

本節でサンプルとするのは、南曲『白兎記』、五代後漢の創業者である劉知遠を主人公とする長篇の芝居である。『白兎記』には、先行する作品が存在し、語りものの『劉知遠諸宮調』（冒頭と末尾のみ現存）、また、雜劇の「李三娘麻地捧印」（現存せず）などがつとに知られている。(3) それらを受け繼ぐようにして、明代のテキストが現れるわけだが、本節における考察の對象として『白兎記』を選擇するのは、次に述べるように、成化、嘉靖、そして萬曆以降というように、刊行年代が異なるテキストがそろうためである。

現存する明代で最も古いテキストは、成化本『白兎記』(4)（以下成化本と略す）である。これは、一九六〇年代に『成化說唱詞話』とともに發見され、ほぼ完全な形で殘るテキストである。次に、嘉靖年間刊行の戯曲集である『風月錦囊』の中に、「劉智遠」という題のテキストがある。これは、物語を部分的につなげて始めから終わりまで收錄したもので、節略本というべきものである。

さらに明代後期になると、富春堂本や汲古閣本（『六十種曲』）など、『白兎記』のテキストとして代表的なものが刊行されている。特に汲古閣本は、『六十種曲』に收められる戯曲六十種のうちの一つである。『六十種曲』は、周知の如く明末の毛晉が刊行した戯曲集である。なおこの汲古閣本『白兎記』は、先に擧げた成化本と關係が深いと言われ、成化本系統という一つの系統をなしている。(5)

このほか、當時の地方劇の盛行とも連動するように、一幕ものの戯曲集（散齣集という）が數多く出版され、『白兎記』の有名な段が收錄されている。散齣集に收錄されるテキストにはそれぞれ微妙な差異が認められ、これは、當時戯曲が盛んに行われ、それに併せて出版が行われていたことを示すものと言える。

南曲『白兎記』のテキストについては、三つの系統があることが指摘されている。[6] 成化本系統[7]（先行研究では、最も普及したテキストの名を取って「汲古閣本系統」と呼ばれることが多いが、本節ではこの系統における最も古いテキストの名を冠することにする）、金陵唐氏富春堂が刊行した富春堂本を中心とする富春堂本系統、嘉靖年間刊行の『風月錦囊』を代表とする風月本系統である。

このうち成化本系統については、その中の汲古閣本が淸代以降、『白兎記』の代表的なテキストになったこともあり、先行研究で言及されることが多い。とりわけ、成化本系統が他の系統と大きく異なっている點は注意すべきである。田仲一成博士は、「汲古閣刊本」（本節でいう成化本系統）と「富春堂刊本」の二系統について、「兩者は全く本文が異なるため別の作品というべき關係にあ」るとして、明確に系統の性格の違いを述べておられる。[8] このほか、孫崇濤氏が、『風月錦囊』を中心として各テキストの比較を行い、[9] また俞爲民氏が、系統間の曲辭の違いについて言及しておられる。[10] このように様々な先行研究が行われているが、對象をある系統に限定せず、三つの系統の關係を檢討しながら、讀み物としてのテキストの成立まで視野に入れて說かれているかというと、十分になされているとは言い難い狀況にあると思われる。

三つの系統を見渡してみれば、『白兎記』の物語の全體像や戯曲テキストの讀み物化のありようも浮かび上がるのではないだろうか。そこで本節では、『白兎記』の各テキストを調査し、それぞれの繼承關係の考察を通し、戯曲テキストが讀み物としてどのような變化をたどっていくのか、その過程を明らかにすることを主な目的としたい。その方法として、淸代以降『白兔記』の中心的なテキストとなった汲古閣本を軸とし、その成立についても說き及びたい。

一、テキストとあらすじ

まず『白兔記』の現存するテキストを擧げるが、いずれも南曲のテキストである。「南曲」とは、南方の音樂を用いた劇種を指し、宋元代には「南戲」「戲文」、明代には「傳奇」などと呼ばれる。本節では、便宜的に「南曲」に統一して話を進めることとする。なお、各テキストの前に附したアルファベットは、A：成化本系統、B：富春堂本系統、C：風月本系統であることを示す。ただし、テキストの中には、中間的要素を持つものもあるので、そのようなテキストには記號を併記する。BCとしたテキストは、富春堂本系統と風月本系統の二系統の要素を持っており、明確に分類しがたいものである。

I　完本または完本に準じるテキスト（末尾の括弧内は略稱）

A①『新編劉知遠還鄉白兔記』北京永順堂刊　刊刻年代は不明だが、『成化說唱詞話』とともに發見されたことから、成化年間（一四六五～八七）刊行と推定されている。（成化本）……〔成〕

A②『白兔記』上下二卷『汲古閣六十種曲』所收　崇禎年間刊（なお、下卷の折の番號が亂れているため、上卷からの通し番號で示す。附表を參照）（汲古閣本）……〔汲〕

B③『新刊出像音註增補劉智遠白兔記』豫人謝天祐校　金陵唐氏富春堂刊　萬曆年間刊（富春堂本）……〔富〕

C④「劉智遠」（『風月錦囊』徐文昭編　嘉靖三十二年（一五五三）詹氏進賢堂重刊所收）『白兔記』の節略本（風月本）

……〔風〕

Ⅱ　散齣集（一幕ずつ收録するテキスト）・その他

南曲は地方によって言葉や音樂が微妙に異なり、地名などを冠して「～腔」と呼ばれる。現存するこれらのテキストは、大きく崑山腔とそれ以外の弋陽腔系の二種に分けられる。⑤～⑮、⑰～⑲、㉑は『善本戲曲叢刊』（臺灣學生書局所收）

（1）弋陽腔系

B⑤『鼎刻時興滾調歌令玉谷新簧』五巻　國立公文書館內閣文庫藏（玉谷新簧）……〔玉〕

B⑥『新刻京板靑陽時調詞林一枝』四巻　玄明黃文華選輯　瀛賓郄綉甫同纂　閩建書林葉志元繡梓「萬曆新歲孟冬月葉志元綉梓」の刊記　國立公文書館內閣文庫藏（詞林一枝）……〔詞〕

B⑦『鼎雕崑池新調樂府八能奏錦』六巻（巻二～巻四原缺）汝川黃文華精選　書林蔡正河繡梓　萬曆年間刊　國立公文書館內閣文庫藏（八能奏錦）……〔八〕

B⑧『梨園會選古今傳奇滾調新詞樂府萬象新』八巻　殘本（目錄、前集巻一～前集巻四）安成阮祥宇編　劉齡甫梓　刊刻年不明　デンマーク・コペンハーゲン王立圖書館藏（萬象新）……〔新〕

B⑨『精刻彙編新聲雅襍樂府大明天下春』八巻　殘本（巻四～巻八現存）編者、刊刻年など不明　オーストリア・ウィーン國立圖書館藏（天下春）……〔天〕

BC⑩『新刊徽板合像滾調樂府官腔摘錦奇音』六巻　徽歙龔正我選輯　敦睦堂張三懷繡梓　萬曆三十九年（一六一一）刊

國立公文書館內閣文庫藏（摘錦奇音）……〔摘〕

BC⑪『新鍥天下時尚南北徽池雅調』二卷　閩建書林熊稔寰彙輯　潭水燕石居主人刊梓（徽池雅調）[11]……〔徽〕

C⑫『新選南北樂府時調青崑』二卷　江湖黃儒卿彙選　書林四知館繡梓　清初刻本　國立公文書館內閣文庫等藏（時調青崑）……〔時〕

（2）崑山腔（いずれも成化本系統に屬する）

A⑬『吳歈萃雅』四卷　周之標輯　梯月主人編　長州周氏刻本　萬曆四十四年（一六一六）刊……〔吳〕

A⑭『新刻出像點板增訂樂府珊珊集』四卷　周之標編　明末刊本（曲辭のみ）（珊珊集）……〔珊〕

A⑮『詞林逸響』四卷　許宇編　萃錦堂刻本　天啓三年（一六二三）刊……〔逸〕

A⑯『新鐫繡像評點玄雪譜』四卷　明・鋤蘭忍人選輯　媚花香史批評　明末刊本（玄雪譜）……〔玄〕

A⑰『南音三籟』四卷　凌濛初輯　明末原刊本に清康熙增訂本を補ったもの。曲文のみ……〔籟〕

A⑱『新刻出像點板時尚崑腔雜曲醉怡情』八卷　明・青溪菰蘆釣叟編　清初・古吳致和堂刊本（醉怡情）……〔醉〕

A⑲『綴白裘』清・玩花主人編選　鴻文堂梓行　乾隆四十二年（一七七七）校訂重鐫本……〔綴〕

A⑳『納書楹曲譜』清・葉堂編　納書楹原刻　乾隆五十七年（一七九二）刊本（曲文のみ收錄）（納書楹）……〔納〕

A⑳『六也曲譜』光緒三十四年（一九〇八）刊本（臺灣中華書局影印本）……〔六〕

（3）その他

A㉑『彙纂元譜南曲九宮正始』不分卷　徐子室輯　鈕少雅訂　順治八年（一六五一）序（九宮正始）……〔九〕

B㉒『新刊分類出像陶眞選粹樂府紅珊』十六卷（樂府紅珊）……〔紅〕
B㉓『群音類選』明胡文煥編　萬暦年間刊　南北兩曲の散齣を收録　『白兎記』は富春堂本とほぼ一致……〔群〕
BC㉔『新鐫樂府清音歌林拾翠』初集、二集　明・無名氏編　清・奎壁齋、寶聖樓、鄭元美等書林覆刻本　『白兎記』のほか、『千金記』『西廂記』等を收録（歌林拾翠）……〔歌〕

『白兎記』テキストの種類はかなりの數に上るため、以下の例では各グループの代表的なテキストを擧げることとする。

次に南曲『白兎記』のあらすじを、完本テキストから紹介しよう。

徐州沛縣沙陀村の劉智遠（歴史上の人物名・成化本では「劉知遠」だが、汲古閣本・富春堂本・風月本などでは「劉智遠」に作るので、以下、原文の引用以外は「劉智遠」に統一する）は繼父に追い出され、博打をしながら馬鳴王廟で寝泊まりする生活をしている。たまたま馬鳴王廟（富春堂本は馬明王に作る）に家族で參詣に訪れた李太公は劉智遠を氣に入り、娘の三娘の婿にする。劉智遠・三娘夫婦の幸せもつかの間、李太公夫婦が相次いで他界、跡を繼いだ義兄と嫂は、事あるごとに劉智遠夫婦を迫害するようになる。追いつめられた劉智遠は三娘を殘して出奔、邠州の軍に身を投じる。やがて軍中で岳將軍に見込まれ、その娘岳氏と結婚することになる。一方故郷に殘された三娘はひとりで赤子を生み、臍の緒を咬みきったところから赤子に「咬臍」と名付ける。嫂が咬臍に危害を加えることを危惧した三娘は、人に頼んで邠州にいる夫のもとへ咬臍を送り届ける。十六年後、成長した咬臍（岳氏によって承祐と改名される）が狩りに出たある日、白い兎に導かれ（書名の由來となるエピソードであるが、富春堂本には兎を追う場面が無く、代わりに「兔を探したが見つからなかった」という歌詞が見える）、そうと知らずに實の母三娘に再會する。戻った咬臍は、劉智遠に貧しい女性と出逢ったことを話す。劉智遠はその女性が三娘であることを悟り、磨房（粉ひき小屋のこと。汲古閣本では井戸のそばの「麻地」とする）で三娘との再會を果たす。劉智遠は義兄と嫂に復讐を果たした後、三娘と岳氏の二人を妻に迎え、一同團圓する。(12)

二、三つの系統の違い

三つの系統に分類するとき、どのような違いが見られるかということから確認していくことにしたい。

まず最初に擧げるのは、「汲水」の場面である。「汲水」は、李三娘と息子咬臍（承祐）との再會を描いている。雪の降る日、徐州に狩りにやってきた咬臍は、井戸のそばで水汲みをしている女性に出逢い彼女の境遇を尋ねる。その女性とは實の母三娘なのだが、咬臍はそのことに氣づかず、彼女の夫が劉智遠、その子の名が咬臍ときき、父親と自分の名とに一致することに非常に驚く。三娘を憐れに思った咬臍は、夫を探し出し手紙を渡すことを三娘に約束する。

例1は、三娘が實の息子であると知らず咬臍にこれまでの苦勞を語る曲である。收錄するテキストは、成化本、汲古閣本、九宮正始、六也曲譜（以上成化本系統）、富春堂本、珊珊集、群音類選、天下春、八能奏錦（以上富春堂本系統）、摘錦奇音、徽池雅調、歌林拾翠、風月本である。各系統で曲辭が少しずつ異なっているので、內容的に對應する部分を掲げることにする。富春堂本系統と風月本系統とは曲牌が同じ【風入松】であるが、曲辭は異なっている。Aは成化本系統、Bは富春堂本系統、Cは風月本系統を示す（■は判讀できない文字、□は缺字、「〱」「ゝ」等はおどり字を表す。なお文字はテキスト通りとし、校訂する場合は括弧內に示す〔見やすさを優先するため校訂の文字を入れていない箇所もある〕。傍線は筆者による。以下同じ）。

例１：汲古閣本30「汲水」　旦：三娘　外・小生：咬臍

A〔成〕【雁過沙】〔旦〕 衙內問我甚情懷。〔外白〕 甚情懷くく、 因何跣足蓬頭挑水、 爲何來。〔旦〕 也曾穿着繡羅鞋。
〔外白〕 你敢是挑水街頭賣×。〔旦唱〕 又不曾挑水街頭賣。〔外白〕 你敢是爲非作歹、 趕你出來。〔旦唱〕 我貞潔婦人、
怎敢做事歹。……〔外白〕 你曾嫁人家不曾。〔旦唱〕 從東床也曾入門來。……招的劉知遠潑喬才。

A〔汲〕【雁過沙】〔旦〕 衙內問我甚情懷。〔小生〕 爲何鞋也不穿。×××××× ××× 〔旦〕 也曾穿着繡×鞋。
〔小生〕 ×敢是挑水××賣的。〔旦〕 ×不曾挑水街頭賣。〔衆〕 ×敢是××作歹事。×××× 〔旦〕 ×貞潔婦女、
怎肯作事歹。……〔小生〕 ×曾有丈夫麼。〔旦〕 ×東牀也曾入門來。……嫁得個劉智遠潑喬才。

A〔九〕【雁過沙】 × 衙內問我甚情懷。 ×× ××××× ×××××× ××× × 也曾穿着繡羅鞋。
×× ××××××× ×× ××××××× ×× ×××××× ×××× × ×貞潔　婦女、
怎肯作事歹。 不曾挑水在街頭賣。 雙親早喪十六載。 被兄嫂做人忒毒害。

B〔富〕【不是路】〔小生〕……爲甚衝寒汲井泉。 濕衣單蓬頭跣足眞可憐。……【風入松】〔旦〕 恭承明問自羞慚。……
幼蒙父母最矜憐。×雀屏開爲選良緣。〔小生〕 你招贅叫甚麼名字。〔旦唱〕 虧心短行劉智遠。

B〔天〕【不是路】〔小生〕……爲甚冲寒汲井邊。 濕衣單跣足蓬頭眞可憐。……【風入松】〔旦〕 恭承明問自羞慙。……
幼蒙父母最矜憐。 孔雀屏開爲選良緣。〔小生〕 你招贅丈夫叫甚名字。〔旦〕 虧心短幸劉智遠。

BC〔歌〕【不是路】〔小生〕……爲甚冲寒汲井泉。 濕衣單蓬頭跣足眞可憐。……【風入松】〔旦〕 恭承明問自羞慙。……
幼蒙父母最矜憐。 孔雀屏開爲選良緣。〔小生〕 你丈夫叫甚名字。〔旦〕 虧心短幸劉智遠。

BC〔徽〕【賺】〔小生〕……爲甚冒雪衝寒汲井泉。濕衣單跣足蓬頭眞可憐。……【風入松】〔旦〕恭承明問自羞慚。……幼蒙父母最矜憐。×雀屏開爲選良×。〔衆〕你丈夫叫做甚麼名字。〔旦〕虧心短倖劉智遠。

BC〔摘〕【引】〔旦〕……休問我苦情懷。【不是路】……爲甚冲寒在此汲井泉。濕衣單蓬頭跣足眞可怜。……【風入松】〔旦〕說出來海闊天大。…奴守貞節全無意歹。……〔小〕可曾配人不曾。〔旦〕把奴配劉智遠那喬才。……

C〔風〕【風入松】〔旦〕小將軍休問我情懷。〔外〕問你便如何。〔旦〕說起×海闊天大。……×守眞潔全沒意歹。…〔外〕雙親在日、曾把你嫁人不曾。〔旦〕把奴家嫁與劉智遠那喬才。

（譯〔汲古閣本〕：〔旦が唱う〕若様は私にどんな氣持ちかとお尋ねになる。〔小生のせりふ〕なにゆえくつを履いておらぬ。〔旦が唱う〕これでも昔は刺繡のくつを履いておりました。〔小生のせりふ〕きっと水を汲んで賣るのだな。〔旦が唱う〕水を擔いで街で賣ることはしておりません。〔供の者たちのせりふ〕きっと惡い事をしているのだろう。〔旦が唱う〕貞潔な女が、どうして惡事をいたしましょうか。……〔小生のせりふ〕夫がいたのか。〔旦が唱う〕入り婿を迎えたことがあります。……嫁いだのは劉智遠というろくでなし。）

前半部分、成化本系統では、「銜內問我甚情懷」、富春堂本系統では、「恭承明問自羞慙」、風月本系統では「小將軍休問我情懷」がやや成化本系統に似るが、「說起海闊天大」という他には見えない風月本系統獨自の句がある。このようにそれぞれ異なった部分を持つことから、曲辭の面で『白兔記』のテキストは、三つの系統に分けられることがわかる。なお、引用冒頭で、「跣足蓬頭」の四字が類似するが、これは定型表現であるので重要な一致とまではみなせない。また、成化本系統に分類される『九宮正始』は、先行研究で『白兔記』の古い形を残すテキストと指摘されている。(13)

その一方で、興味深い一致も見られる。風月本の「守眞潔全沒意歹」や「把奴家嫁與劉智遠那喬才」などは、汲古閣本の「怎肯作事歹」「嫁得個劉智遠潑喬才」に類似し、成化本系統との關係をうかがわせる。また、『摘錦奇音』では、引用冒頭の「休問我苦情懷」句は、風月本の「小將軍休問我情懷」に似るが、續く「爲甚沖寒在此汲井泉」は、富春堂本「爲甚衝寒汲井泉」に酷似する。さらに【風入松】「說出來海闊天大、奴守貞節全無意歹」以下の部分では、再び風月本とほぼ一致する。このように『摘錦奇音』では富春堂本系統と風月本系統の曲辭が混在しており、大變興味深い。

例1に擧げたように、比較をしてみると、三つの系統に分類することができ、分類が『白兎記』テキストの繼承を考える上で有用でありまた妥當であることがわかる。しかし同時に、系統を越えた影響關係が存在することも見えている。以下、さらに詳細に見ていくことにしたい。

三、系統間で共通する曲辭

それでは、『白兎記』のテキストを詳細に比べてみると、果たしてどのようなことがわかってくるのであろうか。前章で見た以外の例を、系統ごとに見ていくことにしよう。

（一）三つの系統間で共通する曲辭

『白兎記』のテキストでは、概ね各系統の違いによって曲辭が異なると言える。しかし、先に擧げたように、似通った曲辭は見られることがわかる。しかし、實はそればかりではなく、もっと明確に一致する曲辭が存在しているのである。次の**例2**に「遊春」の場面を擧げてみよう。「遊春」を收錄するのは、汲古閣本、南音三籟、九宮正始（以上成化本系統）、富春堂本、珊珊集、詞林一枝、玉谷新簧、天下春、風月本である。成化本には見えない（「*數字」は臺詞・ト書きの插入位置を示し、臺詞は省略する）。

例2：汲古閣本8「遊春」　生：劉智遠　旦：三娘

A〔成〕（なし）

A〔汲〕【金井水紅花】〔生〕×沽酒誰家好、　前村問牧童。　××××××　×××遙指杏園中。　好新豐。　清帘風動。　正好提壺挈榼、那更玩無窮。　咱兩個醉春風也囉。

A〔九〕【金羅紅葉兒】×　×沽酒誰家好、　前村問牧童。　××××××　×××遙指杏園中。　好新豐。　青帘風送。　正好提壺挈榼、那更玩無窮。　咱兩箇醉春風也囉。

B〔富〕【金井梧桐】〔生〕×問酒誰家有、　好前去問牧童。*1××××××　××他遙指杏園中。　好新豐。青帘風動。*2正好提壺挈榼、緩步××扶筇。　咱兩箇醉東風也囉。

B〔詞〕【金索掛梧桐】〔生〕×問酒誰家有、　前村去問牧童。*1××××××　那牧童遙指杏園中。*2好新豐。*3青帘風動。　正好提壺挈盒、緩步兒出扶筇。*4咱兩個醉東風也囉。

B〔玉〕【金索掛梧桐】〔旦〕你問酒誰家有、*1×××問牧童。*2借問酒家何處有。×牧童遙指杏花村、*3好新豐。*4青帘風動。　正好提壺揭盒、緩步××扶筇。*5只飲得醉東風也囉。

B〔天〕【金索掛梧桐】〔旦〕一對鴛鴦侶。〔攜手同行〕相攜碧翠叢。　濃綠重重。*1

C〔風〕【金井梧桐】××××好、　前村問牧童。　××××××　×××遙指杏園中。　好新豐。　清帘風動。　正好提壺挈榼、緩歩××扶筇。　咱兩个醉東風也囉。

（譯〔汲古閣本〕：酒屋はどこの店がよいか、前の村で牧童に尋ねれば、遠く杏の園を指さした。酒を飲むによろしき新豐のさと、清きすだれが風になびく。ちょうど酒壺と酒樽を持ってくれれば、樂しみは極まりが無く、我ら二人春風に醉うにまかす。）

「遊春」は、劉智遠と三娘の夫婦が春の景色を愛でる穩やかな場面であるが、同時にこの後夫婦に降りかかる悲劇を際立たせる役割も兼ねている。なお、南曲では、このように物語の前半に春を愛でる場面を配する例がしばしば見られ、南曲の定型化したパターンと考えられる。(14)

例2では、『天下春』を除き、多少字句の違いが見られるものの、それぞれのテキストがほぼ共通する曲辭を持つことが明らかである。曲の前半は、杜牧の絶句「淸明」の「借問酒家何處有、牧童遙指杏花村」をふまえている。成化本系統と富春堂本系統では、一句目が汲古閣本「沽酒誰家好」と富春堂本「問酒誰家有」というように違いが見られるが、そのあとはほぼ同じ曲辭が竝んでいる。

すでに述べたように、これまで、『白兎記』テキストの各系統は、物語の內容は共通するものの、全く異なる別のテキストとされてきた。ところが、このように共通する曲辭も存在しているのである。(15)これは一見當たり前のようにみえるが、實は一筋繩ではいかない。例えば、雜劇「呂蒙正風雪破窰記」（脈望館抄本）と南曲『破窰記』（『李九我批評破窰記』二卷　書林陳含初・詹林我刋行）は、物語の內容面では同じ題材を扱ったものであるが、共通する曲辭がないため、曲辭の面からは全く異なる別作品ということができる。もちろん、雜劇と南曲という別のジャンル同士であれば、異なっていて當然ともいえる。しかし一方で、同じ題材の元刋雜劇と南曲の間にも共通する曲辭が見られることもある。(16)

ここで大事なことは、『白兔記』テキストにおいて、『破窰記』の場合とは異なり、系統を越えた影響關係をうかがうことができるということである。

このような現象がなぜ生じたのであろうか。これについては、汲古閣本が編纂される際、「遊春」の場面を持つ別系統のテキストを參照していたことが理由として考えられる。もしもこの推測が妥當であれば、汲古閣本は成化本だけを直接繼承したものではなく、富春堂本或いは風月本に近い本文を持ったテキストなどにもとづいて編纂されたテキストであるということになるであろう。汲古閣本を刊行した毛晉の活動時期が明の最末期であったことを考えれば、『六十種曲』に收錄される『白兔記』が、當時見ることの出來た複數のテキストを參照して編纂されていたとしても不思議ではない。

（二）成化本系統と『風月錦囊』

『風月錦囊』は戲曲の節略本を收錄したテキストである。刊刻は嘉靖三十二年で成化本に次いで早いことから、比較的古い內容を殘しているテキストと考えてよいであろう。ここでは、『風月錦囊』所收「劉智遠」と成化本系統とを比較してみることにしたい。(17)

汲古閣本と風月本では、まず、物語の始まりである開場詩（「【滿庭芳】五代殘唐、漢劉知遠、生時紫霧紅（神）光、李家莊上、招贅做（作）東牀、二舅不容完聚、生巧計（使機謀）折散鴛行（折散鸞凰分飛去……）、三娘受苦產下咬臍郎。……」汲古閣本の本文を引く。成化本は曲牌なし）が共通している。ただ、戲曲のテキストでは、冒頭の開場詩が他のものと一致する場合が見られる。そのような場合は、單に開場詩を流用しているにすぎないこともあるので、ここでの例としては、それ以外の部分から擧げることにしたい。

次に擧げる**例3**「訪友」は、劉智遠が遊び仲間と興じる場面である。收錄テキストは成化本・汲古閣本・風月本である。なお、同内容の場面は富春堂本系統にも見られるが、曲辭が全く異なるので、ここでは取り上げない。

例3：汲古閣本2「訪友」　生：劉智遠　末・小生：史弘肇（劇中では劉智遠の弟分という設定）

A〔成〕【皂羅袍】［生唱］自恨我一身無奈。*1兄弟也論奔波勞力、受盡迍災。*2通文通武兩兼界。*3目今怎生將來賣。［合］朝無依倚、交我怎生布擺。夜無衾蓋。交我怎生布擺。日長夜永我愁無奈。××［末唱］哥丶且把愁腸寬解。*4論韓信乞食、瓢（漂）母××寧奈。有朝一日■（運）通泰。男兒漢勇略中（終）須在。［合前］×××××　×××　×××××　××××　××××××××

【玉抱肚】［生唱］凌雲毫氣。恨時乖難使。運至鎗刀上刀鎗上顯成功籍。此是我等之■。［合］腰金衣紫知他是何日。想蒼天不負虧ヾヾ

A〔汲〕【皂羅袍】［生］自恨×一身無奈。×××論奔波勞役、受盡迍災。通文會武兩尷尬、目今怎得將來買。［合］朝無依倚、××怎生佈擺。夜無衾蓋。××怎生擺劃。日長夜永×愁無奈。【前腔】［小生］××勸你寬心寧耐。論韓信乞食、漂母××堪哀。忽朝一日運通泰。男兒×志氣終須在。［合］那時腰金衣紫、日轉九階、一朝榮貴、名揚四海。那時節駟馬高車載。

（【玉抱肚】曲なし）

C〔風〕【皂羅袍】［生］自恨我一身無奈。×××嘆奔波勞役、受盡迍災。通文通武兩兼旺、自今怎生將來□。□朝無依倚、××××××　夜無衾蓋。家筵蕩費。××怎生布擺。日長晝永×愁無奈。××［末］××勸你寬心寧奈。論韓信乞食、漂母也只忍耐。有朝一日命通泰。男兒×志氣終須在。［合］××腰金衣紫、日轉九街（階）、一朝榮貴、

名揚四海。那時×駟馬高車載。

【玉包肚】　凌雲毫氣。恨時乖難施。運至鎗刀下×××建功成績。此是我等之輩。［合］腰金衣紫知他是何日。想蒼天不負虧。［末］伊休掛慮、平功名終須有日。待付大家、靑史管取姓名題。

（譯〔汲古閣本〕：【皀羅袍】［生］恨めしいのはこの身がどうにもならぬこと。苦難の中をかけずり回り、苦しみを嘗め盡くした。文武兩道に長けてはいても、いまどうやって賣り込むことができよう〔原文「買」だが意味が通じにくいので、「賣」としてひとまず譯出する〕。朝に賴るところなくば、どうにもしようがない。晩に夜具がなくば、どうしようもない。晝は長く夜も長く愁いて詮方なし。【前腔】［小生］ゆったり構えて耐えることです。韓信は乞食をして洗濯女が憐れんでくれました。ある日突然運が開いて、男たる者こころざしは最後にはかなうものです。［合わせて］そのとき腰には金印、衣服は紫、一日に九つも階級が上がり、あっというまに富貴の身となり、名は四海に轟きました。その時には四頭立ての立派な馬車に乘っていたのです。）

【皀羅袍】曲の前半では、三者の間に大きな異同は見られないが、興味深いのは後半からである。波線を附した「腰金衣紫〜高車載」は成化本には無く、汲古閣本と風月本に共通して見える。しかし、さらに細かな異同を見れば、成化本では「男兒漢勇略中須在」とある箇所が、汲古閣本と風月本では「男兒志氣終須在。」となっている。また傍線を附した【玉抱肚】（【玉包肚】）曲は、成化本と風月本にのみ見えるが、汲古閣本には見えない。汲古閣本では削除されたと考えられる。これらのことから、汲古閣本は、直接成化本を參照していたのではなく、成化本以外のテキストも參照していた、あるいは獨自に改編したということになるであろう。

また、次の例も見てみよう。

例4：汲古閣本17「巡更」、風月本7「小姐繡樓賞翫」生（劉智遠）の唱

A〔成〕（なし）

A〔汲〕【月雲高】自別三娘面。勞役受萬千遍。到此投軍×、數目都招遍。落在長行隊、提鈴報更點。湯風冒雪圖榮顯。受此飢寒。沒個可憐見。天天若肯週全。際會風雲、方表劉暠字智遠。

C〔風〕【月兒高】自別三娘面。勞碌受萬千×。指望投軍貴、數目都招遍。落在他人×、提鈴報更點。××××××××××　×××××　天天若肯週全。風雲濟會、方表劉××智遠。

（譯〔汲古閣本〕：三娘と別れてから、たくさんの苦しみを嘗めた。ここにて軍に投じたが、兵士の數が非常に多く、遠征部隊に配屬されて、鈴で時間を知らせている。風雪を冒すは榮達を求めんがため。この飢えと寒さに苦しんでも、誰も憐れんではくれぬ。天よお助けくださり、幸運が巡ってきたら、劉暠字智遠の名を揚げよう。）

この例の場合も、成化本に見えない曲辭が、風月本と汲古閣本に共通してみえる。汲古閣本と風月本兩者の間に影響關係があることが推測される。

しかし、先に述べたように、『風月錦囊』所收「劉智遠」は節略本であり、『白兎記』の一部にすぎない。したがって、汲古閣本が風月本と一致するとはいえ、直接『風月錦囊』にもとづいているとするには愼重にならざるを得ない。その一方で風月本には、ここに擧げたような諸テキストと共通する曲のほかに、例えば、「慶賀元宵」の場面のように、他のテキストには見えない場面も收錄されている。したがって、風月本がもとづいたテキストは、現存するテキストとは異なる別系統のものであった可能性もある。

では、風月本と共通する曲辭が見えるのは、汲古閣本の成立とどのように關わるであろうか。汲古閣本の編纂時、風月本を直接參照していたとまでは言えないまでも、風月本がもとづいたテキストが汲古閣本に影響を與えている可能性が高いことにはなるであろう。風月本と汲古閣本の兩者に共通する祖本が存在することを想定することもできよう。

汲古閣本と風月本は、別系統として考えられているが、このように實は兩者が非常に接近していることを示す箇所もあるのである。このことから、汲古閣本『白兔記』は、成化本だけにもとづいているのではなく、複數のテキストを參照しながら、ある程度編纂者が手を入れたものと考えられよう。

(三) 富春堂本系統（弋陽腔系）と他の系統

富春堂本系統との關係も、例を擧げながらみてみよう。

例5：汲古閣本31**【卜算子】**後の韻文　外・小生：咬臍（富春堂本は37**【憶秦娥后】**の後）

A〔成〕〔外上白〕柳陰樹下一佳人、說與孩兒共姓名。好似河鈞呑却線、刺人腸肚繫人心。父親拜揖。

A〔汲〕〔小生上〕柳陰枝下一佳人、夫壻孩兒同姓名。好似和針呑却線、刺人腸肚繫人心。爹爹、孩兒拜揖。

B〔富〕〔小生上云〕日淡天無職、雪晴氷更堅。凌寒來塞上、拱手立親前。

BC〔歌〕〔小生〕　柳陰之下一佳人、父同名姓兒共庚。憶來好似生身母、堂上兀自有萱親。

BC〔摘〕〔小〕　柳陰之下一佳人、父子孩兒共姓名。好似和針呑却線、刺人腸肚繫人心。　爹爹拜揖。

（譯〔汲古閣本〕：〔小生が登場〕柳のかげに佳人がひとり、（言うには）彼女の夫と私は同じ姓だとか。（それを聞いて私は）釣り針とともに釣り絲を呑み込んで、はらわたを刺し心も痛むよう。父さん、ご機嫌よう。）

「柳陰樹下一佳人」から始まる七言四句の韻文は、成化本と汲古閣本、そして弋陽腔系テキストの『摘錦奇音』『歌林拾翠』で共通する一方で、富春堂本のみ異なる五言四句の韻文が見える。『摘錦奇音』『歌林拾翠』はこの他の部分では基本的に富春堂本に類似する本文を持つが、この韻文では成化本系統と一致する。

このほか、「遊春」の場面にも、興味深い一致がある。汲古閣本の最初の曲【一剪梅】は、弋陽腔系のテキスト『玉谷新簧』に見える【水紅花】曲に酷似する。なお、同じ場面における富春堂本と『詞林一枝』【夜行船】曲を參考に擧げたが、これらは汲古閣本と『玉谷新簧』の曲とは全く異なっている。

例6：汲古閣本8「遊春」　生：劉智遠　旦：李三娘（富春堂本は10）

A〔成〕（なし）

A〔汲〕【一剪梅】〔生上〕春色撩人似酒濃。花影重重。日影重重。〔旦上〕賣花聲過小橋東。簾捲春風。人在春風。

B〔玉〕【水紅花】〔生旦〕春色烟烟意頗濃。花影重重。日影重重。賣花聲過小橋東。人立東風。簾捲東風。

B〔富〕【夜行船】〔生〕花壓欄杆春正遲。見遊蜂粉蝶雙飛。〔旦〕嫩綠嬌紅。正當此際成就百年姻契。

B〔詞〕【夜行船】〔生〕花壓欄杆日正遲。見遊蜂粉蝶雙飛。〔旦〕嫩綠嬌紅。正當此際成就百年姻契。

（譯〔汲古閣本〕：〔生が登場〕春の景色はこってりとした酒のように人を誘い、花の影が映り、日の光も差している。〔旦が登場〕花賣りの聲が小橋の東を通りすぎ、すだれは春風に巻き上げられ、人は春風の中にあり。）

これらの例は、汲古閣本が成化本以外に、弋陽腔系のテキストなどとも直接的ではないであろうが、なんらかの關係も持つことを示していると考えられ、大變興味深い。

富春堂本と風月本は、內容面において共通する部分もある。富春堂本では、岳將軍と岳小姐が、劉智遠の身體から赤い光が發せられるのを見て劉智遠を高貴な人物であると知って婿に迎える、という話になる。また風月本では、富春堂本に見られる場面は曲辭や臺詞の中に見えないが、版面の上部につけられている插繪の中に、岳小姐が劉智遠の身體から氣が立ち上るのを繡房から目擊している圖がある。このことから、風月本がもとづいたテキストが、富春堂本の內容に近い部分を持っていたことにはなるであろう。一方、成化本・汲古閣本ではこれと異なり、劉智遠と岳小姐を結びつける小道具として、岳將軍の白花戰袍が用いられている。汲古閣本17「巡更」に、夜の巡邏をしていた劉智遠に岳小姐が父岳將軍の白花戰袍を與えたところ、白花戰袍が盜まれたと騷ぎになり、犯人として劉智遠が疑われるが、岳小姐が自分が與えたことを話し、二人は婚禮を擧げるという話になっている。

以上の例で見られるように、富春堂本系統においても、同じ物語を題材とするだけでなく、他の系統との間に共通する曲辭を持っていることがわかる。ただ、富春堂本系統にのみ見える場面も、やはり存在するので、それについても指摘しておきたい。

富春堂本第八齣「劉智遠畫堂掃地」は、李太公に見込まれて李家に居候した劉智遠が、畫堂の掃除をする場面である。この場面は『歌林拾翠』や弋陽腔系テキストの『天下春』『萬象新』に收錄され、成化本・汲古閣本など成化本系統には見られない。富春堂本や弋陽腔系獨自の演目であったと考えられよう。

四、汲古閣本における改編

先行研究でも指摘されてきたように、汲古閣本が基本的に成化本の展開にほぼ沿うように踏襲していることは間違いがない。しかし同時に、前章までで見てきたように、他の系統と共通する曲辞も多數存在することがわかった。このような一致は、汲古閣本が複數のテキストを參照していたことを示している。そこで、汲古閣本がどのような改編を加えているのか見ていくことにしよう。

改めて汲古閣本の書誌を紹介すると、汲古閣本は正式名を『汲古閣六十種曲』といい、崇禎年間に毛晉の汲古閣から刋行されている。名稱にあるとおり、主に南曲を六十種集めたものである。このような戲曲選集である『六十種曲』は、いわば雜劇における『元曲選』に相當する存在であると言いうるであろう。ただし、成立の背景について明らかになっている事柄は、兩者で大きな落差がある。『元曲選』の場合は、編集者の名があらかじめわかっており、收錄する百種の雜劇編集の傾向が研究され、かなり詳しく明らかにされている。[18] ところが、『六十種曲』の場合では、事情がやや異なっている。『六十種曲』は、毛晉の汲古閣から出版されていることは周知のことであるが、誰がどのようなテキストをもとに『六十種曲』にまとめたのか、どのような編集方針で改編をおこなっているのかということについては、實はあまりわかっていないのである。しかし、他の系統の本文と比較することによって、汲古閣本『白兎記』の成立の一端を明らかにすることができるのではないかと考える。

まず、汲古閣本と他のテキストとの違い、特に後半部の構成の違いから概觀してみよう。卷末に掲げた對照表に、『白兎記』各テキストの內容構成を示した。成化本には折分け・タイトルはなく、富春堂本にも基本的にタイトルが記されていないため、各折（插話）のタイトルは汲古閣本に據り、［　］で示すことにする。

對照表を見ると、物語の後半に、各テキストによって話の順序が違っているところがある。成化本では、［投軍］（劉智遠、軍に投ずる）、［巡更］（岳小姐が劉智遠を氣に入る）、［拷問］（戰袍紛失のため劉智遠に嫌疑がかかるが、岳小姐がとりなし、劉智遠と婚禮を擧げる）と劉智遠の話を續けた後、［強逼］（三娘が再婚を迫られる）、［挨磨］（三娘が磨房で働かされる）、［分娩］（三娘の出產）、［送子］（三娘が赤子を劉智遠のもとへ送る）というように三娘の話が續く。劉智遠、三娘それぞれの物語が續いていることになるが、逆に言えば、成化本は構造的に場面轉換にやや乏しい印象があることは否めない。

汲古閣本では次のような展開になる（アラビア數字は上卷からの通し番號）。15「投軍」で劉智遠の話をしたあと、16「強逼」で三娘、17「巡更」・18「拷問」で劉智遠、19「挨磨」・20「分娩」で三娘、21「岳贅」で劉智遠、というように、劉智遠と三娘の話が一折ごとにほぼ交互に展開していく。成化本と比べてみると、汲古閣本は場面が細かく分けられ、每折ごとに場所や人物が變わるように改編が施されていると言える。汲古閣本の話の順序は概ね成化本に一致するものの、16「強逼」などは富春堂本系統に一致する點は非常に興味深い。また一方で、汲古閣本21「岳贅」の位置は、成化本と富春堂本が同じであり、汲古閣本だけ異なる。

さらに、汲古閣本の下卷に見られる、興味深い折數の亂れを見てみよう。卷末對照表、通し番號の27～31（卷下第十四折から第十七折）の箇所である。まず本文の順序をみてみよう。各折のタイトルの數字は上から、通し番號・目錄の番號・本文の折數である。本文に現れる順で、27⑭「凱回」第十四折、28⑯「汲水」第十六折、29⑮「受封」第十七折、30⑰（「訴獵」。「汲水」から直接續く內容）第十六折、31（目錄無し）第十七折、のように展開する。本文における折數表記が、通し番號28と30が第十六折、29と31が第十七折と亂れている。つまり、目錄通りの順序でなく（⑮と⑯が入れ替わる）、目錄に擧げられていない折（通し番號31）もあるのである。

このような亂れはなぜ起こったのだろうか。物語本來の展開は、成化本や富春堂本等と比較してみると、目録にある通り、⑭「凱回」（劉智遠が凱旋する）、⑮「受封」（劉智遠が官職を授けられる）、⑯「汲水」（三娘が井戸に水を汲みに行く）、⑰「訴獵」（三娘が狩りにやってきた咬臍に自らの境遇を訴える）、⑱（目録無し）（咬臍が劉智遠に三娘に會ったことを話す）となるのが自然である。おそらく、汲古閣本は折ごとに場面を轉換させるために、⑯「汲水」を前半の三娘が水を汲みに行く場面（第十六折「汲水」）と、後半の三娘と咬臍が出會う場面（第十六折）に分け、⑮「受封」の前と後にそれぞれ配列し直すという改編を加えたと考えられる。その結果、目録の順序と本文の順序とが亂れ、さらに後半の場面は目録にタイトルが記載されず、そのまま出版されてしまったということなのであろう。これは、當時の書坊の仕事が如何に杜撰であったかということを示す事例といえる。しかしこの杜撰な亂れによって、汲古閣本が一體何を目的として改編を加えたかがうかがえるのである。

實はこの汲古閣本『白兎記』の折數の亂れは、先行研究では全くと言っていいほど言及されていない。ここで敢えて問題にしたのは、大部の戲曲集『六十種曲』の編集のありかたを解き明かすカギの一つになるのではないかと考えるからである。

汲古閣本における改編はこれだけではない。**例7**は曲辭の入れ替えが行われている例である。成化本の曲辭を適宜括弧で區切って番號を附し、對應する汲古閣本の曲辭に同じ番號を附して兩者を見比べてみよう（【又】と【前腔】には便宜上番號を附す。また［　］は卜書き・臺詞を、（　）は校訂後の文字を表す）。

例7：汲古閣本30「訴獵」冒頭　旦（李三娘）の唱

A〔成〕【綿搭絮】「①哥哥直恁不思憶。合你共乳同□□下的淡面皮。發奴晚挨磨、曉去挑水。」每日尋根拔樹、「②討事（是）尋□（非）。」「③□□些手足之親。想我爹娘知未之（知）。」

【又1】「④井深乾旱、水難提。天呀。井□□乾、雙淚眼何曾得住止。奴是富豪女、顛倒做奴好、莫怪君無□□□是我命如是。」

【又2】「⑤尋□□苦、、淚雙垂。夫往邊廷、想我的孩兒倚靠誰。這碗淡飯黃虀。交我怎生充飢。」「⑥每日灣轉獨睡。未曉先起。」「⑦倘有時刻差遲。亂棒打奴不顧體。」

【又3】「⑧別人家哥嫂、、有情意。偏我哥嫂、毒心腸、」忒下的自骨肉、尚如此。何況區、陌路、那雇人談恥。「⑨我這裏朝夕難挨。想我的劉郎不知己（幾）時回。」

A〔汲〕【綿搭絮】「①⑧別人家兄嫂有親情、唯有我的哥哥下得歹心腸、惡面皮。罰奴夜磨麥。曉要挑水。」「⑥每夜攢拳獨睡。未曉要先起。」「③那些個手足之親、想我爹娘知未知。」

【前腔1】「④井深乾旱、水又難提。〔一井水都被我吊乾了。〕井有榮枯、淚眼何曾得住止。〔介〕奴是富家兒、顛倒做了驅使。莫怪伊家無禮。是我命該如是。」「⑦倘有時刻差遲。亂棒打來不顧體。」

【前腔2】「⑤尋思情苦××淚雙垂。夫在邊廷、想我的孩兒倚靠誰。喫淡飯黃虀。強要充飢。」哥嫂每夜裡巡更不睡。「②討是尋非。」哥嫂他那裡昧己瞞心、料想蒼天不負虧。

A〔九〕【綿打絮】「④井深乾旱、水×難提。井有榮枯、淚眼何曾有住止。奴是富家兒。番做了奴婢。莫怪良人無禮。皆因我命乖如是。」「③那些箇手足之情、」不念同胞共母乳。

「①哥哥直恁不思維。和你共乳同胞番得惡面皮。」「⑤淚雙垂直兩淚如珠、」時常打罵、「②討是尋非。」「⑨朝夕難捱。未知劉郎知不知。」

〔譯〔汲古閣本〕：よその兄さん兄嫁さんには親戚の誼があるのに、ただうちの兄さんだけは悪い性根、ひどい面の皮。私を罰して夜に麥の粉を挽かせ、明け方には水を汲みに行かせます。毎晩體を丸めて一人眠り、夜も明けぬうちから起き出す。あの兄弟たちは、兩親がご存知かどうか思いもしないのだ。

【前腔1】井戸は深く日照りに遭い、水を汲むのは難しい。［井戸の水をすっかり汲み盡くしてしまった。］井戸の水には滿ちたり涸れたりがあるのに、涙は止まることがない。［しぐさ］私は富家の娘だったのが、人にこき使われる身に墜ちた。この家に禮が無いのを責めはすまい、わが運命がこうなのだ。もしも時間に遲れたら、棒でめちゃくちゃに叩かれ體のことなどお構いなし。

【前腔2】あれこれ思えば涙がふたすじ流れる。夫は邊境にあり、私の息子は誰の元に身を寄せているのか。薄い粥にニラを食べ、無理矢理飢えを滿たす。兄と兄嫁は夜ごとに巡回してくるので眠られず、あれこれと文句を付ける。兄と兄嫁は良心に背く行い、天が裏切らないことがあろうか。）

この例では、汲古閣本は成化本に見える本文を用いながら、順序を入れかえている。このような現象は、「單刀會」の南曲化におけるパターンに類似している。[19] ただし「單刀會」では北曲から南曲への繼承における改編であったが、汲古閣本の場合はそうではない。成化本系統のテキストにおいて、このような入れ替えが行われたのには、讀み物として體裁を整える意圖があったことが考えられるであろう。例えば、成化本「①哥哥直恁不思憶。合你共乳□□□下的淡面皮」は、缺字があるものの、「兄さんは全く考えなし、同じ乳で育った者に冷たい仕打ちをする」というぐらいの意味であろう。これは後の「⑧別人家哥嫂、、有情意。偏我哥嫂、毒心腸」（よその兄さん嫂さんは思いやりがあるのに、うちの兄さん嫂さんだけはひどい心を持っている）とやや重複した內容といえる。このような內容の重複は、實演の場ではさほど珍しいことではなく、ごく普通に見られる表現方法である。しかし、讀み物として考えた場合、このような重複は煩わしい繰り返しに見えるであろう。そこで汲古閣本では、改編の手を加えたと考えられよう。また、『九宮正始』では、「①哥哥直恁不思維。……⑨未知劉郎知不知。」となっており、これは成化本の「①哥哥直恁不思憶……」と「⑨……想我的劉郎不知己（幾）時回」に近いが、これもやや冗漫な表現を簡潔にまとめようとする方向で書き直されたものと考えられよう。もちろん、『九宮正始』がもとづいたテキストにおいて、すでにこのような改編が施されていた可能性もある。

成化本、汲古閣本、『九宮正始』を竝べて見ると、以上のような合理化がなされていることがわかる。汲古閣本・『九宮正始』の場合、もともと讀むために作られていることが容易に見て取れる。また、刊刻年代が最も古い成化本も、その版面には半葉分の插繪が載せられていることから、娯樂書として讀んで或いは見て樂しむことが刊行目的の一つであったと推測しうる。ただ、本文に繰り返しが多く、必ずしも讀み物として洗練されているとは言い難い。むしろ、戲曲テキストが讀み物化していく初期的段階の特徴を示していると言えよう。一方で、『六十種曲』は、讀み物化の整理が進んでいることになろう。このように、戲曲テキストが讀み物にふさわしく整えられていった過程をうかがうことができるのである。

小　結

最後に、『白兎記』テキストにおける繼承關係、そして、讀み物化の過程をまとめておきたい。まず、系統の繼承關係では、もともと『白兎記』には、大きく分けて、成化本系統・富春堂本系統という二つの異なる系統が成立していた。また、風月本系統は、成化本・『九宮正始』などと祖本を共有していたと考えられるが、獨自の曲辭や場面も見えることから、現存しない完本が存在したか、或いは一幕ものの戯曲をはめ込んだのか、いずれかの事情で他の系統と異なる曲辞を持つに至ったと考えられる。やがて、各系統相互で一場面をほぼそのまま取り込む現象も起きてきた。

このような現象とともに、テキストそのものを讀み物として整理しようとする動きも強まっていった。本節で取り上げた汲古閣本の場合、その改編は折數や目錄の亂れを引き起こし、杜撰というそしりは免れないところはあるが、かえってその一端を示していると言える。

これらの動きは、當時書坊で戯曲や白話小説などが量產され、それらが讀み物用テキストとして體裁を整えていく中で進行していったものと言えよう。他の例を擧げれば、雜劇における『元曲選』や、『水滸傳』における金聖歎本などのように、明代後期になると、それまでのテキストを改編し、讀み物としての整理を施す、いわば決定版を作ろうという動きが強まってくるのである。その改編の具體的な中身は、テキストの定型化、用字の統一、また、他のテキストから有名な部分を取り込むことなどであった。本節で取り上げた『白兎記』の場合も、單に戯曲テキストにおける讀み物化という問題だけにとどまらず、こうした流れの中に位置づけることができるものなのである。

今回は南曲『白兎記』についてのみ考察したが、他の戯曲テキストや白話小説などでも、讀み物化の過程の解明を進めていく必要があると考える。また、今回明らかにし得た汲古閣本『白兎記』の性格は、それを收錄する『六十種曲』という大部の戯曲集の編集のありかたと關わっていると考えられる。今後、『六十種曲』所收本でテキストの比較が可能な作品を求め、それらと『白兎記』のケースを比べることにより、研究を深めていきたい。

注

（1）　小松謙『中國歷史小說研究』（汲古書院二〇〇一年一月）。また、西洋の出版史については、リュシアン・フェーブル、アンリ＝ジャン・マルタン『書物の出現』上・下（關根素子・長谷川輝夫・宮下史朗・月村辰雄譯　筑摩書房一九八五年十月、ちくま學芸文庫一九九八年十一月）、ブリュノ・ブラセル著・荒俣宏監修『本の歴史』（創元社一九九八年十二月）を參照した。

（2）田仲一成『中國演劇史』（東京大學出版會一九九八年三月）。本書では、『琵琶記』をモデルに諸テキストの相互對照を行い、明代末期以降、宗族演劇用のテキスト（汲古閣本等）が、文人に尊重され、出版界で流布本の位置を占めることになったと論じておられる。

（3）『劉知遠諸宮調』に關する論考としては、金文京「劉知遠の物語」（『東方學』第六十二輯）・高橋文治「李三娘の物語」（『東方學論集　東方學會創立五十周年記念』一九九七年五月）等が、また成化本に關しては、孫崇濤「成化本『白兎記』與〝元傳奇〟『劉智遠』——關與成化本『白兎記』淵源與性質問題」（『文史』第二〇輯（一九八三年九月）主に成化本と『九宮正始』に收錄される『劉智遠傳奇』の曲辭との關連性を論じたもの）がある。

（4）本節の初出論文公表（二〇〇六年十月）に前後して、成化本の譯註が刊行されている。大阪大學中國文學研究室『成化本『白兎記』の研究』（汲古書院二〇〇六年九月）の解說には、成化本のほか富春堂本及び汲古閣堂本についても、言及されている。

（5）田仲一成「明清間、『白兎記』の流傳と分化」（『金澤大學中國語學中國文學教室紀要』第2輯（一九九八年三月））。

（6）『白兎記』テキストの先行研究としては、注（3）、注（5）前掲論文の他、兪爲民「南戲『白兎記』的版本及其流變」（『宋元南戲考論』（臺灣商務印書館一九九四年）所收）、同「南戲『白兎記』考論」（『宋元南戲考論續編』（中華書局二〇〇四年三月）所收）、孫崇濤『風月錦囊考釋』「第四章　『全家錦囊』中的傳本戲文」「六、劉智遠」（中華書局二〇〇〇年七月）、西尾俊「『白兎記』のテキスト」（『待兼山論叢』文學篇第三九號二〇〇五年十二月）等がある。

（7）注（5）田仲前掲論文、注6兪前掲論文等を參照。

（8）注（5）田仲前掲論文。

（9）注（6）孫前掲書。

（10）注（6）兪前掲論文。

（11）本書には一九三〇年代に上海で出された影印本「秋夜月」があり、「秋夜月」と呼ばれることもある。葉德均「秋夜月罕見劇

名考」（『戲曲小說叢考』上册〔中華書局一九七九年五月〕）參照。

（12）富春堂本第三十四折二十三葉裏・同第三十七折二十九葉裏。

（13）注（3）孫前揭論文、注（6）兪前揭書。

（14）例えば、『琵琶記』の前半部分にも、春を樂しむ場面がある。

（15）注（6）兪前揭論文九十七頁では、この例3の後に續く曲辭を引いて、「汲古閣本與元本（筆者注：『九宮正始』所收のもの）基本相同、而富春堂本去元本較遠」とするが、實は富春堂本には兪氏が擧げておられる汲古閣本・元本と同じ曲辭が存在する。確かに富春堂本は汲古閣本とは異なる系統であるのだが、ここはむしろ類似する曲辭が存在することの意義のほうが重要であろう。

（16）本書第一章第一節及び拙論「元雜劇テキストの明代以降における繼承について」（『日本中國學會報』第五十六集〔二〇〇三年十月〕）。

（17）注（5）孫前揭書では、『風月錦囊』所收「劉智遠」が、汲古閣本系統や富春堂本系統とは異なる別の一系統であることを指摘した上で、他のテキストと一致するかが簡單な表でまとめられている。但し、テキストの繼承に關する言及や、本文の詳細な比較はなされていない。

（18）赤松紀彦「『元曲選』がめざしたもの」（『田中謙二博士頌壽記念中國古典戲曲論集』〔汲古書院一九九一年三月〕）、小松謙「『元曲選』考」（『東方學』第百一輯二〇〇一年一月、のち『中國古典演劇研究』「Ⅱ　明代における元雜劇　第五章　『元曲選』『古今名劇合選』考」〔汲古書院二〇〇一年十月〕）。

（19）注（16）前揭論文。

散齣集												汲本	富本
B								BC			C		
玉谷新簧	詞林一枝	八能奏錦	玉樹英	萬象新	天下春	樂府紅珊	群音類選	摘錦奇音	徽池雅調	歌林拾翠	時調青崑		
												通し番號 上卷	上卷
												1	1
										智遠沽酒		2	2
												3	3
												4	4
												5	5
												6	6
													7
				智遠畫堂 掃地４下	智遠掃地 ７下					畫堂掃地		×	8
												7	9
智遠夫婦 觀花３下	劉智遠夫 婦觀花４下			智遠夫婦 玩賞７下	花園遊玩 ７下							8	10
												9	×
												10	11
												11	12
												12	13
													14
													15
													16
										夫妻話別		13	17
												×	18
												×	19
												下卷	
												14	20
												15	21
													下卷
													22
													23
												16	24
													25
												17	×
												18	×
												—	26
												—	—
				三娘磨房 生子４下		李三娘磨 房生子３	磨房生子					19	27
												20	
												21	—
												×	×
												22	28
													29
												23	×
												24	30
												×	31
												25	×
												26	32
												27	×
												28	33
												29	×
		承祐遊山 打獵６下	李三娘義 井傳書×		三娘寄書 ７下		子母相逢	三娘汲水 遇子２下	汲水遇兎１上 小將軍打 獵遇母（新 增）２下	咬臍出獵 三娘汲水 義井傳書	三娘汲水 ４上	30	34
													35
								承祐獵回 見父２下		回獵見父		31	36
													37
			劉知遠夫 妻相會×	夫妻磨房 重會４下	磨房重逢 ７下		磨房相會		磨房相會 １下	磨房相會	磨房相會 ４下	32	38
												33	39

『白兎記』收錄演目一覽

完本・節略本						散齣集									
成化本 A	汲古閣本 A			富春堂本 B	風月本 C	A									
						九宮	吳歈萃雅	珊珊集	詞林逸響	玄雪譜	南音三籟	醉怡情	綴白裘	納書楹	六也
	通し番號	目錄上卷	本文折數	折數・題目 上卷											
1［開宗］	1	1開宗	一	1開場	1［開宗］										
2［訪友］	2	2訪友	二	2智遠店中沽酒	2智遠逢友	○	寒況 （利卷）		寒況 （雪卷）		［黃鍾宮］寒況	遇友7			
×	3	3報社	三	3［報社］	×	○									
3［祭賽］	4	4祭賽	四	4智遠廟中賭錢	×	○						鬧鷄7	鬧鷄10		賽願
4［留莊］	5	5留莊	五	5［留莊］	×	○									
5［牧牛］	6	6牧牛	六	6 7（牧馬）	×	○									
×	×	×	×	8劉智遠晝堂掃地	×										
6［成婚］	7	7成婚	七	9［成婚］	×	○									
×	8	8遊春	八	10智遠夫婦翫花	3夫婦游賞	○	遊春 （貞卷）	遊春4	遊春 （雪卷）		［商調］ 遊春				
×	9	9保禳	九	×	×	○									
7［逼書］	10	10逼書	十	11［逼書］	4［逼書］	○									
×	11	11說計	十一	12［說計］	×										
8［看瓜］	12	12看瓜	十二	13 14劉智遠別妻 15 16［看瓜］	5三娘送水飯	○									
9［分別］	13	13分別	十三	17［分別］	6夫婦相別										
×	×	×	×	18王彥章興兵反邠州	×										
×	×	×	×	19	×										
		目錄下卷													
10［途嘆］	14	1途嘆	一	20智遠行路	×	○									
11［投軍］	15	2投軍	二	21劉智遠后槽喂馬 下卷 22 23［投軍］	×	○									
—	16	3強逼	三	24 (25)［強逼］	×	○									
12［巡更］	17	4巡更	四	×	7小姐繡樓賞翫										
13［拷問］	18	5拷問	五	×	×	○									
14［岳贅］	—	—	—	26［岳贅］	×										
15［強逼］	—	—	—	—	×										
16［挨磨］	19	6挨磨	六	27李三娘挨磨生咬臍郎	8三娘挨磨	○						生子7	養子3		養子
17［分娩］	20	7分娩	七		×										
—	21	8岳贅	八	—	×										
×	×	×	×	×	9慶賀元宵										
18［送子］	22	9送子	九	28 29［送子］	×	○							送子8		
×	23	10求乳	十	×	×										
19［見兒］	24	11見兒	十一	30［見兒］	×	○						接子7			
×	×	×	×	31	×										
×	25	12寇反	十二	×	×										
×	26	13討賊	十三	32劉智遠提點衆軍卒	×										
×	27	14凱回	十四	×	×	○									
20［汲水］前	28	16汲水	十六	33［汲水］前	×										
×	29	15受封	十七	×	×	○									
20［訴獵］ （汲水・後）	30	17訴獵	十六	34 35［汲水］後	10三娘汲水	○							相會3		出獵
21	31	（目錄無）	十七	36咬臍郎打獵回家見父 37	×	○				回獵3	［正宮錦纏樂］回獵		回獵3		回獵
22［私會］	32	18私會	二十	38劉智遠磨房相會	11打破磨房								麻地3	麻地 （續集2）	
23［團圓］	33	19團圓	二十一	39劉智遠夫妻團圓	×										

注：成化本・富春堂本には各折(齣)に題目が記されていないため、汲古閣本と內容が對應する折には、汲古閣本の題目を［　］をつけて記す。また插繪に題目が附されている場合はそれを記してある(なお、富春堂本34折插繪に「李三娘井邊遇子」とあるが、34折は三娘の子咬臍の登場のみ、35折で二人の對面となる。これは、插繪の位置の誤りというよりは34・35折でひとまとまりという認識なのであろう)。「×」は對應する部分が無いことを、「—」は別の箇所に對應する部分があることを示す。

第四節　『玉簪記』について

はじめに

京劇の人氣演目に「秋江」という芝居がある。登場人物は、科擧受験に出發した戀人の潘必正を見送るために、健氣に追い掛けていく年若い尼の陳妙常と、彼女を助けて船に乘せる年寄りの船頭の二人だけの簡素な演目である。前半は船賃の交渉、後半は船に乘りながらの會話であるが、船頭と妙常との輕妙なやりとりや、船に乘るしぐさのわざが見どころとなっている。

この演目のもとになったのが、明代後期に書かれた『玉簪記』（繼志齋本は全三十四齣、汲古閣本は全三十三齣）である。あらすじは次の通りである。

北宋のころ、開封府尹の潘夙は、同じく開封府に勤める陳老先生と指腹結姻、赤子が腹の中にあるうちから結婚の約束を取り交わす。生まれた子が陳家が女、潘家が男であったので、玉簪と鴛鴦の提げ飾りを約束の品として贈り合うが、十數年後、陳家とは音信不通となる。潘夙は、息子の潘必正を科擧受験に送り出す。折しも、北方から金の兀朮が軍を率いて攻め込み、未亡人となっていた陳夫人と娘の陳嬌蓮は戰亂の中で離ればなれになる。陳嬌蓮は女眞觀（道教の尼寺）にたどり着き、出家して陳妙常となる。

金陵へ赴任途中の張于湖（名は孝祥。于湖は字）は、女眞觀に一夜の宿を借りる。庵主と陳妙常の美しさに、張は興味を抱いてあれこれ尋ねるが、輕くいなされる。

女眞觀に、觀主の甥潘必正が科擧の受驗勉強のため居候を始める。陳妙常を一目見て戀に落ちた潘必正は、お茶を飲みながら誘いかけたり、琴を彈じて唱い心の中の思いを傳えたりするがうまくいかず、とうとう戀煩いで床につく。病の癒えた必正は、再度妙常のもとを訪れ、ついに思いを遂げる。

觀主は妙常の變化に氣がつき、急ぎ必正を科擧受驗に旅立たせる。妙常は必正の船を追い掛け、別れを告げる。二人は約束の品として、玉簪と鴛鴦の提げ飾りを交換する。

王尼姑は、一族の王公子と妙常を結婚させようとするが、すでに必正と約束のある妙常は斷る。怒った王公子は役所に訴え出るが、裁判官の張于湖が妙常に味方し、王公子らを逆に懲らしめる。

潘必正が科擧に合格して故郷に錦を飾り、妙常を娶って大團圓となる。

作者の高濂（嘉靖六年〔一五二七〕頃～萬曆三十一年〔一六〇三〕頃）は、字が深甫、號が瑞南で、錢塘の人と傳えられている。科擧に何度も應じたものの落第を續け、生涯合格することはなかった。その一方で、汪道昆、張獻翼、梁辰魚といった當時の文人たちと交遊があった。[1]『玉簪記』の成立年代としては、徐朔方氏の推定では、隆慶四年（一五七〇）、高濂が四十四歲、科擧に應じて二度目の不合格となったときとする說が出されている。その理由として、『玉簪記』の中にある「兩度長安空涙洒」という句が、先行作品である雜劇「張于湖誤宿女眞觀」では「舊歲科場、不料染病京師、誤了進場、因此上羞歸故里」を、高濂自身の體驗に基づいて改められたからだとする。明代に書かれた演劇には、しばしば作者の體驗や何らかの意圖、例えばある個人に對する稱贊などが反映されていると推定されるケースがあり、水滸傳ものの『寶劍記』などはその例である。[2]したがって、『玉簪記』の場合も、作者高濂の個人的な體驗が紛れ込んでいる可能性は十分にあるだろう。また、多くの戯曲を收錄することで知られる『群音類選』にも、『玉簪記』が收錄されている。『群音類選』は、編者胡文煥、萬曆二十一～二十三年（一五九三～九六）の成立と推定されている。『群音類選』が收錄するのは曲辭のみであるため、比較できる部分は限られるが、完本の繼志齋本、汲古閣本と大きな違いはない。ほぼ同系統とみてよいであろう。以上のことから、『玉簪記』の成立としては、少なくとも萬曆年間の初めごろとみることはほぼ間違いがないと言えよう。

なお、『玉簪記』のもととなった陳妙常の故事は、『古今女史』に見え、さらに雜劇「張于湖誤宿女貞觀」（脈望館抄本）という芝居にも仕立てられている。

本章で『玉簪記』を取り上げる理由は次の通りである。一つには、『玉簪記』明代においても評價の高い作品であり、完本また折子戯を收錄するテキストも相當數に上り、比較對象とすることできるテキストが一定以上確保されるからである。もう一つは、後に述べるように、おそらく明初において、『玉簪記』の長篇作品はまだ成立していなかったことが考えられ、そのような作品が明代後半に至ってどのように長篇化したのか、またその變化の諸相を幾らかでも明らかにしうるのではないかと予測するからである。

一、テキスト

『玉簪記』および關連する演目を收錄するテキストは次に示す。便宜的に、完本、弋陽腔、崑山腔、その他のカテゴリーに分けることにする。なお、作成にあたっては、『六十種曲評注』、『明代傳奇全目』（以下『全目』）、『古典戯曲存目提要』を參照し、筆者未見も含む。

（1）完　本

①觀化軒刻本：萬曆二十六年（一五九八）刋、上海圖書館藏。

②文林閣本：明萬曆間南京文林閣唐錦池刻本、二卷。正名『重校玉簪記』。中國國家圖書館、南京圖書館藏。

③繼志齋本：明萬曆間南京繼志齋陳大來刻本、二卷。正名『重校玉簪記』、版心は『玉簪記』、目錄の末尾には「己亥孟夏秣陵陳大來校錄」とあり。己亥とは萬曆二十七年（一五九九）であり、秣陵とは南京を指す。中國國家圖書館藏。『古本戲曲叢刋』および『續修四庫全書』收錄。

④長春堂本：明萬曆間長春堂刻本、二卷。封面には「還雅齋校正點版」、「新鐫繡像玉簪記」、「長春堂藏版」と記す。正名『重校玉簪記』、版心には『全像注釋玉簪記』。それぞれの卷頭に目錄あり、目錄にある題は『新鐫女貞觀重會玉簪記』。傅惜華舊藏京都大學文學研究科園書館藏。『日本所藏稀見中國戲曲文獻叢刋』收錄。

⑤白綿紙印本：明萬曆間印本、二卷。『全目』は「首標作『三會貞文庵玉簪記』」と記す。

⑥世德堂本：明萬曆間南京世德堂唐氏刻本、二卷、日本長澤規矩也藏、標目未詳。京都大學文學研究科圖書館藏。上卷のみの殘本。正名は『新刋重刋出相附釋標註女貞觀重會玉簪記』。

⑦師儉堂刻本：明萬曆間南京師儉堂蕭騰鴻刻本、二卷。陳繼儒批評本。北京大學圖書館藏。『不登大雅文庫珍本戲曲叢刋』收錄。

⑧李卓吾批評本：明末刻本。『全目』では「前南洋中學藏」と記す。

⑨廣慶堂本：明萬曆間南京廣慶堂唐振吾刻本。詳細は不明。

⑩寧致堂本：明崇禎間蘇州寧致堂刻本、二卷。『全目』は、「日本宮內省圖書寮藏。二卷。卷首行評「一笠庵批評玉簪記」、又別題「徐文長先生批評玉簪記」」と記す。

⑪汲古閣原刻初印本：明末常熟汲古閣毛晉印本、二卷。表紙に『玉簪記定本』とあり。

（2）弋陽腔系（演目名の後の数字は巻數と版面の上層・下層の別を示す。原缺は×）

⑫『樂府菁華』：「秋江哭別」4上、「潘陳對操」4下

⑬『玉谷新簧』：「詞姤私情」2上、「秋江哭別」2上

⑭『摘錦奇音』：「必正執詩求合」2下、「妙常秋江哭別」2下

⑮『詞林一枝』：「陳妙常空門思母」「潘必正姑阻佳期」「陳妙常月夜焚香」1下

⑯『八能奏錦』：「妙常思凡」1上×、「執詩求合」1上、「姑阻佳期」6上、「秋江哭別」6上

⑰『大明春』：「妙常思母」、「茶敍芳心」、「餞別潘生」×、「秋江泣別」1上

⑱『徽池雅調』：「臨安赴試」2下

⑲『堯天樂』：「空門思母」、「姑阻佳期」、「妙常拜月」1下

⑳『時調青崑』：「姑阻佳期」1上

㉑『樂府玉樹英』：「潘陳對操」1上、「執詩求合」×、「秋江哭別」2上×

㉒『樂府萬象新』：「潘陳月夜對操」、「妙常詞姤私情」、「潘陳秋江哭別」7下（原缺。題目のみ）

㉓『樂府紅珊』：「陳妙常秋江送別」6、「潘必正及第報捷」8、「陳妙常詞訴私情」13

（3）崑山腔（演目名の後の数字は巻數）

㉔『珊珊集』：「茶敍」3

㉕『樂府南音』：「茶敍」（【二郎神】套）
㉖『怡春錦』：「詞媾」1、「過約（阻約）」6
㉗『賽徵歌集』：「姑阻佳期」、「詞媾鸞凰」、「秋江哭別」4
㉘『月露音』：「琴調」2、「遊湖」4
㉙『綴白裘』：「催試」2、「秋江送別」2、「琴挑」4、「姑阻」8、「失約」8
㉚『納書楹曲譜』：「手談」、「佛會」、「茶敍」、「琴挑」、「偸詩」、「阻約」、「秋江」（すべて續集卷一）
㉛『六也曲譜』：「茶敍」「問病」「催試」「秋江」
㉜『歌林拾翠』：「于湖借宿」「西湖會友」「談棋挑逗」「必正投姑」「對操傳情」「旅館相思」「詞姤私情」「姑阻佳期」
「知情逼試」「秋江哭別」（すべて二集）
㉝『醉怡情』：「竊詞」「阻期」「逼試」「送別」（すべて卷七）

（4）　その他（戲曲集）

㉞『群音類選』：「潘公遣試」「兀朮南侵」「陳母遇難」「避難投庵」「于湖借宿」「陳母投親」「談經聽月」「西湖會友」
「談棋挑逗」「村郎鬧會」「必正投姑」「茶敍芳心」「對操傳情」「旅邸相思」「媒姑議親」「詞姤私情」「姑阻佳期」
「知情逼試」「秋江送別」「香閨相思」「接書會安」「必正榮歸」「燈月迎婚」「合家重會」

完本の構成と各散齣集收錄の演目との對應狀況は、卷末の附表（『玉簪記』收錄演目一覽）の通りである。

二、先行作品との關係

雜劇「張于湖誤宿女眞觀」（以下「女眞觀」）は、『玉簪記』が基づいた作品として、すでに指摘のあるところである。(3) 現存のテキストは、趙琦美（嘉靖四十二年〔一五六三〕～天啓四年〔一六二四〕）が抄寫させた脈望館抄本で、巻末に「乙卯四月初七日校抄于小谷本　清常道人記」と記されていることから、乙卯の年つまり萬暦四十三年（一六一五）、于小谷（于小穀に同じ）本を抄寫されたものであることがわかる（清常道人は趙琦美の號）。脈望館抄本は內府の上演用脚本を抄寫した雜劇テキストの總稱であるが、小松謙氏の研究によれば、「于小穀本に含まれる雜劇の多くは、成化年間の頃に文字化されたテキストである可能性が高いと思われる」とされている。とすれば、于小穀本を抄寫したという「女眞觀」も、內府上演用のテキストである以上、原則として外部に持ち出されることのないものである（趙琦美の場合は、特別なルートで入手し、抄寫が可能となったのである）。にもかかわらず、『玉簪記』が「女眞觀」の內容、しかもせりふを取り入れているということは、一體どういうことであろうか。宮廷內のテキストの原本がそのまま宮廷外に流出したとは考えにくく、この場合はおそらく散曲や戲曲の曲辭を集めた『雍熙樂府』のような書物がもとになって、民間に流布していた張于湖と陳妙常・潘必正の物語作品が作られ上演されていた、それが『玉簪記』の元になったと考えることができるであろう。

雜劇の梗概は、次の通りである。脈望館抄本には折に分けられていないが、ここでは便宜上、折分けをして述べる。

楔子：通江橋女眞觀の尼陳妙常は、建康府昇平橋の陳頭巾の娘で、兩親に捨てられ、師匠の潘法誠のもとで尼となった。中秋の節句、下女の張道清や門番の王安らと名月を愛で、琴を彈じている。

第一折：長沙太守の張于湖が都から戻る途中に通りかかる。琴の音に立ち止まり、妙常の美貌と才氣に感心し、その場で手紙で詞の應酬をする。

第二折：觀主潘法誠の甥潘必正が、科擧のため上京した後病氣になり、試驗を受けられなかったため、故鄉に歸らず女眞觀に身を寄せる。潘必正は陳妙常を氣に入り、詞の應酬をしたのち、ついに深い仲となる。

第三折：半年經ったある日、觀主は妙常の變化に氣がつき、妙常を問い詰めてすべてが明らかとなる。觀主は王安に命じて妙常と必正を縛りあげ、建康府に訴え出る。

第四折：建康府尹となっていた張于湖は、觀主が潘必正を居候させたのがそもそもの誤りだと斷じ、必正に路銀を與え、妙常とともに上京して科擧を受驗するように言い渡す。

雜劇「女眞觀」に基づいて『玉簪記』がどのように改編されたのか考察するために、兩者における人物、地名等の設定の違いを、對照させて示してみよう（次頁）。

まず、父親の設定が「女眞觀」では物賣りに近い身分であったのが、『玉簪記』では役人に變わっている。つまり、『玉簪記』では陳妙常の身分は、のちに科擧に合格する潘必正に釣り合うよう引きあげられ、同時にその彼女が戰亂で尼寺に流れ着くという貴種流離譚のパターンに沿うように改編されていることになる。また、『玉簪記』第四齣の戰亂で親族（ここでは母親）と離ればなれになるというのは、『拜月亭』（『幽閨記』）などでよく見られるパターンであるが、ここは作者があえて變更した部分と考えられる。

それはなぜかを述べる前に、登場人物のうち實在したことが確認できる張于湖について見ることにしたい。雜劇や『玉簪記』第六齣などに登場する張于湖は實在の人物で、歷陽烏江の出身、名は孝祥、字は安國、號は于湖居士、紹興

	雜劇「女眞觀」	『玉簪記』
陳妙常の父親	建康府昇平橋の陳頭巾	開封府丞の陳先生
出家した理由	家が貧しく兩親が捨てる	戰亂で母親と生き別れ、女眞觀に
女眞觀の主の名	潘法誠	潘法成
女眞觀の場所	建康・通江（津）橋下	金陵（具體的な場所は示さず）
張于湖の出身地	溧陽	明記なし
張于湖の官職	長沙太守、のち建康府尹	南京（金陵）
潘必正の出身地	和州溧陽	和州（歷陽縣）
潘必正の戀敵	張于湖のみ	張于湖・王公子
下男王安	門番	張于湖の召使い
潘と陳を訴える人	觀主	王公子
訴える理由	女眞觀のきまりを破った	婚約不履行

二十四年に進士に合格しており、建康留守などを勤めている。生沒年は紹興二年（一一三二）～乾道五年（一一六九）、『宋史』巻三八九に立傳されている。南宋期の詞人としても有名な人物である。

張于湖について基本的な事柄を押さえた上で、表を見直してみよう。張于湖の出身地を「女眞觀」は和州溧陽としているが、これは誤りである。張于湖の出身地を「女眞觀」は和州溧陽としているが、これは誤りである。實際は、和州歷陽が正しく、音が近いことによる混同と考えられる。溧陽は、和州より東南東に八十キロほど離れた別の地名である。したがって、『玉簪記』は、張于湖の出身地を史實に合うように改めていることになる。

次に、舞臺となっている年代についてである。『玉簪記』冒頭に描かれる戰亂とは、靖康の變（一一二六～一一二七）のことで、このとき妙常はすでに十七歳であると記されている。ところが、史實の張于湖の生沒年は先に記したように一一三二年～一一六九年であるので、時間の不一致が生じてしまう。『玉簪記』では張于湖は登場しても、具體的な出身地や字、號などを記さないのは、このような時間の不一致を作者が認識していたからかもしれない。なお「女眞觀」では、張于湖の個人情報はきちんと述べられる。

潘必正の戀敵として現れる醜男王公子も、『玉簪記』で加えられた人物である。王公子の存在は、ちょうど『西廂記』での鄭恆の役回りに近い。實際に、『西廂記』との關連もすでに指摘のあるところである。(4)

雜劇「女眞觀」と『玉簪記』との間では、せりふの中の詩句に、わずかだが一致する部分があることが知られている。『玉簪記』十八齣に、陳妙常が詞を作る場面があるが、そこで妙常が作る詞は、もともと「女眞觀」二折【叨叨令】に出てくる詞と同じであり、「女眞觀」と『玉簪記』の關係がうかがえる證據と言えそうである。しかしながら、兩者が一致するのは、實際には今擧げた箇所のみが知られているだけで、曲辭が一致する箇所は見あたらない。物語のあらすじや設定などは相似點・相違點が極めて明白であるため、そちらばかりにとらわれてしまいがちになるが、曲辭における直接的關係は見あたらないのである。長篇化された南曲作品の中にはする際、先行する雜劇作品がある場合に、該當箇所に雜劇をはめ込む例が少なからずある。例えば、『金貂記』では雜劇「敬德不伏老」、『千金記』では雜劇「追韓信」が南曲の中に雜劇がはめ込まれている典型的な例といえる。

ところが、現在殘っている『玉簪記』のテキストには、雜劇をそのままはめ込んだ箇所を明確に指摘することは難しい。これは、『玉簪記』の作者が、先行作品をそのまま使うようなことを潔しとしなかったか、あるいは現存しない作品を參考にしたのか等推測されるが、詳細は不明とするしかない。

二、『玉簪記』テキストの異同狀況

(1)　完本の系統

先に記したように、『玉簪記』の完本は、現在十種ほどが知られているが、ここでは、筆者が調査し得た五種——世徳堂本・繼志齋本・長春堂本・師儉堂本・汲古閣本に基づいて論ずることにしたい。比較對照をするのに決して多い數ではないが、これらは『玉簪記』の代表的なテキストであり、かつ、刊行年代も比較的早い時期から、明代末期に渉っており、比較・検討する上では、適當であると考える。繼志齋本と汲古閣本については、早い時期からそれぞれ影印本が出され、比較的容易に見ることができたが、それ以外のテキストはかならずしもそうではなかった。しかし、近年大部の戯曲影印本が陸續と出版されるにいたり、長春堂本・師儉堂本も簡便に比較検討が可能となった。また、世徳堂本は上巻のみの殘本であるが、今回調査し、興味深い結果を得たので、ここでそれを示したい。なお、テキストの收録状況は、末尾の表（『玉簪記』收録演目一覧）にまとめた。

まず、全般的な傾向を見てみよう。**例1〜5**では、世徳堂本と師儉堂本及び汲古閣本、繼志齋本と長春堂本の本文が一致し、二つのグループに分かれることがわかる。それぞれの異同は微細なものであるが、ある程度まとまった量で同様の異同が見られるため、全般的な傾向として考えてよいであろう。

例1：第八齣【梁州序】（師儉堂本は第十齣）
〔世〕禪機玄妙。／〔繼〕禪關玄妙。／〔長〕禪關玄妙。／〔師〕禪機玄妙。／〔汲〕禪機玄妙。

例2：第八齣【梁州序】【前腔】（師儉堂本は第十齣）
〔世〕不知曾了相思簿。／〔繼〕不知曾了相思債。／〔長〕不知曾了相思債。／〔師〕不知曾了相思簿。／〔汲〕不知曾了相思簿。

例3：第九齣**【滿庭芳】**後のせりふ（師儉堂本も同じ）

〔世〕多少是好。×××××××× ×××××××
〔繼〕多少是好。前面幾個朋友來了。好似同袍一般個。
〔長〕多少是好。前面幾個朋友來了。好似同袍一般個。
〔師〕多少是好。×××××××× ×××××××
〔汲〕多少是好。×××××××× ×××××××

例4：第八齣**【節節高】【前腔】**後のせりふ（師儉堂本は第十齣）

〔世〕〔末〕知道了。〔取科〕××××××〔外寫科〕
〔繼〕〔末〕知道了。〔取科〕文房四寶在此。〔外寫科〕
〔長〕〔末〕知道了。〔取科〕文房四寶在此。〔外寫科〕
〔師〕〔末〕知道了。〔取科〕××××××〔外作寫科〕
〔汲〕〔末〕知道了。〔取科〕××××××〔外寫科〕

例5：第十三齣**【梨花兒】**後のせりふ（師儉堂本は第十四齣）

〔世〕〔淨衆×慌滿場跪科〕不好了。娘來了。ヒヒ。〔作棒頭跪在此科〕是我分付小厮們出庄上討租不敢胡嚷。

〔繼〕〔淨衆作慌滿場跪科〕××× ××× ××× ×××××××是我分付小使們去庄上討租不敢大嚷。

〔長〕〔淨衆作慌滿場跪科〕××× ××× ××× ×××××××是我分付小使們去庄上討租不敢大嚷。

〔師〕〔淨衆作慌滿場跪科〕不好了。不好也。娘來了來了。××××××× 是我分付小使們去庄上討租不敢胡嚷。
〔汲〕〔淨×作慌滿場跪科〕不好了。娘來了。娘來了。××××××× 是我分付小使們×庄上討租不敢胡嚷。

このように、文字單位の異同（例1・例2）もあり、これだけでは證據として不十分であるが、せりふの有無の異同（例3～例5）を合わせて見ると、有意の事例と見なすことが出來るであろう。

世德堂本は、先に示したように殘本であり、しかも、京都大學文學研究科圖書館にのみ藏されるテキストである。現時點では、他に所藏があるのかは不明である。『六十種曲評注』第六巻には、巻末に『玉簪記』に關する考察「『玉簪記』的本事流變及主要版本」を載せ、世德堂本も紹介されているが、世德堂本と汲古閣本本文の異同についての言及はなく、もちろん『玉簪記』が二系統に分けられるという指摘もない。筆者も當初は、『玉簪記』には一系統しか存在しないのではないかと考えていた。しかしながら、この世德堂本を調査したところ、このような結果を得ることができたのである。

次に、別の例を見てみよう。

例6：第八齣【節節高】後のせりふ（師儉堂本は第十齣）

〔世〕原來松棚之下、陳姑與衆姑彈琴、可愛可愛。
〔繼〕原來××××陳姑與衆×彈琴、可愛可愛。
〔長〕原來松棚之下、陳姑與衆姑彈琴、可愛可愛。
〔師〕原來松棚之下、陳姑與衆姑彈琴、可愛可愛。

〔汲〕原來松棚之下、陳姑與衆姑彈琴、可愛可愛。

例7：第九齣【甘州歌】第二支【前腔】（師儉堂本も同じ）
〔世〕山景涼生日影偏。／〔繼〕山樹涼生日影偏。／〔長〕山樹涼生日影偏。／〔師〕山樹涼生日影偏。／〔汲〕山樹涼生日影偏。

これらは、**例1〜5**が示す傾向に反する例と言いうるかもしれないが、單なる寫し間違いや、他のテキストも參照したことも考えられる。このため、系統分類上の根據とは爲しにくいが、各テキストの編纂過程の一端を物語る例である。

例8：第十四齣【菊花新】後のせりふ（師儉堂本は第十五齣）
〔世〕小生潘必正。下第羞歸、來投女貞觀中安宿、……正是、迷花緣爲看花至、……
〔繼〕小生潘必正。下第羞歸、來投女貞觀中安宿、……正是、迷花原爲看花至、……
〔長〕小生潘必正。下第羞歸、來投女貞觀中安宿、……正是、迷花原爲看花至、……
〔師〕小生潘必正。下第羞歸、來投女貞觀中安宿、……正是、迷花緣爲看花至、……
〔汲〕小生潘必正。下第羞歸、暫投女貞觀中安息、……正是、迷花緣爲看花至、……

例8は前半に汲古閣本のみ異なる箇所、後半に世德堂本・師儉堂本・汲古閣本が一致する箇所が見られる。前半の異同は、汲古閣で出版する際、加筆訂正が行われた可能性も考えられる。

繼志齋本の第二十四齣「春科會擧」は、「例當照常不錄」とあるだけで、本文はない。汲古閣本では、この部分はなく、齣として獨立させていない。科擧受驗の場面は、芝居では單に科擧が行われたことを示すことが通例となっていたとおぼしく、このほかの例では、例えば、『六十種曲』の『幽閨記』(『拜月亭記』)第三十三齣も「照例開科」と記すのみで、本文はない。

以上の調査結果により、微細な異同ながら、世德堂本と師儉堂本と汲古閣本、繼志齋本と長春堂本の二つの系統が見いだせることがわかった。また、師儉堂本は、世德堂本・汲古閣本と同じ系統の本文を持ちながら、末尾の表(玉簪記收錄演目)に示したように、他の完本テキストが收錄していない弋陽腔由來の場面を2つ收錄しており(後述)、別バージョンと呼びうるテキストであった。おそらく、弋陽腔流行にあやかって、人氣演目を取り入れたということだろう。これとは別に、ここで一つ注目しておきたいのは、汲古閣本が世德堂本、あるいはそれに類する版本に基づいているという點である。實は、汲古閣『六十種曲』に收錄される作品のうち、有名な『幽閨記』の場合、筆者自身の調査でも、また先行研究[5]においても、世德堂本と汲古閣本でははっきりとした異同が認められ、別系統であることが明らかとなっている。ところが、『玉簪記』では、世德堂本と汲古閣本は近い關係にあるのである。これはおそらく、『六十種曲』は、ある一つの書坊から出版されたテキストだけを使ったのではなく、樣々な書坊が出版したテキストをそれぞれ採用しているということなのであろう。ただ、なぜ樣々な異なる書坊のテキストを用いたのかについては不明である。『六十種曲』全體の構成に關する問題については、今後の課題としたい。

（2）散齣集と完本との繼承關係

一方、散齣集の收錄狀況は、興味深い様相を呈している。表に示すように、全體の傾向として、第十四齣から第二十三齣の間に收錄演目が集中している。一つの作品から多くの散齣を收錄する、散齣集と言うよりは戲曲集と言いうるような『歌林拾翠』『群音類選』などを除けば、散齣集に收錄される演目が限られていることがわかる。具體的には、繼志齋本の演目名で擧げると、第十四齣「茶敍芳心」、第十六齣「絃裡傳情」、第十九齣「詞姤私情」、第二十一齣「姑阻佳期」、第二十二齣「知情赴試」、第二十三齣「秋江哭別」の六つである。ここでは、比較可能なテキストが多い、第十六齣「絃裡傳情」と第二十三齣「秋江哭別」を中心に見ていくことにしたい。

まず、「絃裡傳情」における異同狀況である。曲辭に關しては、この演目でも顯著な異同はあまり見られないが、【朝元歌】前のせりふには、若干の違いが現れている。弋陽腔系の『樂府菁華』、完本の繼志齋本、崑山腔系の『綴白裘』である。

例9：

『樂府菁華』「潘陳對操」（弋陽腔系）

〔生〕小生爲涼氣侵人、難宿梅花紙帳、月明如鏡、閑吟徐步瑤堦、一陣好風。忽聞琴聲淸嚮、兩耳傾聽。那知攝神關、望陳姑之包荒、乞宥生罪、幸勿擯于門外。〔旦〕小道因見皓魄當空涼生、几席□絲桐、而三弄少寄岑寂之情、辱尊聽而■臨、難免惶愧之態。久聞足下善于操□、欲乘此情興、領教一曲何如。〔生〕小生雖不偏諳、然而仙姑有命、自當勉承誠。恐弄斧班門。幸勿足下見笑。〔旦〕□□休得過謙。〔生彈介〕

〔旦〕此曲乃雉朝飛、君方妙齡、何彈此無妻之曲。……

第十六齣「絃裡傳情」繼志齋本（汲古閣本もほぼ同文）（完本）

〔生〕小生孤枕無眠、步月閒吟、忽聽花下琴聲嘹嚦。清響絕倫。不覺步入到此。〔旦〕小道亦見明月如洗、夜色新涼、故爾操弄絲桐、少寄岑寂。欲乘此興、請敎一曲如何。〔生〕小生略知一二、弄斧班門。休笑休笑。〔生彈科、吟曰〕

雉朝雊兮清霜、慘孤飛兮無雙。念寡陰兮少陽、怨鰥居兮徬徨。

〔旦〕此曲乃雉朝飛也。君方盛年、何故彈此無妻之曲。……

第十七齣「對操傳情」師儉堂本（完本）

〔生云〕小生孤枕無眠、閒吟步月、忽聽花下琴聲嘹嚦。清響■■　■覺步入到此。〔旦云〕小道亦見月明如洗、夜色新涼、故爾操弄■■　少寄岑寂。遠辱尊聽惶愧惶愧。久聞足下指法、精妙操弄■■　■乘此興請敎一曲、如何。〔生云〕小生略記一二、弄斧班門、休笑■■　〔生作彈琴科〕〔吟曰〕

雉朝雊兮清霜、慘孤飛兮無雙。念寡陰兮少■、怨鰥居兮徬徨。

〔旦云〕此曲乃雉朝飛也。君方盛年、何必彈此■■之曲。……

『綴白裘』「琴挑」（崑山腔系）

〔小生〕小生孤枕無眠、閒步花陰、忽聽琴聲嘹喨。××××。不覺步入到此。驚動了、有罪。〔貼〕好說。小尼亦見明月如洗、夜色新涼、故爾操弄絲桐、少寄岑寂。有辱尊聽。請坐。〔小生〕有坐。〔貼〕久聞相公精于琴理、意欲請敎一曲、何如。〔小生〕小生略記一二、只是弄斧班門、怎好出醜。〔貼〕好說。一定要請敎。〔生〕如此請。〔貼〕請。

［小生彈介］

【琴曲】雉朝雊兮淸霜、慘孤飛兮無雙。念寡陰兮少陽、怨鰥居兮徬徨、徬徨。

［旦］此乃雉朝飛也。君方盛年、何故彈此無妻之曲。……

傍線部分は、三種とも共通する、または近い内容であることを示している。臺詞については、三種とも共通していると言えるが、傍線部分以外は差異が見られる。波線部分は、琴を彈じながら唱える歌詞である。『樂府菁華』のみ「生彈介（必正が琴を彈じるしぐさ）」とあるだけで歌詞を載せず、他のテキストと異なっている。ただ、後の旦（妙常）のせりふから、實際には歌詞が入っていたものが基本であることがわかる。以上のように、ここのせりふ全體を見ると、他のテキストは完本系のせりふとほぼ同じか、それを基本として少し改編したものであり、『樂府菁華』のみが異なっていることがわかる。ただし、これは『樂府菁華』だけが特殊というのではなく、當時このようなせりふを持った系統が存在していたと考えたほうがよいだろう。ここに載せなかった『玉樹英』もこの場面を收錄していたことがわかるのだが、殘本で半葉分しか殘っておらず比較ができない。しかし、『玉樹英』は、別の作品では『樂府菁華』と同系統の本文を持つことがわかっており[6]、『玉簪記』でも同樣の傾向が見られるのではないかと推定されることから、『樂府菁華』以外にも類似したせりふが存在していたと考えられるのである。

次に、第二十三齣「秋江哭別」の異同狀況を見てみよう。完本は繼志齋本・師儉堂本・汲古閣本、弋陽腔系は『樂府菁華』『大明春』『八能奏錦』『玉谷新簧』『摘錦奇音』、崑山腔は『綴白裘』『納書楹曲譜』『六也曲譜』に收錄されている。

曲牌の構成は、末尾の附表「秋江哭別」に示すとおりである。主に三點が異なっていることがわかる。一つは、【紅衲襖】の前後にある歌詞である。先程の「紘裡傳情」と同じく、『樂府菁華』では歌詞を載せておらず、また同じ弋陽腔系の『八能奏錦』『大明春』も同様である。そのほかのテキストは、すべて歌詞を載せているが、弋陽腔系『玉谷新簧』『摘錦奇音』は、他の作品での異同状況においても、曲辭やせりふの増加が見られるテキストであり、ここも同様の傾向を示していると考えられる。なお『摘錦奇音』は、あとの【憶多嬌】でも一曲增曲している。

二つめに、【醉歸遲】（繼志齋本による）における違いである。これは、『樂府菁華』をはじめとする弋陽腔系テキストのすべてで【醉歸遲】と【前腔】に分けられている。これは、【醉歸遲】というメロディの曲を、歌詞を變えてくり返しているものと考えられ、【前腔】（前のメロディに同じ）を付けているかいないかの違いであって、取り立てていうべき差異ではない。一方、崑山腔系の『南音三籟』『綴白裘』『納書楹曲譜』『六也曲譜』は、【五韻美】と【五般宜】としている。これはどのように考えたらよいのであろうか。最も考え得ることは、元の【醉歸遲】のままでは崑山腔のメロディに合わないため、合うように變えたということであろう。なお、『南音三籟』は「卽空觀主人（馮夢龍）評訂、椒雨齋主人點參」と記され、現存するのは康熙七年（一六六八）の刊本であるが、成立は明末と考えられ、ここでの他の崑山腔テキストより成立が早いため、すでに明代から崑山腔に合うように變えられていたと推測できよう。

三つめに、異同が顯著な【哭相思】を、曲辭を示しつつ擧げる。【哭相思】と【尾聲】の二曲に分かれているテキストの場合は、曲牌を表記する。說明の都合上、前半と後半に分けて示す。

完〔繼〕夕陽古道催行晚。聽江聲汨染心寒。要知郎眼赤、只在望中看。〔生拜別科〕〔生先下〕

完〔師〕夕陽古道催行晚。聽江聲淚染心寒。要知郎眼赤、只在望中看。〔生拜別科〕〔先下〕

完〔汲〕夕陽古道催行晚。聽江聲淚染心寒。要知郎眼赤、只在望中看。〔生拜別介下〕

1〔菁〕夕陽西墜催行晚。××血淚染心寒。要知郎眼赤、只在望中看。［生］請了不顧了。［下］

1〔大〕夕陽古道催行晚。聽江聲淚染心寒。要知郎眼顧、只在望中看。［生］請回了。不得相顧了。

1〔八〕【哭相思】［合］夕陽古道催行晚、聽江聲淚染心寒。要知郎眼赤、只在望中看。

2〔玉〕夕陽古道催行晚。听江聲淚染心寒。要知郎眼顧、只在望中看。［生下］

2〔摘〕［旦］夕陽古道催行晚。听江聲淚染心寒。要知郎眼顧、只在望中看。［生］請了不顧了。［生下］

〔紅〕【哭相思】［生］夕陽古道催行晚。聽江聲淚染心寒。［旦］要知郎眼顧、只在望中看。［生下］

〔群〕夕陽故故催行晚。聽江聲淚染心寒。要知郎眼赤、只在望中看。

崑〔綴〕【尾聲】夕陽古道催行晚。千愁萬恨別離間。暮雨朝雲兩下單。［淨付丑仝上］［貼作過船介］

崑〔納〕【尾聲】夕陽古道催行晚、千愁萬恨別離間、暮雨朝雲兩下單。（ここで劇終わり）

崑〔六〕【尾聲】夕陽古道催行晚、千愁萬恨別離間、暮雨朝雲兩下單。［淨付介］過船去來罷。［小生旦唱］

まず前半を見ると、第一句目にわずかな異同だが、『樂府菁華』が「夕陽西墜」、『群音類選』が「夕陽故故」とし、その他のテキストはすべて「夕陽古道」とする。第二句目は、『樂府菁華』のみ「血淚染心寒」とするほかは大きく二つの系統に分かれ、完本・弋陽腔系が「聽江聲汨染心寒」、崑山腔が「千愁萬怨別離間」とする。續く三・四句目も、弋陽腔系と崑山腔とで異なっていることがわかる。

このような違いは、後半でさらに明らかとなる。

完〔繼〕［旦］重苧望更盤桓。千愁萬恨別離間。只教我青燈夜雨香銷鴨、暮雨西風泣斷猿。［下］

完〔師〕［旦］重竚望更盤桓。千愁萬恨別離間。只教我青燈夜冷香■鴨、暮雨西風泣斷猿。
完〔汲〕［旦］重竚望更盤桓。千愁萬恨別離間。只教我青燈夜冷香消鴨、暮雨西風泣斷猿。［下］
1〔菁〕［旦］重竚望更盤桓。千愁萬恨別離間。只教我清×夜冷香消寶鴨、暮雨西風泣斷猿。［下］
1〔大〕［旦］重竚望更盤桓。千愁萬恨別離間。只教我清燈夜冷香消寶鴨、暮雨西風泣斷猿。
1〔八〕【尾聲】［旦］重竚望更盤桓。千愁萬恨別離間。只教我青燈夜冷香消鴨。暮雨西風泣斷猿。
2〔玉〕［旦］重貯望更盤桓。千愁萬恨別離間。只教我青燈夜冷香消鴨、暮雨西風泣斷猿。
2〔摘〕［旦］重竚望更盤桓。千愁萬恨別離間。只教我清燈夜冷香消鴨、暮雨西風泣斷猿。［下］
〔群〕［旦］重貯望更盤桓。千愁萬恨別離間。只教我青燈夜冷香消鴨、暮雨西風泣斷猿。
〔紅〕【尾聲】［旦］重佇望更盤桓。千愁萬恨別離間。只教我青燈夜冷香消鴨、暮雨西風泣斷猿。
崑〔綴〕［貼］【哭相思】要知郎眼赤、［合］只在望中看。［小生、貼東西各淚下］
崑〔納〕（無し）
崑〔六〕【哭相思】要知郎眼赤、只在望中看。［全哭下］［付］老个、居來會。［淨］扳得來。吓。［分班下］

つまり、完本・弋陽腔系では「千愁萬恨別離間」は後半の歌詞の二句目であるのを、崑山腔では前半に、さらに完本・弋陽腔系では前半にある「要知郎～望中看」を崑山腔では後半に入れ替えているわけである。ここでもやはり、弋陽腔系と崑山腔との違いが現れていると言えよう。

せりふにおいても、同様の傾向が見られる箇所を、以下に擧げておく。（一部のテキストは省略）

【水紅花】【前腔】

完〔繼〕脚兒勤趕。〔作驚科〕××前面××樓上、好似我觀主×模樣。又早是×先看見他。

完〔師〕脚兒勤趕。〔旦作驚科〕××前面××樓上、好似我觀主×模樣。喜得是我先見他。

完〔汲〕脚兒勤趕。〔作驚介〕呀、××前面××樓上、好似我觀主×模樣。又早是我先看見他。

1〔菁〕脚兒勤趕。×××呀、遠ヒ望見閱江樓上、好似×觀主×模樣。怎生好。向前去。

1〔大〕脚兒勤趕。×××呀、遠ヒ望見閱江樓上、好似×觀主×模樣。且廻避他着。

2〔摘〕脚兒勤趕。×××呀、遠ヒ望見閱江樓上、好似×觀主的模樣。喜得是我先見他了。

崑〔綴〕脚兒勤趕。×××呀、××前面望江樓上、好似×觀主×模樣。天那。早是我先看見。

【憶多嬌】

完〔繼〕苦掛牽。〔生〕×××××我與你同上臨安×、如何。

完〔師〕苦掛牽。〔生云〕×××××我與你同上臨安×、何如。

完〔汲〕苦挂牽。〔生〕×××××我與你同上臨安×、如何。

1〔菁〕苦掛牽。〔生〕既如此、××我與你同上臨安×、何如。

1〔大〕苦掛牽。〔生〕既如此、××我與你同上臨安去、何如。

2〔玉〕苦掛牽。〔生〕妙常、××你同我×上臨安×、如何。

2〔摘〕苦掛牽。〔生〕既如此、××我與你同上臨安×、何如。

崑〔綴〕苦掛牽。〔小生〕妙常、不如我與你仝上臨安去罷。

【水紅花】【前腔】のせりふは、必正を川べりまで追い掛けてきた妙常が、必正を送り出して妙常が追い掛けてこないかと監視している観主を見つけたことを述べている。【憶多嬌】のせりふは、必正が妙常との離別に際し、急に迷いが生じたのか、妙常に一緒に都の臨安まで着いてこないかと聞いているところである。この返事として妙常は、一緒について行くことは「難上難（これ以上難しいことはない）」と言って斷り、彼の道中の無事を祈りつつ別れる。一見何ともないようにみえるこのやりとりは、實は藝が細かいと言わざるを得ない。必正の誘いの言葉は、妙常と別れがたい氣持ちから出ているもので、必正の妙常への愛情が十分に示されることになり、一方、妙常が斷るのは、ここで一緒について行ってしまえば二人は私通の關係となってしまい、のちに彼が科擧に合格しても、正式な夫婦とは認められないことを見越してのことなのである。明代の戯曲の特徴である大團圓の結末は、やはり正式な手續を取った結婚であるから、これは是非とも必要なことなのである。必正の心情を示しつつ、妙常も當時のしきたりにきちんと従うことで、作品を單なる自由奔放な戀愛ものという非難を受けかねない危險から救っているのであろう。

以上のように、曲辭・せりふの異同狀況から、弋陽腔系と崑山腔では違いがあることが明らかとなった。また、收錄演目からも、弋陽腔系としての玉簪記ものが存在していたことを確認することが出來る。『詞林一枝』、『八能奏錦』、『大明春』、『堯天樂』に收錄される「空門思母」（『八能奏錦』は原本缺損のため本文不明）及び『詞林一枝』、『堯天樂』に收錄される「陳妙常月夜焚香」（『堯天樂』は「妙常拜月」）は、完本系および崑山腔の散齣集には收錄されていない演目である。これに關連して、師儉堂本（陳繼儒批評本）では、第八出の批に「古本原無『思母』、『焚香』、邇來創獲關目、甚好。但白俗、俗之令人噴飯耳、去之更好」とあり、もともと完本には見えない新たに作られた演目であることがわかる。(7)

小結

ここまで、『玉簪記』の各テキストにおける異同に注目して、檢討を加えてきたが、『玉簪記』の全體的な傾向として、各テキストの異同の幅はそれほど大きくない、むしろ小さいとも言える。これはおそらく、完本の成立が隆慶～萬曆年間で、『西廂記』『琵琶記』『白兎記』などよりはやや遲く、完本に基づいて各テキストが派生したケースが多いと考えられる。また、『玉簪記』がもともと、崑山腔以外の劇種のために書かれた作品であったことも、各テキスト間の異同の少なさに關係しているかもしれない。崑山腔の演目を他の劇種で演じるのは難しいと、當時の記錄にも述べられている。

このほか、各散齣集に收錄される『玉簪記』の演目が、『玉簪記』の第十三齣～第二十三齣に集中していることについては、冒頭で述べた。これも、上記の崑山腔以外の劇種のための作品と關わるが、完本の成立には、すでに成立し上演されていた演目が取りこまれている可能性もある。もしそうであるとすると、散齣集收錄の演目と完本との間に差異が少ない理由の一つにもなるだろう。また、このように明代後期にこれだけ集中して弋陽腔系テキストが出版されているにもかかわらず、清代に入るとほとんどが崑山腔のテキストばかりになってしまうのは、弋陽腔系劇種の地位が下がった、より下層向けの演劇と認識されるようになったことを示しているのかもしれない。確定的な證據がないため、あくまでも憶測の域を出ないが、民間ではどちらの劇種も上演され續けているのにも關わらず、このような違いがみられるのには、當時の人々の認識と關係があろう。このように、『玉簪記』もまた、明代の弋陽腔系劇種の隆盛と、またその後の展開を示唆する作品であると言えよう。

注

（1）徐朔方「高濂行實系年」（『晩明曲家年譜』浙江古籍出版社　一九八九）。

（2）小松謙「『寶劍記』と『水滸傳』——林冲物語の成立について——」（『京都府立大學學術報告　人文』第六十二號　二〇一〇年十二月）。

（3）注（1）徐朔方前掲書、および、麻國鈞「玉簪記評注」（『六十種曲評注』第六册　吉林人民出版社　二〇〇一）。

（4）注（3）麻國鈞前掲書。

（5）兪爲民『宋元南戯考論續編』「南戯《拜月亭》考論」「三　南戯『拜月亭』作者和版本考」（中華書局　二〇〇四（初出「南戯『拜月亭』作者和版本考略」『文獻』一九八六））、岡崎由美「『拜月亭』傳奇流傳考」（『日本中國學會報』第三十九集　一九八七）など。

（6）本書第二章『琵琶記』、第三章『白兎記』を參照。

（7）注（3）麻國鈞前掲書。

補：本節脱稿後、天一出版社刊『全明傳奇續編』に『重校玉簪記』が収録されていることを知った。この版本は、版面・體裁ともに長春堂本に酷似するが、頭注および各出（齣）末の語注はなく、插繪は長春堂本が見開き（半葉二枚分）であるのをほぼ同じ構圖で半葉に収めたものとなっている。他の版本との關係については、今後の課題としたい。

			崑山腔									
玉樹英	萬象新	樂府紅珊	珊珊集	樂府南音	怡春錦	歌林拾翠	賽徵歌集	南音三籟	醉怡情	綴白裘	納書楹	六也
						于湖借宿						
						西湖會友						
						談棋挑逗					手談/續1	
											佛會/續1	
						必正投姑						
			茶敍3	二郎神套：茶敍							茶敍/續1	茶敍
潘陳對操2上	潘陳月夜對操7下×					對操傳情			竊詞	琴挑4	琴挑/續1	
						旅館相思						問病
執詩求合×	妙常詞姤私情7下×	陳妙常詞詬私情13			詞媾1	詞姤私情	詞媾鸞凰	[南呂宮]歡會			偸詩/續1	
					過約(阻約)6	姑阻佳期	姑阻佳期		阻期	姑阻8(前半)失約8(後半)	阻約/續1	
						知情逼試			逼試7	催試2		催試
秋江哭別2上×	潘陳秋江哭別7下×	陳妙常秋江送別6				秋江哭別	秋江哭別	[越調]分別	送別7	秋江送別2	秋江/續1	秋江
		潘必正及第報捷8										

『玉簪記』收錄演目一覽

繼志齋本	師儉堂本	六十種曲	戯曲集									
			群音類選	弋陽腔系								
				樂府菁華	玉谷新簧	摘錦奇音	詞林一枝	八能奏錦	大明春	徽池雅調	堯天樂	時調青崑
1家門正傳	1家門正傳	1標目	×									
2潘公遣試	2潘公遣試	2命試	潘公遣試									
3兀朮南侵	3兀朮南侵	3南侵	兀朮南侵									
4陳母遇難	4陳母遇難	4遇難	陳母遇難									
5避難投庵	5避難投庵	5投庵	避難投庵									
6于湖借宿	6于湖借宿	6假宿	于湖借宿									
7陳母投親	7陳母投親	7依親	陳母投親									
×	8妙常思母	×	×				陳妙常空門思母1下	妙常思母1上×	妙常思母1上		空門思母1下	
8談經聽月	10談經步月	8譚經	談經聽月									
9西湖會友	9西湖會友	9會友	西湖會友									
10奕棋挑逗	11奕棋挑情	10手談	談棋挑逗									
11郮郎鬧會	12村郎鬧會	11鬧會	村郎鬧會									
12必正投姑	13必正投姑	12下第	必正投姑									
13郮郎求配	14村郎求配	13求配	×									
14茶敍芳心	15茶敍芳心	14幽情	茶敍芳心						茶敍芳心1上			
15于湖破賊	16于湖破賊	15破虜	×									
16絃裡傳情	17對操傳情	16寄弄	對操傳情	潘陳對操4下								
17旅邸相思	18旅邸相思	17耽思	旅邸相思									
18媒姑議親	19媒姑議親	18叱謝	媒姑議親									
19詞姤私情	20詞姤私情	19詞媾	詞姤私情		詞姤私情2上	必正執詩求合2下		執詩求合1上				
20媒姑造計	21媒姑造計	20詭媒	×									
21姑阻佳期	22姑阻佳期	21姑阻	姑阻佳期				潘必正姑阻佳期1下	姑阻佳期6上			姑阻佳期1下	姑阻佳期1上
22知情逼試	23知情逼試	22促試	知情逼試							臨安赴試2下		
23秋江哭別	24秋江送別	23追別	秋江送別	秋江哭別4上	秋江哭別2上	妙常秋江哭別2下		秋江哭別6上	秋江泣別1上			
24春科會舉	×	×	×									
25兩母思兒	25兩母思兒	24占兒	×									
26金門獻策	29金門獻策	25奏策	×									
27香閣相思	26香閣相思	26相寬	香閣相思									
×	27春官會試	×										
28發書登第	31發書登第	27擢第	×									
29定計迎姑	28定計迎姑	28設計	×									
×	30月夜焚香	×	×				陳妙常月夜焚香1下		餞別潘生×		妙常拜月1下	
30結告婚姻	32詰告婚姻	29詎告	×									
31接書會案	33接書會案	30情見	接書會案									
32榮歸見姑	34榮歸見姑	31回觀	必正榮歸									
33燈月迎婚	35燈月迎婚	32重效	燈月迎婚									
34合家重會	36合家重會	33合慶	合家重會									

＊該當するものが無い、または原缺の場合は、×を附して示す。

秋江哭別對照表1

繼志齋本	六十種曲	樂府菁華　一六〇〇年刊	玉谷新簧　一六一〇年刊	摘錦奇音　一六一一年刊	八能奏錦　萬曆間刊	大明春
23秋江哭別	23追別	秋江哭別4上	秋江哭別2上	妙常秋江哭別2下	秋江哭別6上	秋江泣別1上
【水紅花】	【水紅花】	【水紅花】	×	【水紅花】	【水紅花】	【水紅花】
【水紅花】	【前腔】	【前腔】	×	【前腔】	【前腔】	【前腔】
[淨歌嘲] 風打船頭雨欲來、漫天雪浪、…	[吳歌] 風打船頭雨欲來、漫天雪浪、…	なし	[歌介] 風打船頭雨欲來、漫天雪浪、…	[歌] 風打船頭雨欲來、漫天雪浪、…	なし	なし
【紅衲襖】	【紅衲襖】	【紅衲襖】	【紅衲襖】	【紅衲襖】	【紅衲襖】	【紅衲襖】
[梢歌] 漫天風舞葉聲乾、遠浦林疎日影寒。…	[淨吳歌] 漫天風舞葉聲乾、遠浦林疎日影寒。…	なし	漫天風舞葉聲乾、遠浦林疎日影寒	[淨歌] 漫天風舞葉聲乾、遠浦林疎日影寒	なし	なし
又	【前腔】	【前腔】	【前腔】	【前腔】	【前腔】	【前腔】
【僥僥令】	【僥僥令】	【僥僥令】	【僥僥令】	【僥僥令】	【僥僥令】	【僥僥令】
【哭相思】	【哭相思】		【哭相思】	【哭相思】		
【小桃紅】	【小桃紅】	【小桃紅】	【小桃紅】	【小桃紅】	【小桃紅】	【小桃紅】
【下山虎】	【下山虎】	【下山虎】	【下山虎】	【下山虎】	【下山虎】	【下山虎】
【醉歸遲】	【醉遲歸】	【醉歸遲】	【醉扶歸】	【醉遲歸】	【醉歸遲】	【醉歸遲】
		【前腔】	【前腔】	【前腔】	【前腔】	【前腔】
×	×	×	×	【憶多嬌】摘錦奇音のみ	×	×
【憶多嬌】	【憶多嬌】	【憶多嬌】	【憶多嬌】	【憶多嬌】	【憶多嬌】	【憶多嬌】
【哭相思】[仝] 夕陽古道催行晚、聽江聲淚染心寒。要知郎眼赤、只在望中看。[生拜別科] [生先下] [旦] 重竚望更盤桓。千愁萬恨別離間。只教我青燈夜雨香銷鴨。暮雨西風泣斷猿。[下]	【哭相思】[旦] 夕陽古道催行晚、聽江聲淚染心寒。要知郎眼赤、只在望中看。[生拜別介下] [旦] 重竚望更盤桓。千愁萬恨別離間。只教我青燈夜雨香銷鴨。暮雨西風泣斷猿。[下]	【哭相思】[旦] 夕陽西墜古道催行晚、血泪染心寒。要知郎眼赤、只在望中看。[生] 請了不顧了。[生下] [旦] 重竚望更盤桓。千愁萬恨別離間。只教我青燈夜冷香消寶鴨。暮雨西風泣斷猿。[下]	[旦]【哭相思】夕陽古道催行晚、听江聲淚染心寒。要知郎眼顧、只在望中看。[生下] [旦] 重貯望更盤桓。千愁萬恨別離間。只教我青燈夜冷香消鴨。暮雨西風泣斷猿。	【哭相思】[旦] 夕陽古道催行晚、听江聲淚染心寒。要知郎眼顧、只在望中看。[生] 請了不顧了。[生下] [旦] 重竚望更盤桓。千愁萬恨別離間。只教我青燈夜冷香消鴨。暮雨西風泣斷猿。[下]	【哭相思】[合] 夕陽古道催行晚、聽江聲淚染心寒。要知郎眼赤、只在望中看。【尾聲】[旦] 重竚望更盤桓。千愁萬恨別離間。只教我青燈夜雨香消鴨。暮雨西風泣斷猿。	【哭相思】[旦] 夕陽古道催行晚、聽江聲淚染心寒。要知郎眼顧、只在望中看。[生] 請回了。不得相顧了。[旦] 重竚望更盤桓。千愁萬恨別離間。只教我青燈夜冷香消寶鴨。暮雨西風泣斷猿。

秋江哭別對照表2

樂府紅珊	群音類選	歌林拾翠	賽徵歌集 明末清初？	南音三籟	綴白裘 一七七七校訂重鐫本	納書楹曲譜 一七九二―九四	六也曲譜
陳妙常秋江送別	秋江送別（曲辭のみ）	秋江哭別	秋江哭別4	分別（曲辭のみ）	秋江送別	秋江（曲辭のみ）	秋江
【水紅花】	【水紅花】	【水紅花】	【水紅花】	なし	【水紅花】	なし	【水紅花】
【前腔】	【前腔】	【水紅花】	【水紅花】	なし	【前腔】	なし	【前腔】
［歌介］風打船頭雨欲來、漫天雪浪、…	―	［梢子唱歌］風打船頭雨欲來、漫天雪浪、…	風打船頭雨欲來、漫天雪浪、…	―	【吳歌】你看風打船頭雨又來	なし	【山歌】吓吓吓暗風打船頭雨又來
【紅衲襖】	【紅衲襖】	【紅衲襖】	【紅衲襖】	なし	【紅衲袄】	なし	【紅衲袄】
［梢子歌介］漫天風舞葉聲乾、遠浦林疎日影寒	―	漫天風舞葉聲乾、遠浦林疎日影寒	漫天風舞葉聲乾、遠浦林疎日影寒	―	【吳歌】漫天風舞葉聲乾	なし	【山歌】漫天子介風霧、日影子介暖遠波
【前腔】	【前腔】	【前腔】	【前腔】	なし	【前腔】	なし	【前腔】
【僥僥令】	なし	【僥僥令】	【僥僥令】	なし	【僥僥令】	なし	【僥僥令】
【哭相思】	なし	【哭相思】	【哭相思】	なし	【哭相思】	なし	【哭相思】
【小桃紅】	【小桃紅】	【小桃紅】	【小桃紅】	越調【小桃紅】	【小桃紅】	【小桃紅】	【小桃紅】
【下山虎】	【下山虎】	【下山虎】	【下山虎】	【下山虎】	【下山虎】	【下山虎】	【下山虎】
【醉遲歸】【前腔】	【醉扶歸】【前腔】	【醉歸遲】	【醉歸遲】	【五韻美】【五般宜】	【五韻美】【五般宜】	【五韻美】【五般宜】	【五韻美】【五般宜】
×	×	×	×	×	×	×	×
【憶多嬌】	【憶多嬌】	【憶多嬌】	【憶多嬌】	【憶多嬌】	【憶多嬌】	【憶多嬌】	【憶多姣】
【哭相思】［生］夕陽古道催行晚、聽江聲涙染心寒。［旦］要知郎眼顧、只在望中看。［生下］【尾聲】［旦］重佇望更盤桓。千愁萬恨別離間。只教我青燈夜冷香消鴨。暮雨西風泣斷猿。	【哭相思】夕陽故故催行晚、聽江聲涙染心寒。要知郎眼赤、只在望中看。［生拜先下］［旦］重眝望更盤桓。千愁萬恨別離間。只教我青燈夜冷香消鴨。暮雨西風泣斷猿。	［旦］【哭相思】夕陽古道催行晚、聽江聲涙染心寒。要知郎眼顧、只在望中看。［生拜別科、先下］［旦］重竚望更盤桓。千愁萬恨別離間。只教我青燈夜冷香消鴨。暮雨西風泣斷猿。［下］	［旦］【哭相思】夕陽故故催行晚、聽江聲涙染心寒。要知郎眼赤、只在望中看。［生拜先下］［旦］重眝望更盤桓。千愁萬恨別離間。只教我青燈夜冷香消鴨。暮雨西風泣斷猿。［下］	【尾聲】夕陽古道催行晚、千愁萬恨別離間、暮雨朝雲兩下單。（尾亦近日人所改）	［小生］就此拜別。【尾聲】夕陽古道催行晚、千愁萬恨別離間、暮雨朝雲兩下單。［淨付丑仝上］［貼作過船介］［貼］【哭相思】要知郎眼赤、［合］只在望中看。［小生、貼東西各涙下］	【尾聲】夕陽古道催行晚、千愁萬恨別離間、暮雨朝雲兩下單。	【尾聲】夕陽古道催行晚、千愁萬恨別離間、暮雨朝雲兩下單。［淨付介］過船去來罷。［小生旦唱］【哭相思】要知郎眼赤、只在望中看。［仝哭下］［付］老个、居來會。［淨］扳得來。［分班下］

第四章　內容と役柄の變遷をめぐる問題

「淨」考――役柄の變遷

はじめに

中國古典演劇においては、登場人物のそれぞれに脚色（中國語では役柄のことを脚色あるいは行當という）を當てて上演するというのが決まりである。脚色とは、登場人物の性格を類型化したものということが出來るが、このような類型化した脚色というのは、中國に限らず、日本においても、また世界的にも、廣く見られるものである(1)。類型化した脚色を通して普遍的本質を表現しようとするのであり、さらに單なる役柄を越えた人間の個性をも表現しようとしているといえる。

演劇において悪役は、主役の次に重要な役柄といえよう。西洋の演劇から例を擧げれば、シェイクスピア『オセロウ』(2)のイアーゴウこそは、最も有名な悪役の一つであろう。イアーゴウはオセロウに對し、オセロウの妻デズデモウナが不義を働いていると僞りの事實を吹き込み、猜疑心を煽られたオセロウは妻を殺害する。その直後、オセロウは妻の無實を知り、みずからも命を絕つ。このようにイアーゴウは、些細な出來事をきっかけにして主人公たちを破滅に追い込んでいくのであり、その役割はまさに悪役というにふさわしい。彼が悪役としてわれわれに深い印象を與えるのは、彼が自らの行爲について、いささかも良心の呵責を感じていないところにある。イアーゴウは劇中で徹頭徹尾、惡を體現した役どころである。そして、罠に落ちていく主人公たちの對極にあって、一層その惡役の魅力が增すのである。

日本の歌舞伎においても、シェイクスピア劇に類似した例を見出すことができる。最もよい例としては、『東海道四谷怪談』（一八二五年）に登場する、民谷伊右衛門が擧げられるであろう。歌舞伎では、民谷伊右衛門のような惡役は、惡役の中でも特に「色惡」(3)という名稱で分類されている。「色惡」とは、二枚目でありながら實は惡役という役どころであり、惡を美化した役どころということが出來よう。

このように、西洋の演劇や日本の歌舞伎では、惡役は重要な役どころとして、惡を體現したその惡役ぶりが一つの見せ場として肯定的・積極的にとらえられ、さらに類型化されている點は注目すべきであろう。

それでは、中國傳統演劇では、惡役はどのように描かれているのであろうか。

中國の通俗文學における代表的な惡役といえば、『三國志演義』の曹操がまず浮かぶであろう。曹操のイメージとしては、呂伯奢一家殺しに見られるような、冷徹な惡役というのが一般的である。ところが、中國傳統演劇における曹操は、「一般的な」曹操のイメージからはかけ離れている。たとえば、赤壁の戰いを描いた京劇「群英會・借東風・華容道」のうちの「華容道」では、赤壁の戰いで大敗した曹操とその部下たちが華容道を落ちのびていく場面で、曹操の前に現れた關羽が、かつて曹操から受けた恩義によって見逃すのが最大の見せ場である。この芝居における曹操は、追手があらわれるたびにびっくり仰天し、大袈裟に身を縮ませ逃げ續けるという、非常に慘めで滑稽な姿で登場する。曹操と言えば『三國志演義』では最も重要な惡役であるにもかかわらず、芝居の中では全く異なったキャラクターとして登場しているのである。

以上のことから結論をやや先取りして述べると、中國傳統演劇の悪役たちは、道化的・三枚目的性格を持っていることが多いと考えられるのである。西洋古典演劇や歌舞伎などにおける悪役が、悪を體現し美化する存在として、主役と同等或いはそれ以上の能力や魅力を賦與されているのとは對照的である。悪役のあり方の違いは、發展過程の違いに起因するものと予想される。中國傳統演劇においては、淨という役柄が悪役を擔當することが多く、最も重要な役柄の一つといってよい。本稿は、淨の變遷をたどりながら、中國傳統演劇における悪役について考察を加えるものである。

一、雑　劇

まず中國演劇史において、具體的な様子をうかがうことの出來る最も古い演劇である雜劇から見ていくことにしたい。雜劇の現存最古のテキストとして、『元刋雜劇三十種』（以下元刋本）がつとに知られている。しかし元刋本は、臺詞やト書きが不完全なテキストであるため、淨が登場していることを示すト書き（例えば「淨云了」）は見られるが、具體的に何をしたか、何を話したかについて明らかにすることは困難である。明代に入ると、ト書きや臺詞が大幅に雜劇のテキストに盛り込まれるようになる。

そこで、明の宮廷での上演用臺本とされる脈望館抄本のなかから、「博望燒屯」を例にあげて見ることにしたい。これは「新野の戰い」と呼ばれる有名な戰いの中の一場面で、諸葛亮が劉備に仕えて初めての戰いで勝利する話を芝居に仕立てたものである。第三折は、曹操配下の夏侯惇（元雜劇や平話などでは「夏侯敦」と表記されることが多い）が新野の劉備軍を攻擊し、趙雲と對峙する場面である。

夏侯敦「おまえは誰だ。」趙雲「わしは趙雲だ。おまえの父さんだぞ。」夏侯敦應じるしぐさ、せりふ「ああ、風が強くて聞こえない。もっと大きい聲で言ってくれ。」趙雲「わしは趙雲だ。おまえの父さんだぞ。」夏侯敦應じるしぐさ、せりふ「ああ、風が強くて聞こえない。もっと大きい聲で言ってくれ。」趙雲「わしは趙雲だ。おまえの父さんだぞ。」夏侯敦應じるしぐさ、せりふ「ああ。」兵士「あっぱれな返事です。元帥どの、こういうのを陣前の罵り合いっていうんですよ。罵って怒ったらすぐに合戰です。やつはおまえの父さんだって言ってます。あなたもひとつもっと大きく出てやつを壓倒しましょう。」夏侯敦「わかった。陣前の罵り合いには通じておる。罵り合いでまされば、半分は勝ったようなものだ。わしは大きく出てやつを降參させてやろう。わしは逃げもかくれもせぬ、曹丞相配下の大將夏侯敦だ。」兵士「元帥どの、もっと大きく。」夏侯敦「わかっておる。夏侯敦はおまえんちの孫ひ孫だぞ。」兵士「元帥どの、どうしてやつのために孫ひ孫になるんですか。かえって小さくなってしまいます。」……　（第三折）[4]

ここでの夏侯惇は、趙雲の好敵手であるにもかかわらず、全くの道化役を演じていることは明らかである。しかし、夏侯惇が、本來このようなキャラクターであったのかというとそうではない。雜劇とはジャンルが異なる『三國志平話』と『三國志演義』の同じ場面を見ると、それぞれ異なった性格を持つことがわかる。

『三國志平話』（巻中）の該當箇所を擧げてみよう。

さて夏侯敦は新野から三十里のところにとりでを設け、人をやって新野を探らせます。一日もしないうちに、太鼓の音が鳴り響くので、その人が元帥（夏侯敦）に言うには「軍師が山の頂に登って、皇叔（劉備）を招いて宴會を開き音樂を奏でているのです。」夏侯敦は「田舍者め、わしをばかにしおって。」と言って、五萬の軍を率いて高い坂の下までやってきました。南に向かって軍を動かすと、人々が皇叔・軍師のともをして西の方へ逃げていきます。坂の上から石やら丸太やらが落ちてきて夏侯敦にぶつかり、夏侯敦は一目散に逃げ出し、後ろから敵の二將軍が現れてしんがりと戰います。横合いからは三千の兵を率いた趙雲が現れます。夏侯敦はとりでに戻ろうと思いましたが、馬垢・劉封がとりでを奪っておりました。夏侯敦は北へと落ち延びまして……

（『三國志平話』卷中）(5)

全相平話の文章そのものは、主に要點のみが記されただけの、簡潔ではあるが、素っ氣ないものである。全相平話は講釋師の種本をもとに刋行されたということが妥當な推定であれば、登場人物に特別な性格付けのようなものがあまり施されていないのは、實際の話の肉付けが本來講釋師の裁量に任されていたことを示していることになろう。とはいえ、この場面の描寫からは、夏侯惇が無能な大將であるという證據も、また彼の役割が道化であるという要素も、いずれも見いだすことは困難であろう。

次に『三國志演義』（嘉靖本・卷八）の該當する部分も擧げてみよう。

さて夏侯惇は于禁らとともに兵を率いて博望までやってまいりました。……夏侯惇は大いに笑い出します。人々が尋ねて言うには「將軍、どうしてお笑いになるのですか。」夏侯惇は「徐庶が丞相の面前で諸葛亮の田舍者を天人だと言っておったことを笑っておるのだ。いまその用兵を見るに、このような軍馬を前方に置き我らと對峙するは、ちょうど犬や羊が虎や豹と闘うようなものだ。わしは丞相の前で見桊を張って劉備と諸葛亮を生け捕りにすると言ったが、いまこそ必ず言ったとおりにしようぞ。止まるなよ。おまえと我が弟とは軍馬を出して、夜を繼いで新野を平らげよう。これが我が望みじゃ。」そのまま馬を進ませます。新野の軍勢は隊列を整えます。趙雲も馬に乘って出てきました。夏侯惇が罵って言うには「劉備は無義忘恩の徒だ。お前らは人魂が幽靈にくっついて行くようなものだぞ。」趙雲は大いに罵って言うことには……。夏侯惇は怒って、馬を驅り、子龍に戰いを挑んできます。雙方の馬は戰いを交え、數回も戰わないうちに、子龍はわざと負けて逃げ出しました。夏侯惇は後を追いかけます。……韓浩は馬を走らせ進み出て諫めるには「趙雲は敵を誘い込んでいるのです、伏兵がいるのでしょう。」夏侯惇は「敵はこのように弱いのだから、この十面に伏兵がいても、わしはおそれはせぬ。」博望坡まで追いかけて參りました。(6)……

中國通俗小說の最も代表的な作品の一つである『三國志演義』においても、夏侯惇は諸葛亮の計略に落ちて敗走する。諸葛亮の初陣の引き立て役ではあるが、小說での夏侯惇は堂々たる將軍として登場しているのであって、決して笑いを取る道化役として描かれているのではない。敗戰のあと逃げ歸った夏侯惇は、みずからに繩を打ち、曹操の面前で罪を請う。これに對し曹操は夏侯惇の責任を強いて追及せず、諸葛亮が巧みな計略を用いたからだとして夏侯惇を許す。過ちを犯したら潔く罪を認め罰を請い、またそのような態度ゆえに許される、『三國志演義』における夏侯惇は、武將のあるべき姿の一つとして描かれていると言えるだろう。

このように、異なるジャンルの作品で同内容の場面を比べてみると、惡役である夏侯惇の形象が全く異なっていることがわかる。雜劇では實際の人物像とは關係なく、道化的性格を賦與されていると思われるのである。一方、通俗小說である『三國志演義』では、夏侯惇は敵方の重要な武將として描かれていることから、歷史書の人物像が影響している可能性も考えられるであろう。

雜劇の淨が惡役であると同時に、道化役でもあることはすでに多く指摘されていることである。しかし、淨という脚色を與えられると、道化役的ではない人物も道化性を帶びるようになる點は注意されるべきであろう。夏侯惇のほかに次のような例がある。雜劇「摩利支飛刀對箭」（脈望館抄內府本）楔子では、敵方の武將摩利支（または葛蘇文という。(7)）脚色は特に記されていない）と唐軍の武將薛仁貴（脚色：正末）の上官張士貴（脚色：淨）が戰い、上述した夏侯惇と趙雲のやりとりとほとんど同じ臺詞が用いられている。夏侯惇の臺詞は張士貴の臺詞に、趙雲の臺詞は摩利支の臺詞になっており、「博望燒屯」と同樣に淨が滑稽な役回りを演じている。また、「龐涓夜走馬陵道」（テキストには脈望館抄本と『元曲選』本が存する）は、有名な孫臏と龐涓の話を扱った芝居である。この劇の惡役は龐涓であるが、ここでも龐涓は滑稽な性格を帶びている。このように、脚色が登場人物の性格を決定するという逆方向の影響も考えられるのである。

ここで例としてあげた脈望館抄本、すなわち明の內府本は、宮廷內で演じられた雜劇の上演用臺本である。上演は大抵が一回だけ行われ、かなり粗製濫造されたもののようである。(8)ここで例として擧げた「博望燒屯」「飛刀對箭」において同じ表現が用いられているのは、既存の上演用臺本を再利用したのであろう。ただ、このように使い回しがなされているのは、類型化した笑劇がまず存在し、それが樣々な芝居にはめ込まれたからであると考えられるであろう。このように雜劇では、登場人物たちが史實において實際にそういう人物であったか否かということとは關係なく、類型化の操作が行われる現象がしばしば見られるのである。

二、南　曲

（1）道化の淨……『琵琶記』

次に、南曲における淨についてみてみたい。

道化役としての淨を、『琵琶記』（汲古閣六十種曲本）第六齣から、例を擧げて見ることにしよう。

（外：牛太師、淨：張家の仲人、丑：李家の仲人、末：牛家の執事）

（外）……これ、たったいま誰が我が家の前で騒がしくしておったのじゃ。（末）事があれば必ずご報告しますし、何もなければむやみにお知らせいたしません。たまたま二人の老婆がやってきて旦那様に縁談を持ってきているのです。（外）通せ。お前たち二人、何の用で來たのじゃ。（淨）わたしは張尙書のお屋敷からつかわされて縁談を持って參りました。（丑）わたしは李樞密のお屋敷からつかわされて縁談を持って參りました。（外）どんな家柄でもかまわんが、ただ才能と學問があって天下の狀元になることが出來さえすれば、娘を嫁がせるつもりだ。それ以外は縁談はお斷りじゃ。（淨）旦那様に申し上げます。うちの新郎さんは占い師によりますと、今年の科擧で必ず狀元になるそうです。（丑）旦那様に申し上げます。あっちの新郎は運が惡いのです。ただうちの新郎さんだけは、占いによりますと今回の科擧で必ず狀元になります。（淨と丑、相手を毆るしぐさ）（外）やれやれ、この二人のばあさんはわしの前で無禮なことだ。おい、どんな釣書を持っていようが、すべて破ってしまえ。この二人を吊るし上げてそれぞれ十八回ぶん毆れ。（末引っ張って行き毆るしぐさ）（外）急いで仲人婆をたたき出せ。（末）狀元でなければ、縁談はお斷りですよ。（淨）あたら十七八回のいばらの棒を受け、（丑）成るも成らぬ

も百本の酒を飲むなどとはとんでもない。(末、淨、丑退場)[9]

この場面は、淨と丑を中心とする笑劇であり、『琵琶記』とは直接的な關係を持たない插入された部分と言うことが出來る。陸貽典本『琵琶記』の同じ場面では、話の流れはおおむね一致するが、笑劇中の臺詞には全く異なる文言が用いられていることから考えて、このような笑劇においては、元來固定した臺本というものはなく、役者が臨機應變に演じていたということであろう。

ここに擧げた『琵琶記』に限らず、南曲では淨が老婆に扮して道化役も演じる例が多く見られる。例えば、『殺狗記』第八齣にも同様の例がある。老婆に扮する場合は、もちろん惡役なのではない。

實は、雜劇においても淨が老婆に扮する例が見られる。例えば、「汗衫記」(内府本)の「冲末扮正末、淨卜兒、外末・外旦上、開」(冲末正末、淨が卜兒に扮し、外末、外旦が登場、開)、また「老生兒」(孟稱舜『酹江集』所收本)の「冲末正末、淨卜兒、旦兒・張郎・引孫・小梅同上」(冲末が正末に扮し、淨が卜兒に扮し、旦兒、張郎、引孫、小梅とともに登場)、「望江亭」(息機子本)の「冲末淨扮白姑姑上」(冲末淨が白姑姑に扮して登場)といった卜書きである。[10] 雜劇では、老婆に扮する場合は卜兒と呼ぶので、〝淨が卜兒に扮する〟とは、道化が老婆に扮するということを意味する。ただし、これらはいずれも明本の用例である。元代の資料は現時點では乏しい状況にあるため、この卜書きが元代の實情をどの程度反映しているのかは不明である。

南曲に先立つものとして『永樂大典』所收の南方系の芝居で、永樂大典戲文と呼ばれるもののひとつに『張協狀元』がある。これは南宋末或いは元代に成立した[11]と言われており、元代の雜劇とほぼ同時期の南方系の芝居である。この『張協狀元』では、淨が老婆に扮している箇所がある(第三十四出)。明代以前から、南方では淨が老婆に扮することが行われていたのである。ということであれば、明本の雜劇に見られる老婆に扮する淨は、南方系の芝居の影響を受けている可能性も考えられるであろう。

（2）惡役の淨……『白袍記』

薛仁貴物語の南曲の芝居として『薛仁貴跨海征東白袍記』（全四十六折　金陵富春堂、萬暦年間刋本。以下『白袍記』）がある。この話では、高麗國の武將葛蘇文（または抹利支）の役に淨が扮することになっている。第五折を見てみよう。

（丑：伯濟國の使者昌黑飛、淨：高麗國の武將葛蘇文）

【六幺歌】（丑うたいにて）主君の命で、唐朝へ貢ぎ物を持って參ります。後ろからどなたか追って來るようでございます。銅鑼がやかましく響き、びっくりすることじゃ。（合唱で）足を速めろ、足を速めろ。（丑退場）（淨登場）おまえたち、前方に車を推している者がいる。きっと金銀を積んでいるに違いない。追いかけろ。

【紅繡鞋】おまえたち休むことなく追いかけろ。生け捕りにしてわけを尋ねるのだ。滿足すればすぐ戻ることにする。金銀を差し出せば、命は助けてやるが、わしに渡せぬと言うのなら、歸る道はないと思え。（淨退場）

【前腔】（丑うたいにて）後ろから兵隊さまのお越し。わしはびっくり仰天、魂が抜け出そうじゃ。うまく逃げおおせたらもうけもの。

（淨つかまえるしぐさ）つかまえた。おまえ何者じゃ。（丑跪くしぐさ）わたしは伯濟國の昌黑飛です。主君の命を承け、唐の君主に三種類の寶物をお贈りするために、關所を通りました。どうか命ばかりはお助けを。（淨云う）わしは唐の天子とは仇敵の間柄、どうしても戰わねばならんのだ。おまえはやつへの貢ぎ物を持っているということだが、それは、他人の景氣づけをして、われらの威風をつぶすようなものだ。おい、ちょうど使者にする者がいなかったから、三種類の寶物はこちらで頂戴し、唐王を侮辱する詩を入れ墨して、使者殿の手間を省いてやろう。（丑泣くしぐさ）お情けを。（淨云う）顏に入れ墨をしてやれ。(12)

ここの葛蘇文が登場する場面では、隣國から唐へ向かう使節を捕らえて貢ぎ物を奪った上、使者の顏に入れ墨を施すという非情な行爲をし、惡役としては申し分がない。この劇を通してみても、彼のこの人物像に相反する描寫は見られない。『白袍記』での葛蘇文は、正眞正銘の惡役として位置づけられているわけである。

また、薛仁貴物語におけるもう一人の惡役張仕貴（雜劇「飛刀對箭」の張士貴と同一人物）は、第七折以降に淨が扮して登場する。特に第四十三折では、薛仁貴暗殺という大膽な謀略を計畫する惡人として描かれる。ここでの彼に關する描寫には、雜劇「飛刀對箭」で見られた笑いを取る臺詞などはみられないことから、葛蘇文と同樣、道化的性格を持っていないと言える。つまり『白袍記』における惡役には、道化的な性格は與えられていないということである。

このほか南曲では、『劉玄德三顧草廬記』（富春堂刊本）第十四折の夏侯惇、『千金記』（富春堂本・汲古閣六十種曲本）の項羽も淨が演じることになっているが、これらの役には道化的性格が非常に薄いということが出來る。ただし、項羽の場合には史實の制約を強く受けている可能性もあるだろう。

（3） 惡役の登場……『鳴鳳記』

以上の例では、南曲における淨が持つ二つの役を見てきた。一つは老婆などを演じる時の、道化的性格の強い淨である。これは雜劇の場合と同じく淨がもともと道化であることを受け繼いでいるものであろう。もう一つは惡役としての淨であり、道化的性格が概して稀薄である點が特徴的である。これは、悪役が道化という範疇だけにとどまらなくなってきたのであり、悪役そのものに質的な變化を生じ始めていることを示していると思われる。

ここで、明末淸初に「四公子」の一人として名を馳せた侯方域の「馬伶傳」(13)という文章を見てみよう。要約すると次のような内容である。

當時金陵では、興化部と華林部が特に有力な劇團だった。ある時、新安商人の主催で『鳴鳳記』による上演比べが行われた。このときは華林部の李伶（伶は役者の意）と興化部の馬錦がいずれも嚴嵩に扮して爭った。しばらく上演を續けるうちに詰めかけた觀衆はみな華林部の舞臺にくぎ付けとなり、興化部には見向きもしなくなってしまった。馬錦は恥じて服を着替えて逃げ出し、興化部も看板役者の失踪でちりぢりになってしまった。三年後、馬錦は劇團員をもう一度集め直し、かの新安商人に掛け合い、再び『鳴鳳記』の上演比べを開かせた。今度は馬錦の演技が評判を取り、華林部の李伶は名聲を失った。さて、失踪していた三年間、馬錦は一體何をしていたのかというと、彼自身が語るには、當世の嚴嵩もどきと呼ばれた大臣顧秉謙の邸に召使いとして潛り込み、直接顧秉謙を觀察して、しぐさなどを徹底的に覺え込んだという。

この文章は崇禎十二年（一六三九）、侯方域が南京へ試驗のために出掛けた折に書かれたものである。この中で注目すべきは、悪役を演じる役者の演技が稱贊の對象として語られている點であろう。『鳴鳳記』では、淨が嚴嵩に扮することになっている。そこでは道化的性格は持っておらず、權力をほしいままにして、自分に刃向かう者は一族皆殺しにするほどの極悪非道の奸臣として描かれている。とすれば、『鳴鳳記』の嚴嵩もまた、まことに悪役らしい悪役とい

える だろう。もちろん、演劇の場合、演じ方によって細かな點人物像は變わってくるはずと思われるので、『鳴鳳記』の嚴嵩が道化役ではなかったと斷言してしまうのは、やや強引過ぎる嫌いがあるだろう。しかし、馬錦が覺え込んだしぐさというのは、おそらく惡人らしいしぐさや話し方であったに違いない。

『鳴鳳記』の成立については、焦循の『劇說』巻三[14]に次のような記述が殘されている。

『鳴鳳記』は王世貞の門下の者が書いたものだが、「法場」の場面だけは王世貞自身が書いたものである。……

實際に王世貞やその門下の者が『鳴鳳記』の成立に關與していたのであるなら、このような從來とは異なる淨の登場には、知識階級が關わっていたことになる。つまり、知識階級が戲曲の創作・受容兩面に關與したことが、民間藝能に由來する道化的な淨よりも深みのある、リアルな人物像を生み出す要因の一つとなった可能性があるだろう。

（4） 淨の變容

南曲における淨の守備範圍はこれだけに止まらない。その例を『西廂記』の中から見てみよう。南曲用に改編された李日華『南調西廂記』（富春堂本）に登場する淨は、第九折の孫飛虎、第十一折の惠明、第三十四折の鄭恆、そのほか召使いや兵士といった端役に扮することになっている。孫飛虎は普救寺を包圍して鶯鶯を要求する反亂軍の首領で、鄭恆は母親が決めた鶯鶯の許婚で張生の戀敵であり、いずれも惡役であるので彼らが淨であることは問題がない。その他の雜多な端役に扮するのは、實際に上演する際、足りない人數を埋め合わせるためであろう。ここで注目したいのは、淨が扮する惠明という人物である。彼は普救寺の僧で、孫飛虎が普救寺を包圍したとき、白馬將軍杜確へ救援要請の手紙を届ける役目を果たす武芸達者で氣性の激しいキャラクターであって、悪役でも道化役でもない。なお、『西廂記』の現存最古のテキストである弘治本では、恵明には役柄は記されず、ただ「恵明」とするだけであるので、弘治本よりも少し時代がくだり、南曲化するに伴って、淨が「恵明」を演じる状況が生まれたものであろう。

淨が道化役でも悪役でもない役を演じる例は、ほかにも明代後期の戲曲テキストに見られる。萬暦年間に出版された『萬壑清音』という散齣集（一幕物を集めた戲曲集）に収録される「單刀赴會」に登場する關羽も、淨が扮すると記されている。

このように、雜劇においては、道化役と悪役が淨という一つの役柄の中に同居しており、南曲においては、老婆に扮する道化的な淨と悪人に扮する淨の二つの役が見られた。このように明代には、道化役または悪役という範疇だけでは捉えきれない、荒々しいキャラクターを演じる淨が現れるようになってくるのである。

三、京　劇

京劇では様々な悪役が登場するが、三國志物語の曹操は代表的な登場人物の一人であろう。曹操は淨によって演じられる。冒頭でふれた三國志物語のクライマックスの一つ、赤壁の戰いを描いた「群英會・借東風・華容道」劇の中から「華容道」の部分をみてみよう。

曹操（うちぜりふ）ああ！（舞臺の奥で【西皮導板】のふしで唱う）

曹操孟德は馬の上で深々とため息をつく

〈赤い服の龍套四人が登場、許褚、張遼が登場、曹操が馬鞭を持って登場〉

曹操（【西皮原板】のふしで唱う）

目からは涙がこぼれ手で胸を打ち天をうらむ
中原では八十三萬の軍勢を引き連れて、（ああ！）
江東を掃討して凱旋しようと願っておったのに。
誰が予想しようか。周瑜の小わっぱめは計略が豊富、（ああ！）
蔣幹が連れてきた龐統は連環の計を獻策しよった。
わしは九天を占い東風は吹くまいと思ったが、
諸葛亮が東風を起こしたのは全くあっぱれな計略じゃった。
我が軍の兵は燒き討ちに遭い皮は開き肉はただれた。
殘ったのはたった十八騎、まったく慘めなことじゃわい。
道すがら手綱を締めてよくよく見れば……(15)

實際の上演では、曹操役の役者がこの歌詞をため息混じりに悲しげに唱い、更に滑稽でユーモラスな雰圍氣を釀し出しながら演じる。敗走シーンであってはもともと見榮えのする場面であるはずもないが、實際曹操が三枚目的な役回りを演じているのは全編通じて一貫しているのである。

しかし、普通われわれが『三國志演義』から抱く曹操のイメージは、少なくとも三枚目的な人物ではない。眠ったふりをして愛妾を斬った話や呂伯奢一家殺しの話などからは、曹操が冷徹な頭のきれる人物であることを強く印象づけられるはずである。

そもそも、京劇以前の芝居に登場する曹操には、道化的性格は賦與されていない。たとえば、雜劇の「博望燒屯」「千里獨行」、南曲の『古城記』『草廬記』などにおける曹操は道化役ではない。雜劇では、曹操は「曹末」という特別な役柄名が使われている。このような現象は劉備や關羽なども同樣で、それぞれ「劉末」「關末」という役柄名が使われ、劉備は皇帝になった人物であること、關羽は後世、神として祀られることになったことから、それぞれ特別な役柄が與えられているのである。曹操の「曹末」も同樣の事情によるのであろう。南曲の場合、『古城記』では役柄は無く單に「曹」と記され、『草廬記』では「外」が曹操に扮する(16)（第十二折では「外」であるが、第十七折以降は「曹」となる）ように、脚色からみても、曹操が道化的惡役に形象されているということはないのである。このことから、曹操の人物像に道化的性格が賦與されているとまでは言えないように思われる。

一方京劇では、曹操に限らず、惡役が道化的性格を持っている例が見られる。「空城計」の司馬懿のほか、「大保國」の李良、「打嚴嵩」の嚴嵩などである。司馬懿は諸葛亮のライバルであり、李良は明朝の外戚で王位簒奪を狙う惡人であり、嚴嵩は明代の奸臣である。これらの役は京劇では淨が扮し、特に「白臉」と呼ばれ、顔全體を白く塗り黑い線や點を描きこんで登場する。白く塗るのは「惡役」であることを示し、かつ、狡猾でずるい性格をあらわすとされる。また京劇の惡役は、惡役としての性格だけでなく、道化性も帶びている。

雜劇では「正末」が包拯や張飛などの役を擔當することもあり、また南曲『袁文正還魂記』においては「外」が包拯に扮している(17)。ところが京劇では、これらの役はすべて淨が演じるのである。京劇の淨は「花臉」とも呼ばれるように、隈取りをしている役柄である。「二進宮」の徐彥昭や、「秦香蓮」などの包拯、「上天臺」の姚期などは善玉の役どころで、惡役ではない。また、淨が扮する張飛や李逵などは、三枚目的役回りをつとめることが多い。京劇の淨は道化的性格を残してはいるが、もはや單純に道化役ということは出來ないほどに、その內容を擴大しているのである。

四、役柄の變遷

ここで淨という役柄の變遷をたどってみよう。

淨は、金代の院本に見える役柄である〝副淨〟に始まるといわれる。院本とは〝副淨〟〝副末〟による諧謔問答を中心としたファルス（笑劇）である。後に獨立したものとしては消滅してしまうが、雜劇や南曲に插演される形で命脈を保っていく。[18]〝副淨〟の〝副〟とは、院本のリーダーである〝末泥〟に對する〝副〟である。この〝副淨〟が雜劇の淨へ受け繼がれたとされている。[19]徐渭『南詞敍錄』「淨」の項に「優中最尊」[20]とあるように、重要な役柄の一つと考えられていたようである。

明代になると、役柄の示す實態が徐々にずれ始めてきたということになる。具體例は、すでに擧げたとおりである。それでは、このような變化の要因は一體何であろうか。ひとつには、演劇の形態面の違いが、淨という役柄のあり方に變化をもたらしたのではないかと考えられる。

雜劇では一人獨唱といって、歌唱は主役の一人だけが行うという形態を取っている。したがって、誰が唱うかという點が最も重要であるために、役柄は金の院本と同樣に主役を中心としたものになる。つまり、主役（正末・正旦）、道化役・惡役（淨）、端役（外）というように、劇中における役割が基準となっている。主役がどのような性格のキャラクターであるかという點ではあまり區別されておらず、例えば正末は、胥吏、飮んだくれの男、裁判官、金持ちの老人といったさまざまな年齡・性格のキャラクターを演じることになる。

一方、南方で行われた南曲では、基本的に登場人物は誰でも唱うことが出來る。そのため、役柄は登場人物の屬性を示すものとして機能することになる。外見的特徴や性格に基づいて役柄が分類される。雜劇においても、老婆に扮する卜兒、皇帝に扮する駕など、外見的特徴による分類がなされた役柄が認められるが、南曲ではこの分類が全面的に適用されているわけである。更に京劇における老生・小生といった役柄は、外見的特徴や聲質から分類され、それにより基本的な性格もある程度決められている。このような點は歌舞伎と似通うが、ただし歌舞伎の場合、一人の役者が様々な脚色に扮することは可能であるが、中國傳統演劇では脚色毎に專業化しているのが普通である。

淨の外見的な特徴としては、顏に隈取りを施すことが第一に擧げられるであろう。『元曲選』本「生金閣」第二折には、淨扮する龐衙内が「你道我臉上搽粉、你又不搽粉那」と述べる臺詞がある。この臺詞は息機子本「生金閣」には見えないことから、別系統のテキストによるものか、或いは後補によるものか問題になるものの、いずれにせよ、當時の實際の上演における淨の姿を傳えているものと考えて差し支えないであろう。とすれば、『元曲選』のころの淨は、京劇の淨と同じように必ず隈取りをしていた、あるいは少なくとも、役によっては隈取りをしていたということは出來よう。今日の中國傳統演劇における役柄は、まさにその延長上に發展してきたものと考えられる。

淨の變容の過程には、その他の役柄が關與している可能性も考える必要があるであろう。特に丑という役柄は道化專門で、淨と性格的に重なっている。そもそも、この丑という脚色は、雜劇の最古のテキスト『元刊雜劇三十種』には見えない。ところが、南方系の芝居である戲文『張協狀元』（『永樂大典戲文』所收。南宋末或いは元代に成立）[21]には丑が登場しており、元代の雜劇とほぼ同時期の南方系の芝居では既に丑が存在していたことになる。したがって、丑という役柄は、南方系の演劇用語ではないかと思われる。北方系の雜劇と南方系の南曲などとが出會った結果、淨と丑の二つの似通った役柄が一つの芝居の中に登場することになったのではないか。雜劇テキストでも、明本では丑が非常に多く登場している。
丑は淨と全く同じなのではなく、丑は淨に比べてより道化的性格が強いキャラクターである。兩者には上下關係が存在し、淨と丑の兩者が同時に登場する場面では、常に淨が上で丑が下である。例えば、汲古閣本『琵琶記』第十七齣（陸貽典本では第十六出）に丑が「我是搬戲的副淨」と述べる臺詞があることからも、丑が従、淨が主であると認識されていたことがわかる。

院本では副淨と副末の二人組であったものが、南曲などに見える笑劇では末と淨、淨と丑という組み合わせか、末・淨・丑の三人で行う形で現れる。末はもともと道化性はあまり強くなく、笑いの中心は主に淨と丑のやりとりにおかれる。末という用語は、雜劇においては淨の場合と同じく、正末（男の主役）、外末（男の端役）などというように劇中の役割を示すものであった。しかし、南曲における副末は開場の口上を述べる特殊な役柄として登場するほかは、末そのものは男の端役を指す用語となり、主役格を指す場合は生という別の役柄名が用いられる。京劇になると、末はもはや獨立した役柄（行當）としてはみなされず、男の端役（例えば執事）のことを指し、老生が扮する。一方男性役を指す生はおそらく丑と同じ南方系の用語であると思われる。南曲の形式が廣まるにつれ、末は生にその座を奪われたということなのであろう。一方、女性の脚色を示す旦は、北方と南方で同じ用語を用いていたらしいこと、女性の役という外見的特徴を示すところから、そのまま用いられてきていると考えられる。

本來は道化役であった淨が、次第にその役割の範圍を擴大していく一方、代わって丑が道化役を專門に擔當するようになったと考えられる。現代の京劇などで道化といえば、丑のことを指している。例えば、雜劇「望江亭」と、同じ題材の京劇『望江亭』とで見てみよう。京劇『望江亭』は、終幕に人物の出入りが見られる以外は、あらすじは雜劇にほぼ沿っている。(22) 兩者の違いで興味深いのは、役柄の變更である。雜劇では、淨が悪役の楊衙內に扮することになっている。楊衙內には悪役とともに道化役としての性格も與えられている。ところが京劇では、楊衙內に扮するのは丑ということになっているのである。つまり雜劇での淨の役割は、京劇では丑の役割へと、變化してしまったのであろう。

本來北方の演劇であった雜劇は、元代後期にその中心地を南方に移したといわれる。その結果、南方の演劇と互いに影響し合う狀況が生まれ、役柄の實態にも變化を生じることになったのかもしれない。そして、滑稽劇における主役、主役に對する悪役という二つの顔を併せ持っていた淨は、もともと道化として隈取りを施していたこと、性格的に荒々しく力強いキャラクターを演じることが多かったことなどから、徐々に變質していったと言えるであろう。

おわりに

冒頭で述べたように、西洋古典演劇や歌舞伎においては、悪を効果的に描いた演目があり、それらは名作として現在も上演され續けている。悪とは何かという執拗な追求が、時に主役を上回るほどの印象をあたえ、觀客を魅了し續けているのであろう。このような悪役の描き方は、現代のわれわれからすれば特別なことではなく、むしろ普遍的なものとして受け止められていると思われる。

ところが、中國古典演劇では、明代後期の作品、また現代新たに創作・改編された作品を除けば、悪役は道化的な性格を持っている場合が非常に多いといえよう。特に雜劇では悪者は道化にすぎず、巧妙に主人公を陷れることはあっても、その悪の內面を描く方向へ向かうことはなく、道化的存在から拔け出るものではない。明代後期の南曲に至って、悪役らしい悪役の登場を見たということが出來る。しかし、清朝以降にはこの流れが主流として受け繼がれることはなく、積極的に惡を描く方向性はそれ以上發展することがなかった。

明代の南曲で登場し始めたかに見えた惡役らしい惡役が、京劇になって見られなくなってしまったということになるのであろうが、このような變遷をたどることになったのはなぜなのだろうか。京劇における三枚目的惡役は、南曲の惡役が發展したものというよりも、院本や雜劇の道化役としての惡役を受け繼いでいるような印象を受ける。しかし、京劇が、院本や雜劇と直接的な關係を持つと斷定することは現時點ではむずかしい。とはいうものの、南曲から京劇へ直接發展したのではなく、兩者の間には何らかの斷絶が存在するということは想定してもよいかもしれない。京劇と南曲とでは、曲文の形式に大きな違いが存在する。京劇は詩讚系（曲辭の長さがそろった齊言體をとる）と呼ばれ、雜劇や南曲は樂曲系（一句の文字數が不揃いの長短句からなる）と呼ばれている。このような形式の違いは、それぞれ受容層の違いに結びついている。一般的に、樂曲系が主に知識層を對象とするのに對し、詩讚系は主に樂曲系の受容層よりやや低い層を對象としているとされる。[23]このような劇種による受容層の違いが、中國古典演劇における惡役らしい惡役の登場と斷絶とに關わっている可能性があるかもしれない。

以上のように、淨という脚色が、雜劇から南曲、京劇へとどのような變化の過程をたどったのか、その一端をあきらかにすることができよう。京劇の淨が三枚目あるいは道化的性格を帶びているのは、本來の道化としての淨の痕跡を殘しているといえる。そして京劇は、曲文の形式でこそ南曲と異なる面を持つ一方で、演劇の形態面においては南曲と同じ流れに屬しており、脚色も外見的特徵から分類されている。淨は明代において、顏全體に隈取りを施し、荒々しい性格の持ち主にも扮していた。したがって、北曲では他の役柄が扮していた包拯や張飛などの善玉の役も、荒々しい性格の持ち主であるということから、京劇では淨が扮することになったと可能性も考えられるであろう。このようにして、淨は今日見られるような姿に形成されてきたのである。

このような演劇における惡役のあり方は、明代後期の長編小説における『三國志演義』の曹操や、『金瓶梅』の西門慶といった人物が、惡役らしい惡役として登場しているのとは明らかに對照的であるといえよう。演劇の世界では、このような人物像が十分に成長することがなかったのである。眞の惡役がいないことは、中國傳統演劇の特徴ということができるであろう。このことには、淨という脚色の性格が影響していると思われる。

その一方で、こうした演劇の世界における人物形象のあり方が、小説の世界へも影響を及ぼすことがあったようである。唐朝建國の物語である『說唐』第二十四回には、登場人物の容貌を描寫するのに、綠色の顏、藍色の顏といった、まるで隈取りを描寫したかのような文句が使われている。『說唐』のような民間藝能と近い關係にあると思われる小說の場合では、このような演劇の影響と思われるものを認めることが出來る。このように、小說における惡役の類型化にも、影響を及ぼしていることがわかるのである。

注

（1）河竹登志夫『演劇概論』（東京大學出版會　一九七八）一一八頁以下。
（2）シェイクスピア『オセロウ』（菅泰男譯　岩波文庫　一九六〇）
（3）服部幸雄『江戸歌舞伎』（岩波書店　同時代ライブラリー　一九九三）一四〇頁以下に、要約すると次のように記される。「色惡」という役柄は古くから存在していたわけではない。「色惡」という名稱は享保年間に創始されているが、明和年間（一七六四～七二年）、初代中村仲藏が『假名手本忠臣藏』の惡人斧定九郎を白塗りで演じたころから、役柄として重要視されるようになったといわれる。『東海道四谷怪談』の民谷伊右衛門は、この斧定九郎のパターンが應用されるようになったものである。「色惡」は、はじめから重要な役と認識されていたわけではなく、『東海道四谷怪談』に至って、非常に魅力あふれる「色惡」が生まれたのである。

（4）原文は次の通り。（脈望館抄本）

（夏侯敦云）你來者何人。（趙雲云）某乃趙雲、是你爹爹。（夏侯敦做應科云）哎。風大不聽見。再高着些。（趙雲云）某乃趙雲、是你爹爹。（夏侯敦做應科云）哎。風大不聽見。再高着些。（趙雲云）某乃趙雲、是你爹爹。（夏侯敦應科云）哎。（卒子云）應的美。元帥、這箇喚做罵陣。罵的惱了就廝殺。他說是你爹爹、你可再大着些壓伏他。（夏侯敦云）我知道。曉的是罵陣、喒如今口強便掙一半。我說大着降着他、我行不改名坐不改姓、曹丞相手下大將夏侯敦。（卒子云）元帥、大着些。（夏侯敦云）我知道。夏侯敦、我是你家重孫累孫。（卒子云）元帥、你怎麼與他做重孫累孫、倒越小了。

（5）原文は次の通り。（『三國志平話』卷中　括弧内に校訂した字を示す）

却說夏侯敦離辛冶（新野）三十里下寨、令人探辛冶（新野）。不一月（日）、聽得鼓樂響、人告元帥言、「軍師上一山頂、邀皇叔排筵作樂。」夏侯敦言、「村天（夫）慢我。」引五萬軍到高坡下。回面向南拽起、將遊子衆官、伴皇叔・軍師走西璧（壁）。坡上炮石壘木打夏侯敦馬不停蹄、皆（背）後有二將殺甸（殿）後。横裏三千軍、趙雲出。夏侯敦有惠（意）歸寨、有馬垢（ママ）、劉封劫了寨。夏侯敦投北走。

（6）原文は次の通り。（嘉靖本『三國志通俗演義』卷八）

却說夏侯惇幷于禁・李典、兵至博望。……夏侯惇大笑。衆將問曰「將軍何故笑耶。」惇曰「吾笑徐庶、在丞相面前、誇諸葛亮村夫、爲天上之人。今觀其用兵、足可見之也。似此等軍馬爲前部、與吾作對、正如犬羊與虎豹鬪耳。吾在丞相面前、一時誇口、要活捉劉備・諸葛。今必應前言也。不可停住。汝與吾弟、催促軍馬、星夜土平新野。吾之愿稱也。」遂自縱馬向前答話。新野之兵、擺成陣勢。子龍出馬。惇罵曰：「劉備乃無義忘恩之徒。汝等軍士、正如孤魂隨鬼耳。」子龍大罵曰……。夏侯惇大怒、拍馬向前、來戰子龍。兩馬相交、不數合、子龍詐敗退走。夏侯惇趕將來。……韓浩拍馬向前諫曰：「趙雲誘敵、恐有埋伏。」惇曰：「敵軍如此、雖十面埋伏、吾何懼哉。」趕到博望坡。……

（7）『飛刀對箭』（脈望館抄本）楔子：（淨張士貴領卒子騎馬兒上）……（摩利支騎馬兒上）……（張士貴云）你來者何人。（摩利支云）某乃大將摩利支是你爹爹。（張士貴應云）哎、風大不聽見。（三科）（摩利支云）你是何人。（張士貴云）某乃總管張士貴、是你的孫子哩。（卒子云）你怎麼道與他作孫子。（張士貴云）我怎麼道是孫子。如今交馬處、無三合、無兩合、則一合拿將我過去。他拿起刀來、恰待要殺。罷。饒了你。他是我的孫子哩。

（8）孫楷第『也是園古今雜劇考』（上雜出版社　一九五三）

（9）原文は次の通り。

（外）左右、方纔甚麼人在我廳前喧鬧。（末）有事不敢不報、無事不敢亂傳。適間有兩個婆子來老相公處求親。（外）着他進來。你這兩個婆子做甚麼。（淨）奴家是張尙書府裡差求親。（丑）奴家是李樞密府裏差來做媒。（外）不揀甚麼人家、但是有才學、做得天下狀元的、方可嫁他。若是其餘不許問親。（淨）告相公得知。我的新郎、術人算他命、道他今年定做狀元。（丑）告相公得知。他的新郎命不好。只有奴家這個新郎、人算他命、今科必定得中狀元。（淨丑相打介）（外）呀。這兩個婆子到我跟前無禮。左右、不揀有甚麼庚帖、都與我扯破。把那兩個吊起、各打十八。（末扯打介）（外）急把媒婆打離廳。（末）除非狀元、方可問姻親。（淨）甘吃打十七八下黃荆杖。（丑）那些個成與不成吃百瓶。（末淨丑下）

（10）小松謙『中國古典演劇研究』「第二章　元雜劇の上演形態」（汲古書院　二〇〇〇〔初出『中國文學報』第三十八册「元雜劇の開場について」一九八七〕）の付表「冲末の特殊用例一覽」を參考にした。ただし、小松氏の擧げておられるのはいずれも明刊本の用例であり、元代の資料が現在のところ乏しい狀況にあるため、この脚色の用例が元代の實情をどれだけ反映しているかは不明である。

（11）岩城秀夫「溫州雜劇傳存考」（『中國古典劇の研究』創文社　一九八六　七八頁）

（12）原文は次の通り。

【六幺歌】（丑唱）蒙公差遣、往唐朝進奉明君。後面未審是何人。鑼聲響、好驚人。（合）趲行以往前行去。趲行以往前行去。（丑下）

（淨上云）衆將。前有人推數車、敢是有金銀、趕上。

【紅繡鞋】衆軍趕上休停。活拿問取來因。這回得意便回程。金銀獻。放殘生。不與我。退無門。（淨下）【前腔】（丑唱）後面軍卒來臨。唬得我膽喪魂驚。脫得去、謝神明。

（淨拿介）拿下。你是怎麼人。（丑跪介）我乃是伯濟國中、昌黑飛。蒙主帥言命、進奉三般寶貝與唐君、過你關津。望將軍饒命。（淨云）我却與唐天子有仇、決要爭戰。你有進貢與他、長別人志氣、滅自己威風。手下、正無便人遞書、就把三般寶貝收了。刺詩辱罵唐王。以佐遞書之人。（丑哭）可憐見。（淨云）刺在臉上。……

（13）『侯方域集校箋』上（中州古籍出版社　一九九二）所收。（原文の全文を擧げる）

馬伶者、金陵梨園部也。金陵爲明之留都、社稷百官皆在、而又當太平盛時、人易爲樂、其士女之問桃葉渡、游雨華臺者、踵相錯也。梨園以技鳴者、無論數十輩、而其最著者二、曰興化部、曰華林部。一日、新安賈合兩部以大會、遍徵金陵之貴客文人、與夫妖姬靜女、莫不畢集。列興化于東肆、華林于西肆、兩肆皆奏『鳴鳳』所謂椒山先生者。迨半奏、引商刻羽、抗墜疾徐、幷稱善也。當兩相國論河套、而西肆之爲嚴嵩相國者曰李伶、東肆則馬伶。坐客乃西顧而歎、或大呼命酒、或移坐更近之、首不復東。未幾更進、則東肆不復能終曲。詢其故、蓋馬伶恥出李伶下、已易衣遁矣。馬伶者、金陵之善歌者也、既去、而興化部又不肯輒以易之、乃竟輟其技不奏、而華林部獨著。

去後且三年、而馬伶歸、遍告其故侶、請于新安賈曰「今日幸爲開宴、招前日賓客、願與華林部更奏『鳴鳳』、奉一日歡。」既奏、已而論河套、馬伶復與嚴嵩相國以出。李伶忽失聲、匍匐前稱弟子。興化部是日遂凌出華林部遠甚。其夜、華林部過馬伶曰「子、天下之善技也、然無以易李伶。李伶之爲嚴相國至矣、子又安從授之、而掩其上哉。」馬伶曰「固然、天下無以易李伶、李伶卽又不肯授我。我聞今相國昆山顧秉謙者、嚴相國儔也。我走京師、求爲其門卒三年、日侍昆山相國于朝房、察其擧止、聆其語言、久乃得之。此吾之所爲師也。」華林部相與羅拜而去。馬伶名錦、字雲將、其先西域人、當時猶稱馬回回云。

侯方域曰「異哉。馬伶之自得師也。夫其以李伶爲絶技、無所于求、乃走事昆山、見昆山猶之見分宜也。以分宜教分宜、安得不工哉。嗚乎、恥其技之不若、而去數千里爲卒三年、倘三年猶不得、卽猶不歸爾。其志如此、技之工、又須問耶。」

（14）『中國古典戲曲集成』八（中國戲劇出版社　一九八〇第二版　一三六頁）。原文は次の通り。

弇州史料中楊忠愍公傳略、與傳奇不合。相傳：鳴鳳傳奇、弇州門人作、惟法場一折是弇州自塡。詞初成時、命優人演之、邀縣令同觀。令變色起謝、欲亟去。弇州徐出邸抄示之曰：「嵩父子已敗矣。」乃終宴。

この逸話をめぐる事柄については、小松謙「吳梅村研究　後篇」（『中國文學報』第四十冊　一九八九）に詳しい。

（15）原文は次の通り。

曹操（內）嗐。（內唱【西皮導板】）曹操孟德在馬上長吁短嘆。
〈四紅龍套上、許褚、張遼上、曹操持馬鞭上〉
曹操（唱【西皮原板】）眼落泪手捶胸怨恨蒼天。
在中原領人馬八十三萬、（嘆息：咳。）
實指望掃江東奏凱回還。
又誰知小周郎韜略廣遠、（嘆息：咳。）
蔣子翼引龐統來獻連環。
我只折數九天東風少見、
諸葛亮他借東風妙算通天。
燒得我衆兵將皮開肉爛、
只剩下十八騎殘兵敗將好不慘然。
正行間勒住馬仔細觀看、……

（16）『草廬記』第四十二折「華陽釋曹」は京劇「華容道」と同じ場面を扱うが、『草廬記』では『三國志演義』（嘉靖本巻十：「曹操敗走華容道」「關雲長義釋曹操」）に近く、特に道化的性格を示す臺詞は見られない。

（17）包拯とその役柄の變遷については、阿部泰記『包公傳説の形成と展開』「第一章　民衆から生まれた青官」「第一節　剛毅な醜貌の三男坊——黒面傳説」（汲古書院　二〇〇三）に詳しい。この中に引かれる王安祈『明代傳奇之劇場及其藝術』「第四章　脚色與人物造型」の記述は、本稿の主旨に先行する内容であるが、雜劇と南曲の上演形態の違いが役柄の實態に變化を及ぼした可能性については觸れてはおられない。

（18）田中謙二「院本考」（『田中謙二著作集』第一巻　汲古書院　一九九九）

（19）注（19）田中氏前掲論文。

(20)『中國古典戲曲論著集成』三（中國戲劇出版社　一九五九　二四五頁）

(21) 注(11) 岩城氏前掲書參照。

(22) 京劇『望江亭』は、一九五六年王雁・張君秋が川劇『譚記兒』と雜劇『望江亭』とをもとに改編し、張君秋が主役を演じたものである。本稿では中國戲曲學院編『京劇選編』3（中國戲劇出版社　一九九〇）所收の脚本を參照した。なお、雜劇『望江亭』のあらすじは次のとおりである。夫を亡くした譚記兒が清安觀の庵主白道姑の引き合わせで、白道姑の甥白士中と再婚する。以前から譚記兒に食指を動かしていた楊衙內は腹を立て、僞りの彈劾をして白士中を陥れようと、天子の詔書と勢劍金牌（天子の許可なく罪人の處罰ができることを示すメダル）を攜えて、白の赴任地である譚州にやってくる。このことを事前に知らされた譚記兒は漁師の妻に變裝して楊衙內の宿舍を訪れる。譚記兒は楊衙內をしたたかに醉わせると、本物の詔書と勢劍金牌を僞物にこっそりすり替える。翌日、楊衙內がやって來て白士中を捕らえようとするが、詔書も勢劍金牌も僞物なので楊衙內は大いに恥をかく。そこへ李秉忠が使者としてやってきて、楊衙內の僞りの上奏が露見したことを告げ、楊衙內を捕らえるとともに、譚記兒と白士中を讚えて幕となる。

(23) 詩讚系の演劇については、小松謙「詩讚系演劇考」（『中國古典演劇研究』汲古書院　二〇〇一〔初出『富山大學敎養部紀要』第二十二巻一號　一九八九〕）に詳しい。

終　章

本書は、中國演劇の元代以降の動きについて、戲曲テキストを精査することにより、その繼承と展開を明らかにしようとしたものである。明代以降には、南方を中心に弋陽腔系諸腔と崑山腔とが流行するが、ことに變化の幅が大きく、後世への影響も少なくない弋陽腔系諸腔のテキストの變化に着目し、舞臺にかけられる實演としての演劇の變化だけでなく、演劇が文字化され、讀み物として受容されていく過程にも目を向けて、調査・檢討をおこなった。

第一章では、現存最古のテキストである『元刊雜劇三十種』に含まれる演目が、實演による繼承ではなく、テキストによる繼承がなされていたことを明らかにした。わが國においても、例えば能などで、江戸時代に一旦途絶えた演目を現代に復曲するということがあるが、これに類することが行われていたことを予想させる。第二章では、中國演劇の最高傑作の一つ『西廂記』雜劇に關して考察した。『西廂記』雜劇の現存最古のテキストである弘治本が、評價されなかった原因こそが案頭の戲曲テキストとして原始的形態の特徵であり、戲曲の讀物化の流れを示すものであることも明らかにした。第三章では、明代に成立した作品三つを取り上げた。第四章では、中國演劇史の中で、役柄の性格が變化していったことを、特に「淨」という役柄を取り上げて考察した。惡役というマイナス要因を持つキャラクターをどのように捉えるかは、時代や文化によって違いが生じるものであり、中國傳統劇においても、特徵的な變化が見られることを示しえたと思う。

中國文學は長い歷史を持ち、ジャンルも多岐にわたっている。その中で、彼の地に生きる大多數の文字を讀めぬ人々が享受していた文學とは、やはり小説・演劇といった白話文學であった。そして、とりわけ演劇は、多方向の廣がりを持つジャンルである。まず、大きく分けて、高級知識人が愛好する上品・優雅な崑山腔といった劇種と、それより下層の人々が愛好するより通俗的な劇種という二つの方向性がある。また、高級知識人に愛好された結果として、文字化されて出版物としての發展、つまり、出版業發展の流れの中に組み込まれる一方で、實演上の變化も同時進行で進んでいた。また、文字を讀めぬ下層の人々が好む、より通俗的な劇種も、明代における知識人の庶民化に伴って取り上げられることもあった。そして、演劇の筋が小説に取り入れられたり、逆に小説の內容が演劇化されるなど、小說など他の白話文學のジャンルとも深い關わりを持つことは、文化の發展における演劇の役割の大きさを示していると言えよう。

このように、演劇というジャンルは、時間軸、受容層、經濟活動、他の文學ジャンルとの關係など、その影響關係は非常に大きな廣がりを持っている。本書では、このような全體にわたる大きな流れを踏まえつつ、中國戲曲の發展のありようをある程度明らかにし得たと考えている。今後は、中國演劇の全體にわたる問題についても、更に研究を進めていくことができればと考えている。

散齣集收錄演目一覽①～⑬

	書名	刊刻年	卷數	編纂者	出版者	B	白羅衫	白袍記	白蛇傳 雷峯塔	白兎記 咬臍記	百花記	百花評品	百順記	拜月亭 幽閨記
	風月錦囊	嘉靖三二 一五五三		徐文昭	詹氏進賢堂			薛仁貴		劉智遠				拜月亭
	六十種曲	明末		毛晉	汲古閣					白兎記				幽閨記
	他の版本							富春堂本		成化本 富春堂本				世德堂本 文林閣本 容與堂本 など
弋陽腔系	①樂府菁華	萬曆二八 一六〇〇	四卷	劉君錫輯	三槐堂王會雲							百花評品 6上		曠野奇逢（世隆曠野奇逢）5上
	②玉谷新簧	萬曆三八 一六一〇	五卷（實際は六卷）	吉州景居士彙編	書林劉次泉刻			仁貴自嘆 4中		智遠夫婦觀花 3下				
	③摘錦奇音	萬曆三九 一六一一	六卷	徽歙龔（龔？）正我編	敦睦堂張三懷					三娘汲水遇子 李氏義井傳書× 承祐獵回見父 2下				「幽閨記」（版心題「幽居記」） 世隆兄妹散失× 世隆曠野
	④詞林一枝	萬曆新歲	四卷	黄文華選輯	福建書林葉志元刻					劉智遠夫婦觀花 4下				奇逢記：蔣世隆曠野奇逢 1下
	⑤八能奏錦	萬曆新歲	殘本	黄文華編	愛日堂蔡正河梓行					承祐遊山打獵 6下				
	⑥大明春	萬曆	六卷	程萬里選	金魁									天緣記：曠野奇逢 2上
	⑦徽池雅調	萬曆	二卷	熊稔寰編	燕石居主人刻					汲水遇兎 1上 磨房相會 2下				（「拜月記」版心題「奇逢記」） 誤接絲鞭 1上
	⑧堯天樂	萬曆	二卷	殷啓聖編	熊稔寰刻									曠野奇逢 2下
	⑨時調青崑	明末	四卷	黄儒卿選	四知館刻					三娘汲水 4上 磨房相會 4下	百花贈劍 2下			
	⑩樂府玉樹英	萬曆二七 一五九九	殘本 目錄 卷一	黄文華選	余紹崖梓					咬臍記：4下 李三娘義井傳書× 劉知遠夫妻相會×				曠野奇逢 4上×
	⑪樂府萬象新	萬曆 殘本	殘本 目錄 卷一～四	阮祥宇編	劉齡甫梓					智遠畫堂掃地 4下 三娘磨房生子 4下 夫妻磨房重會 4下 智遠夫婦玩賞 7下				世隆曠野奇逢 2上
	⑫大明天下春	萬曆	殘本 卷四～八					白袍記：仁貴嘆功 4上		智遠掃地 花園遊玩 三娘寄書 磨房重逢 7下		百花評品 7下		世隆曠野奇逢 8上
	⑬樂府紅珊	萬曆三〇 一六〇二	十六卷	秦淮墨客（紀振倫）	唐振吾刻（嘉慶庚申一八〇〇覆刻本）					李三娘磨房生子 3			百順記：王狀元浴麟佳會 3	蔣世隆曠野奇逢 12

演目																
						奇逢招商旅店成親2下										
C																
彩毫記 綵毫記		綵毫記 屠隆 楊貴妃もの														
藏珠記							夫婦私會1上	申澶夫婦私會×1下			夫婦相憐1上 夫婦私會2上					
茶船記																茶船記：雙生訪蘇小卿9
釵釧記																
長城記	孟女寒衣					姜女親送寒衣3下	姜女送衣3上		寒衣記：姜女送衣6上		姜女送衣2上					
長生殿 楊貴妃もの																
長生記												道士斬妖3上 祝壽新詞4上				
沈香	沈香														沉香：劉錫路會神女8上	
春蕪記		春蕪記														
慈悲願																
崔君瑞傳																
翠屏山																
D																
黨人碑																
琱弓記							李巡打扇4上	李巡打扇5上 「劉瑾思位」5上								
東廂記																
斷髮記			世德堂本	淑英冒雪逃回6下		柳直妄意想嬌3下	割耳全節4上	哭付屍囊6上				德武離婚1下	李德武別妻從軍 裴淑英哭	裴淑英哭屍囊3下 姑嫂雪夜	得武從軍 淑英誓節 冒雪逃回	李德武別妻戍邊6

	E	兒孫福	F	翡翠園	焚香記	分釵記	風情記	風月記	風箏誤	符節記	負薪記	G	高唐記	葛衣記	灌園記	H	邯鄲記	邯鄲夢	合璧記	合鏡記	和戎記 青塚記
																					王昭君
					焚香記										灌園記		邯鄲記				
								?思憶美人×6上							富春堂本						富春堂本
																					冷宮自嘆2上
																					昭君出塞和戎3下
															齊王被難×1上 辱罵齊王1上						王昭君親和單于4下
								美女思想3上													
							香閨自嘆6上														昭君出塞3上
							閑憶情郎2上														昭君和番（昭君出塞）1上
							風情記：1上								投衣禦寒（灌園授衣）2上						「和番記」冷宮訴怨1上
付屍囊 裴淑英全節私逃 裴淑英冒雪逃回 4下×																					冷宮自嘆×3上 昭君出塞×4上 送別陽關
逃回3下 淑英拒父問答5下																					昭君出塞2上 無鹽冷宮自嘆7下
6下																			忠盡記：解縉獲罪分離　解家赴謫遼東8上		元帝餞別昭君5上
						分釵記：伍經邂逅史二蘭12													合璧記：解學士玉堂佳解11		王昭君出塞6

紅拂記		紅拂記					紅拂私奔1上	紅拂私奔5上	紅拂私奔3上		伏劍渡江 紅拂私奔1上					張姬月夜私奔（紅拂私奔）13
紅梨花記																
紅梨記		紅梨記														
紅梅記			廣慶堂本 玉茗堂本 劍嘯閣本 三元堂本							西窗幽會1上		平章游湖3上				
紅蕖記			繼志齋本													
紅葉記 題紅記			繼志齋本	韓氏四喜四愛2下	四喜四愛1上 金盆捉月1上×	韓氏惜花愛月3下	題紅記：四喜四愛2上	四喜四愛×2上	韓氏四喜四愛 于祐紅葉還題2下	紅葉相憐1上	韓許自嘆1上 御溝拾葉1下		韓夫人四喜四愛×2下	韓氏四喜四愛7上	紅葉良緣4上 四喜四愛4上	韓節度戒女遊春4 韓夫人四喜四愛10
狐白裘記																
彈鋏記																
蝴蝶夢																
虎符記																
護國記				點化陽明5上							陽春記：婁妃諫主1上 點化陽明2上		點化陽明×5上	許遜點化陽明×5上	陽春記：婁妃諫主4上 點化陽明4上	
還帶記	還帶記		富春堂本 世德堂本	香山還帶1上									香山還帶2上	裴度香山還帶 裴度得中報捷4上	裴度拾帶還家 裴度香山還帶 周氏訪裴娘子6上	裴度香山還帶15
還魂記（牡丹亭）		還魂記	文林閣本 石林居士刻本 金陵唐振吾刻本 など													
浣紗記		浣紗記	富春堂本 文林閣本 陽春堂本 怡雲閣本 など		吳王遊湖2上 姑蘇玩賞×2上			吳王遊湖× 打圍行樂5上	打圍行樂5下 嘗膽記：越王別臣3上		送別越王1上		吳王遊湖×3上	西施女訴心病1下 吳王登舟游湖6上 越王別臣往吳8上	范蠡歸湖4上	吳王遊姑蘇臺10

×4上

	黄鶯記	J	嬌紅記	蕉帕記	膠漆記	鮫綃記	節孝記	金貂記	金環記
				蕉帕記					
							世德堂本	富春堂本	
			申生赴約3上×					四老飲社2上 桑園戲節3上	
								國公牧羊 敬德釣魚[遼王訪友]1上 南山鬪艸×3上 敬德南山牧羊×3下 桑園戲節4上 敬德耕田[與樵伴話][國弘相勸]5上	
								白袍記：敬德犒賞三軍5下 金貂記：敬德罷職耕田5下	
								胡敬德詐粧瘋魔2下	
			申生赴約×4上					敬德南下牧羊6下	
	瑜娘觀詩3上							征遼記：敬德南山牧羊5下	
								桑園戲節2下	
				花園晩會1下					
			申生赴約×4上				節孝傳：淵明棄職歸山×5上	桑園戲節×2上 敬德釣魚×2上 飲社聞召×2上	
子胥寄子 鮑叔8上	瑜娘題畫鶯詩8下		申生嬌娘私會3下		膠漆記：雷義佯狂讓友1下			尉遲耕田1下 道宗桑園戲節6上 尉遲敬德釣魚6上	孫氏採蓮哺子 花許抗漢遇害1下
	辜生托絳傳書 瑜娘看鶯詩 辜生瑜娘私會6上					辭歸祭墓 宜童傳報 托夢返魂4下		翠屛自縊 敬德辨奏牛羊社會7上	

金雀記	金鎖記（竇娥冤）	金印記（蘇秦）	錦帶記	錦箋記	荊釵記	驚鴻記（玄宗・梅妃・楊妃）	京兆記	九蓮燈	K	葵花記
		蘇秦			荊釵					
金雀記				錦箋記	荊釵記					
		萬曆刻本				世德堂本 文林閣本				廣慶堂本
		周氏對鏡（周氏粧臺對鏡）周氏當釵4上			玉蓮抱石投江 十朋母子相會4下					
		周氏對月憶夫（周氏對月思夫）1下 叔嬸泥金報捷3下 蘇秦別妻5中			金釵記：十朋母子相會4下 滾調					
		季子逼妻 賣釵 季子負劍 西遊 周氏對月 思夫 季子榮歸 團圓6下			十朋母子相會 十朋南北 祭江4下					
		蘇季子逼妻賣釵 蘇季子途中自嘆4下			王十朋南北祭江2下					
		周氏臨粧 感嘆× 周氏當釵 見誚× 周氏對月 思夫× 一家封贈 團圓×3下 命婢洒掃 花亭 三叔陽關 餞別 蘇秦途中 自嘆 蘇屬壽觴 稱慶 父母華堂 飲宴×5下			往京途中 遇雪×4下					
		周氏對鏡 梳粧× 周氏當釵 見誚3下 泥金報捷 叔婆傳書×5上 賣釵記：周氏中秋 拜月3下								
					承局送書1上 汝權賣花1下					日紅托夢1下
		周氏當釵 蘇季子途中自嘆 周氏焚香 拜月2下			繡房議親 官亭遇雪1下					
		周氏拜月1下 陽關餞別4上 蘇秦團圓4下			十朋祭江3上 玉蓮投江4上					女帥考察3下 日紅托夢4下
		周氏女當釵見誚× 周氏女對月思夫×4下			姑娘繡房中議親 錢玉蓮抱石投江 王十朋母子相會3下×					
		周氏對月憶夫 周氏走回娘家7下 周氏當釵見誚8下			姑娘繡房議婚 繼母逼蓮改節 玉蓮抱石投江4下 十朋母子相會8上					
		周氏當釵 周氏對月 思夫 蘇秦爲相團圓8下			玉蓮別父于歸 玉蓮投江 母子相會 十朋祭玉蓮8下					
		周氏對月 思夫7 蘇秦衣錦還鄉16			錢玉蓮姑媳思憶7	驚鴻記：唐明皇賞牡丹10				

L	爛柯記	漁樵記	鯉魚記 牡丹記	連環記	煉丹記	療妬羹	烈女傳	龍膏記	龍泉記	鸞釵記	羅囊記	羅帕記	洛陽記 洛陽橋	M	賣水記	滿床笏	米闌記
																	高文擧登
								龍膏記									
				清抄本													
			牡丹記：魚精戲眞3上										王氏取女回家 端明迎親訴情3下				
													取女同回3上 命子造橋3上 端明問母×3上 過渡救衆4上				考問老奴
			張瓊訓子攻書 鯉魚變化藏形 鯉魚迷惑張眞5下		昝嘻嫖李娼奴5下												
												王可居逼妻離婚 王可居翁婿逃難1下	興宗過關3上 題咏醉妓		黄月英生祭彦貴4下		
												夫婦遊戲1上 勸問姜雄6上	洛陽橋：遊女回家6上		生祭彦貴×3上		鞠問老奴
			魚精迷惑張眞5下														鞠問老奴
					昝嘻嫖落2上							迎母受責1下 神女調戲2下					
							秋胡戲妻2下					翁婿逃難2上	邀女回家2上				
			魚精變化2上														
			牡丹記：魚精戲眞1上	連環記：鳳儀亭呂布戲貂蟬×5下									王氏取女回家分娩 王玉貞割耳全節× 蔡端明迎親訴情×3下				鞠問老奴
			牡丹記：鯉魚精戲張眞6上×				秋胡桑園戲妻×5上						玉貞母子過渡7上 端明接親訴情7上 王貞割耳全節8下 端明接親訴情8下				文擧書館
															生祭彦貴5上		
				連環記：王司徒退食承御14									蔡端明母子相逢16				高文擧登

珍珠記	科記				3上 文擧逢妻 3上			6上	1上				1上 書館逢夫 1上	會妻6上		第報捷8
鳴鳳記		鳴鳳記		繼盛脩本 6上 鄒孫表敕 6上	六惡記：三打應龍 4上					繼盛脩本 2上			金塔三打 應龍 繼盛修本 1上	金塔三打 應龍1 下		
明珠記		明珠記	陳繼儒本 閔齊及朱墨套印本													
目蓮救母記 思婚記	尼姑下山		目連救母勸善記（富春堂・高石山房）	尼姑下山 僧尼調戲 4上	思婚記：尼姑下山 1上			昇仙記：尼姑下山 ×3上	救母記：羅卜思想 描容 羅卜祭奠 母親× 5下	救母記：花園發呪 2下		救母記：小尼幽思 2上	?：尼姑下山× 僧尼相調×4上 勸善記：目連描容 5上×	出玄記：和尚戲尼姑2上（勸善記） 勸善記：目蓮勸母 修善5下 四眞血湖 訴苦5下	勸善記（出玄記）：僧尼相調5上	
牧羊記（蘇武）	忠義蘇武牧羊記		清抄本								白雁記：蘇武牧羊 2上					
N																
南柯記		南柯記														
P																
蟠桃記											（版心題「慶壽詞」） 1下					
琵琶記	伯皆	琵琶記	陸貽典本 巾箱本 容與堂本 劉次泉刻 湯海若評本 繼志齋本 陳繼儒評本 など	五娘分別 長亭 伯皆中秋 賞月 五娘剪髮 送親 伯皆上表 辭官 伯皆書館 相逢 1上	五娘長亭 分別1下 伯皆書館 思親1下 伯皆父母 托夢1下 伯皆牛府 成親4下 伯皆上表 辭官5下 伯皆彈琴 4中 琵琶詞5 中	伯皆高堂 慶壽 蔡邕辭親 赴選 五娘長亭 送別 伯喈別妻 應擧 五娘臨妝 感嘆 伯喈待漏 隨朝 牛府強就 鸞鳳 伯喈中秋	趙五娘臨 粧感嘆 蔡伯喈中 秋賞月 趙五娘描 畫眞容 牛氏詰問 幽情 趙五娘書 館題詩 3下	伯皆華堂 祝壽 五娘臨粧 感嘆 丞相聽女 迎親 太公掃墓 遇使5下 長亭分別 × 途中自嘆 × 書館題詩 ×	五娘描容 4上 五娘祭畫 △ 五娘辭墓 4上 五娘請糧 4上 李正搶糧 4上 伯皆長亭 分別4下 伯皆金門 待漏4下 伯皆書館	噌鬧飢荒 2上 爹娘托夢 2上	伯皆賞月 1下 描畫眞容 1下 五娘往京 1下	長亭分別 1下 描畫眞容 1下 伯皆思親 1下 書館相逢 3下 中秋賞月 3下 臨粧感嘆 4上	書館托夢 長亭分別 上表辭官 書館思親 剪髮送親 中秋賞月 描畫眞容 詰問憂情 辭父問答 夫婦相會 （書館相逢） 1下	伯喈荷亭 滌悶 五娘侍奉 湯藥 五娘剪髮 送終 夫婦書館 相逢2 下 長亭分別 × 上表辭官 × 書館思親 ×	（不明）	蔡議郎牛府成親2 蔡伯喈書簡思親7 趙五娘臨鏡思夫7 蔡伯喈荷亭玩賞10 趙五娘描眞容14

	皮囊記	破窰記 彩樓記 綵樓記	Q	麒麟閣	麒麟記	千金記	千鍾祿	竊符記	琴心記	青蓮記	青樓記	青袍記	青衫記
		呂蒙正											
						千金記			琴心記				青衫記
						富春堂本							
		蒙正破窰 居止 蒙正夫婦 祭竈 蒙正冒雪 居窰 劉氏破窰 問捷3下											禹錫郊外遊賞 裴
		蒙正夫婦祭竈4下宮花捷報小姐4下冒雪歸窰5中蒙正投店5中											
賞月 五娘途中 自嘆 五娘琵琶 詞調× 伯喈書館 相逢1下	周莊子嘆髑髏3下	(版心題「綵毬記」)文穆夫婦 祭竈 小姐採芹 遇婢 及第差人 接妻5下				楚王營中 夜宴 韓信棄漢 逃歸× 蕭何月夜 追賢3下							
		呂蒙正遊 觀破窰2下				蕭何月下 追韓信4下							
		綉毬記：蒙正回窰 居止 小姐採芹 遇婢6下											
思親4下 牛氏爲夫 排悶△ 牛氏詰問 幽情4下		夫婦被逐 歸窰 蒙正夫婦 祭竈 小姐破窰 問捷6下											
		蒙正榮歸2上										青胞記(版心題「青袍記」)：八旬狀元2下	
						咸陽夜宴2上						青袍記：梁太素衣錦還鄉2下	
		夫婦祭竈1下 狀元遊街2下 「綵樓記」：劉府逐婿3下 旅店成親4上											
		呂蒙正破窰居止×呂蒙正夫婦祭竈×梅香勸小姐回歸×呂蒙正冒雲回窰×劉小姐破窰聞捷×3下				蕭何追韓信× 霸王別虞姬×5上							
描畫眞容× 拒父問答×	髑髏嘆世1上	蒙正遊街 自嘆1下 夫婦破窰 居止3上 劉氏破窰 看女7下 蒙正宮花 報捷7下 夫婦榮歸 游窰7下				蕭何月夜追信3上 霸王別虞姬3上							
		破窰勸女 宮花捷報 破窰聞捷 夫妻遊寺5下				韓信：楚王夜宴 蕭何追信5下							
		絲鞭記：呂狀元宮花報捷8				韓信別妻 從軍6 楚霸王軍中夜宴11 蕭何月下追韓信14		竊符記：魏侯究問如姬14					

	青瑣記	R	人獸關	S	賽四節記	三國志もの 三國志 草廬記 古城記 興劉記（連環記は前をみよ）	三桂記	三元記	殺狗記	昇仙記	獅吼記
						三國志大全		三元登科記	殺狗		
								（馮京三元記→四德記も參照せよ）	殺狗記		獅吼記
						草廬記（富春堂本）		商輅三元記（六十種曲『三元記』とは別）		韓湘子九度昇仙記（富春堂）	
興娘還青衫6下						魯肅求計6上		雪梅觀畫有感 秦氏斷機教子5下			
						周瑜差將下書 雲長護河梁會 曹操覇橋餞別1下 獨行千里2中 呂布戲貂蟬2中		雪梅觀畫有感 秦氏斷機教子 節婦立志訓兒×2下		昇天記：雲擁藍關1上	
								秦氏商門弔孝 雪梅立志守節×6下		韓公馬死金盡4下 文公雲擁藍關×	
						古城記：關雲長閏計權降 關雲長秉燭待旦2下	杜氏勸問小桃1下	雪梅商門弔孝×2上	破窰取弟4上	文公責姪3上	夫婦鬧祠1上
						張飛言威祭馬× 關羽私刺顏良×4下 五關記：雲長覇橋餞別1下		雪梅墳頭掛帋×2下		藍關記：文公責姪6上	陳慥懼內頂燈1下
						魯肅請計國公5下 興劉記：武侯平蠻6上 征蠻記：諸葛出師× 結義記：雲長訓子6上					
						方城記：（版心題「古城記」）張飛祭馬1下		愛玉成婚2上		雲擁藍關2上	
						古城記：嫂叔降曹獨行千里2下	焚香偕偶小桃訴衷榮歸兒子1下	憶子得捷2下		雪擁藍關1上	
						古城記：奔走范陽1上 獨行千里4上 赤壁記：華容釋操2上		商門弔孝1上 香閨寄衫3上 書館觀畫3下 三元捷報4下			
						「三國誌」張飛私歸走范陽× 關雲長數功訓子×5下		雪梅觀畫有感× 秦氏斷機教子×5下			
						張飛私奔范陽 關雲長訓子3上 青梅記：曹操青梅煮酒3上		雪梅觀畫有感7上 雪梅闘繡伴讀7上			
						翼德逃歸赴碧蓮會 魯肅求謀 雲長訓子 武侯平蠻6下		雪梅觀畫賀生商輅 三元捷報7上			
						單刀記：關雲長公祝壽1 桃園記：漢壽亭侯訓子4 魯子敬詢喬國公9 劉玄德赴河梁會11 草蘆記：劉先主赴碧蓮會11 三國志：關雲長赴單刀會11		斷機記：商三元湯餅佳會3 三元記：秦雪梅斷機教子5			

								陳慥變羊復形×4下								
十五貫																
十義記			余氏自新齋『韓朋十義記』富春堂本	翠雲禁中訴冤 昌國爲友保孤4下							父子相逢2上		孝悌忠信×5上	韓朋父子相會4上 翠雲監中生子8上 馮獻義釋翠雲8上	破客守節 昌國保孤 訴冤脫難 父子重逢7下	韓明父子相逢16
雙冠誥																
雙紅記			文林閣 德聚堂													
雙節記								淑眞裁衣× 夫婦分別× 陽關話別×2上 淑眞燈下裁衣6下					淑眞裁衣1上 可蘭描像1上			
雙烈記		雙烈記														韓世忠元旦成婚2
雙珠記																
水滸傳もの 水滸記 義俠記 寶劍記		水滸記 義俠記	寶劍記（嘉靖原刊本）					木疏記：宋江智激李逵1下 水滸記：夫婦拆散6上			寶劍記：計賺林冲1上	水滸記：活捉三郎2上	水滸記：義激李逵×5上	李逵論功誇嘴7上 蔡疙瘩嫖花院7上		寶劍記：林冲看劍勵志5 張貞娘對景思夫7
四德記		（馮京三元記？）		三元捷報1上 馮商還妾1上	投店捨金×1上				三元記：馮商娶妻×5上 陰德記：旅中還妾5上		投宿還金2上		馮商還妾×3上 三元捷報×3上	馮商旅邸還妾6上		金氏生子彌月3 馮京報捷 三元8 馮商旅邸還妾15
四豪記																
四節記（泰和記も參照）	四節記			東坡赤壁5上	郵亭適興5中		興遊赤壁4上	興遊赤壁×3上 邀友遊湖×3上 邀賓宴樂×4上		版心題「郵亭記」：詞贈弱蘭1上	郵亭適興2上		坡遊赤壁× 郵亭奇遇× 4上	陶穀郵亭奇遇6上	朝雲慶壽4上 郵亭適興4上 詞贈佳人4上	蘇東坡祝壽1 杜工部曲江10遊 蘇子瞻遊赤壁10

																黨太尉賞雪10 韓侍郎陶學士11宴
四喜記		四喜記														
四賢記		四賢記														
宋太祖もの																黄袍記：宋太祖雪夜訪趙普9
T																
泰和記 太和記					太和記：慶賀裴公壽旦×綠野堂中佳宴×祝壽記：僚友祝裴公壽5下（太和記と同じ？）									玩賞記：庾亮登樓玩月1上	泰和記：復游赤壁4上	泰和記：裴晉公綠野堂祝壽1 庾元亮中秋夜宴11
曇花記		曇花記	武林天繪樓本 臧懋循評朱墨本				關羽顯聖2上				眞君顯聖2上					閻君勸問曹操14
桃花扇																
綈袍記			富春堂本										須賈贈袍×5上	須賈咸陽贈袍8下	鞠拷范雎5上 須賈贈袍5上	
鐵冠圖																
同窗記	祝英臺記					山伯千里期約6下				英伯相別回家山伯賽槐陰分別1下	河梁分袂2上	山伯訪友英臺自嘆2上	山伯訪英×5上		山伯訪友5上	
偸香記 竊香記													偸香記：韓壽赴約4上×	竊香記：買女竊香赴約1上		偸香記：韓壽月下佳期13
投筆記			三槐堂本 存誠堂本 文林閣本	班超別母 求榮 姑媳金錢 問卜	班母金錢 問卜1下 ×西域探友	仲昇夷地酧月6下	命子求名3上 西域賞月3上	班母命子求名 二娘途中自嘆6下			奮志投筆 別親應募 西域賞月 遣媳上京		班仲升別母求名 姑媳婦南樓問卜	寄書報母1下 班超別母求名		班仲升慶母壽1 班定遠玉關勸民4

	W	翫江樓	萬里緣	萬里圓	完扇記	望湖亭	望雲記	臥氷記	五桂記 苹盤記	五倫記	X	西樓記	西廂記
								王祥？					北西廂
												西樓記	西廂記 南西廂記
												劍嘯閣本	［北西廂］ 弘治本 余瀘東本 王伯良本 凌初成本
班超夷地賞月2下 西域父老餞別2下							仁桀思親 3上×		公子思憶 2上 苹盤記：二元加官進祿 竇氏五喜臨門6下				鶯鶯月下聽琴（鶯鶯月夜聽琴）1上
2上 班超西域賞月3下 父老餞別5上 二娘採桑5上 班超別母2中									苹盤記：狀元加官進祿×1下				鶯鶯月下聽琴 紅娘遞柬傳情 小姐私覿
									馮公子憶嬌娘6下				「會眞記」：張生假借僧房 君瑞跳墻失約2下
									加冠進祿 2上				俏紅娘堂前巧辨 崔夫人拷問紅娘× 3下
（「技筆記」）									萬侯傳搶場告考× 4下				鶯鶯月下赴約6下 題鶯記：偷看鶯詩×4上
								臥氷記（版心題「躍鯉記」） 推車自嘆 2上	竇儀加冠進祿 一家五喜臨門 四花精遊花園 竇儀素娥問答1下				鶯生隔墻酧和 君瑞托紅寄柬3下
								臥氷記：王祥求鯉 1上					月下佳期 2上
2下									加冠進祿 2上				秋江送別 泥金捷報 1下
													鶯鶯聽琴 2上 鶯鶯送別 2下 乘夜踰墻
班仲升中秋賞月 徐克振西域採超 班仲升父老餞別 2下×							仁桀思親 ×4上		馮公子思憶×5上 諸生考後聽響卜× 二狀元加冠進祿× 竇燕山五喜臨門× 五兄弟榮歸團圓× 5下				崔鶯鶯月夜聽琴 俏紅娘遞柬傳情 崔鶯鶯書
仲升使夷辨論 班家被誣枉禍4下									諸生聽卜觀榜3下 狀元加冠進祿3下 一家五喜臨門3下 馮公子懷春情8上 花神游玩得旨8上				鶯鶯月夜聽琴2下 鶯生月夜佳期2下 紅娘遞柬
									花神獻巧 拉友遊春 金精試德 聽卜觀榜 五喜臨門 4下				
鄧玉娘桑林激夫5 班仲升別母應募6 班仲升妻憶卜7									苹盤記：竇燕山五經訓子4 竇燕山文武報捷8 四花精遊賞聯吟10 竇狀元加官進祿11 竇儀魁星映讀15 五桂記：萬侯傳祭衣巾5				崔鶯鶯長亭送別6 張君瑞泥金報捷8 崔鶯鶯佛

	西遊記もの	霞箋記	香囊記	箱環記 湘環記	宵光劍	繡襦記 刜目記 刺瞽記	尋親記 教子記	Y	扊扅記	豔雲亭	胭脂記
			五倫傳紫香囊								
		霞箋記	香囊記			綉襦記	尋親記				
など [南西廂] 陸采撰：周居易本 閔遇五本 李日華撰：富春堂本 周居易本 閔遇五本			世德堂本 繼志齋本 李卓吾本								文林閣許之衡校本
			兄弟敍別1上 憶子平胡1上	張氏賣環奉姑 廉頗相如爭功5下		刜目記：元和訪妓2上 ？亞仙爭能6上					遞東傳情5上
丹青×2下 鴛鴦夜赴佳期4下			捨生待友×1上								
				張氏賣環奉姑6下			尋親記：周羽別妻從軍3下				
							教子記：周羽別妻2上				觀燈赴約1上
			瓊林赴宴×4上			刜目記：元和賣僕×4上					
				湘環記：相如懷璧抗秦 張氏賣環養姑6下		刺瞽記：勸戎元和5上					
							尋親記：周維別妻2下				觀燈赴約2上
			憶子平胡2上								
3下≠紅娘請宴4下		玉郎追船2下					郭氏詞冤1上				
齋赴約2下×			兄弟話別×3上 憶子平胡×3上	張九娘解賣箱環× 廉頗藺相如爭功×5下		刜目記：元和訪妓×4上					梅香傳東×4上
傳情6下			九成姑媳憶別 九成別友歸朝4上	張九娘賣箱環3下 相如捧璧歸趙7上 廉頗相如爭功7上		刜目記：鄭元和訪亞仙× 亞仙刜目激夫×5上					梅香遞東傳情2上
			兄弟敍別5下 憶子平胡5下 捨生待友5下			刜目記：元和訪妓7上	尋親記：郭氏守節毀容8上				郭華遇月英 郭華買胭脂
殿奇遇12 崔鴛鴦錦字傳情13			張九成兄弟慶壽1 張夫人憶子征戎7 張狀元瓊林春宴11			綉襦記：李亞仙刜目流芳5					

	楊家將もの	一文錢	一捧雪	衣珠記	憶情記	易鞋記 分鞋記	永團圓	漁家樂	玉釵記	玉杵記	玉合記	玉環記	玉玦記	玉香記	玉魚記
											玉合記	玉環記	玉玦記		
									富春堂本	浣月軒本	容與堂本 世德堂本 繼志齋本 富春堂本		富春堂本		
					妓女送別 情郎3下	玉娘憶夫 6上			玉釵贈別 2上×			渭河分別 2上×			
												渭河分袂 4上× 續緣記：玉簫送別 4上			
	金鐗記：六使私下三關 5下														
	三關記：焦光贊建祠祭主 2下					見鞋憶夫 4上									
	金箭記：私下三關 4上					朋學登程 5上 朋學謁韓求錢 5下									
												元環記：玉簫送別 韋皐1下			
						鋤園自嘆 1上 白玉娘續麻酧報 1下 白玉娘削髮爲尼 1下									
						明珠送別 1下									
									玉釵贈別 ×2上			渭河分別 ×2上			
									三姐玉釵贈別3下			玉簫渭河分別4上			
梅香傳柬 觀燈赴約 6上									玉釵贈別 4下 牢中話別 4下			托續舊盟 4上 韋皐續緣 4上			
									丁士才妻憶別7		玉合記：韓君平章臺邂逅12	韋南康夙世姻緣2 玉簫渭河送別6	王商挾妓遊西湖10	廉參軍訓女4	玉魚記：郭子儀泥金報捷8

玉簪記		玉簪記	繼志齋本 長春堂本 陳繼儒本 など	秋江哭別4上 必正妙常對操（潘陳對操）4下	詞姤私情2上 執詩求合2上× 秋江哭別2上 絃裡傳情1中	必正執詩求合 妙常秋江哭別 必正姑阻佳期×2下	陳妙常空門思母 潘必正姑阻佳期 陳妙常月夜焚香1下	妙常思凡×1上 執詩求合1上 姑阻佳期6上 秋江哭別6上	妙常思母 茶敍芳心 餞別潘生×秋江泣別（秋江送別）1上	臨安赴試2下	空門思母1下 姑阻佳期1下 妙常拜月1下	姑阻佳期1上	潘陳對操 執詩求合× 秋江哭別×2上	潘陳月夜對操 妙常詞姤私情 潘陳秋江哭別7下		陳妙常秋江送別6 潘必正及第報捷8 陳妙常詞詬私情13
岳飛もの	東窗記	精忠記（東窗記とは異なる）	「富春堂本東窗記」												岳飛記：岳夫人收屍　施全祭主行刺8下	
躍鯉記	姜詩		富春堂本 文林閣本 陽春堂本 怡雲閣本 など	蘆林相會2上 安安送米3上		姜氏趕逐龐氏 夫婦蘆林相會4下		姜門逐出龐氏6下		蘆林記：安安思母1下		蘆林相會4上	安安送米×3上 蘆林相會×3上	安安送米3上 姜詩蘆林相會8下×	安安負米 蘆林相會6下	
運甓記		運甓記				胡淑姬燒夜香3下									運甓記：陶侃運甓8上	
Z																
占花魁																
招關記（浣紗記も見よ）						招關記：子胥計過招關5下			復仇記：伍員定計過關　伍員訪友策後2下			招關記：奔走樊城2下				
趙氏孤兒もの	孤兒	八義記	世本趙氏孤兒記												八義記：孤兒觀畫8上（＝風月錦囊）	
珍珠衫																
織絹記（董永）				槐陰分別3上				織錦記：董永槐陰分別6下			槐陰分別（「槐陰記」版心題「織綿記」）1下	槐陰分別2下	槐陰分別×3上	槐陰分別2上		
祝髪記			富春堂本 繼志齋本 玩虎軒本													

粧盒記（金丸記）	紫釵記	紫簫記	醉菩提	その他
				伍倫全備／郭華／寶滔迴文記／江天暮雪／蕭山鄒知縣湘湖記／八仙慶壽／雙蘭花記／張王計西瓜記／張儀解縱記／留題金山記／節婦金錢記
	紫釵記	紫簫記		玉鏡臺記 懷香記 鸞鎞記 金蓮記 投梭記 贈書記 種玉記 飛丸記 東郭記 節俠記 雙珠記
金丸記（清抄本）				
陳琳粧盒 匿主 劉后鞫問 宮人2下				雙卿記：國文中式及第6下 國文修書傳情6下
陳琳粧盒 藏主 劉后鞫問 宮人3下				返魂記（托夢記）：文正托夢救妻5下 （袁文正還魂記）姑嫂相會1中 陽關送別1中 邏齋空回1中 客邸嘆金1中 馮獻全節2中 四花妖遊2中 遊曲江4中 割別應試4中 香閣相思4中 梅香看問4中 俠女私奔5中
				男后記：姑嫂私就佳期 穠桃執扇貢讒× 知情配合鸞凰4下 嫖院記：出遊投宿背莊周 元曹府成親5下 崑崙記：崔生幽期赴約4下
寇承玉計眶太子4下				
計安太子1上×				昇天記：元旦上壽5上 目連賀正×5上
陳琳救主2上				謫仙記：李白草詞2上 同心記：送別情人2上 昇平記：祝壽新詞5上
粧盒潛龍1下 計救太子1下△				祝枝山：詠賞百花1上 聲聲杜宇 一春無事 千愁萬恨2上 播間記：公孫丑判斷是非2下
御園拾彈1上				金臺記：樂毅分別 樂毅賞月1上 香山記：觀音掃殿 南園採芹1上 雙璧記：兄弟聯芳 榮歸見母1上
				桃花記：桃花遊湖1上 踰樓夜窺3上 還魂記：韓氏自嘆2下 琴線記：兄弟聯芳2下 綠袍記：擲釵佳偶3上
陳琳粧盒藏太子× 劉皇后勘問宮人×2下				焚舟記：孟明習武1上 忠諫記：文拯除奸×5上
陳琳粧盒匿主2下 劉后拷鞫宮人2下		灞橋餞別1下 小玉灞橋餞別3下		行孝記：閔損御車行孝1下 西天記：觀音度化羅卜1上 公藝百忍獻君5下 孟宗哭竹得筍5下 時興旅邸情懷7上 送別陽關妙曲8上
				赤松記：子房自嘆4上 焚舟記：百里視別母從征6上 劉孝女金釵記：張子敬釣魚8上 陳可忠剔目記：包文拯坐水牢8上 玉如意記：祁羽狄遇仙女8上
李妃冷宮生太子3 劉娘娘搜求粧盒14 劉后勘問寇承御14		李十郎霍府成婚2 霍小玉灞橋送別6		昇仙記：八仙赴蟠桃勝會1 斑衣記：老萊子戲綵悅親1 單騎記：郭汾陽母妻思憶7 聯芳記：王三元相府聯姻2 金蘭記：劉平江訓子4 漁樵記：楊太僕都門分別6 題橋記：卓文君月下聽琴13 四美記：蔡興宗傘蓋玄天15

散齣集收錄演目一覽⑭～㉚

	書名	刊刻年	卷數	編纂者	出版者	B	白羅衫	白袍記	白蛇傳 雷峯塔	白兎記 咬臍記	百花記
戯曲集	⑭群音類選	萬曆二一-二四 一五九三-九六	卷一～五 原缺	胡文煥				白袍記：諸腔4 仁貴自嘆		白兎記：諸腔1 磨房生子 子母相逢 磨房相會	
	⑮歌林拾翠	明末？	二卷（初集・二集）		奎壁齋、寶聖樓、鄭元美			犒賞三軍（↓金貂記をみよ）		智遠沽酒 畫堂掃地 夫妻話別 咬臍出獵 三娘汲水 義井傳書 回獵見父 磨房相會／二集	夫妻計議 上京赴試
	⑯吳歈萃雅	萬曆四四 一六一六	四卷	周之標輯 梯月主人編						寒況（利集） 遊春（貞集）	
	⑰珊珊集	明末	四卷	周之標編						白兎記：[金井水紅花] 遊春4	
	⑱月露音	萬曆	四卷	凌虛子編							
	⑲詞林逸響	天啓三 一六二三	四卷	許宇編	萃錦堂刻本					遊春 寒況（いずれも雪卷）	
	⑳怡春錦	崇禎	六卷	冲和居士編							
	㉑樂府南音	萬曆	二卷（日集・月集）	洞庭蕭士選輯 湖南主人校點							
崑山腔系	㉒賽徵歌集	明末清初	六卷	無名氏	致和堂						
	㉓萬壑清音	天啓四 一六二四	八卷	止雲居士編 白雪山人校							百花點將7
	㉔玄雪譜	明末	四卷	鋤蘭忍人選輯						回獵3	
	㉕南音三籟	明末原刊本・康熙七（一六六八）增訂	四卷	郎空觀主人評訂 椒雨齋主人點參						[黃鍾宮] 寒況 [商調] 遊春 [正宮] 錦纏樂] 回獵	
	㉖醉怡情	清初	八卷	明青溪菰蘆釣叟編	古吳致和堂刊本					遇友 鬧鶏 生子 接子7	被執 嫉賢 贈劍
	㉗綴白裘	一七七七 校訂重鐫本		玩花主人編選 錢德蒼續選	鴻文堂		賀喜1 請酒3 遊園3 看狀3 井會7		雷峯塔：水漫7 斷橋7	養子3 回獵3 麻地3 相會3 送子8 鬧鶏10	
曲譜	㉘納書楹	一七九二-九四	正集・續集・外集・補遺	葉堂編	納書楹原刻本		井遇／補3		雷峯塔：法海／補4	麻地／續2 養子／補3	
古録	㉙審音鑑	道光一四序 一八三四		琴隱翁序							
	㉚六也曲譜	光緒三四 一九〇八		怡庵主人張氏輯			遊園 看狀 詳夢 報冤		白蛇傳：燒香 水鬪 斷橋 合鉢	賽願 養子 出獵 回獵	

	百花評品	百順記	拜月亭 幽閨記
		百順記：官腔12	
賞春思纂 借貸求名 鄒生問罪 到衛得職 私行探訪 宮主教劍 計害海俊 百花贈劍 傳旨拜將 百花點將／二集			幽閨記：風雨間關 違離兵火 曠野奇逢 虎頭遇舊 招商諧偶 幽閨拜月 姊妹論思 天湊姻緣 洛珠雙合／初集
			幽閨記：泣岐悲 遇錯認 途窮間 關(利集) 拜月會 敘行路 閨情悲 遇(貞集)
			曠野奇逢4 兵火違離4 母子間關4 拜月4
		訪妓2 憶夫3	幽閨記：拜月2 行路3 途窮3 悲遇3 大話12 上山12 請醫12
			幽閨記：間關閨 情泣岐 行路拜 月(いずれも雪卷)
			幽閨記：分凰2
			曠野奇逢 兵火逢離 母子間關 拜月
			幽閨記(奇逢記)：兵火違離 曠野奇逢 幽閨拜月 3
			野逢1 拜月1
			拜月亭：[仙呂上馬踢套(題目無し)] 途窮 [正宮] 自嘆少 不知愁 [大石調] 間關 [中呂宮] 遇舊 走雨 奇逢 相逢 [黃鍾宮] 旅婚 [越調] 團圓 [商調] 拜月 行路 [仙呂入雙調] [夜行船序套(題名無し)] 拆散
點將6			幽閨記：錯認旅 婚拜月 重圓8
		召登3 榮歸3 賀子6 三代6	幽閨記：拜月6 走雨10 踏傘10 大話12 上山12 請醫12
			幽閨記：結盟走 雨出關 踏傘驛 會拜月 ／正3 店約／補 1

C	彩毫記 綵毫記	藏珠記	茶船記	釵釧記	長城記	長生殿楊貴妃もの
			茶船記：諸腔4 金山題詩	釵釧記：官腔16	長城記：諸腔4 孟姜女送寒衣	
						聞遊（利集）
	彩毫記：泛槎2					
					送衣6	
				傳信講書入園 憤詆6		
	吟詩3 脫靴3			謁師4 相約5 相罵5 講書9 落園9 會審9 觀風9 賺賍9 出罪9		絮閣2 彈詞2 定情6 聞鈴7 醉妃10 驚變10 埋玉10 酒樓12
				謁師／補3		定情春睡倖恩獻髮復召疑讖製譜夜怨絮閣偵報窺浴密誓驚變罵賊聞鈴情悔哭像屍解彈詞見月慈合雨夢得信重圓〈正4聞樂偸曲合闈冥追神訴寃魂補恨／續1天寶遺
						定情賜盒疑讖絮閣「續選長生殿」：聞鈴彈詞
				相約講書落園討釵		定情疑讖夜怨絮閣

	長生記	沈香	春蕪記	慈悲願	崔君瑞傳	翠屏山	D	黨人碑	彄弓記	東廂記	斷髮記	E	兒孫福
										東廂記:官腔25	斷髮記:諸腔3 淑英走雪 淑英剪髮		
	郊遊2		春蕪記:悲秋3							東廂記:偷期2			
					走雪（月卷）								
											步雪（走雪）6		
			春蕪記:春朝（家庭）宴賞4 迴廊瞥見4 園亭邂逅4										
	長生記:揮金却怪6												
					崔君瑞:[商調]走雪								
						覷綻憤訴 巧譜除淫3		打碑酒 樓計賺 拜師2					
				認子6 回回9		反誑1 交賬3 送禮3 酒樓8 殺山8		打碑8 酒樓8 計賺8 閉城8 殺廟8 賺師8 拜師8					別弟2 報喜2 勢利5
事:馬踐/續2						潘誑/外1							
													報喜 宴會 勢僧 福圓
				撇子訴 因認子 北餞		交賬送 禮反誑 殺山		打碑酒 樓請師 拜師					別弟報 喜宴會 勢僧

	F	翡翠園	焚香記	分釵記	風情記	風月記	風箏誤	符節記	負薪記
				分釵記：官腔21				符節記：官腔19	
			王魁入贅 夫妻盟誓 官媒説親 桂英堅志 陽告陳情 陰告明冤 捉魁折證 對詞辯非／初集						
			接書4 陽臺4 勾拿4						
				分釵記：追歡2 春遊4				符節記：秋怨3	
			陽告、陰告（いずれも雪巻）						
			陽告4						整威6
			金石不渝5 訴神自縊5 陰訴拘夫5 決策禦敵5						漁樵閑話1 逼寫休書1 訴離賻婿1 認妻重聚
			捉拿2						
			陽告 陰告 折證 回生5						
下山5		翡翠園：預報7 拜年7 謀房7 換父7 切脚7 恩放7 自首7 副審7 封房7 盜牌7 殺舟7 脱逃7	陽告1				驚醜5 前親5 逼婚5 後親5		
			陽告 陰告／續3				婚鬧詑 美 茶園／外1 驚醜 逼婚／補2		
		盜令 吊監 殺舟 遊街	陽告 陰告				驚醜 前親 逼婚 後親		

	G	高唐記	葛衣記	灌園記	H	邯鄲記	邯鄲夢	合璧記	合鏡記	和戎記 青塚記	紅拂記
		高唐記：官腔26	葛衣記：官腔13					合璧記：官腔18	合鏡記：官腔16		紅拂記：官腔6
											杖劍渡江 問神良佐 見生心許 李郎神馳 俠女私奔 同調相憐 賣鏡巧遇 徐生重合 捐家航海 覓封送別 避難奇逢
			追悔（利集） 賞梅（貞集）	愁訴（利集） 製衣（貞集）					分鏡、應試、分別（利集） 買鏡、鬧情（貞集）		渡江、鬧思、私奔（貞集）
				灌園3		邯鄲記：夢寤4					渡江3［步步嬌］3
		高唐記：幽夢2		製衣2 授衣2		極欲4	三醉12 捉拿12 法場12 仙圓12	合璧記：礪節1	合鏡記：分鏡3		完偶1 鬮情2 喜音4
			賞梅（月卷）	製衣、愁訴、私會（月卷）							渡江、私奔（月卷）
				機露1 贈袍2		邯鄲記：度世4				青塚記：出塞6	私奔1 海歸4
				灌園							瑞鶴仙套：杖策 渡江 步步嬌套
				太史名高5							杖策渡江 俠女私奔 同調相憐 捐家航海 2
1				齊王祭賢5							計就追獲7
				贈袍2 私會2							知機1 詢舊1
				［南呂宮］愁訴、附錄小令［南呂楚江情（卽羅江怨）］製衣							［正宮］渡江、［商調］買鏡、［仙呂入雙調］私奔、［不知宮調］鬮思
							打番兒8			昭君出塞8	
			葛衣記：走雪12				掃花1 三醉12 捉拿12 法場12 仙圓12				
			葛衣記：嘲笑4／續								靖渡4／續
							掃花 三醉 番兒 仙圓				

	紅梨花記	紅梨記	紅梅記	紅蕖記	紅葉記 題紅記	狐白裘記 彈鋏記
				紅蕖記：官腔17	題紅記：官腔17 紅葉記：官腔17（此與題紅記一箇故事）	狐白裘記：官腔
花園拜月 採報軍情 ／初集			折紅留意 平章遊湖 昭容私推 西窗幽會 慧娘鬼辯 曹悅調婢 尋遇朝霞 子春判姦 ／二集			
		選勝、寄酬（貞集）				
		採花4×	誆告4			
			幽奔3 湖遊4	詰詩3 相別3	採桑1 賜宴1 還題2 鈎情2 宮怨3 倦繡3 題紅3 收春3 會葉4	狐白裘記：彈鋏
		選勝（月卷）				
	紅梨花記：佳期1 計賺4					
		北點絳唇套：採花				
		採花邂逅5	平章遊湖8 慧娘出現8			
		紅梨花：計賺4	幽會4 栲問4			
		[正宮]路敘、[越調]潛窺				
		亭逅邀月 巧激 衙會4				
		踏月2 窺醉2 盤秋3 亭會3 訪素5 草地5 北醉5 花婆7 趕車10 解妓10	算命7			
	紅梨花：賣花／正2	問情／正3 詩要 拘禁 訪素 趕車 草地 路敘 託寄 窺醉 亭會 詠梨 花婆 三錯／續1 俗增紅梨記：解妓／外2	脫穽鬼辯／續1			
		訪素 草地 問情 窺醉 「續選紅梨記」：亭會 賣花				
		訪素 趕車 踏月 窺醉				

	蝴蝶夢	虎符記	護國記	還帶記	還魂記（牡丹亭）	浣紗記	黃鶯記	J
24 彈鋏記：官腔24		虎符記：官腔13		還帶記：官腔8				
						前訪傾城 捧心憶蠡 漁游蘇臺 後訪傾國 西施歌舞 伍員寄子 宮蓬泛採 子胥死忠 肩船寄跡／初集		
				錦歸、風花雪月（利集）		閨嘆、采蓮、分離（利集）囑行、溪遇、迎娶（貞集）		
					還魂記：言懷4	一顧傾城3 再顧傾國3 寄子3		
3 彈鋏記：狗盜3 鷄鳴3					硬拷1 驚夢2 尋夢2 玩眞2 幽媾2 寫眞3 鬧殤3 魂遊3	囑行1 歸湖1 採蓮2 分別3 浣紗4 歌舞4		
				分題（月卷）	還魂記：驚夢、尋夢（月卷）	溪遇、女吳、歌舞、分離、囑行、採蓮、閨歎（いずれも雪卷）		
					驚夢1 尋夢3 幽會3	行春2 採蓮2		
						偶遇西施 再顧傾國 扁舟晦迹 3		
					還魂記：冥判還魂8	伍員訪外5 伍員自刎5		
					自敍2 驚夢2 尋夢2 幽歡2 吊拷2	閨病4 憶舊4		
				附錄小令［仙呂二犯桂枝香］閨恩		［仙呂宮］送子、［正宮］閨嘆、［越調］捧心、［商調］送行、初會、後訪		
					入夢 尋夢 拾畫 冥判3	後訪 歌舞 寄子 採蓮6		
	嘆骷 揙墳 病幻 弔孝 說親 回話 做親 劈棺6				牡丹亭：冥判1 拾畫1 叫畫1 學堂4 遊園4 驚夢4 尋夢4 圓駕4 勸農5 離魂12 問路12 吊打12	進施3 寄子3 賜劍3 前訪10 回營10 姑蘇10 採蓮10		
		虎符記：勸降／補2				前訪 訪聖 後訪 分紗 儲諫 賜劍 思越 泛湖／正3 采蓮 俗增 近師／補1		
					勸農 學堂 遊園 驚夢 尋夢 離魂 冥判「續選牡丹亭」：弔打 圓駕			
	訪師 弔奠 說親 回話					越壽 前訪 拜施 分紗		

嬌紅記	蕉帕記	膠漆記	鮫綃記	節孝記	金貂記	金環記	金雀記	金鎖記（竇娥冤）
嬌紅記：官腔22 雨阻佳期 深閨私會 雲雨酬願		膠漆記：官腔24	鮫綃記：官腔16	節孝記：官腔20 淵明宜樂 掛冠棄職 顏陶敍舊 白衣送酒 匡廬結社 葛巾漉酒 寫表陳情 祖姑遺囑	金貂記：官腔9	金環記：官腔16		
					桑園戲婦 敬德打朝 山岡牧羊 溪邊釣魚 歸農耕田 尉遲粧風 犒賞三軍 ／二集			賣耗鼠藥 鞠問屈招 婆婆探獄 竇娥赴法
			絞綃記：雪夜訪趙普（貞集）					
					牧羊記：挺奸3			
	覵婚1 脫化1			送酒4 敍舊4 宜樂4 漉酒4				
	超悟脫化8				敬德粧瘋2 收服高麗2			
	鬧鬮4							
				淖泥遇虎 祈夢 詳夢4			採春訪花 臨任 完聚8	誤傷冤 鞠探獄 赴市3
			草相8 寫狀9 獄別12 監綁12	春店5	北詐瘋2		喬醋7	送女1 探監1 法場1 私祭8
	鬧題／外1				不伏老：北詐／正2		喬醋竹林／外1 玩燈覔花 庵會 醉圓／補3	金鎖記：私祭斬竇／續4
			寫狀別 獄監綁 草相					說窮羊 肚探監 斬娥

	金印記（蘇秦）	錦帶記	錦箋記	荊釵記
	金印記：諸腔1 求官空回 月夜尋夫 婆婆奪絹 中秋苦嘆 微服歸家			
／二集	花亭開宴 預占造化 逼妻賣釵 辭親求官 唐二分別 當釵被誚 不第空回 周氏回家 負劍西遊 拜月思夫 踏雪空歸 封贈團圓 ／二集			哭鞋憶媳 十朋見母 祭江奠妻 舟中相會 ／初集
	旅嘆 鬻釵（利集） 議試（貞集）			壽宴 憶別 議姻 送別 送親 怨訴 撈救 行路 議婚 苦別（利集） 嚴調 講學 祭江（貞集）
	議試3 旅嘆3			議婚4 送親4 議親4 南北祭江4 推拷梅香4
		蜜語2 盟心2	重晤2 遙訪3 旅訴3 秋懷3 遺箋4 泛月4	
	議親試 鬻釵 尋夫 旅歎（いずれも月卷）			憶別 相別 苦別 撈救 祭江 行路 嚴訓（いずれも雪卷）
	逼釵2 對月6		尼奸1 重晤3	送親2 祭江6
	從夫賣釵 當釵遭誚 月夜尋夫 從說魏邦 1	花亭家讌3 香閨密語6 池亭邂逅6 情遺錦帶6	花徑遺箋6	拷問（打）梅香5
				見母3
	［南呂宮］尋夫 當釵［商調］逼釵［雙調］旅嘆			［仙呂宮］行路 苦別［正宮］嚴訓［中呂宮］錯晉［南呂宮］議親、［瑣窗寒套（題目無し）］［仙呂入雙調］送親
				哭鞋 見母 祭江 舟會5
思飯10 羊肚10	封贈1 不第3 投井3 逼釵7			參相1 見娘2 舟會2 說親3 繡房3 別祠3 送親3 改書4 別任8 前拆8 女祭8 男祭8 開眼8 上路8 男舟8
	逼釵 背劍／續2 刺股 封贈／補3			議親 繡房 閨思 憶母 女祭 發書 回書 男祭 夜香 開眼 上路 女舟 ／續4 俗增荊釵記：釵圓 ／外2 回門 赴試 前拆 別任 大
				議親 繡房 別祠 參相 見娘 男祭 上路 舟中
	逼釵 尋夫 刺股 金圓			議親 繡房 見娘 男祭

	1	2	3	4	5	6	7	8	9	10	11	12	13	14	15	16	17
														遺僕9 迎親9 回門9 哭鞋10	逼見娘／補1		
驚鴻記（玄宗・梅妃・楊妃）	驚鴻記：官腔14				驚鴻記：私盟2 宮怨3 覓裳4		驚鴻記：路訴3×										
京兆記	京兆記：官腔26				京兆記：畫眉2												
九蓮燈														火判9 問路9 闖界9 求燈9			火判 指路 闖界 求燈
K																	
葵花記		高堂訓子 日紅割股 尋夫遇盜 計害日紅 五殿訴冤 婆媳相會 日紅托夢 考察梁計 ／二集															
L																	
爛柯記 漁樵記	漁樵記：官腔20 蓏綵爲花 解佩歸家 大隱林泉 不別還山	買臣勸妻 崔氏逼嫁 追悔癡夢 馬前覆水 ／初集											爛柯山：巧賺 後休 癡夢 覆水2	爛柯山：寄信1 相罵1 逼休2 癡夢2 悔嫁5 北樵12 潑水12	漁樵記：漁樵／續2 逼休 寄信／外1 前逼 癡夢 潑水／外2 爛柯山：悔嫁／補3		爛柯山：前逼 悔嫁 癡夢 潑水
鯉魚記 牡丹記																	
連環記		慶賀元宵 退食懷忠 探報軍情 月下投機 計就連環	忠謀（貞集）	計就連環4	元宵4 賜環4	忠謀（月卷）	探報4		退食懷（壞）忠6	連環記：董卓差布1	譖窺4 設計4	［南呂宮］忠謀、［仙呂入雙調］忠謀	賜環 拜月 梳粧 擲戟6	議劍2 梳粧2 擲戟2 起布4 問探4	北拜／續2 拜月 問探／外1 賜環／補		起布 議劍 獻劍 問探

演目	1	2	3	4	5	6	7	8	9	10	11	12	13	14	15	16	17
		允安董卓 粧前對鏡 儀亭私會 議誅董卓 會合團圓 ／初集												賜環10 拜月10 小宴12 大宴12	2		
煉丹記																	
療妬羹														題曲12	題曲／續 3		題曲 澆 墓
烈女傳																	
龍膏記					酬詠2 傳情2 閨病3 巧遘3 遊仙4					無頗買卜8 無頗脫離8							
龍泉記	龍泉記：官腔9		賞菊（利集）			賞菊（月卷）											
鸞釵記														遣義5 殺珍5 探監5 拔眉5			遣義 殺 珍 拔眉 探監
羅囊記	羅囊記：官腔15		春遊（利集）			春遊（月卷）						［南呂宮］春遊					
羅帕記																	
洛陽記 洛陽橋	洛陽橋記：諸腔3 登渡報喜				幽會4												
M																	
賣水記																	
滿床笏														笏圓3 卸甲7	納妾跪門／補3		納妾 跪 門 後納 笏圓
米蘭記 珍珠記												高文擧：［黃鍾宮］遊情					
鳴鳳記				修本3	悲忠1					議兵不合2 繼盛典刑2			義斥 折 奸 驛遇 修本7	寫本2 辭閣3 嚴壽3 河套4 醉易4 放易4 吃茶5	寫本／外2	辭閣 喫 茶 河套 寫（修）本	

	明珠記	目蓮記 救母記 思婚記	牧羊記（蘇武）	N	南柯記	P	蟠桃記	琵琶記
	明珠記：官腔14 灊地窺春 分珠泣別 母子入宮 母子敘別 重陽增感 塞鴻傳寄 拆橋相會 郵亭發書 押衙寫詔 無雙飲酖 押衙計成 無雙重生	勸善記：諸腔2 尼姑下山 附小尼姑 和尚下山 挑經挑母 六殿見母	牧羊記：官腔10 持觴祝壽 衞律說降 齧雪吞氈 北海牧羝 女德不惑				蟠桃記：官腔12	
		目蓮記：花園發誓 訴三大苦 六殿見母／二集	衞律勸降 蘇武忠貞 牧羊全節／初集					高堂稱慶 椿庭逼試
	節宴、偸覷（利集） 遊仙、贈別、入宮、怨訴（貞集）		寄鴈　勸親（貞集）					祝壽　成親　憂思
	[獅子序]3 遊仙3 重面3							赴試3 囑別3
	偸覷2 入宮3 敘別3				尙主1 之郡1 粲誘2 生恣2		點化1 山行4	祝壽1 賞夏4
	節宴　窺繡　偸覷　贈別　遊仙　怨訴（いずれも月卷）		勸親　寄鴈（いずれも月卷）					祝壽　規奴　強試
	珠圓1 煎茶2 重合4				就徵3 玩月3			旅思2 分別6
	驛館藏書5 明珠重合5							牛氏賞花 逼子赴選
	城下覓音7 明珠重合7							
	窺窓2 煎茶2 橋逢2							糟糠1 再議婚1
	[仙呂宮] 撚酸 [黃鍾宮] 節宴　偸覷 [商調] 煎茶 [仙呂入雙調] 送別 [雜犯宮調] 宮怨		[仙呂宮] [桂枝香] 套（題目無し） 寄雁 [雜犯宮調] 勸親					[仙呂宮] 登程　怨
		弋陽腔：僧尼會8	小逼　大逼　守羝　望鄉4					剪髮　賢遘　館逢
夏驛8 斬楊8			慶壽1 頒詔1 小逼1 望鄉1 大逼7 看羊7 遣妓12 告雁12					辭朝1 盤夫1
	俠隱／外1　煎茶　假詔／補1		蘇武牧羊：告雁／正2 牧羊記：小逼　牧羊　望鄉　煎粥　告雁／續2 蘇武還朝：還朝／補1					稱慶　規奴　逼試
								稱慶　規奴　囑別
			小逼　大逼　牧羊　遣妓					

破窰記／皮囊記	
破窰記：	
破窰居止	南浦囑別 臨粧感嘆 上表辭朝 糟糠自捱 琴訴荷池 五娘煎藥 伯皆思鄉 描畫衷情 瞯問衷情 兩賢相遘 書館悲逢 ／初集
綵樓記：	賞荷賞 月敍別 答親自 嘆議姻 登程剪 髮試宴 求濟掃 墓怨配 請赴自 厭詢情 館逢（利 集） 愁訴囑 別強試 留別勸 試規奴 吃糠嗟 怨畫容 築墳尋 夫埋怨 彈怨煎 藥吃藥 吃糠行 路題眞 館逢（貞 集）
綵樓記：	賞荷3 梳粧3 登程3
	賞月4
綵樓記：	勸試拜 托囑別 敍別自 嘆試宴 埋怨議 姻求濟 請赴成 親疑餐 喫糠自 厭賞荷 湯藥憂 思剪髮 築墳賞 月畫容 詢情答 親嗟怨 尋夫彈 怨愁訴 題眞館 逢掃墓 （いずれ も雪巻）
綵樓記：	琵琶詞6
綵樓記：	涼亭賞夏 中秋賞月 1
繡毬記：	
綵樓記：	描容1 掃松1
綵樓記：	配路途 題眞悲 逢 [正宮] 憂思 [大石調] 賞月 [中呂宮] 敍別 [南呂宮] 賞荷剪 髮請赴 逼試 玩眞勸 試相怨 築墳 喫藥喫 糠 [黃鍾宮] 成親、答 親 [越調] 規奴 [商調] 議姻小 相逢喫 糠勸鬧 [雙調] 祝壽、自 厭 [仙呂入 雙調]自 嘆掃墓 送別拜 托行路 詢情 [不知宮 調]畫容 煎藥 [正宮普 天樂]請 糧
	掃松5
彩樓記：	逼試2 規奴2 賞荷3 墜馬4 廊會4 書館4 掃松4 訓女5 剪髮5 賣髮5 稱慶6 諫父7 描容7 別墳7 分別8 長亭8 別丈9 思鄉10 飢荒10 拐兒10 請郎12 花燭12 吃飯12 吃糠12
彩樓記：	分別訓 女登程 梳粧飢 荒陳情 喫飯喫 糠賞荷 思鄉剪 髮賞秋 描容盤 夫諫父 廊會書 館掃松 別丈／正 1 愁配關 糧／補1
	南浦喫 飯噎糠 賞荷思 鄉盤夫 賢遘書 館掃松 訓女鏡 嘆辭朝 嗟兒
綵樓記：	

彩樓記 綵樓記	Q	麒麟閣	麒麟記	千金記	千鍾祿	竊符記	琴心記	青蓮記
諸腔1 綵樓擇壻 相門逐壻 投齋空回 夫婦榮諧 相府相迎				千金記：官腔10		竊符記：官腔11	琴心記：官腔17	官腔14
劉相賞雪 蒙正祭竈 邏齋空回 冒雪歸窰 狀元遊街 宮花報喜 夫妻榮會 封贈團圓 ／初集				楚營夜宴 鴻門別駕 韓信私歸 月下追賢 築壇拜將 登壇點將 十面埋伏 榮歸餞別 ／初集				
閨訴 選俊 離情 喜慶（利集） 閨思 愁訴（貞集）				豪嘆 北追 北點將（貞集）				
［漁家傲］ 3 宅聚 3			途遘4	月下追賢3 北點將3		究符4×		
						默禱1 拷符1 結夏4	當壚2	調羹1 泛湖4
選俊 閨思 離情 喜慶（いずれも月巻）				北追 點將 埋伏（いずれも雪巻）				
別試2 榮會4				歌風記：困羽4 千金記：追賢4 點將4				
				月下追賢 北點將 十面埋伏		新水令套：究符		
破窰分袂6				戴月（月下）追賢5				
夫婦團圓2			韓公抱憤6	歌風記：韓信遇主2 垓下困羽2 千金記：擊碎玉斗6 月下追韓6 吹散楚兵6 轅門聽點6 十面埋伏6				
歸窰2								
［中呂宮］赴選 喜慶 ［商調］閨思 ［仙呂入雙調］愁思				附錄小令 ［正宮錦纏道］豪嘆				
				追賢 點將 別姬 寱覇7				
拾柴4 潑粥4		揚兵6 反牢7 激秦7 三擋7		跌覇3 別姬8 楚歌9 探營9 起覇12 撇斗12 拜將12	奏朝3 草詔3			
潑粥 彩圓／續4		三擋／補3		追信 點將／續2 虞探／續4	慘覩 歸國／續4 廟遇 打車／補3			
拾柴 潑水				鴻門 撇斗 追信 拜將				

青樓記	青袍記	青衫記	青瑣記	R	人獸關	S	賽四節記	三國志もの 三國志 草廬記 古城記 興劉記（連環記は前をみよ）	三桂記	三元記	殺狗記	昇仙記
		官腔14	官腔22				官腔23	桃園記：官腔12 關斬貂蟬 五夜秉燭 獨行千里 古城聚會 草廬記：官腔12 甘糜遊宮 舌戰群儒 黃鶴樓宴 玄德合巹 氣張飛雜劇：北腔類		斷機記：諸腔3 秦府賞春 斷機教子		昇仙記：官腔11
								古城記：開宴賞春 計劫曹營 關公却印 劉張重遇 灞橋餞別 獨行千里 怒斬蔡陽 聚會團圓／二集		相府邀賞 雪梅觀畫 商霖遺囑 秦親送殯 賀生商輅 商霖托夢 斷機教子 三元捷報／二集		
		閨思（貞集）										
								赴會3				
							騎鯨4					雪阻3
訂盟4 鼓琴4			贈香1					四郡記：單刀4				
								單刀赴會				
璿貞訂盟7 淑貞鼓琴7								草廬記：怒奔范陽2 姜維救駕2 三國記：單刀附會7				
								三國記：單刀會3				
					演官5			三國志：刀會1 負荊5 訓子8 西川圖：蘆花蕩1				
					前設後設／補2			單刀會：單刀／正2 古城記：挑袍／正2 四聲猿：罵曹／正2 三國志：訓子／續2 三國志：挑袍／補3			雪救／外2	
					演官 幻騙 惡夢			三國志：訓子 刀會 西川圖：三闖 敗惇				

獅吼記	十五貫	十義記	雙冠誥	雙紅記	雙節記	雙烈記	雙珠記	水滸傳もの 水滸記 義俠記 寶劍記
		十義記： 諸腔3 毀容不辱 付託嬰孩				雙烈記： 官腔13	雙珠記： 官腔18	寶劍記： 官腔19 神堂相會 公孫棄職 水滸記： 諸腔4
								水滸記： 三郎借茶 婆借心許 漁色訂期 情投野合 活捉三郎
								寶劍記： 山行（利集）、自敍（貞集）
				雙紅記： 盜盒3				義俠記： 調叔3 寶劍記： 夜奔梁山3
訪友1 豪遊2				手語2 歡會2 偶遇4		賀節1 相勢1 途遘3	默度1	寶劍記： 夜奔3
								寶劍記： 自敍（月卷）
							投崖2	水滸記： 野合1 義俠記： 巧媾1 寶劍記： 夜奔4
								夜奔梁山
				田營盜盒3 青門餞別3				寶劍記： 夜奔梁山4 義俠記： 武松打虎5
諫柳4								水滸記： 茶挑2 野合2 捉張2 義俠記： 調叔3
								寶劍記： ［正宮］山行 ［仙呂入雙調］自敍
							謀姦持正 擊邪 誣罪3	水滸記： 漁色野合 殺惜 情勾6 義俠記： 賣餅誘
梳粧5 跪池5	見都2 訪鼠測字2 判斬8 踏勘12 拜香12		雙冠誥： 蒲鞋4 夜課4 借債4 見鬼4 榮歸4 賣詔8 誥圓8				汲水2 訴情2 殺克2 賣子2 捨身2 天打2 二探7 月下9	水滸記： 借茶1 劉唐1 殺惜1 活捉1 前誘3
梳粧 跪池 夢怕／外1	判斬 見都 踏看 測字／補3		雙冠誥： 夜課／外2	顯技 青門／外1 猜謎／補3				水滸記： 前誘 劉唐 活捉／續3 水滸記： 借茶 後
梳粧 跪池 夢怕 三怕	見都 踏勘 訪鼠 測字		雙冠誥： 做鞋 夜課 榮歸 誥圓	謁見 猜謎 擊犬 盜綃			訴情 殺克 賣子 投淵	水滸記： 借茶 拾巾 殺惜 放江 義俠記： 誘叔 別

劇	1	2	3	4	5	6	7	8	9	10	11	12	13	14	15	16	17
	潯陽會飲	／初集 義俠記：武松打虎 金蓮誘叔 挑簾遇慶 王婆巧媾／初集									說風情3		叔　挑簾 捉奸6	後誘3 義俠記：戲叔4 別兄4 挑簾4 做衣4 捉奸8 服毒8 打虎10 雁翎甲：盜甲2	誘／補1 寶劍記：夜奔／補2 義俠記：打虎／補2		兄　顯魂 殺嫂
四德記	官腔8		訓倫（利集）		賞花4												
四豪記	官腔19				竊符1												
四節記（泰和記も參照）			遊賞、春遊、泛舟、菜遊（利集） 遊覽（貞集）	遊春4	參禪4	春遊　遊覽　泛舟（いずれも月卷）			郵亭佳遇1 詩伴春遊4 東山攜妓4 赤壁懷古4			［中呂宮］赤壁 ［南呂宮］遊覽	賈志誠8	嫖院12			
四喜記	官腔9		賞花（貞集）		呼名2 閨悶3 春宮4		弄月6		禁苑呼名6								
四賢記	官腔24																
宋太祖もの							鮫綃記：訪賢4			鮫綃記：雪夜訪賢4				風雲會：送京3 訪普10	雍熙樂府：訪普／正2 風雲會：送京／外1		
T																	
泰和記 太和記	泰和記：官腔23 公孫丑東郭息忿爭 王羲之蘭亭顯才藝 劉蘇州席上寫風情 東方朔割肉遺細君……				泰和記：春遊4 交遊4 雪訪4					太和記：席上題春4							

演目																	
曇花記				降凡4 自嘆4	內修1 度迷1 受封1 冤對3 勘罪3 夜巡3 郊遊4 卜佛4 西遊4		度迷3			郊遊點化3 凶鬼自嘆3 聖力降魔3 木侯夜尋3 菩薩降凡3	勘曹3				曇花閣：點迷／補1		
桃花扇															訪翠寄扇題畫／正3		訪翠寄扇題畫
綈袍記	官腔11																
鐵冠圖														守門2 殺監2 別母4 亂箭4 借餉4 刺虎4 探營7 詢圖7 觀圖7 夜樂7	詢圖夜覘刺虎／外2	借餉 別母 亂箭 守宮 「續選鐵冠圖」：煤山 刺虎	
同窗記																	
偸香記 竊香記																	
投筆記	官腔10		酹月（利集）	南樓憶子4	出使1 酹月1	酹月（月卷）			夷邦酹月5 南樓問卜5			［中呂宮］酹月					
W																	
翫江樓			春遊（利集）			春遊（月卷）						［仙呂入雙調］春遊					
萬里緣 萬里圓														萬里緣：三溪6 萬里圓：打差8 跌雪9	萬里圓：三溪／外1		
完扇記	官腔18				評花4												
望湖亭											醜歎1 不亂1		自嗟題詩 合卺	照鏡2			

	望雲記	臥氷記	五桂記	萃盤記	五倫記	X	西樓記	西廂記
	官腔19	諸腔2 妯娌績麻 王祥臥氷						南西廂記：官腔25 佛殿奇逢 訪僧遇紅 燒香吟句 張生鬧道 場 書遺惠明 紅娘請生 夫人背盟 鶯鶯聽琴 紅娘寄柬 鶯鶯見書 紅娘訂約 跳墻奕棋 鶯鶯探病 鶯鶯憶念 紅娘寄詩 西廂幽會 夫人拷紅 長亭送別
								佛殿奇逢 墻角聯吟 齋堂鬧會 紅娘請宴 鶯鶯聽琴 錦字傳情 粧臺窺柬 乘夜踰墻 倩紅問病 月下佳期 堂前巧辯 長亭送別 草橋驚夢 尺素緘愁 ／二集
					祖餞（利集） 遊衎（貞集）			寫懷酬和 佳期 暗許 驚夢 閨情 閨思 送別 自嘆 傳情（利集） 報捷 暗約 請配 遊殿 閨恨 會合（貞集）
					五倫記：祖餞4		離魂4 錯夢4	南西廂記：請宴3 遊殿3 月下聽琴3 送別3 閨思3
					五倫記：祖餞1			南西廂記：酧和2 聽琴2 傳情2 閨怨3 送別3 北西廂記？：報捷4
					祖餞（月巻）		砥志、空泊、邸聚、載月（月巻）	遊殿對月 請配 寫懷 傳情 暗許 暗約 自歎 閨怨 佳期 會合 送別 驚夢 報捷 閨思（いずれも雪巻）
	遇妖6						緘誤3	赴約1 報捷2 傳情6
					祖餞			
								佛殿奇逢 乘夜踰墻 堂前巧辯 長亭送別 2
								惠明帶書3 草橋驚夢3
判歸1							誤緘3 夢訪3 泣試3	遊佛殿1 聽琴1 送別1
								［正宮］酬和 送別 門怨 ［中呂宮］鬧簡 ［南呂宮］聽琴 ［大勝樂套（題目無し）］［宜春令套（題目無し）］［黃鍾宮］傳情 ［越調］閨怨 ［商調］報捷 ［仙呂入雙調］驚夢 遊殿
激怒 于歸2							私契 病晤 疑謎 錯夢3	奇逢 請宴 拷婢 驚夢8
							樓會5 拆書5	南西廂記：惠明2 佳期2 請宴4 拷紅4 遊殿7 寄柬7 跳墻9 著碁9 長亭9
							俠試／正3 樓會 錯夢 載月 會玉／續3 覓緣 空泊 集豔／補2	南西廂：聽琴 驚夢／正3 南西廂：遊殿 酬韻 請宴 寄柬 送方 佳期 長亭／續2 西廂記：跳墻／補1
								遊殿 慧（惠）明 佳期 拷紅 「續選西廂記」：傷離 入夢
							樓會 拆書 玩箋 錯夢	

	西遊記もの	霞箋記	香嚢記	箱環記 湘環記	宵光劍	繡襦記 剔目記 刺瞽記
草橋驚夢 泥金報喜						繡襦記：官腔7
						繡襦記：嚢空鬻僕 蓮花乞遇 曲江打子 亞仙剔目／二集
			懷子（利集）			繡襦記：旅嘆（利集） 妓館、剔目、乞市（貞集）
			分別3 驛逢3			綉襦記：假宿4 調琴4 乞市4
			矢節1 寄音1 村沽4			繡襦記：品花4
			矢節、驛逢（いずれも月巻）			繡襦記：妓館、怨別、乞市、剔目（いずれも月巻）
		倘主3				綉襦記：剔目2
						剔目記：剔目 假宿 試馬 調琴 乞市
			古驛萍踪6			繡襦記：剔目礪成（亞仙剔目）5
	諸侯餞別4 擒賊雪讐4 回回迎僧4 收服行者4					
						繡襦記：解襦4 剔目4
[雜犯宮調]會合 附錄小令 [正宮普天樂]自嘆 附錄小令 [商調集賢賓]暗約			[商調]懷子			繡襦記：[仙呂入雙調]剔目、附錄小令 [正宮普
						綉襦記：入院 賣僕 箠責 剔目5
			看策12		相面5 掃殿5 鬧庄5 救靑5 功臣宴5	繡襦記：墜鞭2 八院2 打子4 收留4 驚雪6
	唐三藏：回回／續2 西遊記：撇子認子 胖姑 伏虎女 還借扇／續3 俗西遊記：思春／外2 西遊記：餞行定心 揭鉢 女國／補1				救靑功宴／續2	繡襦記：剔目／外2 繡襦記：勸嫖 打子 蓮花
						剔目記：聘樂 樂驛 墜鞭 入院

	尋親記教子記	Y	屓屭記	豔雲亭	胭脂記	楊家將もの	一文錢	一捧雪	衣珠記
			屓屭記：官腔19						
	尋親記：周娘教子 瑞隆榮歸 旅店逢親 茶房博士／初集								
	教子、訓子（貞集）								
	尋親記：教子3								
			屓屭記：飯牛1						
	教子（月卷）								
	尋親記：訓子2								
天樂」怨別	尋親記：[正宮][醉太平套（題目無し）]、[南呂宮]教子								
	教子記：金山 榮歸 邸會 茶肆5				奸遁 雙逅 合宴 詰圓1			僞戲 關獲 出塞 代戮3	
扶頭7 賣興7 樂駟10 當巾10 教歌10 剔目12	尋親記：飯店1 茶坊1 跌書包4 榮歸4 前索8 出罪8 府場8 刺血8 遣青9 殺德9 送學9			癡訴5 點香5		昊天塔：盜骨2	捨財1	送杯1 搜杯1 刺湯1 祭姫1 換監7 代戮7 杯圓7 審頭9 邊信12	折梅9 墮水9 園會9
／補2	尋親記：跌包 榮歸 飯店／外1			癡訴 點香／外1	寫像／續3	昊天塔：五臺／正2	濟貧／補3	祭姫／續3	
	送學 跌包 復學 茶訪			放洪 殺廟			燒香 羅夢 濟貧	換監 代戮 刺湯 祭姫	園會 饑荒 衙敘 珠圓

演目	1	2	3	4	5	6	7	8	9	10	11	12	13	14	15	16	17
														埋怨9 關糧9 私囑9 堂會9 珠圓9			
憶情記																	
易鞋記																	
分鞋記																	
永團圓													會釁逼 離　控休 堂婚2	逼離1 擊鼓1 鬧賓館1 計代1 堂婚1	逑緣鬮 艷／續3 雙合／補 2		逼離賺 契　擊鼓 堂配
漁家樂														藏舟3 相梁3 刺梁3 羞父3 納姻8	賣書納 姻藏舟 ／外2		賣書賜 針　納姻 羞父
玉釵記	玉釵記（李元璧）：官腔21 玉釵軍別 李生失釵 玉釵凶信 玉釵記（丘若山）：官腔21																
玉杵記				冥會4	私期2 遇英2 臨岐3 踏青4												
玉合記			嗣音、寄眞、懷春（貞集）	憐才3 擇配3	義姤1 砥節1 詷約3 嗣音3 邂逅4 緣合4	嗣音（月卷）	義媾1					[商調]寄音			箋允往 邊／補2		
玉環記	玉環記：官腔8			寄客4×	寄眞3				病寄春容 5								
玉玦記	玉玦記：官腔8		恬退（貞集）		迷花2 爭風2	爭風（月卷）	入院1 酖喜2					[商調]妓館					

玉香記	玉魚記	玉簪記	岳飛もの
玉香記：官腔21 玉如意記：官腔21（同上一箇故事）	玉魚記：官腔19	玉簪記：官腔6 潘公遣試 兀朮南侵 陳母遇難 避難投庵 于湖借宿 陳母投親 談經聽月 西湖會友 談棋挑逗 必正投姑 茶敍芳心 對操傳情 旅邸相思 媒姑議親 詞媾私情 姑阻佳期 知情逼試 秋江送別 香閣相思 接書會案 必正榮歸 燈月迎婚 合家重會	東窗記：諸腔2 風和尚罵秦檜 施全祭主
		于湖借宿 西湖會友 談棋挑逗 必正投姑 對操傳情 旅館相思 詞媾私情 姑阻佳期 知情逼試 秋江哭別／二集	
		愁別（利集） 歡會、魂遊（貞集）	
		茶敍3	
訪姑1		琴調2 遊湖4	
		歡會、愁別、魂遊（いずれも月巻）	
		詞媾1 過約（阻約）6	
		二郎神套：茶敍	
		姑阻佳期 詞媾鸞凰 秋江哭別4	
			精忠記：瘋魔化奸6（＝元刊本）
		［南呂宮］歡會 ［越調］分別 ［雜犯宮調］憶遠	
		竊詞 阻期 逼試 送別7	精忠記：寫本 祭主 見佛 回話7
		催試2 秋江送別2 琴挑4 姑阻8 失約8	精忠記：秦本2 掃秦5 交印6 倒精忠：刺字2 草地2 敗金2 獻金橋2 清忠譜：
		手談佛會 茶敍 琴挑偸詩 阻約 秋江／續1	東窗事犯：掃秦／正2（＝元刊本） 清忠譜：罵祠／外1 如是觀：刺字 敗
		茶敍 問病 催試 秋江	

	躍鯉記	運甓記	Z	占花魁	招關記（浣紗記も見よ）	趙氏孤兒（もの八義記）	珍珠衫	織絹記（董永）	祝髮記	粧盒記
	躍鯉記：諸腔2 蘆林相會 安安送米					八義記：官腔11		織錦記：諸腔2 董永遇仙 槐陰分別	官腔13	
						八義記：遊覽（貞集）			追嘆（貞集）	
									渡江1 自嘆3	
	仙聚、憶親（いずれも月巻）					八義記：燈宴（月巻）			追歎（月巻）	
	詰妻6								入禪2	
										金彈記：
						八義記：趙盾挺奸7				拷問承玉
							哭花1 歆動1 驚歎1		寫休書4	
						八義記：［商調］遊覽			［南呂宮］追嘆	
	憶母換 魚盧林 看穀4			一顧再 顧種緣 狂窘1		八義記：賒飲賞 燈評話 鬧朝6			勉折迎 婚點化 祝髮7	金丸記：
訪文5 罵祠5 書鬧9 拉衆9 鞭差9 打尉9	看穀12			勸粧1 種情10 串戲10 雪塘10 獨占10 酒樓12		八義記：遺鉏4 上朝4 撲犬4 嚇癡4 翳桑6 鬧朝7 盜孤7 觀畫7			做親5 敗兵5 渡江5	
金／補3	思母 看穀／續4			勸粧 一顧再顧 採芳 醉歸 獨占／續3 巧遇 贖身／補2		八義記：翳桑 付孤 觀畫／補1	歆動 詰衫／續4		祝髮 渡江／正3	
				賣油 湖樓 受吐 獨占		八義記：勸農 翳桑 鬧朝 撲犬			做親 敗兵	

（金丸記）	紫釵記	紫簫記	醉菩提	その他
		官腔16		犀珮記：官腔7金釧記：官腔9忠孝記：官腔9雙忠記：官腔11餘慶記：官腔12漑園記：官腔13玉盒記：官腔15雙環記：官腔15盍簪記：官腔15鳳簪十義記：官腔15椒觴記：
				桃花記：花前邂逅遊湖再晤崔護登樓月下訂盟得第歸杭崔護題門慕瓊見詩／初集
	俠評4			千古十快記：渡江3鷫鸘裘記：新寡4情動4
		絮情2春咏2失婿3送別3言祖3送聞3送主3春遊4換馬4議婚4		原目錄缺：合鏡下海雨陣芳隕對粧復李宮怨隣解逃難(卷3)青絲記：會語2尋思2箜篌記：贈騎1梅粧2春題渡漢賞音4鳳簪記：茶敍1隱樂4玉麟記：
	議允、盟香(月卷)			異夢記：思夢(月卷)雙雄記：賞花(月卷)鸞鎞記：閨咏(月卷)種玉記：箋允、往邊、昭君出塞(月卷)節俠記：製衣(月卷)花亭記：女帥演武(月卷)
				靈犀記(靈犀佩)：情鍾3密訂3紅鞋記：私會1存孤記：私期1異夢記：夢圓1合紗記：投紗3鴛鴦被記：繡被3弄珠樓記：盟約3登科記：試節6唾紅記：
				新水令套：試劍大環著套：推輪天下樂套：憐貞釋放二犯江兒水套：寺敍錦纏道套：太史名高新水令南北合套：航海霜天曉角套：逼女逢迎梁州序套：却婚受僕
盒隱潛龍搜求粧盒3				金釧記：鬪草遺釧2
3				櫻桃記：逢眞幻俠8宮袍報喜8破嗔悟道8李丹記：梁芳證道7裴諶再度7題塔記：蕭后起兵4
				東郭記：出而哇之1竊姨1乞播1登壟1絡冰絲：竹聰夜雨1花筵簾：狂約2乞花2鬧婚2閨綻2風流院：閱記2鴛鴦棒：墜蓮3酸歎3訣別3招棒3情郵記：
				風流合三十：[正宮][白練序套]衫襟記：[中呂宮]得詞、[商調]題詞趨會佳期[仙呂入雙調]心許古西廂：[黃鍾宮]月下聽琴尋母記：[越調][綿搭絮(題目無し)]孟月梅：
粧盒盤盒清宮收養拷問4				節孝記：淖泥遇虎祈夢詳夢4荷花蕩：醉釁館戲蕩遊渾賺2馬陵道：擺陣刖足詐瘋馬陵山1
			付鉢10打坐10石洞10醒妓10天打10	初編：開場：加官招財副末(各編冒頭にあり)綴白裘梆子腔：賣胭脂6落店6偷雞6花鼓6途嘆6問路6雪擁6點化6綴白裘梆子腔：陰送6搬場拐妻6思凡6堆羅漢6
			打坐伏虎醒妓換酒佛圓／外2	散曲：詠蝶詠花紅日紫旬小十面／補4時劇：來遲孟姜女崔鶯鶯閨思閨怨懷春金盆撈月醉楊妃私推僧尼會昭君小王昭君琵琶詞蘆林踏繳磨斧借靴拾金花鼓／補4
				紅樓夢：掃紅乞梅還金鐲：分鐲訴魁天打

官腔15分鞍記：官腔16藍田記：官腔17三生傳玉簪記：官腔18學鼎記：官腔18義乳記：官腔18錕鋙記：官腔18五鼎記：官腔19呼盧記：官腔19合劍記：官腔19明君得劍良將得劍戰場合劍宮女應兵種德記：官腔20黑鯉記：官腔20金蘭記：官腔20奪解記：官腔21鞦韆記：官腔21犀合記：官腔21分錢記：官腔22陽關記：官腔22二蘭記：官腔23四英記：官腔24十孝記：

課兒1度尼1覓鼈4贈題4彩舟記：親迎1目成2廟逅3青梅記：飛英4題梅4昆吾記：成親1遊宮4白海棠記：邂逅4雙鳳記：比試1梨花記：春思空訪鶯期赴約2椒觴記：登第1謙雪4金蘭記：擲帕2二蘭記：賞荷4二閨記：締盟2投桃記：投桃2龍綃記：歸夢3天書記：佯狂3羅囊記：春賞4三生記：歌舞4鞦韆記：賞月4

唾紅6珠衲記：私計1

半私3補私3見私3追車3靈犀佩：情鍾3鞠問3明月璫：互角3想當然：梅遇4粧語4意約4後梅遇4四聲猿：竹林峯4冰山記：陰戰4異夢記：夢圓4題塔記：壯懷4

〔商調〕〔漁父第一套（題目無し）〕新合鏡記：〔雜犯宮調〕〔七賢過關套（題目無し）〕錦香亭：附錄小令〔仙呂月兒高（題目無し）〕古還魂記：附錄小令〔仙呂月上五更（題目無し）〕章臺柳：附錄小令〔羽調金鳳釵（題目無し）〕韓玉箏：附錄小令〔南呂繡太平（題目無し）〕鄭孔目：附錄小令〔南呂鎖（瑣）窗寒〕

虎囊彈：山門3盤陀山：燒香6羅夢6拜香7吉慶圖：扯本7孽海記：下山7千忠戮：搜山8打車8後尋親：後索1後府場10後金山10安天會：北餞8水泊記：拾巾12以下はそのほかのもの堆仙11上街11連相11殺貨11打店11借妻11回門11月城11堂斷11猩猩11看燈11鬧燈11搶甥11賭混11趕子11請師11斬妖11鬧店11奪林11繳令11

蓮花寶筏：北餞／正2兩世姻緣：離魂／正2虎囊彈：山亭／正2北宮詞記：百歲／正3散曲：兀的不歸來樂／正3眉山秀：婚試／續2詔賦遊湖／補3太平錢：綴帽窺粧／續2、種瓜／補1太平錢：綴帽窺粧／續2、種瓜／補1鬱輪袍：假伶／續3氣英布：賺布／正2貨郎旦：女彈／正2馬陵道：擺陣孫詐擒龐／正2琥珀匙：山盟立

官腔24
分金記：官腔24
雙鳳齊鳴記：官腔24
白海棠記：官腔24
瓊臺記：官腔24
玉丸記：官腔25
洛神記：官腔26
帝妃游春：官腔26
韓陶月宴：官腔26
戴王雪訪：官腔26
玉通和尚罵紅蓮：官腔26
月明和尚度柳翠：官腔26
黄崇嘏女狀元：官腔26
崔護記：官腔26
桂花風：官腔26
男風記：官腔26
附曲中曲
附炎涼傳：官腔26
寧胡記：諸腔3

遣將11
下山11
擂檯11
大戰11
回山11
戲鳳11
私行11
算命11
別妻11
斬貂11
上墳11
除盜11
借靴11
擋馬11
磨房11
串戲11
打麪缸11
宿關11
番爨11
敗虜11
屈辱11
計陷11
血疏11
亂箭11
哭夫11
顯靈11
雜齣：賞雪2
雜齣：小妹子3

關／續4
散曲：柳飛 枕痕／續4
牟尼合：渡海／外1
春燈謎：遊街／外1
江天雪：走雪／外1
金不換：自懲／外1、侍酒／補3
一種情：冥勘 拾釵／外2
吟風閣：罷宴／外2
時劇：思凡 小妹子 羅夢／外2
四才子：冶遊 婉諷 索妹 鹽醋 雙圓／補2
四絃秋：送客／補2
如意珠：密訂／補2
散曲：烹茶 尋夫／補2
後尋親：後索／補3

六宮寫像
沙漠長途
晬盤記：諸腔3
金精戲寶儀
鸜鵒記：諸腔3
故傷寶物
潘妻代死
潘葛下棋
訪友記：諸腔4
山伯送別
又賽槐陰分別
山伯訪祝
瓊琚記：諸腔4
桑下戲妻
繡衣記：諸腔4
驀見繡衣

乾坤嘯：勸酒／補3

あとがき

この書物は、私のこれまでの中國古典戲曲に關する論考をまとめたものです。
大學で中國文學を專攻し、そのあと大學院に進學しましたが、中國戲曲についてまだほとんど何もわかっていませんでした。大學院では、現在は元曲の研究會でご一緒させていただいている金文京先生・赤松紀彥先生から元曲の授業を受けるようになり、やっと中國の通俗文學で戲曲が占める位置を少しずつ意識するようになりました。しかし、なんといっても大きな轉機となったのは二年間の北京留學でした。

金先生のご紹介で指導教員を引き受けてくださった周兆新先生は、私がたどたどしい中國語で留學の目的をお傳えすると、卽座に授業より京劇を觀に行きなさいとおっしゃり、強く背中を押してくださいました。そうして實際に劇場に通いはじめたものの、最初のうちは文字通りちんぷんかんぷんで、芝居のあと宿舍に戻ってから脚本集を讀み返し、芝居の內容を確認し直すということの繰り返しでした。留學したころは、ちょうど中華人民共和國成立五十周年にあたり、京劇はもちろんのこと、各地の地方劇團も北京にやってきて、記念の公演を數多く上演していました。公演數がふだんより相對的に增加した上、質的にも優れたものが上演されたので、これはとても幸運なことでした。北京にいながら短期間で、京劇や崑曲など主要な劇種を數多く直接觀ることができたのです。周先生のお言葉に應えようと頑張った結果、二年間で劇場に通った回數は二百七十回ほどになりました。中國の人々とともに芝居を觀、樂しむことを通して、中國における傳統演劇とはどういうものかを肌で感じたことが、私にとって貴重な體驗となりました。このときの強烈な印象から、歸國後、演劇を中心に研究を進めていくことにしたのです。

また、幸いにも二〇〇三年ごろから、長年あこがれていた元曲の研究會にも參加させていただけるようになりました。毎回先生方の議論を直接うかがうことが出來ることから、どれほど裨益を受けているかわかりません。私の初めて發表した論文は、まさにこの元曲會で讀んだ作品がきっかけとなりました。

各章の初出は次の通りです。

序章　書き下ろし

第一章

第一節　「元雜劇テキストの明代以降における繼承について」（『日本中國學會報』第五十六集　二〇〇四年十月）

第二節　書き下ろし

第二章

第一節　「弘治本西廂記について」（『中國文學報』第六十八册　二〇〇四年十月）

第二節　「『董西廂』から『西廂記』への繼承――曲辭と構成の側面から」（『中國文學報』第八十二册　二〇一二年四月）

第三章

第一節　「弋陽腔系散齣集の書誌について」（『汲古』第四十六號　二〇〇四年十二月）及び「明清刋散齣集の收錄演目に見られる特徵について」（『佐賀大學文化教育學部研究論文集』第十六集第二號　二〇一二年一月）

第二節　「『琵琶記』テキストの明代における變遷――弋陽腔系テキストを中心に――」（『佐賀大學文化教育學部研究論文集』第十三集第二號　二〇〇九年一月）

第三節 「戲曲テキストの讀み物化に關する一考察――汲古閣本『白兎記』を中心として」（『日本中國學會報』第五十八集 二〇〇六年十月）

第四節 書き下ろし

第四章 「「淨」考――中國古典演劇の悪役について」（『中國古典小說研究』第十號 二〇〇五年五月）

終章 書き下ろし

今回はこれまで發表してきた論考に加筆訂正し、書き下ろしを加え、全體として戲曲テキストの變遷を中心に、出版・社會・讀者との關わりを少しでも明らかにするようつとめました。しかし、まだ不十分な點もあります。今後の課題としていきたいと考えています。

なお本書は、日本學術振興會による平成二十二年度～二十三年度科學研究費補助金・若手研究（B）課題番號二二七二〇一四二「明代戲曲テキストの受容に關する基礎的研究」の成果の一部であり、同じく平成二十四年度科學研究費補助金（研究成果公開促進費・課題番號二四五〇五五）の交付を受けています。

この本をまとめるまでには、多くの方々にお力添えをいただきました。興膳宏先生・川合康三先生・平田昌司先生・木津祐子先生をはじめとするご指導いただいた恩師の先生方、佐藤晴彦先生・荀春生先生・高橋繁樹先生・高橋文治先生・竹內誠先生・赤松紀彥先生・松浦恆雄先生・小松謙先生をはじめとする元曲の研究會の先生方、先輩・友人の方々、出版を快諾された汲古書院の石坂叡志社長、周到なスケジュールで常にサポートしてくださった小林詔子さん、皆様に感謝申し上げます。

最後に、序文を寄せていただいた金文京先生には、私が大學院に進學してからずっとお世話になってまいりました。

不肖の學生のために、これまでどれほど先生にご心配をおかけしてきたかわかりません。この場を借りて厚く御禮を申し上げます。

二〇一二年十二月

土屋育子

索　　引

・本文中で言及した書名・作品名を五十音順に擧げた。
・一部を除き、近代以降の研究書については原則採錄していない。

著者紹介

土屋　育子（つちや　いくこ）

1972年長野縣生まれ。
京都大學大學院文學研究科博士後期課程研究指導認定退學。
佐賀大學准教授。文學博士。
專門分野は中國文學。

中國戲曲テキストの研究

平成二十五年二月十四日　發行

著　者　土屋育子
發行者　石坂叡志
整版印刷　中臺整版／日本フィニッシュ／モリモト印刷

發行所　汲古書院
〒102-0072　東京都千代田區飯田橋二―五―四
電　話〇三（三二六五）九七六四
FAX〇三（三二二二）一八四五

ISBN978－4－7629－2995－3　C3097

KYUKO-SHOIN, Co.,Ltd.　Tokyo